DRAGÕES

ERICK SANTOS CARDOSO
E MARCO RIGOBELLI (ORG.)

PRIMEIRA EDIÇÃO

EDITORA DRACO

SÃO PAULO
2013

© 2013 by Albarus Andreos, Alec Silva, Ana Carolina Pereira, Ana Cristina Rodrigues, André Soares Silva, Antonio Luiz M. C. Costa, Bruno Oliveira Couto, Cirilo S. Lemos, Elsen Pontual Sales Filho, Eduardo Barcelona Alves, Erick Santos Cardoso, Flávio Medeiros Jr., Karen Alvares, Kássia Monteiro, Marco Rigobelli, Pablo Amaral Rebello.

Todos os direitos reservados à Editora Draco

Publisher: Erick Santos Cardoso
Produção editorial: Janaina Chervezan
Organização: Erick Santos Cardoso e Marco Rigobelli
Revisão: Albarus Andreos, Eduardo Kasse
Projeto gráfico e ilustrações: Ericksama

Dados Internacionais de Catalogação na Publicação (CIP)
Ana Lúcia Merege 4667/CRB7

    Dragões / organizado por Erick Santos Cardoso e Marco Rigobelli. – São Paulo: Draco, 2013

Vários Autores
ISBN 978-85-62942-88-4

I. Contos brasileiros I. Cardoso, Erick Santos

CDD-869.93

Índices para catálogo sistemático:
I. Contos : Literatura brasileira 869.93

1ª edição, 2013

Editora Draco
R. José Cerqueira Bastos, 298
Jd. Esther Yolanda – São Paulo – SP
CEP 05373-090
editoradraco@gmail.com
www.editoradraco.com
www.facebook.com/editoradraco
twitter: @editoradraco

O mundo não acabará no Ano do dragão	6
Coronel Mostarda – Flávio Medeiros Jr.	10
O Negro – Albarus Andreos	42
A Dama das Ameixas – Karen Alvares	66
Um dragão no porão – Eduardo Barcelona Alves	86
O buraco dos malditos – Pablo Amaral Rebello	106
Mistérios, mentiras e dragões – Elsen Pontual Sales Filho	134
O primeiro dia da Primavera – Ana Cristina Rodrigues	160
O Recrutamento da Mulher-Dragão – Antonio Luiz M. C. Costa	182
O Mais Louco dos Surrealistas – Bruno Oliveira Couto	204
Ninho de Dracogrifos – Alec Silva	222
Operação Rastro Rubro – Ana Carolina Pereira	250
As mulheres da minha vida – Marco Rigobelli	276
Salve Jorge – André S. Silva	298
Hoffman & Long – Cirilo S. Lemos	326
Capeta – Kássia Monteiro	352
Devorados – Erick Santos Cardoso	370
Os dragões	397

O MUNDO NÃO ACABARÁ NO ANO DO DRAGÃO

Eis que termina o Ano do Dragão (na verdade vai até 09 de fevereiro, mas deu para entender a ideia, né?), um ano especial para a Editora Draco. Então peço aos leitores que perdoem o tom de crônica deste prefácio, que será eternizado na edição. Há quem diga que o mundo acabará amanhã. Mas eu não acredito. Seria um final perfeito, depois de conquistas e acontecimentos especiais, mas não posso aceitar, há ainda muito o que fazer. Então prefiro dizer que foi o ano em que o *começo* terminou, estamos prontos para muito mais.

Graças a uma ideia do co-organizador Marco Rigobelli, quando começamos a divulgar os planos para o Ano do Dragão um ano atrás, decidimos por uma antologia que falasse destes seres fantásticos que são o símbolo da editora. Desde a chamada até a seleção difícil de 127 contos, o tempo passou, realizamos o que esperávamos para o catálogo inicial e o trabalho de distribuição para nossos livros digitais e em papel. O que você tem em mãos é o resultado do projeto "Dragões", mas também a comemoração pelo trabalho de três anos da Editora Draco.

É a nossa primeira coletânea com um complemento na seleção final só encontrado na versão em e-book. No papel, contando comigo e o Marco, temos 16 contos que incluem os autores Albarus Andreos, Alec Silva, Ana Carolina Pereira, Ana Cristina Rodrigues,

André Soares Silva, Antonio Luiz M. C. Costa, Bruno Oliveira Couto, Cirilo S. Lemos, Elsen Pontual Sales Filho, Eduardo Barcelona Alves, Flávio Medeiros Jr., Karen Alvares, Kássia Monteiro e Pablo Amaral Rebello. Na versão digital de "Dragões" ou em e-books individuais pela Contos do Dragão, mais 6 autores: Carina Portugal, Josué de Oliveira, Leandro Leme, Nilton Braga, Nuno Almeida e Vitor Frazão.

São histórias tão variadas quanto os mitos dos dragões, com estilos ora despojados, ora líricos, sérios, crus. O Dragão é um símbolo de imaginação, de fantasia, dos medos e do maravilhamento que sua aparição sempre causa. Falar de dragões é negar o cotidiano ríspido e encontrar mentiras, escapismos, mas memórias que nos remetem às sensações inocentes da infância ou uma reverência ancestral ao desconhecido, quando ossadas de animais estranhos ou mares nunca navegados eram evidências de sua existência.

Escape do fim do mundo e voe, lá em cima o ar é rarefeito e as verdades se confundem no limiar da atmosfera.

Erick Santos Cardoso
20 de dezembro de 2012.

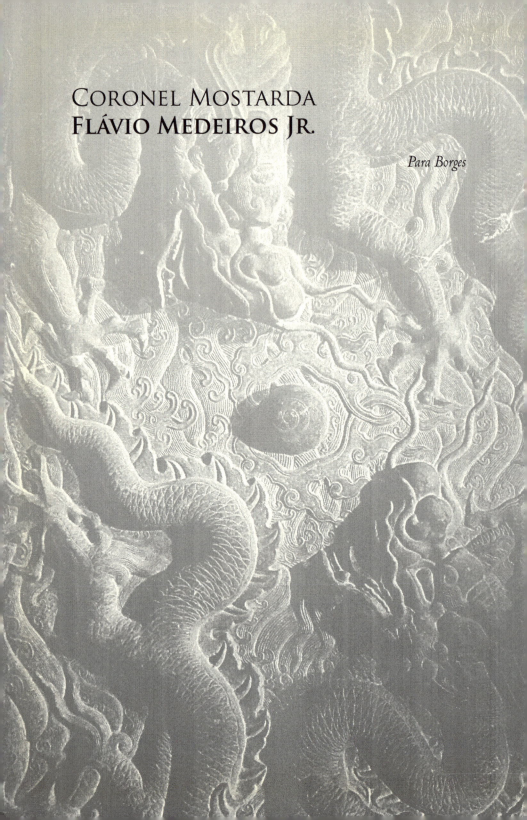

Coronel Mostarda
Flávio Medeiros Jr.

Para Borges

"Gnomos, fadas e ninfas são bem-vindos", dizia a tabuleta à entrada da propriedade.

Charles Wolfman estreitou os olhos, espreitando as sombras da manhã, que desenhavam um caleidoscópio verde e negro na mata dos dois lados da estrada. Farejou o vento e, intrigado, torceu o nariz. Não se desprezava facilmente um convite daqueles. A geografia da região era bem favorável. Entretanto, ele não farejava absolutamente nada de cravo e rosas selvagens. Mesmo o cheiro de jasmim só era perceptível graças ao seu olfato treinado.

Wolfman registrou o fato num canto da memória. Recostou-se no assento e fechou o vidro elétrico, observando o motorista manobrar o automóvel pelo pátio amplo, diante da entrada principal da mansão. Estacionou junto à fonte central, cujo sussurro tranquilizador contrastava com o cheiro que ele sentia se derramar do prédio, escorrendo pelos degraus da escadaria: cheiro de medo.

Desceu do carro amaldiçoando o nó da gravata. Detestava usar terno, mas sua profissão o exigia. No fundo, concordava que ela contribuía para suavizar a impressão causada por sua figura rústica de mandíbula sólida e proeminente coberta pela barba curta e cerrada, costeletas amplas e revoltas, e cabelo negro e grosso penteado para trás e espetado na nuca como uma crina de hiena.

Wolfman olhou para o final da estrada de cascalho que sua viatura acabara de percorrer. Dois encapuzados caminhavam lentamente das margens até o centro da passagem, murmurando cânticos em voz baixa e despejando no chão uma linha de pó escuro retirado de um saco de pano. Não conseguiu reprimir um rosnado baixo. Detestava se sentir confinado, isso estava gravado na parte inexorável de sua natureza. Suspirou, conformado, e se voltou para o outro carro, estacionado à sombra das colunas suntuosas da varanda principal. Encostados na traseira, dois homens o fitavam de soslaio. Não necessitava de sentidos especiais para perceber sua reprovação. O progresso material da humanidade avançava em ritmo vertiginoso, o que só acentuava o contraste com a morosidade da evolução de monolíticos preconceitos e temores milenares.

Ele estudara História, enquanto tentava ignorar a clareira de medo e repulsa que teimava em acompanhá-lo desde os tempos de escola, tendo sua hirsuta figura como centro. Com a Revolução Industrial, as cidades dos homens cresceram com uma rapidez fúngica. Avanços como a eletricidade baniram as trevas para cantos cada vez mais remotos. Com elas, dissipou-se a privacidade de toda espécie de criaturas fantásticas que habitavam o mundo, algumas desde épocas primordiais da vida no planeta. Aquelas em cujo sangue circulava um teor elevado do componente místico optaram por seguir rumo à dimensão fantástica, e jamais retornaram. Poucos ainda viviam em habitats que lhes permitiam preservar seu isolamento, como os yetis ou Nessie. Outros, por opção ou por falta dela, permaneceram no mundo e, paulatinamente, começaram a se apresentar ao ser humano comum, muitas vezes auxiliados por gente de mentalidade aberta, outras vezes por oportunistas que vislumbravam o potencial de lucro por trás das raras habilidades dos seres fantásticos. A sociedade humanoide foi dividida entre regulares e fantásticos, ou "regs" e "fantas", embora os últimos, em pleno século XXI, ainda tivessem dificuldade para cavar seu lugar ao sol.

Caminhando em sua direção, um terceiro homem se afastou dos dois regs na outra viatura. Um sorriso branco ofuscante rasgava o terço inferior do seu rosto negro. Wolfman observou que ele mancava levemente, denunciando a prótese que substituía a perna esquerda. Era uma prótese da melhor qualidade, mas não escaparia à sua capacidade de observação, que somava instinto natural e treinamento profissional. Antes que o negro chegasse perto, Wolfman já percebia o aroma. Tratava-se de um fanta, como ele, mas seu cheiro de jasmim se misturava a um odor picante de especiaria, identificando-o como indivíduo de uma das exóticas espécies nacionais.

— É um prazer conhecê-lo, Inspetor Wolfman, sou o Investigador Lobato.

— Foi o que imaginei — respondeu o outro, da forma menos rude e desajeitada que conseguiu. — O Delegado Moreira falou de você, quando me inteirou do caso. A vítima deve ser importante, para terem me convocado em Brasília com tamanha urgência.

— Danilo Gadelha prosperou no ramo do comércio internacional — disse Lobato, dando de ombros —. Foi investigado por sonegação de impostos e evasão de divisas, porém nada foi comprovado. Estava sempre presente em eventos da alta sociedade mineira, mas tinha muito mais bajuladores do que amigos. Ele sabia disso, mas não parecia se importar, e usava seu poder econômico e sua influência para manter as pessoas à sua volta. Parecia ser feliz assim. Estabeleceu fortes laços políticos, como é fácil deduzir. Certamente tinha inimigos, mas talvez os maiores não fossem declarados. Gadelha era conhecido como o "Cidadão Kane Mineiro", embora poucos tivessem a ousadia de usar o apelido em sua presença.

— Vejo que já andou conversando com as pessoas... — comentou Wolfman. Enquanto caminhava degraus acima em direção à entrada do casarão, cuidava para não deixar para trás seu novo assistente, embora ele demonstrasse uma desenvoltura surpreendente no uso da prótese.

— Sem querer parecer convencido, considero pouco para que a polícia local se dê o trabalho de me convocar de Brasília, tão distante, à Serra do Cipó. Vocês têm bons investigadores em Belo Horizonte. Eles dariam conta perfeitamente do caso.

Lobato sorriu, e seu rosto adquiriu um ar demoníaco, que se desfez rapidamente, engolido por uma expressão de admiração dirigida ao oficial.

— Isso lá é verdade. No entanto, o Delegado Moreira insistiu em chamar o famoso Inspetor Wolfman, que solucionou o "Caso do Djin do Senado Federal". O senhor sabe que investigar crimes cometidos por fantas pode ser uma questão delicada. Tanto as sociedades de direitos civis regulares como a Comissão de Direitos Fantas têm assumido posturas intransigentes em Minas.

— Mas, pelo que sei, vocês têm um bom contingente de investigadores fantas por aqui. Você mesmo é um fanta. Um saci, se não me engano...

— Não, não se engana. E sim, temos bons agentes fantas na corporação. Nenhum lobisomem, entretanto.

O jovem percebeu a mudança na fisionomia de Wolfman, deduzindo que cometera uma gafe. Antes que pudesse se desculpar, o outro fez um gesto apaziguador.

— Não se preocupe, Lobato. Apenas sugiro que se refira a minha espécie como "licantropos". A palavra "lobisomem" traz um ranço pejorativo que vem de longa data. Estou acostumado com esses tropeços graças a minha prolongada convivência com regulares de todos os matizes culturais e sociais, mas tenho parentes que não hesitariam em eviscerá-lo imediatamente, apenas por esse descuido.

O jovem coçou a nuca por sobre o indefectível barrete vermelho, ainda que parecesse a Wolfman que um brilho de divertimento houvesse passado por seus olhos.

— Desculpe-me, de qualquer forma, Inspetor. Na verdade, o que levou a sua convocação não foi apenas o fato dos...ahn... licantropos terem talentos especiais muito úteis num processo investigativo. Este caso tem algumas peculiaridades que, conforme o Delegado, pedem um profissional respeitado tanto pelos fantas como pela comunidade reg, algo que o senhor conquistou com folga, principalmente após o caso do djin.

Chegando ao pórtico principal da casa, Wolfman apurou os ouvidos e o olfato, certificando-se de estarem absolutamente sozinhos. Então inquiriu, em voz baixa:

— E que "peculiaridades" seriam essas?

Lobato engoliu em seco, parecendo hesitar, antes de responder:

— Suspeitamos de que o assassinato tenha sido cometido por um dragão.

Antes que as sobrancelhas peludas do outro voltassem a se recuperar da surpresa, Lobato emendou a segunda informação:

— Um dragão trazido para o Brasil ilegalmente, como escravo.

Wolfman compreendeu de imediato. Caso tais suspeitas se confirmassem, as autoridades estariam sobre um barril de pólvora. Um reg assassinado por um fanta já era suficientemente ruim, mas descobrir que tal fanta estaria sendo mantido como escravo em pleno século XXI causaria uma indignação explosiva nos meios fantásticos. O que pesaria mais? Punição ao assassino? Alegação de legítima defesa? Qualquer que fosse o resultado, alguém ficaria muito insatisfeito.

O mais surpreendente, porém, era a suposta identidade do assassino. Dragões eram seres muitíssimo antigos e respeitados. Conhecidos por sua sabedoria, os poucos a permanecer no mundo regular, após o Êxodo Fantástico iniciado no século XIX, o fizeram por vontade própria. Entretanto, evitavam a todo custo contatos com os regulares. A maioria era incrivelmente poderosa, e poder gerava cobiça. Os dragões consideravam os regulares primitivos, mesquinhos e desprezíveis, e a maioria de suas experiências com o gênero confirmava os rótulos. Optaram por se camuflar, usando sua fenomenal capacidade metamórfica. Escondiam-se no meio das pessoas comuns. Você poderia ter um vizinho dragão e jamais suspeitar dele, e mesmo seres como os mais experientes licantropos teriam enorme dificuldade em reconhecê-los.

— A casa está completamente lacrada?

A pergunta de Wolfman era protocolar. Uma olhadela em torno da propriedade dava perfeita conta da situação. Toda a casa

Coronel Mostarda

se encontrava cercada pela fita amarela que a polícia costumava usar para isolar uma cena de crime. Entretanto, a face interna da fita estava coberta de runas cuidadosamente desenhadas. Nos locais correspondentes aos pontos cardeais, homens encapuzados permaneciam de pé e, no silêncio da propriedade rural, e ouvidos atentos seriam capazes de escutar seus cânticos em voz grave.

O chão sob a fita amarela exibia um rastro contínuo do pó preto que Wolfman vira os encapuzados derramarem na estrada, E em algumas árvores mais próximas cintilavam, ocasionalmente, amuletos estranhos dependurados nos galhos.

A polícia mineira era experiente. A mansão estava completamente isolada, e nenhum fanta seria capaz de escapar da barreira mística. Para os suspeitos humanos, policiais regs esperavam, indolentes, junto a cada entrada ou saída. Era o procedimento padrão em crimes onde se suspeitava do envolvimento de fantas. Era fácil para essas criaturas desaparecer de vista, portanto a área do crime só seria liberada para que fantas e regs saíssem quando a polícia julgasse prudente. Isso significava que todos os que se encontravam na casa no momento da morte de Gadelha ainda estavam ali, confinados desde o dia anterior, à espera do Inspetor Wolfman.

Lobato, que conhecia a casa, tomou a dianteira. Cruzaram o hall de entrada e seguiram pelo corredor até uma ampla sala de estar, ornada com ricos tapetes e poltronas de couro, além de um bar que ocupava toda a parede do fundo, de frente para amplas janelas, que davam para o vale arborizado que se estendia atrás da casa. O saci se encarregou de apresentar o Inspetor aos presentes, e também de identificar cada um deles.

Letícia Gadelha era pequena, de aproximados trinta anos, única parente viva de seu pai, a vítima. Usava cabelos negros curtos e repicados que se juntavam no alto como um topete moicano, brilhando sob efeito de algum produto fixador. A maquiagem escura emoldurava seus olhos, e o contraste com a pele muito branca lhe dava um ar sinistro. Era magra nos lugares certos, mas Wolfman rapidamente decidiu que não fazia seu tipo.

Um homem grisalho e obeso olhava a dupla de policiais com olhos vidrados, por trás de um par de óculos de aros redondos. Seu bigode, cheio e também grisalho, esforçava-se para manter distantes entre si as duas bochechas arredondadas. Bordada na lapela do avental branco, sua identificação: "Doutor C. Cerqueira". Era o médico particular do morto, e obviamente acabava de perder o emprego.

Junto a uma mesa, um rapaz franzino ergueu os olhos de alguns papéis à entrada dos agentes. Também usava óculos, e o cabelo negro cortado rente ao crânio. Os trajes denunciavam pouca familiaridade com a moda e o trato social. Era Marco Antônio Baldini, secretário particular e assistente de Danilo Gadelha.

Finalmente, meio escondida por trás de uma poltrona, pequena, rechonchuda e trêmula como um hamster, encontrava-se Janice, a empregada, devidamente paramentada com uniforme xadrez, gorro e avental. Wolfman cumprimentou cada um deles e pediu que aguardassem por seu retorno. Antes de mais nada, precisava ver a cena do crime.

O corredor que conduzia à biblioteca estava guardado por um policial regular. Lobato mostrou onde começava a trilha de gotas de sangue, no meio do corredor. A trilha atravessava a saleta de leitura e entrava na biblioteca. A porta que dividia os dois cômodos, de madeira maciça, havia sido arrombada. Apresentava uma série de talhos na superfície, como se houvesse sido fatiada por um objeto rígido e poderoso, cujos golpes praticamente a arrancaram das dobradiças. Dentro da ampla biblioteca, uma poça de sangue banhava os quatro pés da mesa principal. Esta ocupava o centro do aposento, repleto de estantes que se perdiam nas sombras, guardando milhares de tomos perfilados em formação militar. A única fonte de luz, já que as amplas janelas estavam cerradas, era o abajur em um dos cantos da mesa.

Bem ao seu lado, como uma sentinela sinistra, um homem alto e magro permanecia absolutamente imóvel. O corpo era anguloso desde os ombros até cada traço do rosto inexpressivo. Não tinha cabelos, e as órbitas profundas deixavam um véu de sombras quase permanente

Coronel Mostarda

em torno dos olhos pequenos. A face era encovada, e a boca minúscula denunciava pouco uso. O mais marcante, porém, era a cor de sua pele marrom-acinzentada. Mais que doente, era quase cadavérica.

— Aquele é Eliezer, o mordomo — disse Lobato, casualmente, apontando para a figura. Wolfman não precisava ver a inscrição na testa da criatura para saber que era um golem.

Lobato o contornou com cuidado e, do lado oposto da mesa, apontou para o corpo emoldurado em vermelho.

— O cadáver, é claro, nem foi mexido.

Sem qualquer emoção, Wolfman contemplou o corpo caído de costas sobre a própria cadeira, os braços abertos em posição de entrega, as pernas dobradas em ângulo reto sobre o assento de madeira como se o homem estivesse preparado para dar a luz. No ombro direito, verticalmente ao lado do rosto, destacava-se um cabo cilíndrico que devia continuar em uma lâmina, invisível no momento, cravada na carne do morto como uma miniatura da Excalibur sobre a bigorna.

— A faca, como pode ver, não causou a morte — observou Lobato.

— Poderia, se houvesse tempo, já que obviamente atingiu a sub-clávia, mas pelo jeito o assassino decidiu acelerar as coisas...

Com efeito, o que mais chamava atenção era o afundamento na testa da vítima, uma concavidade roxa cercada de sangue coa-gulado, que com o passar das horas já impedia o reconhecimento das feições, tal o edema que dominava a face. Apenas os cabelos grisalhos, também tomados por um tom róseo graças ao sangue abundante, eram reconhecíveis. O homem vestia um avental azul, bastante encardido, sobre as roupas comuns.

— A filha e o médico reconheceram o corpo antes que o edema se instalasse. Este é mesmo Danilo Gadelha.

Wolfman se apoiou sobre os joelhos e as mãos e farejou o obje-to metálico caído um metro acima da cabeça esmigalhada.

— Este candelabro foi manuseado há pouco tempo, tanto por algum fanta quanto por um regular. Não dá para dizer qual dos dois o usou para cometer o crime.

— O senhor acha que foi com ele que arrombaram a porta?

— Certamente não. Pancadas como aquelas teriam deixado marcas profundas no metal do candelabro, por mais maciço que seja. E não vejo marca significativa nenhuma, já que os ossos da cabeça são mais macios.

Lobato parou diante do golem, inclinando a cabeça para trás na vã tentativa de fitar os olhos encovados, cerca de um metro acima de sua estatura.

— Marco, o secretário, encontrou o corpo por volta das quatro da madrugada, após ouvir a pancadaria e vir em socorro do patrão. Quando a polícia chegou, Eliezer, o mordomo, estava de pé bem aqui, imóvel e de prontidão como sempre. Marco afirma que já estava assim quando entrou. É possível que o golem seja o assassino?

— Dificilmente. Essas criaturas não têm direitos civis como os demais fantas, porque ainda não se chegou a uma conclusão sobre se estão de fato vivas. Como são completamente subservientes ao amo, nem sequer manifestam desejos de terem direitos legais. São animados por um selo com dizeres mágicos, fixado atrás de seus dentes, que precisa ser retirado ao pôr do sol, quando então permanecem inertes.

— São uma espécie de robôs fantas...

— Algo assim — concordou Wolfman, após ponderar por um segundo —. À noite, por razões desconhecidas, os golens enlouquecem. Ficam violentoscontra qualquer um que se ponha em seu caminho, e são desagradavelmente fortes. Como o crime ocorreu durante a madrugada, Eliezer provavelmente estava "desligado". Nem deve ter visto nada.

— Por outro lado, são fortes o suficiente para destruírem aquela porta de madeira. Será que, por esquecimento ou por sabotagem, Eliezer não poderia estar "ativado" na noite do crime?

— Percebo que nunca viu um golem enfurecido, Lobato. Se houvesse acontecido com Eliezer, não haveria sequer uma destas estantes inteira. A porta, em vez de fatiada, estaria provavelmente do outro lado do aposento. É claro que Gadelha sabia disso, mas talvez contasse com a possibilidade de que algum policial menos experiente chegasse à mesma hipótese que você acaba de formular. O que nos leva àquilo...

Wolfman apontou para a mão direita do morto. Lobato aproximou-se e viu parte de um cartão prateado escapando por entre os dedos cerrados. Sinais em alguma língua desconhecida eram visíveis numa das superfícies.

O investigador o brindou com um de seus sorrisos brancos. Usando luvas de borracha, retirou cuidadosamente o cartão da mão gelada. Examinou-o brevemente e o apresentou a Wolfman.

— Sem dúvida, trata-se do cartão de ativação de Eliezer. A inscrição mística está clara, apesar do sangue.

Wolfman se permitiu um breve sorriso, examinando o cartão de ambos os lados.

— Talvez o que de fato nos interesse não seja a inscrição mística, mas a que está no verso.

Lobato se inclinou, curioso, e leu a palavra escrita em letras de forma tremidas na face oposta do cartão:

— "Rosebud". O que quer dizer isso?

— Parece que você não aprecia os clássicos do cinema. Você não disse que Gadelha era chamado, pejorativamente, de "Cidadão Kane Mineiro"? Pois "rosebud" foi a última palavra dita pelo personagem do cinema, o Cidadão Kane original, antes de morrer.

— Você deve estar brincando. O que ele queria dizer com isso?

— Ninguém sabe — disse Wolfman, dando de ombros —. Não fica claro no filme, assim como fica como mais um mistério para nós.

— A última palavra do "Cidadão Kane Mineiro"... Não, não pode ser coincidência. Parece o resultado de um senso de humor doentio e mórbido, o senhor não acha?

— Demais para ser verdade, Lobato. Faça-me um favor: vasculhe o chão em torno da poça de sangue, especialmente embaixo das estantes. Devemos encontrar algo relevante.

Lobato obedeceu prontamente, mal se contendo de curiosidade. Com suas habilidades de saci, demorou apenas alguns segundos para retornar com um pequeno cilindro na mão. Wolfman apanhou a caneta e cheirou.

— Cheiro de sangue fresco. Foi o que Gadelha usou para escrever a palavra "rosebud", às pressas, no verso do cartão. No momento em que foi atingido pelo candelabro e caiu, a caneta rolou para as sombras.

— E o que podemos deduzir de tudo isso? — indagou o saci, absolutamente no escuro, coçando nervosamente a nuca.

— Gadelha não foi esfaqueado aqui. Estava em outro lugar da casa quando foi atacado pelo assassino. Onde, você se pergunta? Difícil dizer. Esta casa tem cheiros enganosos. O sangue escorreu pela ferida enquanto ele tentava fugir, e finalmente começou a pingar no chão ali fora, no corredor. Ele já devia estar enfraquecido pela dor e pela hemorragia, quando chegou à biblioteca. Não era um homem jovem, e o ferimento era grave. Por que veio para cá? Talvez o assassino estivesse cortando alguma outra rota de fuga. Ou talvez, em seu desespero, planejasse mesmo usar o golem, que se encontrava aqui, como arma. Gadelha trancou a porta. O assassino começou a derrubá-la. Encurralado, o homem perdeu algum tempo pensando no que fazer. Deve ter concluído que não havia escapatória. Apanhou a caneta e, sentado à mesa, escreveu a palavra no verso do cartão, com o provável objetivo de deixar uma pista para nós. Então a porta cedeu, e o homem foi atingido em cheio na testa pelo candelabro. Temos o local e a arma do crime. Falta-nos saber o principal.

— O Coronel Mostarda.

— Como? — estranhou Wolfman, sem compreender.

— Eu desconheço os clássicos do cinema, mas o senhor nunca jogou "Detetive", Inspetor — riu Lobato, prosseguindo em tom professoral:

— "Quem matou foi o Coronel Mostarda, na biblioteca, usando o candelabro." Estamos quase ganhando o jogo, embora falte o mais difícil: a identidade do assassino. Sua teoria é boa, mas por que Marco demorou tanto para chegar aqui? O barulho das pancadas na porta deve ter sido enorme...

— A não ser que tenha sido tudo muito rápido, o que apontaria para um criminoso fanta. Vamos esclarecer isso nos interrogatórios.

— Algum palpite, Inspetor? Quero dizer, o senhor já pôde dar uma boa farejada nas pessoas lá fora.

— Esta casa está impregnada pelo cheiro de jasmim, o cheiro primordial do universo, que faz parte da essência fundamental de todo fanta. Bem, temos um golem circulando na propriedade faz tempo. Mas, além dele, é certo que temos um ou mais fantas aqui. Pelo que você disse, suspeitam de um dragão. Dragões estão entre os mais habilidosos metamorfos, podem assumir uma infinidade de formas, todas inescrutáveis. Se forem suficientemente antigos, acredita-se que sejam capazes de disfarçar o próprio cheiro. Entretanto, espalhar seu cheiro original de jasmim pela casa pode ser outra boa estratégia de camuflagem. Não será fácil desencavar esse, como você diz, "Coronel Mostarda".

Wolfman orientou os técnicos regs que esperavam do lado de fora da biblioteca quanto à coleta de evidências. Passaram o resto do dia buscando pistas. Vasculhando a casa, nada foi descoberto. Iniciaram então os interrogatórios, um suspeito de cada vez, numa sala reservada.

Marco Baldini foi o primeiro. Estava a serviço de Gadelha havia mais de dois anos, cuidando das finanças e trabalhando como secretário. Cerca de seis meses atrás, o patrão apresentou uma inesperada mudança no comportamento. Antes alegre e despreocupado, de maneira às vezes excessiva, tornou-se calado, reservado, reflexivo. Para surpresa de Baldini, começou a manifestar um interesse inédito por fantas. Solicitava ao secretário pesquisas e mais pesquisas, em busca de livros sobre o assunto e de espécimes animais e vegetais exóticos de constituição mística. Tudo muito caro, mas para ele isso não era problema. Quando Baldini o inquiria a respeito, tornava-se agressivo e o repelia. Por alguma razão, não pretendia deixá-lo se metermais do que o absolutamente necessário em seu novo ramo de interesse. Perguntado sobre o paradeiro dessas obras e espécimes, Baldini deu de ombros. Os caminhões despejavam as caixas no pátio lateral, e ele sabia que havia alguns depósitos no terreno ao redor, mas ignorava para onde os carregadores transportavam tudo. Gadelha fazia questão de enviá-lo para alguma tarefa nos fundos da casa ou mesmo no povoado próximo, para evitar que ele se intrometesse. Mas de algo suspeitava: a mudança no temperamento de Gadelha provavelmente tinha a ver com sua saúde. Quase na mesma época do interesse por fantas, o Doutor Cerqueira começou a transitar pela propriedade, e pouco tempo depois foi contratado como médico particular em dedicação exclusiva. Gadelha passou a gastar muito em remédios que o médico trazia de viagens regulares à capital. Indagado sobre a noite do crime, Baldini afirmou que foi acordado com as fortes batidas na madeira, que vinham da biblioteca. Após alguns segundos de apreensão, saiu cautelosamente de seu quarto nos fundos da casa e se esgueirou até outro aposento, onde Gadelha guardava armas de grosso calibre. Apanhou um rifle de caça, alguma munição, e seguiu na direção dos sons. Encontrou a biblioteca em silêncio, a porta arrombada, e seu patrão morto atrás da mesa. Não havia mais ninguém, regular ou fanta, exceto o golem. Baldini gritou por socorro e Cerqueira foi o primeiro a aparecer, seguido por Letícia e, finalmente, pela criada. Calculava que, entre o momento em que acordara com o barulho e o instante em que encontrara o corpo, passaram-se menos de dez minutos. Quem arrombou aquela porta era forte demais para ser um regular. Se ele suspeitava de alguém? Não ousava. Conhecia uma lista dos desafetos do patrão, extensa demais para limitar suas suspeitas às pessoas presentes na casa.

O interrogatório do médico trouxe informações adicionais. Atendia a vítima havia cinco anos, mas foi contratado como médico particular após ter descoberto em Gadelha, numa avaliação de rotina, um câncer incurável. Se não houvesse sido morto, o

Coronel Mostarda

homem não teria mais de um ano de vida. Gadelha lhe pagava bem por sua atenção exclusiva e para buscar, em todos os recantos possíveis, fagulhas de esperança para sua cura. Dinheiro, ele dizia, não era problema. Cerqueira não via uma conexão consistente entre a doença e o súbito interesse da vítima por fantas. Talvez, em sua angústia, esperasse encontrar no mundo dos seres místicos alguma cura por meios mágicos. Como bom profissional, ele não queria ter nada a ver com isso, mas incentivava que o paciente continuasse suas investigações. Um pouco de distração psicológica podia acabar fazendo bem a seu deplorável estado físico. Na noite do crime ouviu as pancadas, mas confessou ter sentido medo suficiente para apenas trancar sua porta por dentro e permanecer de ouvido colado nela, até que ouviu os gritos de Baldini por ajuda, quando então partiu para um socorro que já não era necessário. Se ele suspeitava de quem fosse o criminoso? Nada tinha contra ninguém, mas achava a filha de Gadelha uma menina estranha. Após anos ausente, a volta para o Brasil ao saber da doença do pai não lhe parecia uma prova de amor, mas de interesse. Era tempo de adular o velho moribundo e começar a se inteirar da herança.

Letícia Gadelha rompeu com o pai havia mais de cinco anos, quando foi viver na Europa. A falta de afeto, de atenção e de paciência chegaram a um ponto intolerável. A partir daí mal teve contato com ele, até que há seis meses o pai lhe telefonara, contando-lhe de sua doença. Naquele momento, algo revolveu dentro dela, e mágoas antigas se dissolveram diante de um fato mais importante. Letícia voltou para casa, disposta a confortar aquele que, afinal de contas, era seu pai, em seus últimos meses de vida. Mesmo assim mantinha certa distância, pois sentia verdadeira repulsa pelos negócios que o haviam afastado dela durante toda a vida. Nos momentos de maior dificuldade, deixava a Serra do Cipó por dois ou três dias, indo se refugiar em Belo Horizonte. Nada sabia dessa tolice do pai em relação a fantas, que considerava criaturas bizarras, exóticas e supérfluas no mundo de hoje, com o perdão dos senhores investigadores. Na noite do crime foi acordada por Janice, que de forma atropelada informou que algo grave estava acontecendo na biblioteca. Por que não acordou com o barulho do arrombamento? Nesse momento Letícia teve de confessar que dormia sob efeito de algumas substâncias, digamos, relaxantes em excesso, que eventualmente usava para aliviar a pressão quase insuportável de estar confinada naquela casa, com o pai doente que lhe era praticamente um estranho. O assassino? Não tinha provas, mas o pai lhe confessara que estava feliz com sua volta ao Brasil. Disse que já andava conformado em morrer sozinho, e que havia feito um testamento deixando sua fortuna inteira para o médico, a única pessoa que lhe dedicava um carinho sincero. Agora, com a volta da filha, pretendia dividir a fortuna entre os dois.

O interrogatório de Janice, a empregada, foi o mais rápido. A mulher apenas tremia e chorava. Trabalhava com Gadelha havia dez anos. Confirmou com acenos de cabeça ter ouvido os sons do arrombamento, e ter se esgueirado até o quarto de Letícia para despertá-la, o que lhe custou alguns minutos. A qualquer outra pergunta que lhe exigisse falar em voz alta, respondia com grunhidos e negativas de cabeça. Quando Wolfman tentou aumentar a pressão, deixando crescerem os pelos do rosto e as presas, e dando aos olhos o brilho vermelho de sua forma lupina, viu a poça de odor desagradável se formando no chão em volta dos pés da coitada. Constrangido, acabou dispensando-a. Ao final de tudo, Lobato indagou:

— E então, alguma novidade?

— A história de todos se encaixa, mas obviamente alguém está mentindo. Seja quem for o assassino, teve tempo de cometer o crime, sair e voltar depois como testemunha inocente. Isso fala a favor da velocidade e força de um fanta. A atitude da empregada foi, curiosamente, o que mais me chamou a atenção.

— Mas ela não disse praticamente nada.

— Exatamente. Ela sabe de algo que não está nos contando, mas sente um medo mortal do que quer que seja. Um medo tão grande

Coronel Mostarda

que chega a ser maior do que o que sente de mim, a ponto de resistir com seu silêncio a minha forma lupina. Isso me faz pensar na impressão que tive ao entrar nesta propriedade. Há um convite expresso para gnomos, fadas e ninfas, certamente colocado ali após o despertar do interesse de Gadelha por fantas. No entanto, não percebi sinais desses seres nas proximidades, ainda que a Serra do Cipó, com suas matas e cachoeiras, seja um habitat ideal para eles. Farejei alguns, ao longo da estrada desde Belo Horizonte, mas de repente desapareceram.

— Gnomos, fadas e ninfas são criaturinhas sensíveis. Estariam desconfiados da provável atitude interesseira por trás do convite de Gadelha?

— Mais que isso. Esta propriedade não é tão extensa, entretanto meu olfato não capta sinais de fantas silvestres num raio de pelo menos três quilômetros ao nosso redor. O instinto natural dos fantas é infalível, Lobato. O medo está afastando essas criaturas daqui. Medo de alguma criatura infinitamente mais poderosa que eles, e avessa a contatos sociais. Do nível de um dragão, por exemplo.

— Mas durante os interrogatórios seu olfato não captou nada...

— Lembre-se do que eu disse: os disfarces do dragão são inescrutáveis. Todos que interrogamos cheiram a regulares, a despeito do aroma de jasmim que impregna cada canto desta casa. Isto, por si só, é muito suspeito. Você disse que tinha as provas da importação de um dragão pela vítima...

— São cópias de mensagens virtuais trocadas entre Gadelha e um consórcio de colecionadores de antiguidades europeu, que Baldini afirma ter descoberto casualmente durante seu trabalho. Tratam claramente da negociação envolvendo a compra, por Gadelha, de uma rara Pérola do Sol. O negócio parece ter se concretizado de maneira positiva, mais ou menos na época em que Gadelha descobriu sua doença, o que coincide com a vinda do médico e da filha para esta casa.

Wolfman alisou a barba mal aparada. De fato, a posse de uma Pérola do Sol, também conhecida como "Pedra de Dragão", seria a única forma segura de introduzir uma criatura dessas no país de maneira discreta, além de ser um crime gravíssimo. Todo dragão, a despeito de seu poder e antiguidade, possui uma dessas pérolas, que constituem seu único ponto vulnerável. Eles a levam escondida, na maioria das vezes sob suas escamas ásperas. Alguns esbanjam confiança no próprio poder e a exibem dependurada no pescoço, presa por uma corrente.

A essência do poder de um dragão está contida nessa pérola mística. Aquele que, num lance de sorte ou extrema bravura, for capaz de se apossar dela, passa a ter total controle sobre o monstro. Ele se torna seu escravo, absolutamente submisso, obrigado a obedecer todas as ordens do novo possuidor da joia. No caso de Gadelha, tendo a pérola em mãos, só teria que invocar a fera a ela vinculada, e esta seria obrigada a comparecer imediatamente. Para afastar qualquer suspeita, bastava ordenar que o dragão viajasse incógnito. Nesse sentido, tanto Letícia quanto o Doutor Cerqueira poderiam ser um dragão disfarçado. Afinal, a data das mensagens virtuais era de poucas semanas antes da chegada de ambos à casa. Por outro lado, nenhum dos dois conhecia Baldini ou a criada, ou mesmo o mordomo Eliezer, antes de chegarem à propriedade. O dragão já poderia estar ali antes, substituindo um dos verdadeiros empregados. Nesse caso, devia existir mais um corpo escondido em algum lugar.

O jantar foi servido pela trêmula Janice. Wolfman orientou os presentes no sentido de se recolherem a seus aposentos e evitarem circular pela casa durante a noite. Voltariam aos trabalhos pela manhã.

Enquanto caminhava para o quarto, o licantropo refletia febrilmente. Acabava de lhe ocorrer um detalhe que não se encaixava nos rumos seguidos pela investigação. Uma peça do quebra-cabeça acabava de lhe saltar aos olhos, justamente por sua impossibilidade.

Assim que entrou no quarto e acendeu as luzes, um retângulo escuro se destacou sobre sua cama. Simultaneamente, um odor ácido, que ele não pôde identificar no primeiro momento, assaltou suas narinas sensíveis. Wolfman sacou a arma e fechou a porta atrás de si. Olhando ao redor, sem nada perceber de anormal, aproximou-se do livro empoeirado que jazia, aberto, sobre o travesseiro. Usando a borda do lençol como luva, ergueu a capa dura e empenada e leu o nome da obra. Tratava-se de uma antiga coletânea de obras de Quevedo. Um longo e sinuoso poema cruzava o centro das páginas amareladas de cima abaixo. Um trecho estava circulado a caneta, onde Wolfman leu: *"Se está vivo quien te vio / Toda tu historia es mentira / Pues si no murió, te ignora / Y si murió no lo afirma."*

Foi quando algo frio e áspero saiu de baixo da cama, emitindo um chiado, e serpenteou por entre suas pernas. Wolfman conhecia o poema, e o compreendeu de imediato. Resistindo a olhar para a coisa, apontou a arma na direção da lâmpada acesa e atirou. Um clarão e um som de vidro estilhaçado sucederam o estrondo da arma, e o quarto mergulhou na escuridão completa. Deixando apontarem suas garras afiadas, Wolfman saltou e cravou as unhas no teto de madeira. Encolheu as pernas sob o corpo, permanecendo dependurado de cabeça para baixo, como um morcego. De repente, a porta se abriu e a claridade do corredor penetrou. A silhueta de Lobato desenhou-se, arma em punho, e chamou o Inspetor pelo nome.

— Não olhe, Lobato! Há um basilisco aqui dentro!

Com o canto do olhar, Wolfman divisou uma sombra esguia serpentear rapidamente pela faixa de luz no chão e desaparecer do lado oposto, mais próxima do saci. Com uma rapidez espetacular, Lobato entrou no quarto e fechou a porta. Um segundo depois, ouviu-se alto e claro, dentro da escuridão, o perfeito cantar de um galo. Seguiu-se um chiado irritado, e o silêncio.

Lobato abriu a porta novamente e procurou, na penumbra, o acendedor de um abajur. A claridade difusa inundou o aposento. A forma escura de Wolfman se desprendeu do teto e caiu de pé, com um baque seco. Os dois homens se aproximaram cautelosos da serpente verde-amarelada, a cauda bífida ainda tremulando nos espasmos derradeiros da morte, os quatro pares de pernas contraídos dos lados do corpo. Por via das dúvidas, Wolfman esmagou a cabeça com o salto da bota.

— Pensou rápido, Lobato. Eu nunca tinha visto uma dessas criaturas viva, e confesso que tinha dúvidas de que realmente podiam ser mortas com o canto de um galo.

— O canto do galo ou o cheiro da doninha são as melhores armas contra basiliscos, Inspetor. E, modéstia à parte, sacis imitam galos como ninguém. Quando jovem, uma de minhas travessuras prediletas era imitar o galo nas fazendas, iniciando o dia de trabalho para os pobres regulares pelo menos duas horas mais cedo. Felizmente o senhor não encarou o bicho.

— Foi por pouco, pois reconheci o poema de Quevedo, "O Basilisco", segundos antes dele surgir por baixo da cama. Se não fosse o livro, não teria escapado de seu olhar mortal.

Lobato olhou para o livro, curioso.

— E como esse livro veio parar aí? Sem dúvida, trata-se de um atentado contra sua vida.

— É o que parece, ou querem fazer parecer. O poema avisando sobre a ameaça não deixa de ser um detalhe intrigante.

Wolfman fechou o livro com cuidado, e o cheirou de cima abaixo.

— Foi colocado há pouco tempo. A trilha que seguiu até aqui ainda está no ar. Venha, vamos descobrir de onde ele veio antes que seu rastro se dissipe.

— Isso está cheirando a armadilha, o senhor sabe.

— O que podemos fazer? Ossos do ofício...

Encontraram Cerqueira e Letícia no final do corredor. Seus quartos eram próximos, e foram atraídos pelo som do tiro. Um policial regular também apareceu. Wolfman ordenou que ele permanecesse alerta, e aos suspeitos que retornassem aos quartos. Continuou adiante, farejando o ar de quando em quando, seguido por Lobato, de arma em punho, até uma escadaria que conduzia ao porão.

O cômodo quadrangular estava atulhado de objetos empoeirados, mas Wolfman não se deteve. Contornou as pilhas de tralhas em passo seguro, inspirando o frio úmido, até a parede dos fundos, onde chegaram a um beco sem saída. O Inspetor apalpou as pedras cobertas de limo, até que pressionou uma delas com força. Ouviu-se um estalo, e uma porta oculta se abriu.

Após escutar a escuridão por um breve instante, Wolfman apalpou a parede e fez acender um lustre dependurado nas vigas do teto. Esgueirou-se para dentro, cauteloso como um lobo cercando sua presa. Lobato, que vinha atrás, não conteve um assovio agudo.

A parede maior do retângulo forrado de pedra nua estava coberta por uma estante comprida, repleta de livros de aparência muito gasta. O cheiro de mofo era sufocante. Ao fundo, do lado esquerdo, algumas gaiolas em cujo interior moviam-se sombras vivas. Do lado oposto, uma mesa com livros empilhados, e um balcão comprido coberto de frascos de vidro e instrumental, como num laboratório. Não se via ninguém vivo. A única figura humanoide era uma estátua de mármore em tamanho natural de um guerreiro, trajando cota de malha, elmo e espada. Lobato a encarou com desconfiança.

— Quem será o guardião da sala secreta?

— A estátua é bem antiga. Parece algum deus pagão — sugeriu Wolfman, tentando inutilmente ler inscrições quase apagadas na base.

Lobato caminhou ao longo da estante, examinando os livros.

— Apenas livros velhos. Por que não estão na biblioteca com os outros?

— Observe os títulos, Lobato.

Wolfman começou a puxar livros ao acaso, olhando-os por um instante e depois mostrando ao saci.

— "Farsália", de Brunetto Latini; ""Samson Agonistes", de Milton; "Pseudoxia epidêmica", de Sir Thomas Browne. Tem tratados acadêmicos, como "História Natural das Serpentes e Dragões", de Aldrovandi, e obras consideradas ficcionais, como a "Ilíada" de Homero. O que todas têm em comum?

Lobato retirou do lugar e examinou, com olhos estreitos, um exemplar amarelado de "Demonologia e Feitiçaria", de Walter Scott.

— Não conheço todos, mas parece que tratam de temas ligados ao universo dos fantas.

— Exato. Todos se referem, de alguma maneira, a criaturas fantásticas como nós. Veja este: "A Secreta República dos Elfos, das Fadas e dos Faunos", do Reverendo Kirk. Foi o livro responsável pelo primeiro incidente diplomático grave entre o mundo dos regulares e o nosso.

Wolfman apontou para uma prateleira lacrada com um vidro e iluminada com uma tênue luz branca. Continuou enunciando títulos:

— O "Bardo Thödol", dos tibetanos; "Bundahishn", dos zoroastristas; "Garuda Purana", dos bramânicos; "Eddas"; "Mahabarata". Tem até um exemplar raríssimo do "Necronomicon", de Abdul Alhazred. Exemplares valiosíssimos. E *todos* se referem a seres fantásticos.

— São os volumes cujo destino Baldini desconhecia. Por que Gadelha teria organizado esta biblioteca secreta?

Wolfman caminhou até as gaiolas. Apontou para uma lebre branca, sobre cuja prisão descansava um vaso de planta.

— A árvore é uma pequena acácia. Provavelmente o animal seja uma lebre lunar. Os chineses creem que essa criatura produza as drogas que dão origem ao elixir da imortalidade. — Wolfman apontou para um pelicano, encolhido numa gaiola maior. Tinha um bico mais curto que o habitual, e penas amarelas. — Aquele é um pelicano do deserto. Seu sangue, supostamente, pode ressuscitar os mortos.

— Gadelha tinha um câncer incurável — o rosto de Lobato se iluminou, em compreensão —. Estava mesmo apelando para fontes místicas em busca de uma cura!

— Nosso basilisco veio de uma destas gaiolas. E o livro de Quevedo esteve, há pouco tempo, naquela mesa. O cheiro das manchas no avental do morto combina com alguns daqueles frascos. É provável que o assassino o tenha atacado neste cômodo.

Aproximaram-se do laboratório improvisado. Wolfman percebeu um brilho de repulsa no olhar de Lobato, que observava os vidros e tubos de ensaio. Julgou que sua reprovação se dirigia a um vidro cheio de chifres de unicórnio. A caça dessas criaturas indefesas era considerada um crime grave no mundo inteiro. Seus chifres tinham poderes medicinais, mas extraí-los era, de acordo com o senso comum, fonte de grave mau agouro. A morte violenta de Gadelha podia atestar bem esse fato. Mas então Wolfman percebeu que o olhar de Lobato se dirigia a outra garrafa, fechada com uma rolha marcada com uma cruz, ao lado de uma peneira prateada.

— Um kit para capturar sacis — resmungou Lobato —. Que diabos queria Gadelha conosco? Não temos o poder de curar nada, muito pelo contrário.

A atenção de Wolfman, entretanto, já se desviara para outro lugar. O olhar intenso da estátua de mármore encarava algum ponto obscuro na parede oposta. Na penumbra, o policial divisou um retângulo escuro. Aproximou-se e descobriu um cofre. De sua porta se destacava um teclado numérico. Sobre o ombro, Lobato falou em voz baixa:

— Veja as runas entalhadas em volta de toda a placa de aço. É uma proteção mística para impedir que seja arrombado por fantas.

— E para esconder, também, objetos fantásticos. Mesmo através da placa de aço posso perceber a emanação de um aroma místico de jasmim. Deve haver um objeto muito poderoso aí dentro, e creio que já sabemos qual.

— A Pérola do Sol! Inspetor, precisamos encontrar o segredo deste cofre! Talvez o número de algum documento pessoal de Gadelha, ou algum número telefônico que possa ser digitado nesse teclado...

— Número telefônico — ecoou Wolfman, tomado por súbita inspiração —. Lobato, não toque em nada. Permaneça aqui, vigiando tudo. Retorno num instante...

Wolfman subiu as escadas aos saltos. Dobrando uma curva no corredor, quase se chocou com um policial reg que vinha em sentido contrário, e que trazia uma notícia surpreendente: um dos encapuzados que zelavam pelo círculo místico que isolava a casa havia sido encontrado morto, a cabeça decepada caída alguns metros adiante. Isso significava que o isolamento místico estava desfeito, e qualquer fanta seria capaz de escapar. O policial suspeitava de que o assassino já devia estar longe. Wolfman vacilou por um momento, mas aquela informação de forma alguma se encaixava em suas suspeitas. Bem, teria que pensar nisso mais tarde. Estava eufórico demais com a perspectiva de finalmente colocar as mãos na joia que havia sido a motivação de todos aqueles crimes. Ordenou que o reg retornasse ao seu posto e reforçasse o cerco à mansão até que um novo guardião místico se apresentasse para fechar novamente o círculo.

Wolfman prosseguiu em sua busca e, no segundo aposento que examinou, encontrou um aparelho de telefone sem fio. Sorriu, satisfeito, e retornou para a sala secreta no porão. Triunfante, mostrou o aparelho ao saci.

— Veja isto. Gadelha tinha mesmo algum senso de humor, a ponto de brincar com seu próprio apelido de "Cidadão Kane Mineiro". Em seus últimos momentos, tentou nos deixar uma forma de adquirir o controle sobre seu dragão oculto.

Como o saci permanecesse com seu olhar estupefato, Wolfman explicou:

— "Rosebud", lembra-se? A inscrição que ele fez às pressas no cartão místico do golem, o primeiro pedaço de papel em que conseguiu por as mãos antes que a porta da biblioteca cedesse. Observe que cada tecla numerada do telefone corresponde a um pequeno grupo de letras, inscritas imediatamente sob o numeral. Um teclado idêntico ao do cofre.

— Inspetor! Bem, não custa tentar...

"Rosebud", reforçou mentalmente Wolfman, enquanto observava o telefone e reproduzia, no teclado do cofre, os numerais correspondentes às letras: 7 – 6 – 7 – 3 – 2...

Ele jamais saberia qual o primeiro sinal emitido por seus instintos lupinos, denunciando a armadilha. Com o canto de um olho, percebeu uma sutil diferença no ambiente. Quase imediatamente, um cheiro peculiar atraiu seus olhos para a ponta de um objeto jogado atrás da mesa.

Wolfman interrompeu a digitação do segredo e, num golpe rápido, as garras de licantropo se projetando em meio ao movimento, rasgou as roupas e a carne do ombro de Lobato, que com um salto ágil e um grito de dor colocou-se fora do seu alcance. Antes que ele se recuperasse da surpresa, Wolfman sacou a arma e apontou para a mesa das garrafas. Um estampido, e o topo da garrafa fechada com a rolha marcada em cruz desapareceu em cacos cintilantes. Um redemoinho emergiu dela, dançando furiosamente, e do nada um Lobato furioso se materializou, equilibrando-se sobre sua única perna natural. O outro Lobato, o de duas pernas, com um grito sobrenatural, se desfez numa massa amorfa, que voltou a se definir como um enorme pássaro e voou para fora da sala.

— Estamos quites, Lobato — sorriu Wolfman, em raro momento de bom humor —. Um tiro na garrafa por um canto de galo.

— Como descobriu? — indagou, com veneração, o assustado saci, ajeitando o barrete vermelho na cabeça — Eu já estava desesperado, mas acho que meus gritos não eram audíveis dentro daquela garrafa maldita, nem mesmo para seus sentidos aguçados.

— Não mesmo. Acontece que, enquanto digitava o segredo, percebi na periferia da visão a falta de uma imagem branca que deveria estar ali: a estátua de mármore do deus antigo. Antes que formasse uma opinião a respeito, senti o cheiro do óleo lubrificante das articulações de sua prótese. Acontece que não vinha do Lobato ao meu lado, mas do lado oposto. Vi sua perna postiça jogada ao chão por trás da mesa, e compreendi que aquele Lobato não era o verdadeiro. Só podia ser a estátua que mudara de forma, ou seja, um metamorfo de grande capacidade. De repente tudo fez sentido. Conhecendo o local do cofre, mas não possuindo seu segredo, o assassino preparou a armadilha: colocou o basilisco no meu quarto, assim como o livro de Quevedo. Contava com a hipótese de que, com meus sentidos aguçados, eu escapasse do animal e seguisse a trilha do cheiro do livro até o porão secreto. Esperava que revelássemos o segredo do cofre ou mesmo apanhássemos a joia, e aguardou na forma de estátua para presenciar tudo.

— Então a Pérola do Sol foi mesmo a motivação de tudo isso. Mas, uma vez que pusesse as mãos nela, como é que o assassino pretendia fugir da propriedade?

— Acabo de ser informado de que o círculo místico foi rompido, com o assassinato de um dos guardiões. O assassino provavelmente abriu essa rota de fuga depois de preparar o falso atentado com o basilisco. Sua rapidez e ousadia são admiráveis.

— Impressionante, Inspetor. Por muito pouco ele não conseguiu colocar as mãos na joia...

— A abertura do cofre seria o ato final de seu plano. Transformado em estátua, ele estava bem aqui, à espreita. Antecipando que eu havia desvendado o enigma do segredo do cofre, quando saí do porão, o kit de apanhar sacis lhe veio bem a calhar. Assim que eu abrisse o cofre estaria morto, como Gadelha e o guardião lá fora.

— Desculpe meu amadorismo. Estava tão entretido com o cofre que fui pego por trás com aquela peneira. Mas como imaginaria ser capturado por uma estátua?... Quem é ele na verdade? Qual dos suspeitos é o dragão?

— Não o assassino, com certeza. Demorei um pouco, diante de tanto mistério, para me dar conta de uma coisa óbvia, da qual me despistei quando você, à entrada da casa, dirigiu as suspeitas do crime para o dragão. Ora, a partir do momento em que Gadelha possuía a Pérola do Sol, o dragão estava à sua mercê. Jamais poderia se voltar contra seu amo, muito menos assassiná-lo!

— Puxa, é verdade! Como isso me escapou? — exclamou Lobato, dando um tapa irritado na própria testa — No entanto, permanece o enigma: o que Gadelha queria com esse bendito dragão? Parece-me um item caro demais para um mero colecionador.

Coronel Mostarda

— O que suponho é que Gadelha tenha adquirido a Pérola com o objetivo de usar o dragão em suas pesquisas medicinais, em busca da cura. Suspeita-se que os dentes, assim como a gordura do coração de um dragão, tenham poderes medicinais fabulosos. Mas nosso assassino, descobrindo de alguma forma o destino da Pérola, seguiu sua pista e se infiltrou na casa. Talvez tenha pressionado Gadelha de forma desajeitada, ou tenha sido descoberto pelo homem, de forma que se viu obrigado a matá-lo. Agora contava conosco para colocar as mãos na joia. Um dragão é um metamorfo espetacular, Lobato, mas tem limitações: só pode se transformar em outros seres vivos. Uma criatura que se transforma em estátua de mármore não pode ser um dragão, mas um metamorfo ainda mais poderoso. Quem era ele então, é a pergunta que leio nas rugas de sua testa. Sugiro que leia isso...

Apanhou um livro na estante e o atirou para Lobato, que leu na capa: "Simplicius Simplicissimus", de Grimmelshausen.

— Nesse romance você conhecerá o fanta chamado Baldanders. Curiosamente, apresenta-se pela primeira vez ao protagonista na forma de uma estátua de pedra. Posteriormente, exibe seus talentos metamórficos se transformando nas mais diferentes coisas, como um carvalho, uma flor, um tapete de seda, e até mesmo um salsichão. Seu brasão é a inconstante Lua, o que diz muito sobre seu caráter volúvel.

— Bem, mas se Baldanders é o assassino... quem é o dragão, afinal?

— É o que já vamos saber.

Voltando-se para o teclado numérico, Wolfman marcou os dois números restantes na sequência: ...8 – 3

A porta do cofre se abriu com um estalo, enquanto as runas cintilaram brevemente. Diante de seus olhos, os dois contemplaram a joia que emitia um brilho de um branco leitoso, movendo-se como nuvens confinadas numa perfeita esfera do tamanho de uma bola de tênis. Wolfman apanhou, com cuidado e reverência, o cubo de cristal que a envolvia, e proferiu as palavras:

— Que o dragão, pai e filho desta Pérola do Sol, venha à minha presença.

— Eu ouço e obedeço.

O sobressalto que eletrificou os dois policiais foi suficiente para que, por instinto, sacassem as armas. Não houve como perceber a aproximação instantânea de Letícia Gadelha, que os contemplava com olhos divertidos, porém cautelosos, no centro da sala.

Foi o interrogatório mais simples da vida de Wolfman, já que o dragão não tinha escolha a não ser obedecer ao seu comando de "conte toda a verdade".

Danilo Gadelha adquiriu a Pérola do Sol a peso de ouro no mercado negro internacional, com o objetivo de sacrificar o dragão e usar seus órgãos na busca de sua cura. Há cerca de um ano havia recebido a notícia da morte de sua única filha, com quem não se comunicava havia anos, num acidente automobilístico no sul da França. Portanto, a fim de disfarçar a presença da criatura em casa, ordenou que o dragão se apresentasse na forma de Letícia, conforme se recordava dela a partir de imagens que, secretamente, contemplava nas páginas da moça nas redes sociais. Ele não contava, porém, com a estupenda capacidade metamórfica dos dragões. Seu escravo surgiu diante dele com a aparência exata de Letícia. Sua voz, seus trejeitos, eram impecáveis. O dragão *era* Letícia, e o coração de Gadelha ruiu em pedaços. Não seria capaz de assassinar a criatura. Percebeu que a presença de Letícia, se não lhe prolongava a vida, dava mais qualidade à que lhe restava. Ordenou que dali em diante, para todos os efeitos, ele *fosse* Letícia Gadelha, e mais ninguém. Uma garota humana, com todas as suas características, virtudes e limitações intactas.

— Conheci algo inédito, apesar de meus muitos e longos anos de vida — dizia o dragão, os olhos pensativos brilhando. — O amor de um pai é uma sensação desconhecida para minha espécie. Nossos ovos acabam eclodindo sozinhos, abandonados em crateras de vulcões ou em poços subterrâneos de lava. Experimentar dentro de mim o sentido do conceito de família me fez sentir gratidão por Danilo Gadelha, a quem fui capaz durante um tempo, transformado em sua filha, de corresponder com o que creio chamar-se "amor filial". Brotou dentro de mim espontaneamente, para minha enorme surpresa.

— Alguém mais nesta casa conhecia a verdade?

— Seu assistente, Baldini, conhecia o segredo, mas não o Doutor Cerqueira. Ele acompanhava as pesquisas médicas de Gadelha com fantas, mas temia revelar isso porque teria problemas com os órgãos de fiscalização e ética médica. Jamais suspeitou, no entanto, de que eu fosse um dragão.

— Foi quando Baldanders surgiu, no rastro da Pérola, e assassinou o verdadeiro Baldini.

— Brilhante dedução, Inspetor. Suponho que o maldito tenha se aproveitado de uma visita que fiz com Gadelha à vila, para invadir a casa e chacinar o garoto, tomando seu lugar. Baldanders é uma criatura rara e muito antiga. Disfarçou seu cheiro original com perfeição, até mesmo de mim. A empregada Janice se encontrava na casa, é possível que tenha presenciado o crime.

— Também creio nisso. Mas o fanta a aterrorizou tanto que a pobre mulher preferiria morrer a revelar o que sabe. Provavelmente ela será capaz de apontar onde Baldanders escondeu o corpo do secretário.

— Não é difícil agora imaginar o que aconteceu na noite do crime — atalhou Lobato, apertando com o polegar uma camada de fumo dentro de seu pito —. Gadelha surpreendeu Baldini no porão secreto, que o rapaz não deveria conhecer. Foi quando Baldanders, que já havia descoberto a identidade do dragão e o local, mas ainda não sabia como abrir o cofre, atacou Gadelha com a faca e o perseguiu até a biblioteca, onde o matou de uma forma que deixasse dúvidas acerca da possível autoria. Ainda assim jogou a isca, revelando à polícia o episódio verdadeiro da compra do dragão. Permanecendo acima de qualquer suspeita, esperava acompanhar a investigação nos bastidores, até que a Pérola saísse de seu local protegido e ele pudesse tomá-la para si. Agora, desmascarado, o covarde provavelmente já estará longe.

— Conheço alguém que poderia facilmente apanhar o canalha...
— disse Wolfman, sorrindo para Lobato. Estendeu o recipiente
com a Pérola do Sol na direção de Letícia Gadelha, que o encarou
com legítimo espanto.

— Você está me devolvendo a Pérola?...

— Pelo que sei, ela é sua por direito.

— E permitirão que eu vá embora? Livre?

— Por que não? O crime está solucionado, e você nada tem a ver
com sua autoria. Nesse jogo sórdido de ambição, é tanto vítima
quanto Danilo Gadelha.

Tomada por evidente emoção, dificilmente vista em dragões,
Letícia estendeu as mãos trêmulas e apanhou o recipiente. Retirou
a pérola gigante do interior com cuidado extremo, e a moveu em
direção à própria boca. Wolfman e Lobato viram, fascinados,
como a boca pequena e delicada da moça se expandiu até envolver
toda a joia, que desceu por seu pescoço como um ovo engolido
inteiro por uma serpente.

— Aqui ela estará mais segura — disse a moça, com um breve
arroto —. Então sou livre para partir. Querem que eu faça algo
quanto a Baldanders?

— Agora você é novamente dona do seu destino — respondeu
Wolfman, dando de ombros. — Mas imagino que deva ter uma
coisa ou duas para tratar com o fanta que pretendia escravizá-la,
que claramente revelou sua ambição de possuir um dragão a todo
custo, e que matou o homem que você adotou como pai.

Letícia inclinou o corpo para trás, explodindo numa gargalhada
que misturava a voz de uma criança, o eco de séculos e o silvo de uma
grande serpente. Fez uma reverência diante dos policiais, e disse:

— Que Cronos-Que-Não-Envelhece o ilumine, Inspetor Wolfman.
Se algum dia eu puder retribuir o favor, basta que me convoque.
Levo sua voz guardada para sempre junto a meus tesouros.

Uma mancha veloz marcou a saída de Letícia Gadelha na última vez em que foi vista neste mundo. Wolfman e Lobato correram em seu encalço. Chegando ao pátio diante da casa, ofegantes,

Coronel Mostarda

esquadrinharam o ceu noturno à procura de um sinal do dragão. Como se a criatura lhes concedesse essa última vontade, um jato de fogo iluminou o espaço sobre uma mata próxima, e enquanto durou sua luminosidade todos os presentes, fantas e regulares, viram a silhueta negra de um pescoço longo em forma de ponto de interrogação erguendo-se vários metros acima da copa das árvores. Dos dois lados do mesmo abriram-se, lentamente, duas asas negras semelhantes às de um morcego descomunal. A escuridão voltou a reinar, mas, segundos após, uma sombra gigantesca passou em voo rasante por sobre a casa, provocando um vendaval que fez com que os regulares, gemendo como crianças, se atirassem ao chão. Quando o silêncio voltou a prevalecer, Wolfman suspirou.

— Creio que você pode finalizar a burocracia, Lobato. O caso está solucionado, e não duvido de que nosso Coronel Mostarda, ainda que tenha escapado circunstancialmente, acabará encontrando punição ainda melhor do que a que pretendíamos lhe dar.

— O senhor daria um belo saci, Inspetor.

— Vou tomar isso como um elogio, Lobato — respondeu Wolfman, caminhando em direção à viatura na qual retornaria à capital.

O Negro
Albarus Andreos

Era a terceira vez que o ratinho punha a cabeça fora da rachadura na parede. Quando o homem esticou a mão para o pequeno tentando sair de sua toca, as pesadas trancas da cela foram levantadas com o som de mil elos de aço sendo içados por roldanas. Dois dos treinadores entraram e ergueram o gladiador pelos braços, conduzindo-o como a uma criança. O monstruoso núbio caminhou pesadamente com a consciência embotada pelo chumaço que lhe parecia absorver os miolos. Sonhara de novo com monstros colossais, com asas negras, com dragões cuspidores de fogo.

Os treinadores passaram óleo em seu corpo, para sua pele ficar escorregadia; suas grandes unhas grossas foram limadas, para se parecessem com garras de abutres, pintadas mais uma vez com esmalte preto para invocar sombras mais perturbadoras — efeitos de palco, diriam alguns, mas para aqueles que enfrentariam o gladiador na arena, era muito mais que um artifício cênico.

Seu grande crânio liso foi pintado com cal e sangue de galinha. O cheiro era doce e Glaoul queria lamber a mistura. A mão do treinador o esbofeteou e ele se contraiu obediente. Deveria esperar. A recompensa sempre era boa no final.

As duas lâminas recurvadas foram atadas aos seus braços, projetando-se abaixo de seus cotovelos. Eram armas estranhas, mas o espetáculo exigia que o gigante negro se parecesse com uma criatura de outro mundo. Este era o mote do espetáculo "Venham ver Glaoul, o homem-fera, comedor de carne humana, vindo do povo dos canibais, um ser saído de terras austrais, um monstro vindo da África distante, além do Mar Tirreno, de tribos com a estirpe dos reis de Kush correndo nas veias".

Glaoul não sabia onde ficava Kush; lembrava-se sim, de vinhedos... De dias mais tranquilos onde apanhara frutas para o seu bom Dominus em Ischia. Lá conhecera uma moça que diziam vir da Gália, bonita e pequena, cheirando molho garum, mel e uvas frescas. Além da lida na casa do Dominus juntava moedas se prostituindo com permissão escrita, como mandava a lei. Ela dizia que compraria a liberdade um dia e se tornaria cidadã romana. Ele não entendia, mas ser romano deveria ser bom já que a gaulesa queria. Também seria romano, um dia.

Ele só ganhava comida e seus outros desejos eram sanados pela moça, de graça. Glaoul via como ela gemia. Quem poderia sofrer tanto só para agradá-lo? Tinha por ela uma confusa gratidão. De vez em quando ela pedia-lhe um favor em retribuição. E o que a gaulesa queria o gladiador fazia. Então quebrava um braço aqui, cortava uma garganta ali... E ela lhe dava mais amor.

Um dia vieram os treinadores de Messina, com suas carroças cheias de feras da África que nunca havia visto. Era interessante como os romanos imaginavam que se inteiraria com os animais como se fosse semelhante a eles, vindos todos da mesma terra, mas o gigante negro havia nascido escravo numa casa da qual não se lembrava mais, de uma mãe e de um pai os quais nunca vira. Não tinha origem ou para onde ir. Sabia apenas que não morrera de fome, os cães não tiveram vontade de devorá-lo e não fora na África onde nascera, mas próximo aos esgotos, na Ischia.

Outro tapa explodiu-lhe na face. Distanciou-se de seus pensamentos ainda com o ressoar em seus ouvidos. O treinador gritava com ele para que se mostrasse menos nostálgico; era um gigante de fúria o que os patrícios desejavam ver e não um negro triste. Dizia como deveria arreganhar os dentes para parecer feroz, como deveria abrir os braços atraindo o oponente, como deveria largar os gládios e fazer o golpe com os cotovelos, que já se tornara sua marca! "Sangue! Dê-lhes o sangue que querem ver! Dê-lhes o sangue pelo qual pagaram!".

"Sim Dominus", Glaoul sempre dizia. E Messina pediu exatamente o que queria feito dessa vez – como sempre combinavam antes. Ouviu os gritos histéricos da multidão já diminuindo um pouco.

A luta anterior já deveria ter chegado ao fim. "Doze a zero para os leões". Os seguidores do carpinteiro crucificado de Nazaré não eram bons lutadores, pensava. Julgavam o cadáver dele ainda vivo e o veneravam como a um deus. "Que tipo de deus se deixa matar por homens? Mesmo sendo estes homens romanos?" Glaoul gostava de matar romanos e uma nesga de sorriso pareceu lhe modificar a face.

"Glaoul, apresse-se!".

Erastus era seu nome de nascimento. Erastus de Ischia, pelas suas lembranças, e não Glaoul, de lugar algum. Erastus, até se tornar um integrante da companhia de Messina. Aí puderam escolher-lhe um nome melhor e ele passou a matar homens dentro da lei dos romanos e não mais oculto sob o ouro dos colegiados. Então, Glaoul de Messina tornou-se cidadão romano. Até ali a gaulesa lhe dera amor e seu amante retribuíra com assassinatos. A gaulesa havia se tornado chefe de sua própria "família" e Erastus fora comprado por muitos denários ao patrício de Ischia. Ela o amara! Ou talvez tivesse amado a forma como cortava cabeças. O negro passara a ser dela. Atravessaram então o Tirreno numa galé de Corinto e vieram morar em Roma. Trabalharam na cobrança de contas atrasadas para os judeus (com juros, como eles sempre solicitavam). Ela era contratada por eles e enviava seu vassalo para cobrar. Os judeus diziam quanto, ela dizia onde e o negro escolhia como. Não mais colhia frutos em Ischia, mas vidas para sua Domina, em Roma... Até Messina chegar e comprá-lo.

Um novo tapa trouxe o gladiador do interior das brumas do passado direto para a poeira sob o anfiteatro. O alarido de pessoas continuava; risos ressoavam, armas repicavam em couraças e gritos começavam e paravam. Havia o cheiro de suor e peixe frito, urina

O Negro

e sopa de feijões brancos com cebolas e linguiça. Sob os estrados de madeira cobertos por terra, havia o ranger dos andaimes e das gruas elevando animais e lutadores; desciam carcaças mutiladas e armas danificadas. Escravos corriam para manter o espetáculo e soldados vigiavam os corredores. Apostadores visitavam as celas e as putas barganhavam moedas. Aquele universo construía uma cacofonia sufocante para os homens comuns, mas não para o negro. Ele só esperava o que tinha de ser feito e fazia. Tanto não desejava a liberdade quando não odiava a escuridão e o fedor de sangue velho. Gostava do som das moscas varejeiras e quando apanhava alguma com suas mãos a engolia para ver se ainda voava dentro dele.

Recebeu os saiotes de couro tacheados envernizados com óleo de tartaruga sobre uma tanga de pele de leopardo, para todos verem que ele era realmente africano – sua cor de ébano não bastava. O singulum foi-lhe atado à cintura, seu peito foi ornado com correias e brasões que não sabia servirem a algum propósito senão o de atribuir alguma identidade romana ao seu corpo e darem brilho ao seu vigor empedrado de tantos músculos, como cocos lisos untados de gordura e marcado com cicatrizes. Seus pulsos foram revestidos de couro, assim como suas pernas, com grevas eriçadas por pontas de ferro; os ganchos de aço rebrilhavam em seus cotovelos. O par de espadas curtas veio em seguida. Não ostentava elmo ou escudo.

Depois de o negro ser contratado como gladiador pelo circo de Messina e a gaulesa ir-se, lutara durante muitas vezes para plateias cada vez mais numerosas. Passou por Alba, Venetiæ, Agrigentum, Bononia, Pisæ, Mediolanum, Augusta Taurinorum, Paestum, Aquileia, Ravena... Seus adversários eram cada vez mais fortes e preparados e mesmo assim massacrou em Augusta Praetoria, estripou em Viroconium, decapitou em Aquae Sextiæ, degolou em Cápua, desmembrou em Aélia Capitolina e mutilou em Florentia... Glaoul de Messina produzia viúvas e órfãos como um latoeiro produziria penicos. Sua fama se estendeu finalmente à urbe palatina e diante de Trajano matara um famoso gladiador chamado

Gero, ladeado por guepardos, sobre uma quadriga dourada. A multidão fora ao êxtase quando esfolou os felinos e esviscerou os cavalos; em seguida bebeu o sangue do adversário, pintando-se, tronco e braços, de vermelho, como um demônio. Era o filho de Plutão o que eles viam lá. O desrespeito a um herói como Gero lhe rendera asco, mas também devoção. Daquele dia em diante ganhara escravos para lhe satisfazer as necessidades, serviçais para alimenta-lo e assistentes para pintar suas unhas.

Tapa.

"Um trará gládio e escudo, outro tridente e rede, e por último o veterano germânico, com o ombro deslocado... provavelmente usará um par de machados de mão os quais limitarão seus golpes". O treinador disse também como deveria se esquivar, como atacar e qual apanhar primeiro. Era tudo muito fácil para o núbio, já fizera isso muitas vezes, mas nunca simultaneamente contra três homens. Os deuses guiariam suas mãos e suas garras nuas arrancariam as tripas daqueles que não mais agradassem a Júpiter. Ele matara um lanceiro rodeado por guepardos numa carroça cara... Três simples homens não seriam nada!

"Não se preocupe, Glaoul, os dois jovens são só escravos fantasiados de gladiadores, cheios de vinho para se convencerem a enfrentá-lo. Prometemos sustentar suas mães e irmãs caso morressem. Nunca entraram numa arena antes, confie! O germânico, apesar de grande, é quase um aleijado e praticamente só tem o braço canhoto para se defender. Tudo correrá bem. Só não os mate muito rápido, sim? Você sabe, dê ao público algo para se lembrar amanhã". E o esbofeteou uma vez mais. Parecia, às vezes, se perder no embotamento que atingia seu cérebro. Alguma coisa vinha e parecia querer levá-lo embora, para longe, bem longe. Asas de couro negras, vômitos de fogo... Acontecia cada vez mais ultimamente. Lembrou-se então da última noite com a sua amada Domina...

A porta levadiça foi aberta e o gladiador ganhou a areia manchada pelas mortes anteriores daquele dia claro do Sol Invictus. Seus olhos arderam. Ao primeiro passo ele não era Glaoul da África, nunca vista. Não era Glaoul o núbio, embora fosse escuro como seus pais deveriam ter sido. Enfim, não era Glaoul de Messina... Nunca ouvira "Erastus! Erastus!" Não chamavam seu nome, não gritavam nem pelo monstro estripador de gladiadores brancos. Não era nem mesmo Glaoul o nome invocado pela multidão nas arquibancadas. Eles sempre torciam pelos adversários, mesmo sendo três contra um. Odiavam-no, mas não apostavam seu dinheiro em outros, a não ser quando condições fossem criadas para que o gladiador negro tivesse uma chance de perder.

E lá estavam os três homens, saindo do outro lado do anfiteatro. Os brados da plateia vieram com força tentando animá-los. O jovem do escudo deixou cair o gládio e retrocedeu ao ver a figura trinta passos adiante dele, mas o portão fora trancado às suas costas. Só podia ir para frente ou ficar junto à parede esperando ser pregado a ela com sua própria lâmina. Pareceu se aperceber disso e resolveu abaixar-se para apanhar a arma enquanto o público já atirava nele o que tinha à mão... Como se eles próprios tivessem a coragem de reagir de outra forma ao ter o núbio como adversário. Núbio? Glaoul não era núbio. Nascera na Ischia!

E a morte dos dois jovens foi realmente mais rápida do que os treinadores haviam pedido. Ele seria chicoteado se o terceiro morresse cedo também. O treinador dissera o que deveria fazer aquela tarde. Deveria ser diferente desta vez. Messina apostara, usando o nome de um dos cuidadores dos camelos do circo.

A luta havia começado e não muito tempo depois o germânico já tinha sangue demais manchando-lhe o corpo. Glaoul tinha um corte aberto no tórax, de onde algum sangue deveria estar jorrando, embora não fosse possível descobrir qual sangue era de quem. Todo vermelho é da mesma cor, seja nos covardes, seja nos audaciosos. Se antes era o negro que rodeava o branco, agora, quando a morte já caminhava junto deles, era um vermelho contra outro.

O germânico segurava o ombro no momento do núbio vir sobre ele. Os gládios foram atirados longe, como o espetáculo exigia.

Uivos de delírio vieram em retribuição. Os dois cotovelos abertos mostrando os ganchos rubros usados para estripar os outros dois gladiadores - presas fáceis demais, que da próxima vez poderiam ser substituídos por lutadores de verdade. O povo mostrou-se insatisfeito no início, vendo como eram ruins, mas depois do sangue começar a jorrar, tudo ficou bem. Poderiam ser cinco guerreiros de verdade, mas quem desperdiçaria gladiadores treinados com um monstro como Glaoul do outro lado? O ouro corria farto com os cambistas, mesmo assim.

E o louro germânico levantou-se surpreendentemente, num salto, com ódio nos olhos, com um dos machados de lâmina ácida preparado para destrinchar. Um instante antes parecia indefeso. Como o público gostava destas reviravoltas! O punho do gladiador negro agarrou o pulso do germânico enxergando só os cotovelos atados às foices. Era a vez da lâmina curva abrir o abdômen do último homem branco, mas o ruído foi o de metal atingindo metal, já que um escudo redondo tinha sido encontrado pelo branco. O antigo dono não precisava mais dele.

Glaoul soltou-o quando o braço do gladiador louro, ligado ao ombro ruim teve ainda força para golpear com a borda afiada do escudo de bronze e atingi-lo no pescoço, sob o queixo. Um golpe poderoso o suficiente para arrebentar carne e osso, abrindo um corte largo como uma nova boca, expondo tendões e rasgando a traqueia. O negro caiu chiando, pesado como um monte de esterco.

O germânico foi saudado pelo aplauso do imperador e saiu dali cheio de glórias, ouro e promessas de bocetas ávidas por sua virilidade, só para morrer no início da mesma noite, vítima dos ferimentos inexoráveis. Uma perda insignificante, depois de tudo. As bolsas do dono do circo encheram-se dez vezes mais que o habitual.

Convenientemente o gladiador certo havia vencido. O corpo de Glaoul foi levado sem vida para a cela, e colocado dentro de uma caixa grossa de madeira. A caixa foi fechada, pregada com cravos para ser colocada nas carroças que partiram no dia seguinte.

O Negro

Já era noite de novo quando os pregos foram retirados por um dos treinadores. Um tapa veio de novo ao rosto inanimado do negro. O gigante levantou-se devagar. Um dos cadáveres havia sido cortado com facas e um braço ou uma perna lhe foi dado. Embora não estivesse mais quente, ele comeu com vontade e os ossos foram atirados para os cães da caravana se servirem do tutano. O corte sob o pescoço já era muito menos visível. "Foi uma bela luta, Glaoul". Disse o treinador.

O gigante sorriu achando por um instante ter sido o derrotado, mas não estava certo disso. "Fiz tudo como pediu, Dominus?".

"Sim, você foi ótimo".

Sua cabeça doía e não era fácil pensar com clareza, satisfeito por ter retribuído a generosidade de seu amo.

Por alguma razão os homens achavam os hábitos do negro comuns a uma criatura oriunda da África. Quanto ao fato dele não morrer, bem... Havia muitas coisas espantosas pelos reinos de todo o mundo. Além disso, era tão manso e lhes dava tanto lucro! A pança estava cheia, mas sentia saudades do amor da gaulesa.

Antes do novo dia chegar, foi acordado e levado até Messina, sentado em sua cadeira almofadada sob os véus leves de sua tenda soprados pela brisa. O mestre estava ao lado de um braseiro pintando-lhe a face com reflexos de laranja e caramelo pálido. Ele olhava o horizonte escuro, azul marinho, antecedendo a aurora com a expressão distante e melancólica, ouvindo os grilos cantando no mato e nas oliveiras, colina abaixo. "Chamou-me, Dominus?" articulou o gigante. O outro se entregava aos pensamentos e ao vento, deixando-o lamber-lhe os cabelos brancos e cacheados e, por um momento, Glaoul achou que o mestre não o ouvira aproximar-se e se ajoelhar.

"Você sabe que às vezes me assusto com você, Erastus?" O negro sentiu um aperto, nunca o mestre lhe chamara pelo nome. "Se não tivesse sido ordenado perder a luta, você teria estraçalhado os três sem qualquer esforço... No entanto obedeceu".

"Fiz conforme a vontade do Dominus".

Albarus Andreos

"Se fossem dez, você venceria? Olhe para mim...". Glaoul levantou levemente o queixo. "Olhe para mim!" gritou. Ele então encarou o rosto de Tarcus de Messina.

"Sim" balbuciou o negro.

"Sim, você diz. Sem uma nesga de dúvida, sem um instante de hesitação, sem qualquer outra consideração; você mataria dez homens... Mataria mesmo se tivessem armados e vestidos para a guerra e você apenas duas mãos nuas, sim..." O homem velho, de rosto moreno do sol mediterrâneo, olhou o semblante abobado do gigante defronte de si e por um instante apenas sentiu seu corpo estremecendo. Ele era um gladiador; nascido escravo e escravo até a alma (caso tivesse uma), nada poderia impedi-lo de matar e desmembrar Messina ou qualquer número de feitores à sua mão, mas a alma de um homem quando se dobra, dificilmente reclama dignidade. Um escravo é algo menos que um homem. Àqueles que, sendo escravos, se apercebem disso, não vivem muito para pensar sobre o desvendado. De resto, nada entendia e então voltou a baixar o queixo e o tremor de Messina desapareceu novamente, amalgamando-se num ricto de receio, inquietação, ternura e admiração. Sentimentos que, por motivos diferentes, lutavam na alma daquele velho romano.

Messina mostrou então um caixa sobre um trípode de cedro do Líbano, ao lado dele. Uma pesada tranca foi levantada e um interior de ouro explodiu aos olhos, sob a luz tremeluzente das brasas. Moedas, pulseiras, colares, torques, broches e taças, dentre uma miríade de outros berloques e joias de âmbar, rubis e águas-marinhas. "Sabe quanto você pesa, meu amigo?" Glaoul não entendeu e balançou a cabeça. Messina estendeu a mão e apontou para o interior do cofre. "Você pesa isto! Partirá de manhã. Seu trabalho aqui terminou, Erastus. Não há lugar neste mundo para um monstro como você. Vá arrumar suas coisas e não me decepcione. Deverá submeter-se a outros agora".

O negro levantou e dirigiu-se para seu canto, longe da fogueira no centro do círculo de carroças, junto à matilha de mastins napolitanos guardando a caravana, e nada entendeu.

O Negro

No dia seguinte, mal os raios do sol beijaram o azul, um carroção puxado por uma parelha e bois partiu das margens de uma alça do Tibre, a noroeste de Roma, donde ainda se podia ver uma chama solitária ardendo no altar de Dis, do outro lado da água. Levava uma pesada gaiola de tiras de ferro e madeira com um peso dentro dela equivalente a um terceiro boi. Um conjunto de panos imundos cobria-lhe as laterais mantendo o sol e os olhos dos curiosos longe. Apenas uma dupla de carroceiros conduzia os animais. A cavalo havia mais cinco homens e uma estranha mulher sob um pesado manto, trazendo um arco às costas e um capuz de pele de raposa. Era ela quem conduziria a caravana por cento e sessenta e dois dias até seu destino.

Numa noite, a lona sobre a gaiola foi levantada. Os homens estavam parados ao longo de uma fogueira depois de um longo dia viajando, todos com lanças de freixo às mãos. A mulher, de manto e pesadas botas longas, estava defronte à jaula para ser vista. A língua estranha falada sempre com os outros integrantes da caravana foi repetida para Glaoul desta vez. O gigante tinha o corpo latejando de dores pelo tempo passado sem exercício. Dentro do seu cubículo tinha de permanecer sentado ou deitado. Quando tentava ficar de pé batia com a cabeça nas tiras de cima. O cativo socou então o teto com seu punho fechado como se fosse uma marreta. A estrutura toda rangeu e os guardas seguraram suas armas tremendo de incertezas. A mulher entretanto permaneceu onde estava. Olhou o teto da gaiola e o gigante que tinha de ficar com o pescoço curvado para esticar as pernas.

Demorou mais dois dias para o pano voltar a ser levantado. Era já bem depois do entardecer e a mulher ficou a olhá-lo um longo tempo. De dia, o negro via pelas frestas do pano o sol nascer à maioria das vezes de seu lado esquerdo e se punha de seu lado direito. Sentia também a carroça subir mais ladeiras que descer. Rumavam para o norte portanto. O frio ia aumentando, mas ele apenas notava as noites ficando maiores e quanto maior era a noite mais excitado ficava. Quanto ao frio, mal o sentia.

Certo entardecer a mulher veio até sua prisão e abriu a fechadura de ferro. Ela acenou para ele sair, achava que obedeceria. Glaoul obedeceu. O negro então se endireitou esticando as pernas e os braços sobre a cabeça. Esticou-se estalando as vértebras e sentiu fome. Ficou ali parado na frente dela sob haustos de respiração profunda. Ela o olhava como se estivesse diante de um urso faminto. A tensão na face da mulher era pungente e terrosa e o outro bem quis morder as brancas maçãs de seu rosto de olhos azuis, mas só quis e nada fez. Após aqueles eternos instantes ela finalmente se moveu um passo trás de si, lento e suave. Retirou então um colar de dentro de seu manto e exibiu um lacre de cera sobre um pequeno pergaminho enrolado com couro. Ele não sabia o significado aquilo, mas reconheceu o selo de Messina. Ela apontou o selo e apontou para si. Deveria entender pertencer a ela agora como o antigo Dominus dissera. "Domina" Glaoul disse e ela sorriu com um olhar sombrio.

Ela o levou até uma ravina onde o monstro podia observar uma cabana pobre e pequena cuja chaminé expelia um fio de fumaça. O monstro olhou e não viu pessoas. A moça apontou e falou alguma coisa na sua língua embolada. Era uma voz melíflua. A mulher terrosa o olhou de novo e era como se seus olhos sugerissem "Alimente-se então".

O negro desceu a ravina. Percebeu os outros homens, acompanhantes da moça, estavam ocultos no mato alto com arcos nas mãos. Usavam magia, pois enquanto estavam imóveis no mato não existiam, então andavam e viravam homens de novo, encapuzados e sombrios, para em seguida desaparecerem quando mais uma vez se imobilizavam. Talvez não fossem homens, mas faunos, seus amantes e guardiões.

Aos primeiros passos um cão ladrou. Viu então movimentos pelas cercanias, uma mulher e uma criança do lado de fora recolheram um cesto de panos lavados e correram para dentro da choça. Um homem com um forcado apareceu então, vindo de uma roça escura de couves num lado. Ficou ali, diante de sua porta

O Negro

esperando a aproximação do gigante. Então um rapaz também apareceu e tinha uma espada. Eles falavam e Glaoul não entendia. Aproximou-se mais e o homem ordenou ao cão avançar. Era um cão pastor amarelo, bom de tamanho e raiva nos olhos. As mandíbulas atracaram-se ao braço do negro que então levantou o animal do chão como um cordeirinho e no colo estalou-lhe a espinha.

Era noite quando voltou para perto da carroça. Todo seu corpo estava pintado de algo escuro e brilhante sob as luzes tremulantes das chamas da fogueira. Novamente somente a mulher esperava, mas Glaoul sabia sobre os vigilantes homens sob as sombras. A seguidora de Bendis se aproximou e o gigante parou diante dela. Ela passou as mãos pelo seu tórax estufado como um barril, os dedos pelas suas cicatrizes e no novo corte impingido pela lâmina da espada do menino aldeão. Só três coisas nele ainda lembravam Roma: as cáligas tacheadas, o singulum de couro e o vermelho fumegante sobre seu corpo. Ela sorriu e com as palmas manchadas pintou o próprio rosto com o sangue, abriu as roupas e untou os grandes seios redondos com olhos lânguidos. Então notou o volume sob a tanga do monstro fazendo as tiras do singulum se afastarem. Seu rosto se fechou numa confusa máscara de gelo. Ela cobriu sua nudez lembrando-se quem era e foi para baixo de suas peles enquanto o negro olhava ofegante, com o vapor a envolver-lhe o corpo no frio outonal. Então se virou e foi se deitar dentro de sua gaiola. Fora uma vitória seca. Sem luta de verdade, sem recompensas. Quando a luxúria se foi, um sentimento de terrível vazio o dominou e ele adormeceu.

Era dia quando a comitiva se moveu de novo. A cabana fora incendiada naquela mesma noite e mal restavam brasas quando o guinchar das rodas da carroça se perderam no horizonte daquelas terras mortas. Glaoul dormiu muito, alimentado como um bebê e os panos sobre as barras de ferro foram bem vindos para manter a luz fora de seu pequeno quarto de escravo sobre rodas. Ele havia se exercitado como a mulher quisera e ela lhe negara amor.

Seguiram para o leste, passando por florestas de teixos e urzes espinhentas. Subiram colinas de pedra escura com as marcas do tempo antigo sem homens, e a cada dia a temperatura caia mais. Cruzaram um desfiladeiro onde cresciam pequenas amoras raquíticas que nunca amadureciam direito e depois, por muitos dias, continuaram com o sol nascendo às costas e se pondo à frente, sempre andando sob um novo silêncio repetido dia após dia. Um silêncio de vozes, mas não de cascos ou de rodas. De dia o negro podia ouvir pios de aves e de noite corujas traziam lamentos de espíritos para o caminho deles. Certa vez um dos cavaleiros de capuz se aproximou demais de uma fresta sob os panos da jaula. Distraidamente olhou a escuridão lá dentro. Teve arreios só por imaginar que por aquele fio de negrume o gigante poderia estar a observá-lo. Talvez tenha imaginado olhos em brasa lá de dentro, talvez tenha até ouvido um estertor gutural e um revoltear de cauda como dos répteis do Nilo. Afastou-se numa pulsação.

Continuaram por caminhos solitários de pios e corujas, suor e fricções friorentas onde dias sucediam noites e noites vinham sobre os dias interminavelmente. Certa vez a mulher voltou a abrir-lhe a cela para se exercitar de novo. Talvez por haver um lenhador solitário ou um viajante com quem haviam cruzado no caminho, mas Glaoul não saiu. Ficava deitado tentando produzir pensamentos e isso parecia cansá-lo cada vez mais. Não entendia mais de onde vinha ou para onde ia. Não entendia porquê estava ali ou qual a serventia de todo o rastejar por vales e montanhas. "Sou romano", repetia para si. A cada passo, a cada dia parecia menos afeito às pessoas. Os chumaços em seu crânio cresciam absorvendo seus gostos e lembranças e pouco restava de um homem dentro dele possível de ser entendido por outros homens. Então um dia a carroça cruzou um regato, vadeado com alguma facilidade, e defronte a um grande lago formado pelo rio Strabo se alargando além, desmontaram pela última vez.

Haviam chegado a um amontoado de uma dúzia de cabanas com tetos de palha apodrecida, aos pés de uma imensa montanha

O Negro

onde cresciam sobreiros, carvalhos, castanheiros e pinheiros, cuja resina cheirosa já sentia há dias. Havia homens miúdos vestidos com peles de auroques, criados para comer e ordenhar. Era a Dácia, a terra dos geatas, era como os chamavam os gregos antigos; um ramo dos trácios, ao norte dos Bálcãs. Os geatas acreditavam na imortalidade da alma e consideravam a morte uma mera mudança de país. Por isso haviam mudado Glaoul de país? Ele havia morrido e agora renasceria? Na verdade, aquele povoado isolado poderia ser qualquer outra coisa: celtas, sármatas, citas ou até antigos germânicos. Não se importava e não entendia sua língua, não gostava do som dela e nem do cheiro das suas peles de animais amarradas aos corpos, mas sabia gostar de matar germânicos, mais que romanos.

Um guia, ao vê-lo, tremeu e relutou o quanto pode para aceitar mostrar a lendária montanha chamada Kogaion e levá-los aonde a mulher pretendia ir. Era um homenzinho velho com uma barba desgrenhada no rosto marcado por uma infinidade de sulcos finos. Gemeu amedrontado e choramingou querendo recuar da proposta, ela insistiu e no final ele aceitou. O ouro da mulher era tão bom quanto o de César afinal.

Pela primeira vez desde que partiram o negro dormiu ao relento, longe do fogo como de costume. Comeram uma sopa de grãos de bico, a mulher e os homens da escolta, com seus arcos às costas. Despediram-se e foram se deitar enquanto o negro comeu um filhote de cabra cujo balido ele mesmo tirou. Enquanto lá permaneceram nenhuma porta ou janela se abriu e o monstro quase podia ouvir gemidos e dentes batendo de medo.

Antes do amanhecer foi acordado e recebeu um manto amarelo ornado com bordados negros e fios de prata. Seria honroso se não fosse um extremo exagero. Glaoul sentia como se lhe tivessem pregado no peito um alvo e gritassem "é ele o homem". Era a vontade de sua Domina por isso permitiu ser cingido pela lã daqueles bárbaros.

Montaram então em mulas cinzentas, a mulher e o guia, e o negro montou uma vermelha de crina preta. Outra cavalgadura veio com uma carga pesada de mantimentos. O sol não apareceu e o teto de chumbo ficou querendo desabar em chuva. Mas o caminho era preguiçoso e o céu não se deu ao trabalho por muitos dias até que despencou de vez.

Naquela noite encontraram abrigo numa dobra rochosa na costa da montanha, acompanhada por uma estradinha serpeante e interminável. Ficaram secos mas frios mesmo com uma fogueira acesa com urzes e estrume de cabras seco, que logo se extinguiu. Alta madrugada o negro acordou com um ganido sufocado e viu sobre si o guia com uma faca na mão e sua expressão era de terrificado esgar. Atrás dele a mulher apertava um garrote de fios de tripa em seu pescoço. Puxou-o para longe e homem e punhal rolaram sobrepujados. O guia chorou sob a lâmina curva da mulher, surgida como um relâmpago de prata historiada de sua cinta. Ela lhe apertava o gume na garganta e com um dedo apontava para Glaoul. O quase assassino estava cheio de terror e medo e a mulher o esbofeteou derramando mais impropérios em sua língua. O homem velho resignou-se e encolheu-se, tremendo e rangendo os dentes na escuridão.

Como de costume, saíram cedo e o guia os levou por passagens quase invisíveis nas rochas. Cristas de montanha praticamente intransponíveis e desfiladeiros açoitados pelo vento farpado. Logo a neve caiu e as montarias seguiram pisando o chão fofo ocultando fissuras e buracos. Continuaram mesmo assim. Dormiram sob suas mulas atrás de um penedo e levantaram sem um desjejum.

Após a neve havia abutres no ar voando em círculos de sombra. Andaram como sonâmbulos em um sem fim de trilhas quando enfim chegavam a um paredão, aparentemente o fim da linha. O guia chegava mais perto e havia uma reentrância quase oculta levando a outro conjunto de caminhos desenhados no chão de mato e touceiras espinhosas e raquíticas nas rochas. Então, após um aclive rodeado de pedras dentadas chegaram a uma curta elevação descendo para um vale verde e redondo como uma bacia de toucador, iluminada por um sol embaçado, filtrado por uma pasta de nuvens

O Negro

leitosas. Quem poderia imaginar, tão alto e tão dentro de Kogaion, uma visão daquelas? Glaoul viu o brilho nos olhos azuis de céu no rosto da sacerdotisa de Bendis.

Era até onde o guia chegaria. Mais adiante não lhe era permitido seguir tal como mostrava o pano negro esfiapado num estandarte de ferro fundido, com um crânio fincado sobre ele. Nas cavernas do interior daquela montanha, o deus Zalmoxis havia morrido e ressuscitado três anos depois e se mostrado ao povo. O guia virou-se sobre sua besta e voltou pelo caminho de onde haviam vindo, feliz por poder partir. O negro pensou ser impossível achar o retorno no emaranhado de trilhas de cabras que haviam cruzado. Contudo, talvez não fossem voltar dali.

As mulas foram então incitadas a seguir adiante. A mulher olhava para o céu, inquieta. O negro olhava também e não via nada além do sol subindo lento como um sonâmbulo. Não demorou muito para estarem diante de um imenso muro em cuja face um portão imenso de toras e ferro se encontrava fechado. A visão era insólita. Uma fortaleza de tamanha magnitude num local tão ermo quanto inacessível. Numa distância de pouco menos que um tiro de flecha, outra dupla de cavaleiros se aproximava. Era uma visão estranha, pois a dupla se constituía também de uma caçadora da lua e outra figura envolta em um ornado manto amarelo, bordado com preto e prateados. Era como se tivessem marcado um encontro com seu próprio reflexo num espelho. Toda viagem até ali, o tempo não fora desperdiçado em nenhum trecho, nenhum atraso admitido... Glaoul não entendia. Piscou, e nesta nesga de instante viu de novo asas e fogo. Glaoul sentiu uma tontura que quase o jogou ao chão.

O negro agarrou-se à crina da besta para se manter montado enquanto a mulher desmontou e retirou um colar do pescoço com um sinistro pingente em forma de dragão. Lembrou já ter visto aquilo antes, quando ela havia exibido para ele o pequeno pergaminho com o selo de Messina, o atestado de propriedade dela sobre ele. Já o vira também quando ela desnudou o peito para se untar com o sangue da chacina. Alguém oculto na muralha viu o pingente, em seguida, um estrondear de roldanas e correntes anunciou a abertura do portão. Ela voltou a montar e seguiram adiante. A outra dupla vinha também, ainda mantendo a distância inicial e ainda parecia haver mais outra dupla vindo mais atrás, descendo a picada trazida da montanha.

Do outro lado da muralha o mato surgia aqui e ali sobre estruturas de pedras desgastadas pelo tempo. O caminho seguia adiante até um enorme prédio de base quadrada de granito velho e esboroado em formato de tronco de pirâmide, um dólmen baixo e reforçado com arcos sobre colunas colocadas sobre outros arcos sobre outras colunas que iam subindo por toda a lateral. Um imenso ginásio coberto. Sobre cada arco uma gárgula por onde calhas de coleta de água de chuva se colocavam. Gárgulas de dragões com asas abertas.

A dupla vindo mais atrás tomou outro caminho depois do portão, entrando para a esquerda, e a terceira dupla vinha além, ainda longe do portão da muralha.

Desmontaram na entrada de uma pequena porta dando para um câmara poeirenta iluminada por um archote. Ali a mulher deu a entender ao negro que deveria esperar enquanto retirava a bagagem de sobre a mula de carga. O homem enorme ficou olhando enquanto a sinuosa mulher retirava o peso. Quando o embrulho foi aberto, o monstro se surpreendeu com a visão de suas armas e couraças. Já há muito não via os ganchos curvos de atar aos cotovelos. Ainda podia sentir o cheiro pútrido vindo daquela tralha toda e sua boca encheu de água.

Das sombras saíram outras mulheres também vestidas como a deusa geata Bendis. Eram tão belas quanto a que acompanhava Glaoul, de cabelos pretos e faces rosadas, olhos azuis e roupas de caçadoras da lua. Semelhanças perturbadoras. Elas ajudaram a lhe retirar a capa amarela dos ombros. Óleo foi passado em seu pescoço, tronco, pernas e braços grotescamente fortes e suas ombreiras e ganchos atados aos lugares, com todas as correias e fivelas. Os gládios vieram novamente para suas mãos e grevas cravejadas foram atadas às pernas sobre as cáligas. Antes de se dar conta, foi levado adiante por um corredor até uma porta grande, então o som de travas sendo liberadas ecoaram e num instante estava dentro do ginásio, sobre um chão de areia.

No centro da arena havia uma imensa pedra quadrada, enorme como um edifício. Ela parecia ferver ao longe. Não houvera a massagem dos treinadores, instruções nem tapas para acordar-lhe os sentidos, mas não tinha a mente em antigas lembranças. Os chumaços em sua cabeça haviam tomado conta de quase tudo, não havia mais uma gaulesa ou guepardos. Havia espadas, ganchos, uma arena e Glaoul, ansiando por matança. Andou em direção ao grande monólito de diorito negro e enquanto se aproximava ouviu mais uma porta se abrir.

Olhou ao redor e não havia plateia. A imensa pedra ocupava toda sua visão. Brandiu os gládios no ar. Nada entendia, mas sentia que iria cortar carne em breve. Então notou desenhos esculpidos na imensa pedra cúbica polida. Milhares de desenhos, pequenos e grandes. Fileiras de bonequinhos iguais caminhando em uma mesma direção e no final um monstro de asas abertas com mandíbulas dentadas. Os homenzinhos caminhavam direto para sua goela. Andou mais um pouco para um lado e havia homenzinhos formando um exército. Tinham escudos retangulares colocados bem juntos, penachos na cabeça e bigas traziam condutores com coroas de louros sobre frontes altivas. Eram romanos e iam de encontro a outro exército de lanças erguidas e barbas hirtas. Os carros passavam sobre eles e havia guerra; cada passo o levava a uma nova cena e os pilos e os escudos retangulares sobrepujavam os homens vestidos de peles brandindo lanças e segurando escudos redondos. Havia machados e eles se moviam...

Glaoul não percebeu o momento quando os homenzinhos passaram a se movimentar sozinhos ou talvez tenha sido ele caminhando e caminhando ao redor do bloco preto como azeviche. Os machados caíram sobre os romanos, mas os gládios, os pilos e a perfeita disciplina venciam a fúria bárbara a cada cena. E o fogo veio sobre os conquistados e suas mulheres foram estupradas, as aldeias queimadas e seus lideres foram comprados com denários de oricalco. Os que não se venderam foram chacinados com suas famílias e seus guerreiros vencidos e feitos escravos. As colunas geatas ornadas com runas desabaram, assim como os antigos círculos de pedra dos celtas; elmos alados dos gauleses foram amassados e cabeças louras com tranças germânicas rolaram. E então um dragão veio em socorro deles. Suas asas se abriram sobre as legiões da Cidade Eterna, terminando por ser tragada pelas chamas. Suas tropas devoradas e navios com cem remos calcinados pelo vômito ardente da besta. Para o povo da Dácia havia então vitórias, honras e as sobras do vasto império dos Césares.

Então dobrou um vértice da grande pedra como se dobrasse uma esquina e viu outro homem de pé, logo adiante. Ele também lia os desenhos e se deleitava com os olhos vendo um tempo possível no futuro onde dácios venciam romanos. Assustou-se com o negro diante de si, retirado num sopro das assombrações vívidas como as que o outro tivera. O homem era grande e parrudo, seus cabelos lisos e louros como se fossem brancos; um gigante como o outro, e apontou para a pedra dizendo alguma coisa. Eram inimigos no momento em que se viram. Trajava uma capa branca de pele e uma cota de malha prateada lhe cobria o corpo. Sobre a cabeça trazia um capacete de metal e sobre a face uma máscara de bronze e aço esculpia suas feições. Ergueu o machado com suas mãos enluvadas, vendo Glaoul se aproximar, e entendeu que sangue deveria se derramar entre os dois.

O recontro das armas veio num ruído feito de metal e urros. Uma cabeçada doeu em sua testa e o negro cambaleou de retro, entontecido. O gigante branco levantou a sua arma de duas mãos e Glaoul golpeou com fúria como sempre e o oponente não se intimidou com seu brado. Para ele o advindo do negro eram miados. Gládios comiam e o machado rechaçava cada golpe com estrema agilidade para uma arma tão grande. O negro empurrou o gigante branco que tropeçou e encostou um joelho na terra. Seu manto cor de neve estava agora manchado de sangue.

Outra vez o som de trancas sendo liberadas e de uma porta se abrindo e fechando veio no eco do grande salão de guerra. O terceiro oponente havia chegado, mas ainda estava do outro lado da grande pedra de diorito.

Glaoul cresceu com um chute no joelho do oponente cuja perna vacilou uma segunda vez. O gládio comeu cota de malha e aço, ficando travada no pescoço do campeão branco no momento em que o terceiro gladiador apareceu, saindo de trás da pedra. Ele também gritou e disse muitas coisas em sua língua estranha. Era mais alto até que o negro, com uma enorme barba e cabelos vermelhos saindo de um elmo com chifres de touro. Trazia uma lança numa mão e um escudo redondo na outra, pintado com um dragão vermelho. Era pesado e vestia-se de peles e cobre dos pés à cabeça. Sua lança foi atirada assim que Glaoul abandonou o gládio preso no pescoço do cadáver branco e correu para a nova peleja.

Afoito demais, rápido demais. Messina o teria advertido disso. A lança atingiu-o na coxa e ele cambaleou e caiu; perdeu tempo quebrando-a. Arrancou-a desfiando tecido e rasgando tendões. O homem vermelho veio sobre ele com uma espada longa de lâmina larga surgida de algum lugar. Uma arma feita para cortar e não estocar como um gládio. Glaoul cruzou os dois antebraços esperando a lâmina cair sobre sua cabeça, mas o joelho do oponente acertou-o no queixo esfacelando osso e dentes. Era a deixa para o negro deixar-se matar, mas não havia plateia nem apostas dessa vez. A espada enfim caiu, mas o gládio na mão esquerda do negro aparou o golpe e o gancho no seu cotovelo puxou o tornozelo do oponente levando-o a desmoronar. Num instante, parte da lança restante na pata enorme do negro veio de encontro à virilha do gladiador vermelho. Glaoul se levantou cambaleante e saltou com o cotovelo apontando para o ventre do outro mas só achou areia. O vermelho estava de pé agora e seus olhos eram diferentes. O vermelho não queira apenas matar, queria vencer!

Arrancou a ponta de lança dentre suas bolas e veio sobre o negro. Glaoul mais leve com seu gládio, o gigante vermelho com seu escudo e a enorme espada de lâmina larga. Com um empurrão o vermelho atirou o negro de encontro à pedra e o segurou ali. A espada do ruivo entrou por baixo, entre as costelas de Glaoul que arfou; ele torceu a lâmina. Erastus então agarrou a borda do escudo do outro e escoiceou o lado de dentro de seu joelho direito, estalando. O homem caiu. O outro puxou a borda do escudo para baixo e para frente, o gládio entrou pescoço adentro de cima para baixo sobre o gorjal de metal. Escudo redondo e espada longa caíram, mas o homem vermelho continuou querendo se pôr de pé. Glaoul desferiu um destruidor soco no rosto do inimigo e ele de novo não caiu mas, pela primeira vez, urrava de dor e fúria. O vermelho via o final de seus dias no punho negro diante de seu queixo barbado. E então o mesmo movimento se repetiu, mas ao invés do punho acertar suas mandíbulas deslocadas sob a barba, o punho passou no vazio para o gancho no cotovelo achar a carne do outro, e o gancho afiado fez a cabeça vermelha de touro rubro voar longe, rolando pela areia branca e fina.

Glaoul arfava estertorosamente. O gladiador virou-se espalmando suas mãos encharcadas de sangue, tentando manter-se de pé contra a pedra, mas caiu, deslizando até o chão. Havia uma alameda aberta entre suas costelas e a veia de sua coxa esguichava seu sangue escuro em borrifos intermitentes. Ele tombou pesadamente e seus olhos não mais se abriram como sempre haviam se aberto depois.

Houve um curto silêncio. Sua vida passada ia se queimando como folhas aromáticas no braseiro de Messina, tornando-se fumaça e cinzas. Flutuava no éter e uma grande forma se originava de sua essência. A forma para a qual havia sido criado e não possuíra desde seu nascimento. A pedra de diorito o queria, ela o tinha escolhido. Fora o que ficara por último dentre campeões de linhagens poderosas de criaturas diferentes dos homens. Nascera diferente, vivera diferente e seria diferente. Ouviu estalos de pedras se fragmentando, grande energia de nacos de rocha se soltando, linhas tênues e esguias se desenhando em seu ser. Ele podia voar e jamais seria posto de novo numa jaula. Retomou o poder de ver então. Olhou. Piscou. Sim... Via de novo! Mais uma vez vivia. Morrera muitas vezes antes e sempre voltara a ver o dia.

Lá embaixo estavam os corpos dos campeões. O corpo branco, o vermelho e o negro... O negro! Via o corpo habitado por si até antes de morrer pela última vez. E entendeu. Estava imóvel, mas suas asas queriam se abrir com o estalar de rochas e o ribombar de trovões atirando a cela de pedra negra, finalmente e definitivamente, para todos os lados. O sangue havia moldado sua forma, o sangue e a violência da guerra.

Correndo, vindas de portas no círculo da parede, uma dúzia de belas moças surgiu, todas vestidas de mantos e capuzes de raposa, com cabelos pretos e olhos azuis. Elas choravam histéricas e jubilosas. Eram só gritos, graças e exultação. Era como nos mitos, Bendis vinha acompanhada de mênades, dançando enlouquecidas, sedentas por sangue e esquartejamentos. Eram filhas da lua, cultistas de uma pedra e rezavam para ela um dia virar um deus. A filha da lua o trouxera para renascer de novo, mas no corpo certo desta vez. Cada pedaço dele havia sido esculpido na pedra pela magia do dragão e todo o não imprescindível fora cinzelado. No meio da grande arena de morte, nascia um Glaoul de pedra negra, recomposto das fábulas e mitos dos dácios. "Você veio!", disse a mulher, sua Domina, e o dragão negro entendeu as palavras dessa vez.

"Eu vim", ele disse e sua voz era um rosnar tonitruante e ameaçador.

"Enviado de Bendis, vai matar romanos, agora! Vai matar os conquistadores, aqueles que nos dizimaram e corromperam a Dácia e seus antigos deuses".

"Matarei!". As mênades cantaram e rodopiaram, despindo-se em convulsões.

Glaoul se lembrou. Durante a subida na montanha, quando o guia havia tentado enfiar-lhe uma lâmina na garganta enquanto dormia e a mulher puxou-o para longe, ela disse "Maldito rato desprezível" cheia de ira. "És um lacaio dos romanos?" O homenzinho estava coalhado de terror e medo e a mulher o esbofeteou derramando impropérios. O homem suplicou:

"Não, piedade filha da lua, piedade de todos nós. Sei de teu intento. Zalmoxis não aprovaria despertar o dragão! Trucidará a todos nós e mergulhará nossa terra numa escuridão mil vezes maior que a dos romanos. Piedade!" A mulher o esbofeteou e disse ser o dragão o deus Zalmoxis encarnado e revivido em Kogaion, exultante em sua nova vida. O homem gemeu mais e ela apontou um dedo para o negro e disse que o africano não era para matar. Era para ser levado adiante, para o topo da montanha.

Então voltou ao visto por seus olhos naquele momento e lá estava a mulher. Ela tinha a face desvairada. "Glaoul é teu nome! Matará, dizimará e assolará aqueles que escravizaram e chacinaram nosso povo. Como foi com os teus, na Núbia. Nosso inimigo é também teu".

"Meu nome não é Glaoul!" atroou o dragão. O ginásio vibrou. Fios de areia e poeira se desprenderam de rachaduras nas arcadas.

A sacerdotisa estremeceu com expressão confusa e as mênades cobriram o rosto de terror, parando a dança.

"Meu nome é Erastus e não vim da África."

Garras e mandíbulas desceram sobre as criaturas humanas de olhos azuis, e as comeu com prazer. Seu fogo calcinou as pedras do ginásio que ruiu. Suas asas se abriram e rompeu em voo para o cinza chumbo dos céus da Dácia. Ali perto havia uma aldeia com homens e auroques. Banquetear-se-ia mais e teria o país todo para devastar. Sorriu dentro de seu, agora, verdadeiro corpo, e seus pensamentos antigos desapareceram para sempre no vácuo negro provocado por suas asas membranosas e a escuridão tapou definitivamente o sol da Dácia.

A Dama das Ameixas
Karen Alvares

Apenas alguns metros a separavam da porta de madeira lascada que parecia mais velha e mal cuidada do que na última vez que a tinha visto. Porém, era como se uma barreira gigante a separasse dali e a impedisse de bater à porta.

Na verdade, o que a separava daquela casa – e daquele mundo – eram exatamente onze meses.

Eleonora fechou os olhos cansados e suspirou. Estava frio. Ela se abraçou aos trapos que vestia, sentindo o vento gélido penetrar seus ossos. Tinha fome, muita fome. E sede. Sempre sentia muita sede no primeiro dia, como se jamais tivesse visto água na vida. E sabia exatamente o porquê.

Quando, pelo que acreditava ser a décima vez naquela noite, ela ergueu o punho direito fechado a centímetros da porta, a mesma se abriu lentamente, rangendo como se não fosse aberta há muito tempo. A jovem engasgou, abaixando a mão enquanto seu coração batia depressa.

Um homem, que aparentava mais idade do que possuía, abriu a porta. Eleonora percebeu que agora seus cabelos e sua barba estavam completamente brancos, mesmo que no ano anterior estivessem apenas grisalhos. Ele tinha envelhecido e ela não tinha visto isso. Pior, sabia que aquele homem agora era um velho por sua culpa.

A voz da jovem tinha um tom agudo e sibilante quando finalmente conseguiu dizer:

— Olá, pai.

Um sorriso se formou em meio à longa, suja e descuidada barba branca do velho. Sua voz saiu rançosa e rachada quando respondeu, com uma alegria que não aliviava o coração aflito de Eleonora:

— Entre, minha filha, está gelado aí fora!

O barulho do vento permanecia audível mesmo com a porta fechada, mas ao menos o frio tinha sido um pouco abafado. O casebre era simples e aconchegante, como a jovem se recordava, e um fogo crepitava em uma lareira pobre e improvisada. O calor abrasava o ambiente, mas não agradava Eleonora; ela não gostava do fogo.

Desviou os olhos e cobriu-se com as roupas esfarrapadas; sentia-se nua.

— Filha, você quer alguma coisa? Eu já preparei a tina quente para você tomar um banho. Está com fome?

O pai fizera todas essas perguntas de maneira rápida e ansiosa. Ele ainda sorria, como se a presença de Eleonora ali fosse uma bênção. Ela abaixou novamente os olhos, envergonhada.

— Pai...

— Um pouco de água? Você sempre chega com sede.

A jovem acabou assentindo, sem falar. Ela esperou próxima à porta, meio encolhida, sem se sentar. Sentia vontade de fugir, mas também queria ficar. Quando o pai trouxe uma pequena tigela de barro, cheia de água até a boca, ela bebeu com voracidade e sem os modos que uma dama supostamente deveria ter. Mas ela não era uma dama. O pai não parecia se importar, apenas continuava sorrindo, com aquele ar ansioso. A água nunca parecia ser suficiente para Eleonora, então ela engoliu mais duas tigelas cheias antes de dizer ao velho senhor que era o bastante por ora.

— O senhor... o senhor me preparou um banho? — ela perguntou hesitante e quando o olhar dos dois se encontrou, o homem sorriu com lágrimas nos olhos.

— Eu jamais duvidei que viria, filha. Sabe que eu jamais duvidaria. Você apenas se atrasou um pouco dessa vez.

Eleonora sentiu o aperto na garganta que não tinha nada a ver com o fogo. Porém, também sabia que seria impossível chorar, uma das coisas que ironicamente sentia mais falta.

Sem dizer nada, o pai a encaminhou até a tina de madeira. O ar era úmido no quarto e uma fumaça branca serpenteava lentamente acima da água. O velho senhor lhe entregou roupas e toalhas simples, porém limpas. Ela sentia falta daquilo também.

Quando o pai lhe deu privacidade, ela se aproximou da tina e encarou seu reflexo turvo refletido na água. Sem perceber, passou os dedos sobre o rosto delicado e cheio de cicatrizes. Os cabelos castanhos caíam sobre os ombros, maltratados, sujos e chamuscados nas pontas. Os olhos tinham a cor do mel das abelhas, mas ela conseguia enxergar, bem no fundo, o vermelho que queimava neles.

Encheu as duas mãos com a água morna da tina e lavou o rosto. Gotas escorreram por ele, como lágrimas quentes, que Eleonora desejava ardentemente serem dela própria.

Nunca a metade de um pão de cevada adormecido e um pouco de leite de amêndoas foram tão saborosos. O desjejum foi feito na mesa de madeira lascada, com pai e filha sentados em caixas feitas com toras de madeira pregadas. Sobre a mesa, ameixas estragadas completavam a refeição.

— Desculpe-me, filha — o pai disse envergonhado. — Foram as únicas que eu consegui.

— Não tem problema. — a jovem tentou sorrir, mas seu sorriso parecia enferrujado após tanto tempo sem uso. — Onde o senhor as conseguiu?

— Uma senhora as troca por outras frutas. Ela mora nos arredores, é uma vizinha. Tem uma ameixeira nos fundos da casa. Não é muito longe daqui. Eu... eu... eu apenas apanhei as que foram descartadas...

Ele tentava não encarar a filha ao falar.

— Eu posso tentar conseguir mais, se quiser, filha.
Eleonora pousou sua mão direita sobre a do pai na mesa.
— Não precisa.
— Ameixas eram as favoritas de sua mãe, você sabe.
Um silêncio pairou no pequeno cômodo. Podiam ouvir uma pomba arrulhar lá fora.
— Mais tarde eu procurarei algumas. — a jovem disse, e completou ao ver os olhos arregalados do pai. — Ao cair da noite.
O pai assentiu.
— Gostaria de poder oferecer algo melhor para você, minha filha.
Ela meneou a cabeça, usando o sorriso novamente, esperando que dessa vez ele estivesse menos enferrujado.
— O senhor já está fazendo isso.

Eleonora ajustou a capa puída ao redor das orelhas, que estavam geladas. O pai dormia quando ela deixou o pequeno casebre. No início, caminhou a esmo, procurando as sombras, com as quais tinha muita afinidade. Tomou o caminho do sul, observando por baixo do capuz as casinhas. Podia ver a claridade trepidante do fogo que ardia dentro delas.

Pensou se seria melhor não voltar, seguir para oeste, para a floresta novamente, e ficar lá até os trinta dias estarem completos. Talvez fosse melhor para todos. Não deveria ter vindo dessa vez. Porém, veio-lhe à mente a imagem dos olhos lacrimejantes do pai e sua barba branca. Ela vacilou. Ele esperava aquele mês durante um ano inteiro e, apesar da filha trazer tristeza, também trazia alegria. Não seria justo abandoná-lo agora, após tamanha espera. E afinal, ela também ansiava por esses trinta dias.

Eleonora parou de andar quando percebeu uma ameixeira nos fundos de uma casa que parecia apenas um pouco melhor do que a de seu pai. Não sabia dizer por quanto tempo ficou observando a casa e a claridade vacilante na única janela. Esperou até o barulho das conversas cessarem. Olhou para o céu, observando a posição das estrelas. Já deveria ser noite alta. Seu pai poderia pensar que ela o abandonara.

A jovem adentrou o quintal, silenciosa como uma felina. Mantendo-se nas sombras, alcançou a ameixeira, sentindo o cheiro sereno que emanava das folhas desbotadas. Não era uma boa época, porém, ela sabia que se procurasse bem, poderia encontrar algum fruto, mesmo que não em bom estado.

Quando finalmente deixou o lugar, levando consigo as duas melhores ameixas que conseguiu encontrar, não percebeu que alguém a observava nas sombras.

Passaram-se dez preciosos dias. Era como viver em uma contagem contra o tempo e, quanto mais se desejava que ele parasse, mais o mesmo avançava. Seu pai tentava esconder, fingindo, mas Eleonora sabia que ele riscava os dias com cuidado com a faca na madeira, logo atrás da despensa – sempre vazia – para que quando chegasse a hora de partir, ele a avisasse.

A jovem não costumava sair de dia, já que todos na Vila pensavam que a filha do velho louco estava morta. Depois das primeiras, segundas e terceiras ameixas, Eleonora foi forçada a admitir ao pai que as estava roubando da vizinha. Os pedidos dele para que parasse com isso foram em vão. Eleonora insistiu que só tinha 30 dias e que os dois os passariam comendo bem.

Ela também roubava repolho, beterraba, fava e cevada para o pão, de outros quintais. A Vila era pequena, então cada um cultivava algo para trocar com o próximo. Seu pai não tinha nada para trocar, exceto as castanhas, que rendiam pouca coisa. Além disso, ninguém gostava de negociar com o velho louco.

Mas as preferidas de Eleonora eram as ameixas.

Na noite do décimo primeiro dia, a jovem retornou à ameixeira. Não sabia que estava sendo aguardada. Aconteceu no último instante, quando já saltava a cerca e se embrenhava no mato.

— Partindo tão depressa? — perguntou uma voz jovem e masculina.

Eleonora não se virou para ver o rosto do desconhecido. Largou as ameixas e correu o máximo que suas desajeitadas pernas aguentavam. Elas doíam quando corria, mas ela não se permitiu parar. Quando deu por si, já estava na floresta, escondida nas sombras das sebes altas, ouvindo cada sussurrar do vento frio.

Mas não somente ela sabia ser silenciosa. Ele estava ali. Um homem alto, a apenas poucos metros, encarando-a. Usava uma capa, mas sem capuz. Tinha as feições delicadas de um jovem que não era mais garoto, tampouco homem feito. A barba era rala e castanha.

Eleonora permaneceu escondida atrás de uma árvore larga, esperando, sentindo o coração bater depressa. Continuou calada e um arrepio percorreu suas costas até a nuca quando o jovem falou novamente:

— Sei que está aí. Pensa que não a vejo roubar do nosso quintal?

Ela não sabia de onde retirara forças, mas elas vieram de alguma maneira.

— Eu... eu sinto muito, senhor.

— O quê?

— Sinto. Muito. Sentia fome. Não vai se repetir.

Quando ele falou novamente, sua voz parecia sorrir.

— Eu não me importo, senhorita. Ninguém vai comer aquelas ameixas agora. Não é uma boa época. Estão podres.

Houve um silêncio até que ela resolvesse falar.

— Não todas, senhor.

— Então eu acho que você me deve algo em troca, senhorita.

Novamente silêncio.

— Não tenho nada para trocar. — ela fez uma pausa. — Senhor.

Ela ouviu o barulho dos galhos secos sendo pisados quando o jovem se aproximou alguns passos.

— No momento, aceito como pagamento apenas ver o seu rosto.

Não era algo que ela pudesse oferecer, de verdade.

— Não posso.

— Não vou contar a ninguém, eu juro. Muito menos aos guardas do reino, se é com isso que está preocupada.

— Não é isso.

Silêncio. Apenas os sons da floresta, que Eleonora conhecia muito bem.

— Por favor, senhorita.

A jovem fechou os olhos. Aquilo duraria apenas alguns segundos, nada mais. Ela saiu detrás da árvore e abaixou o capuz. Foi o suficiente para que olhasse nos olhos negros do rapaz e ele nos seus. Apenas um segundo. O jovem sorriu. E ela correu floresta adentro, onde ele jamais a alcançaria.

Eleonora só voltou para casa na noite do dia seguinte, quando a madrugada era alta. Seu pai a esperava sentado em um dos bancos de madeira em que faziam as refeições, com os olhos miúdos e ansiosos.

— Sabia que retornaria, filha. — ele disse sem hesitar quando ela abriu a porta suavemente.

— Pai...

— Ainda temos dezoito dias, minha menina.

Ela sorriu.

— Dezessete. — corrigiu. — Já passa da meia-noite.

O velho pai sorriu. Eleonora não disse uma palavra sobre o quintal, as ameixas e o jovem de olhos negros da floresta.

Mas ela retornou ao quintal da ameixeira.

Com o passar dos dias, tornou-se um hábito.

Roubava apenas uma ameixa, agora geralmente a mais podre. Então corria para a floresta. E esperava.

Nos primeiros dias eles não se falavam. Eleonora rolava sua ameixa podre pelo chão. E ele rolava de volta uma ameixa fresca — ou o melhor que conseguira.

Foi no quarto dia que descobriu que ele se chamava Ezequiel. Mas ela não disse seu nome a ele. Jamais diria. Ele a chamava de

"A Dama das Ameixas". Isso foi quando ele começou a falar, primeiro que ela, obviamente.

No sétimo dia eles conversaram. E até mesmo Eleonora falou, tomando cuidado para não revelar muito de si mesma. A maior parte do tempo era ele quem falava. Sobre a Vila, sobre sua família, sobre o trabalho no campo, sobre ele mesmo. Ela adorava quando ele falava sobre ele mesmo.

Aliás, ela adorava ouvir sua voz.

Faltavam apenas dez dias.

Pai e filha se encaravam por cima da mesa de madeira. O pouco pão que dispunham para jantar jazia intocado. Apesar dos estômagos vazios, não sentiam fome.

— Eu nunca diria isso para você se não fosse necessário, minha filha.

— Ainda faltam dez dias, pai.

— Eu sei... Queria que faltassem trinta, filha, e outros trinta, e o tempo nunca, nunca passasse. Mas faltam dez dias e eles estão lá fora...

— Eles não têm como saber, pai.

O pai ergueu os olhos cansados.

— Mas eles estão planejando uma tocaia para o Dragão, minha filha. No último dia do mês. Todos já aprenderam os movimentos do monstro, Eleonora — o pai disse duramente e a jovem tremeu, afastando-se do olhar dele. — Eu poderia ser mais delicado, filha, mas isso não mudaria o fato de que...

— Eu sei. — ela murmurou, e depois repetiu mais alto. — Eu entendo, pai.

O pai segurou sua mão fina e cheia de cicatrizes.

— Você sabe que eu não gostaria que fosse embora. Diga que sabe.

— Eu sei, pai.

Subitamente, o pai se levantou e agora a raiva que transbordava dele o fazia parecer mais jovem, ao invés do velho que costumava ser. Ele andou e andou pela pequena casa, transpirando ódio.

— Eu odeio... Odeio aquela bruxa que fez isso com você!

Eleonora suspirou, sem saber o que responder. Ela certamente também odiava a mulher, mas não havia nada mais que pudesse fazer a respeito. O que estava feito, estava feito. E eles já tiveram sua vingança.

A bruxa estava morta. Do contrário, ela a mataria novamente.

O problema foi que antes de morrer, a bruxa deixara aquela maldição com Eleonora. Maldição essa que arrasou sua família.

— Maldito dia em que me casei com aquela mulher! — o pai exclamou, batendo na mesa. Eleonora se assustou, recuando. — Desculpe, minha filha. — ele se sentou e puxou as mãos da jovem entre as suas. — Isso é tudo minha culpa, minha culpa.

Ela removeu suas mãos das dele lentamente.

— Não, não é. — ela respondeu, sabendo que na verdade, sim, era culpa dele. Porém, já estava tão cansada e fazia tanto tempo que vivia daquele jeito, que não tinha mais forças para culpá-lo. Apenas gostaria de viver aqueles trinta dias do ano, como se o resto dele não existisse. — O senhor está certo.

A jovem se levantou, arrastando o banco de madeira. Ergueu o capuz, escondendo o rosto nas sombras.

— Filha...

— Adeus, pai. Até...

Mas a frase ficou no ar, pois não sabia se retornaria um dia. Não tinha malas nem pertences para levar. Quando abriu a porta, ouviu o pai falar às suas costas:

— Eu a amo, minha filha.

Foi a última vez que ouviu a voz do velho pai. Em seguida, tudo o que ouviu foi o assovio suave do vento frio.

Na noite após deixar a casa do pai, Eleonora foi para aquele mesmo local na floresta, mas se manteve nas sombras. Não roubou ameixa alguma. Esperou. Quando achou que ele não mais apareceria, Ezequiel surgiu entre as sombras. Ela sentiu sua presença, mas não o encarou nos olhos.

A Dama das Ameixas

Uma única ameixa rolou até onde estava sentada, debaixo de uma grande árvore que parecia negra sob a luz da Lua.

Ezequiel falou a noite inteira. E Eleonora o escutou.

Ela não cumpriu a promessa que fez ao pai. Não foi embora. Vivia na floresta, que era sua casa o ano inteiro. Era um pouco mais difícil na forma que estava, porém ela sabia o que fazer. Não era nenhuma donzela despreparada.

Não podia ir embora, ainda tinha cinco dias. Ela poderia partir em qualquer um deles. Talvez no último.

Eleonora sabia. Sabia no fundo de seu coração que não poderia abandonar Ezequiel, não agora, não antes do tempo necessário. Ele era o mais próximo de um amigo que poderia ter encontrado.

Não roubou mais nenhuma ameixa, mas ele lhe trazia uma — a melhor — todas as noites.

Na quinta noite antes do fim, ela o agradeceu por isso. E ele sorriu. Ela gostava muito do sorriso dele; parecia iluminar a noite, muito mais do que a Lua.

Na quarta noite, sentaram-se lado a lado e Eleonora permitiu que ele visse de perto seu rosto. O rapaz arregalou os olhos, mas não fez nenhuma pergunta sobre as cicatrizes. Ela agradecia intimamente por isso. Ao final da noite, ele apenas disse:

— Você é ainda mais bonita do que eu imaginei.

E beijou sua mão.

Faltavam três dias.

Na antepenúltima noite, foi preciso que a jovem subisse em uma árvore alta para se esconder. Vários homens adentraram na mata. Levavam arcos, machados e lanças. Um deles levava uma espada, que brilhou sob a luz da Lua. Os olhos de Eleonora arderam e ela não conseguiu ver o rosto do rapaz que carregava a espada.

Sentiu o fogo queimando dentro de si.

Era por causa daquela espada. Aquela lâmina poderia matá-la, sabia disso. Poderia ser seu fim. Era o que o seu pai disse que aconteceria se não fosse embora dali, se não fosse para bem longe.

Mas não podia ir embora. Não agora.

Ainda faltavam três noites.

O tempo... o tempo estava se esgotando, mas ainda não tinha acabado.

A jovem observou a mão direita, onde tinha sido beijada pela primeira vez na noite anterior.

Então levou a mão à garganta, que ardia.

Aqueles homens jamais encontrariam seu ponto fraco. Nem com aquela lâmina conseguiriam derrotá-la. Ela esmagaria a todos, um a um, como esmagou todas as vezes que alguém se atreveu a desafiá-la, como fez com todos os curiosos que invadiram a floresta, a *sua floresta*.

Ela ainda tinha tempo.

Não encontrou Ezequiel aquela noite. Esperou por horas, mas não houve ameixas rolando, nem conversas, nem toques. Apenas o silêncio e a solidão.

Foi só quando amanhecia que viu, próxima à árvore que costumavam se sentar, uma única ameixa que não tinha reparado na escuridão, de tão transtornada pela ausência dele.

Havia um pedaço mínimo de pergaminho, algo que ela não via há muitos anos, embaixo da ameixa, que era uma das melhores que ela já provara. Pergaminho e tinta eram itens escassos, principalmente na Vila; geralmente só se conseguia algo assim roubando.

Então ele roubava também.

No pergaminho, uma única frase:

Eu não desisti de você.

Na penúltima noite, foi Eleonora quem o fez esperar. Ele realmente estava ali, como tinha prometido, mas ela não lhe daria o gostinho da vitória. Por muito tempo, apenas o observou do alto das árvores, até que finalmente desceu, pousando com um baque surdo ao seu lado.

O rapaz se assustou e, por um segundo, levou a mão à bainha. Havia algo ali, oculto pelas sombras e pela capa grossa que ele vestia. Eles se olharam diretamente nos olhos sem se falar por um bom tempo.

— Você me assustou, Dama das Ameixas.

— Um jovem senhor corajoso como o senhor não deveria se assustar tão fácil.

Ele sorriu.

— Achei que tinha me abandonado.

Ela lhe deu as costas, caminhando por entre as árvores, enroscando-se nelas.

— Isso foi apenas por ter me abandonado na noite de ontem.

Ele suspirou, mas riu em seguida.

— Mas eu deixei um bilhete. Sabe o quão foi difícil conseguir aquilo?

— Claro que eu sei. Você roubou. Agora estamos quites.

— Não estamos não, senhorita. Você ainda me deve várias e várias ameixas.

— Elas estavam podres.

— Nem todas.

Ela se virou para encará-lo e percebeu que ele estava tão próximo dela, que podia sentir seu hálito sereno a poucos centímetros do seu rosto.

Não tinha percebido que ele se aproximara.

Dessa vez, ele tocou seu rosto, delicadamente, e Eleonora estremeceu, mas não de frio. O calor em sua garganta era forte. Ela engoliu em seco e recuou alguns passos.

Aquilo pareceu magoá-lo.

— Quem é você, Dama das Ameixas?

Eles apenas se entreolharam, olhos nos olhos, antes de ela responder com a voz trêmula.

— Esteja aqui amanhã à noite. Por favor.

Antes que ele percebesse, ela já tinha sumido. A ameixa continuava na sua mão esquerda, gelada.

Só restava agora um dia.

A última noite estava silenciosa e sem Lua no céu, a jovem caminhava triste e decidida ao mesmo tempo. Enfim, seu tempo estava acabando. Mais algumas horas e tudo encontraria seu fim e ela retornaria à sua vida real, sim, real, porque tudo aquilo era um sonho.

No caminho, ela pensava em seu pai e em toda sua vida. Por alguns minutos, hesitou. Deveria ou não visitá-lo antes do fim? Ficou imaginando-o lá, sozinho naquele casebre, sentado olhando para o fogo, amargurado. Ele já tivera sua cota de castigos, mas Eleonora pagou muito mais.

Pagou com a própria vida. Pagou consigo mesma.

No fundo, sempre culparia o pai, por mais que estivesse cansada de revirar a mágoa que existia dentro de si. Guardava-a, sim, bem lá no fundo, em um canto escuro, principalmente naqueles trinta dias, tão preciosos.

Durante todos os outros dias do ano, deixava a raiva extravasar como o fogo de um incêndio incontrolável.

Só mais uma noite...

Ela se lembrava do sangue, dos gritos e da maldição sussurrada sendo soprada pelos lábios moribundos da bruxa. Eleonora engoliu cada palavra como veneno. Veneno esse que agora corria em suas veias, que se transformara em seu sangue. Levou as mãos à garganta, como por instinto. Fervia. Faltava pouco agora.

Mas era preciso. Ela não tinha culpa. Quando ainda era uma criança, Eleonora foi banhada pelo sangue da bruxa, a primeira pessoa que matou. Depois dela vieram muitos, mas sabia que a maioria era inocente. Sabia disso e se lembrava todos os dias, exceto aqueles trinta dias do ano, mas guardava o arrependimento para todos os outros – quando podia extravasá-lo junto com a raiva.

Aquela mulher, aquela bruxa, tirara a vida de sua mãe. Enfeitiçara seu velho pai. Levara-o à falência, ao nada; acabou com a vida da pequena Eleonora. E por isso ela mereceu morrer.

Mas ela não foi embora tão fácil, deixou seu legado, a maldição que a jovem para sempre carregaria até o fim de seus dias. Que poderiam ser muitos.

Eleonora balançou a cabeça, tentando espantar aqueles pensamentos. Os trinta dias não tinham acabado, não ainda. E aquela era a sua noite. *Sua última noite.*

Ela o encontrou debaixo da mesma árvore, já a esperava há algum tempo. Ezequiel sorriu ao vê-la. Naquela noite, eles dividiram a ameixa.

Conversaram como jamais tinham conversado. Eleonora falou dessa vez, por muito tempo e eles riram juntos, como duas crianças fariam. Ela não sabia que a felicidade era assim, que ela tinha essa cor e esse cheiro. À medida que as horas passavam, Eleonora tentava adiar o momento do adeus, sentia sua garganta arder mais e mais.

Em algum momento que ela não soube definir, eles se beijaram.

Não sabia como, nem quando, nem por onde. Não saberia descrever. Mas havia os dois, apenas os dois, e algo que ela jamais achou que fosse sentir um dia.

– Qual o seu nome? – ele perguntou depois do beijo, depois de se olharem por vários minutos em silêncio, com sorrisos idênticos e arrebatados, os dois tocando os rostos um do outro como se estivessem conectados por magia.

Ela tocou os lábios dele e meneou a cabeça.

– Você precisa me dizer! Por quê... – ele engasgou, procurando as palavras. – Por que eu?

— Não. — ela disse se levantando. — Não...

— Eu posso não voltar mais.

Ela se virou para ele, aturdida.

— Do quê você está falando?

Ele não conseguia encontrar as palavras. Várias vezes olhou para o céu escuro, procurando uma ajuda que nunca vinha.

— Isso pode ser uma despedida — ele disse por fim. — Amanhã... amanhã eu posso estar morto.

— Eu não entendo...

— Há essa... os homens da Vila... — ele se engasgava, procurando não olhá-la. — Você sabe, o Dragão que nos assombra todos os 11 meses do ano?

Eleonora recuou. Seu coração batia depressa, e a garganta parecia prestes a explodir.

— Dizem... — ele continuou. — Que ele vive um ciclo, o Dragão. E amanhã é o dia do início desse ciclo. E é nesse dia que ele fica vulnerável. Ele já tomou muitos de nós, às vezes *crianças*... Eu tenho que fazer isso! Sei que posso não voltar, sei que posso morrer... Mas eu tenho que fazer.

Então ele mostrou o que escondia debaixo da capa, na bainha da calça. Uma espada. Eleonora levou as duas mãos à garganta em fogo. Ela não conseguia mais falar. Respirava rápido, como se tivesse acabado de correr quilômetros. Sentia o rancor subindo pela garganta em chamas quentes. Aquilo não podia, não podia estar acontecendo.

— E sou eu quem vai matá-lo!

Ela correu. Correu com todas as forças, sem olhar para trás, desejando de todo coração que ainda lhe restava que pudesse chorar, que as lágrimas que brotavam em seu coração partido pudessem cair por seus olhos vermelhos cansados, mas tinha a terrível certeza que isso era impossível.

Então continuou correndo, ainda com as mãos na garganta ardente.

Não podia chorar.

A Dama das Ameixas

Mas o fogo... o fogo em sua alma a consumia por dentro e era muito mais intenso do que qualquer lágrima.

E ele ardeu, ardeu nas primeiras folhas que atingiu, para depois se espalhar pela floresta, agora muito quente.

Seu tempo tinha finalmente encontrado um fim.

Ezequiel nem ao menos podia gritar seu nome, pois não sabia qual era. E no fundo de seu coração, ele sabia que jamais a veria novamente. O rapaz ficou ali parado encarando o vazio até que as primeiras luzes do dia iluminaram o céu escuro.

Mas não havia apenas a luz do Sol, o próprio Sol ardia na floresta.

Foi só depois de alguns minutos que ele percebeu o incêndio aos poucos engolindo a mata, as árvores e tudo ao redor. Correu de volta à Vila e encontrou os homens reunidos no ponto de encontro, conforme tinham combinado, logo ao raiar da manhã. Aos tropeços, contou a eles sobre o incêndio.

— O Dragão! — foi o que se ouviu em altos brados pelos homens, que sacaram suas armas.

— Ele está vindo!

— Avisem às mulheres e aos velhos, digam que salvem as crianças!

— O Dragão, o Dragão!

— Fogo! Está cuspindo fogo!

E não era mentira. Quando Ezequiel ergueu os olhos para o céu, pôde vê-lo tingido de vermelho e no topo das árvores todos conseguiam enxergar algo que antigamente somente alguns conseguiram ver e poucos sobreviveram para contar a história.

O Dragão era enorme. Mais alto do que a mais alta das árvores, ele caminhava alucinado, soltando fogo pelas ventas, fogo que queimava tudo ao redor. A Vila agora era apenas gritos e desespero; homens, mulheres e crianças corriam, velhos caíam e eram pisoteados pelos mais jovens.

Os homens do grupo mal sabiam o que fazer com as armas, percebendo, tarde demais, o quanto sua tentativa era tola. O fogo se alastrava pela floresta e rapidamente alcançou a Vila, engolindo casas, plantações, árvores, animais, pessoas.

Ezequiel segurou a espada na bainha, sentindo as mãos trêmulas. Ele disse, ele prometera que mataria o Dragão. Observou-o novamente, atônito. O monstro possuía escamas, que banhavam seu corpo como cicatrizes fundas e horríveis. Ele urrava, soltando fogo, como se uma enorme dor o consumisse e estivesse tentando arrancá-la do coração ao expelir aquele fogo vermelho e infinito.

O jovem desembainhou a espada, a lâmina brilhando a seus olhos, observando o monstro furioso ali refletido. Ele tinha que fazer alguma coisa, mesmo que fracassasse, mesmo que morresse tentando.

Ele correu.

Passou por fogo, destruição, homens perdidos, mulheres desesperadas, crianças chorando, velhos gemendo, animais mortos, corpos. Mal reparou quando passou perto de um homem, de barba e cabelos brancos, o chamado "velho louco da Vila", que observava o céu, terrificado e arrasado. O velho homem caiu de joelhos no chão, chorando e pedindo perdão, um perdão que jamais seria ouvido.

A maioria dos jovens, dizia seu pai, era tola e estúpida. E Ezequiel, naquele momento, fez exatamente o que o seu pai dizia que os jovens faziam: algo estúpido. Ele gritou e agitou a espada, chamando a atenção do Dragão. Era certo que o bicho jamais o ouviria. Ele continuou expelindo fogo e pisando em tudo ao seu redor, não importava se fossem árvores, casas ou pessoas.

Foi aí que Ezequiel fez algo ainda mais tolo cravando sua lâmina em um dos pés do Dragão.

Aquilo deveria ser apenas um prego para o monstro, que inesperadamente uivou. Ezequiel removeu a espada e correu, bem a tempo de evitar a pisada fatal da criatura. Agora sim ele tinha chamado a atenção do bicho.

A Dama das Ameixas

Correu o máximo que suas pernas aguentavam. Ouvia logo atrás o monstro pisoteando tudo com força, uivando de raiva, podia até sentir a fúria dele queimando em suas costas – isso, ou já tinha sido atingido pelas labaredas do demônio.

Em dado ponto, foi finalmente atingido, não sabia por onde ou pelo quê, e voou alguns metros até aterrissar na terra árida. Sentia o sabor do sangue, os ossos destruídos, o cansaço dominando seu corpo. Via, ao longe, a Vila sendo consumida pelo fogo, enquanto aquelas pobres pessoas, alguns seus amigos, outros seus familiares, gritavam e imploravam por suas vidas e logo ele morreria também.

Continuou com a espada bem segura na mão direita, enquanto o Dragão o observava, farejando. Ezequiel poderia jurar que um sorriso estava estampado em seus lábios.

Mas o sorriso se desfez quando o Dragão finalmente focalizou os olhos de Ezequiel. E o jovem também focalizou os dele.

E ficaram dessa maneira, por segundos intermináveis, um olhando nos olhos do outro, homem e Dragão, humano e monstro, homem e mulher.

Porque foi isso que, por um instante enlouquecido, Ezequiel viu nos olhos daquele Dragão. Ele viu uma mulher, uma jovem triste e cheia de mágoas. Uma mulher decepcionada e de coração partido, com os olhos mais devastados que ele já encontrara em toda sua vida.

Mas um olhar, afinal, pode parecer durar uma eternidade e realmente perdurar por apenas um segundo.

E foi no mesmo instante em que o Dragão urrou e se preparou para lançar sua chama mortal, que Ezequiel se levantou, com um último sopro de vida e coragem, agarrou-se às patas dianteiras da criatura e foi erguido vários metros, em uma subida vertiginosa. Foi lá em cima, debaixo do céu vermelho, que uma espada foi cravada bem na garganta em brasa da besta.

O lamento que se seguiu foi triste e ensurdecedor. O jovem que desferiu o golpe caiu em terra e agora, nem o maior sopro de coragem o faria se levantar novamente. Ao mesmo tempo, o Dragão agonizava, levando as patas à garganta ferida, ainda com a espada encravada ali, a dor cegante e a labareda de sua vida se extinguindo aos poucos.

Ezequiel ainda estava vivo para contemplar, sozinho, o espetáculo mais triste que jamais poderia imaginar.

Ele viu o Dragão se transformar, como que por magia, lentamente, em alguma coisa diferente. Foi aos poucos que viu aparecer o corpo esguio, porém com a pele marcada por cicatrizes em carne viva, que só de se olhar qualquer um sentiria náuseas e repulsa. Mas ele continuou olhando, porque o que estava por vir era ainda pior e seu coração se despedaçava ao assistir aquela cena, que seria a última de sua vida.

O jovem assistiu, impotente, as patas transformarem-se em mãos delicadas que seguravam um pescoço ferido e aberto, sangrando. Ele também viu a face monstruosa se transformar na face da mulher que, pouco tempo antes, ele se dera conta de que amava.

E quando ela finalmente caiu, ao seu lado, engasgando-se no próprio sangue, os dois trocaram um último olhar. E ele percebeu com tristeza que tinha razão, que reconheceria aquele olhar onde quer que fosse.

— Qual o seu nome? — ele perguntou.

Ela jamais respondeu àquela pergunta. Sua única resposta foram apenas as lágrimas tão aguardadas, tão desejadas, que finalmente rolaram por seu rosto.

A Dama das Ameixas

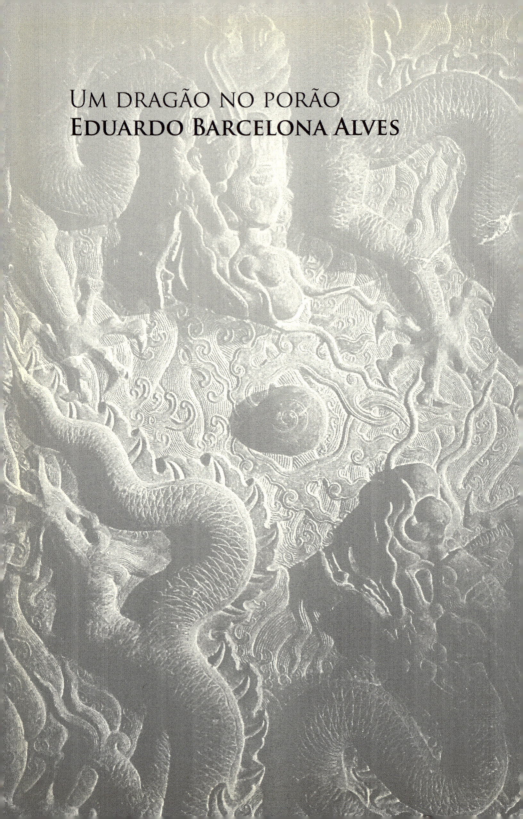

Havia um dragão em nosso porão.

Eu o vi pela primeira vez assim que nos mudamos para lá, exatamente no primeiro dia na casa nova. O caminhão de mudanças estava parado na frente da casa, as enormes portas traseiras abertas e as caixas empilhadas cobrindo toda a extensão da calçada. Meu pai não gostava de me ver de mãos vazias, portanto mandou que eu pegasse uma das caixas e a levasse para o porão. Foi quando o vi.

Para ser honesto, vi apenas um par de olhos âmbar brilhando no canto mais distante do porão, ao lado do antigo aquecedor central. Eles queimavam na escuridão, mas não iluminavam nada ao redor.

Não fiquei para descobrir mais.

Larguei a caixa com as ferramentas para jardinagem e subi as escadas que davam na cozinha. Se eu não tivesse deixado a porta aberta, certamente meus pais teriam encontrado um buraco com meu contorno bem no meio dela.

Corri para fora de casa, para onde o sol mantinha todos os monstros afastados, e parei ao lado da pilha de caixas marcadas com: ROUPAS – RICARDO; LIVROS – RICARDO. Apoiei-me nelas enquanto tentava recuperar o fôlego.

Meu pai olhou para mim e vi que segurava outra caixa destinada ao porão: MATERIAIS DE LIMPEZA. Antes mesmo que ele pensasse em me mandar para lá novamente, agarrei a caixa marcada com LIVROS – RICARDO e corri para dentro de casa, subindo a escada que dava para meu novo quarto de dois em dois degraus.

Entrei e me deixei cair no colchão, sem me importar que os livros se espalhassem pelo chão quando larguei a caixa de qualquer jeito. Respirando fundo, tentei me acalmar. Tentei também dizer a mim mesmo que aquilo fora apenas um truque da minha imaginação fértil, causado pelo medo e ansiedade de mudar, não apenas para uma nova casa, mas para um país completamente diferente.

Não tive muito tempo para me acalmar. Após o que me pareceu apenas alguns segundos, meu pai escancarou a porta com violência.

– O mocinho poderia me dizer quem mandou que trouxesse alguma coisa para cá? – berrou.

Eu não sabia o que dizer. Meu pai nunca foi um exemplo de paciência e carinho. Quando eu tinha sete anos, podia jurar de pé junto que havia um homenzinho de dentes afiados morando embaixo da cama. Fui proibido de assistir televisão por um mês. Além de ganhar novos hematomas nos braços quando meu pai me agarrou e me forçou a olhar debaixo da cama, mesmo que eu gritasse tão alto que provavelmente teria feito a Dona Célia, nossa vizinha, correr para as janelas do andar de cima para ver se conseguia ser testemunha ocular de um assassinato. Meu pai era o tipo de pessoa que acreditava que medos infantis eram apenas desculpas para fugir de tarefas domésticas e escapar da escola. Abri a boca para falar, mas nada saiu. Podia ver uma veia na têmpora esquerda dele palpitando. Não era um bom sinal.

– Desça já e acabe de levar aquelas caixas para o porão – ele gritou, apontando um dedo enorme de uma mão enorme para onde ele imaginava ficar o porão no andar de baixo.

Desci desembestado, quase perdendo o equilíbrio no meio da escada. Peguei outra caixa, essa com ADUBO rabiscado na lateral, e com passos lentos voltei para a porta que abria para o fosso escuro que era a escada que levava ao porão.

Os olhos não estavam mais lá. Mas devo admitir que não me demorei muito, com medo de que aqueles dois círculos flamejantes aparecessem novamente e sob eles um abismo mais escuro que a escuridão se abrisse e me devorasse.

⌒

O restante da mudança ocorreu, dentro do possível, normalmente. Meu pai deu seus gritos, minha mãe o ignorou e eu fiz o que me mandavam, como um bom pau mandando.

Após o jantar, sentei-me na cama e fiquei a observar o céu estrelado. A atmosfera era tão diferente de São Paulo. Era possível ver as estrelas acima dos prédios da cidade de Espoo, na Finlândia.

Finlândia. Dois meses atrás, quando meu pai chegou em casa, os olhos vermelhos e bafo de gambá como sempre e nos contou que tinha recebido um convite — e que o tinha aceitado — para treinar um time de voleibol na Finlândia, minha mãe e eu ficamos sem palavras. Eu porque não sabia nem onde ficava essa tal de Finlândia e minha mãe porque nunca tinha palavras mesmo. Ela simplesmente levantou-se e deu um beijo e um abraço nele antes de desligar a televisão e subir para o quarto. Enquanto meu pai tomava a última dose de vodka, eu fui até meu quarto e digitei Finlândia no Google. Tudo o que encontrei foi gelo. E neve. E mais gelo.

Fiquei admirando aquele céu límpido até perder a noção do tempo. Não sei se estava sonhando ou se realmente vi um par de brasas queimando no céu estrelado. Posso ter cochilado, hipnotizado pela clareza da noite. Pode ter sido apenas duas estrelas mais brilhantes. Enfim, ao piscar os olhos para afastar o sono e a confusão, senti-me atraído para o porão. Cheguei até a colocar os pés no chão e apoiar as mãos na cama para me levantar. Mas então meu cérebro voltou a funcionar. Fechei as cortinas e me deitei para dormir.

Os dias que se seguiram foram tranquilos. Conseguimos organizar a casa sem que meu pai gritasse muito e sem que eu tivesse

Um dragão no porão   89

que voltar à escuridão úmida do porão. Com o decorrer das semanas, eu me convencia cada vez mais de que aquilo fora apenas minha imaginação. Aquilo fora alguma ilusão de ótica, provavelmente alguma marca na parede ou sei lá o quê.

Em um dos raros dias de sol minha mãe resolveu voltar ao seu hobby e cuidar do jardim que ficava atrás da casa. Eu estava na cozinha, tomando chocolate quente e lendo as aventuras de Asterix, o Gaulês, quando ouvi seus passos descendo as escadas.

— Querido, será que você poderia descer até o porão e pegar minhas ferramentas de jardinagem? — ela me perguntou com sua voz monótona de alguém que vivia vinte e quatros horas sob o efeito de calmantes.

— Tudo bem, mãe — respondi sem pestanejar. A memória das crianças é assim. Eu sequer relacionei o porão com aqueles olhos flamejantes, o que para mim já não passava de um sonho.

Desci as escadas sem me dar ao trabalho de acender a luz. Os poucos raios de sol que entravam pelas janelinhas rentes ao teto eram o bastante para que eu conseguisse enxergar a caixa que minha mãe queria.

Agachei-me para pegar a caixa (apesar de jovem, sempre tomei cuidado para não distender nenhum músculo das costas; além disso, se isso acontecesse, eu não poderia treinar voleibol e meu pai provavelmente acabaria de destruir minhas costas com suas próprias mãos), mas ao levantá-la ouvi uma respiração pesada atrás de mim.

Congelei.

Simples assim. Não conseguia me mexer. Eu queria desesperadamente correr escada acima, mas não conseguia mexer um único músculo. Minha boca se abria e fechava sem que um único som saísse.

— *Pensei que não voltaria a vê-lo* — disse uma voz profunda.

— Aaaaaahhhhh — consegui emitir numa voz fina.

Meu corpo todo tremia e meus olhos esbugalhados não conseguiam piscar.

— *Não tema, pequenino* — a voz disse novamente — *não lhe farei mal nenhum. Agora vire-se e contemple meus olhos.*

Comecei a me virar sem que meu cérebro enviasse a ordem aos nervos e aos músculos. Lentamente, centímetro a centímetro, fui girando no mesmo lugar. Quando completei o giro minha respiração ficou presa na garganta.

À minha frente eu vislumbrava um dragão.

O monstro tinha olhos âmbar. Suas narinas dilatadas soltavam fiapos de vapor que circulavam em volta de seu focinho comprido. A boca tinha fileiras e mais fileiras de dentes afiados. O corpo era delgado, a cauda era longa e a couraça negra. Além de enormes asas que se dobravam sobre o corpo.

Pensei ter visto aquela boca se abrir num sorriso satisfeito quando me viu petrificado à sua frente. Mas será possível um dragão sorrir? É como imaginar um tubarão gargalhando ao deparar com sua próxima refeição.

Senti uma lufada de ar quente que saiu de suas narinas quando ele viu quão assustado eu estava. Ele pousou a cabeçorra no chão e disse:

— *Pequenino, acalme-se. Estou aqui para lhe ajudar. Meu nome é Lisko e...*

— Ricardo, querido, por que tanta demora? — minha mãe gritou da cozinha, tirando-me do transe em que me encontrava.

Como se, de repente, correntes invisíveis tivessem sido arrancas de minhas pernas, corri escada acima, quase deixando cair a caixa quando tropecei no último degrau e caí estatelado no chão da cozinha, bem aos pés da minha mãe.

— O que aconteceu lá embaixo? — ela me perguntou.

Olhei para cima e vi seus olhos opacos naquele rosto sem expressão. Hesitei um pouco, organizando as ideias, e então disse:

— Tive que tirar várias caixas de cima desta — menti, sabendo que ela nunca descia até o porão.

Ela pegou as ferramentas e as levou para o jardim. Eu podia vê-la através da janela acima da pia. Depois da morte do meu irmão mais novo, ela nunca mais fora a mesma. Começou a tomar

Um dragão no porão

calmantes com cada vez mais frequência e afundou lentamente numa letargia. Agora acredito que era para enterrar no fundo de sua mente o conhecimento de que foi meu pai quem o matou.

Lucas era apenas um bebê quando morreu. Meus pais não tinham planejado outro filho (sequer tinham *me* planejado) e, naquela época, a bebedeira do meu pai e seu temperamento estavam cada vez piores. Lucas morreu no berço. Aparentemente tinha se enforcado com o cobertor enquanto dormia. Minha mãe sabia que fora meu pai quem o estrangulou. Ela sempre fora muito cuidadosa ao colocá-lo para dormir. Porém, ao invés de confrontá-lo, ela mergulhou de cabeça no esquecimento.

Fiquei olhando minha mãe mais algum tempo antes de fugir para o quarto. O dragão não iria subir as escadas e entrar de repente na cozinha. Era grande demais. Ficaria entalado. Ou quebraria a casa toda se tentasse, o que seria a menor das minhas preocupações. Se ele resolvesse vir atrás de mim, não acho que fosse conseguir escapar, mesmo que conseguisse sobreviver ao soterramento.

Mesmo sentado na escrivaninha, estudando problemas matemáticos (o que já era difícil em português ficou ainda mais difícil em inglês; bom, pelo menos eu estudava na escola para estrangeiros onde esse era o idioma e não o impossível finlandês), eu sentia o apelo daqueles olhos. E aquela voz profunda ecoava em minha mente. Sentia-me tão impelido a descer até o porão que diversas vezes me peguei largando o lápis e me virando na cadeira. Esfreguei os olhos com força para afastar aquela sensação, mas podia sentir que não conseguiria resistir por muito tempo.

Esperei até que meu pai desmaiasse no sofá e desci as escadas pé ante pé. Deslizei silenciosamente pelo corredor que ligava a sala de estar e a cozinha e lentamente abri a porta que dava para o porão.

Eu não tinha percebido até então, mas o ar ali embaixo era mais quente. Como se a caldeira soltasse vapor o tempo todo. Na metade da escada vislumbrei dois pontos chamejantes perto da parede oposta. Era ele.

— *Seja bem vindo de volta, pequenino* — a criatura me cumprimentou.

De repente, uma realização me atingiu. O dragão não abria a boca para falar. Ele falava dentro da minha mente. Como algum tipo de telepatia ou algo assim. Tentei responder da mesma maneira, já que dá minha boca nada sairia.

— Q... quem é você? — perguntei mentalmente.

— *Lisko, como já lhe tinha dito* — ele disse um pouco impaciente, mas logo se controlou. — *E estou aqui para lhe ajudar.*

— Ajudar c... como? — gaguejei mentalmente.

— *A se livrar daqueles que maltratam você.*

— Como assim?

Uma lufada de ar quente me envolveu quando o dragão Lisko bufou.

— *Há anos estou aprisionado aqui, nesta terra, sem poder esticar as asas e cortar os céus* — ele disse. — *Esperei anos a fio por alguém que me ajudasse a sair daqui.*

— Ah...

— *E, em agradecimento, eu ajudarei esta pessoa a se livrar daqueles que a oprimem.*

— Ajudar como? — eu perguntei, sem conseguir desviar os olhos do dragão.

Ele bufou novamente, envolvendo-me em fumaça. O calor inebriante fez com que sentisse o cérebro dormente, sem que conseguisse enviar qualquer comando às minhas pernas, para que se virassem e me tirassem dali. Que história era aquela, se livrar daqueles que me oprimiam?

— *Hum, sinto certa hesitação, pequenino. Talvez fosse melhor conversarmos outra hora. Seu pai irá acordar a qualquer momento e você não vai querer ganhar mais alguns hematomas... vai?*

Senti-me sendo levado de volta ao meu quarto como se fosse uma marionete. As palavras de Lisko, o Dragão, ficaram marcadas em minha memória. Naquela noite, fui atormentado por

Um dragão no porão   93

estranhos pesadelos: pessoas sem rosto se afogavam em rios de lava, pessoas presas a estacas com chamas lambendo seus corpos nus, uma caverna flamejante da onde saíam gritos agonizantes e silhuetas se retorciam de dor. Acordei na manhã seguinte com os lençóis molhados e a pele grudenta de suor.

Passaram-se alguns dias sem que nada acontecesse.

Minha mãe continuou com sua dieta de Valium e chá mate. Meu pai continuou com sua dieta de cervejas e pancadarias no filho.

Ainda bem que, mesmo nos dias ensolarados, eu sentia um pouco de frio e era forçado a usar camisetas de mangas compridas. Assim ninguém via as marcas roxas, amareladas, esverdeadas, beirando o preto. Ah, mas e o rosto? Ele era esperto. Não batia no meu rosto. Nunca bateu. Mirava do pescoço para baixo, assim não haveria perguntas constrangedoras de professores e vizinhos.

Certo dia cometi o grotesco erro de deixar minha história do Asterix em cima da mesa da cozinha. Enquanto meu pai me mostrava que a mesa da cozinha não era lugar para deixar minhas "coisas de CDF", uma voz profunda emergiu das profundezas da minha mente: *E, em retorno, eu ajudarei esta pessoa a se livrar daqueles que a oprimem.* De repente, quando a mão pesada de meu pai descia nas minhas costas mais uma vez, eu vi, nos olhos da mente, seu rosto contorcido de agonia sendo lambido por chamas. E tão rápido quanto chegou, ela foi embora. Não havia mais vozes ou fogo em minha mente. Apenas a dor e a tristeza.

Naquele mesmo dia, cercado pelas minhas "coisas de CDF" em meu quarto, vi um fiapo de fumaça saindo pela abertura do aquecedor rente ao chão. Enquanto estava a observá-lo, completamente hipnotizado por aquele estranho fenômeno, ele logo se transformou numa nuvem densa, cobrindo toda a superfície do chão como se fosse as brumas que às vezes cobriam as ruas de Espoo nas primeiras horas da manhã. Mas aquelas não eram as primeiras horas da manhã. Já eram as horas tardias da noite e o sistema de aquecimento não costumava espalhar fumaça pela casa toda.

Estava tentando encontrar uma explicação lógica para aquilo quando vi que um redemoinho estava se formando bem no centro daquela fumaça toda. Vi duas narinas aparecerem, dois olhos sem pálpebras, uma boca enorme com dentes serrilhados. Mal tive tempo para compreender que a imagem que se formava era o rosto do dragão. Assim que seu rosto entrou em foco, senti meu cérebro congelar. Meus olhos ficaram esbugalhados, minha boca se escancarou e a baba começou a escorrer.

Sem que nenhum sinal fosse enviado pelo meu sistema nervoso, meu pé direito foi levado para frente, sendo seguido pelo esquerdo. No meio da escada há um degrau que sempre estala e que deixa meu pai irritado. Quando cheguei, ou fui levado, até esse degrau e a pressão que meu pé direito fez sobre ele fez o estalo soar como um tiro de calibre grosso no silêncio sepulcral da casa. Mentalmente, já que não tinha controle sobre meus movimentos, fiz uma careta de antecipação quando ouvi meu pai se mexer em sua cama. Mas foi só isso. Que os deuses abençoem a vodca finlandesa!

E lá estava ele.

Quando me vi frente a frente da criatura, a poucos metros de sua cabeçorra, o domínio da hipnose me abandonou e eu caí de joelhos no chão. Sentia-me fraco e trêmulo, achando que minha hora havia chegado. Que naquele exato momento o dragão iria abocanhar minha cabeça, deixando um corpo flácido e espasmódico na superfície empoeirada do porão.

Mas não foi isso o que aconteceu.

— *Como estão as costas, pequenino?* — o dragão perguntou.

Fiquei parado, quieto, por um longo tempo. O dragão nada mais disse. Apenas me encarava com aqueles olhos pacientes e experientes. Agora, relembrando detalhes que estiveram enterrados fundo em meu subconsciente, posso jurar de pé juntos que vi os cantos de sua boca se levantarem num sorriso.

Um dragão no porão

Quando consegui controlar um pouco os nervos, disse com a mente:

— Como você veio parar aqui?

— *Hummmm, há muito tempo, em uma era em que os homens ainda acreditavam em dragões e os temiam, havia uma família que se sentia ameaçada pelo poder e sabedoria dos dragões. Por nos temer, a matriarca dessa família, uma feiticeira ambiciosa, espalhou boatos que diziam que nós éramos cruéis, que estávamos atrás de seu ouro. Porém, seu desejo era descobrir o segredo de nosso poder e usá-lo ela mesma.*

— *Assim, guerreiros de todos os lugares começaram a nos caçar e logo muitos de nós foram aprisionados. Preocupados com minha segurança, meus pais me levaram através de túneis subterrâneos até um salão de pedras embaixo de um castelo abandonado. Eu era jovem ainda. Durante muito tempo fiquei preso aqui, sem poder cruzar os céus.*

— Mas isto não é um castelo — eu interrompi sua história —, é uma casa.

— *Hum, séculos e séculos se passaram e o mundo mudou. A feiticeira, ao perceber que muitos outros dragões haviam se escondido, lançou uma maldição poderosa que nos impedia de sair de nossos esconderijos até que pudéssemos encontrar uma vítima inocente que precisasse de ajuda e que por meio dessa boa ação nós seríamos libertados das invisíveis correntes de seu feitiço.*

— Mas... — eu comecei a dizer, mas as palavras fugiam do meu cérebro.

— *Sim?* — o dragão me incentivou.

— Que tipo de ajuda — consegui dizer depois alguns segundos.

— *Preciso ajudar uma vítima inocente a se livrar da opressão de um tirano.*

— E nesse tempo todo você nunca encontrou ninguém para ajudar?

— *O mundo mudou. Ninguém mais acredita na existência de dragões. Já encontrei-me com diversos humanos, mas todos correram ao me ver. Você foi o único corajoso o bastante para ficar frente a frente comigo. Muito corajoso.*

— E como é que você vai ajudar essa vítima? — eu perguntei.

— *Hum, pequenino, o fogo purifica* — o dragão respondeu.

Naquele momento Lisko, o Dragão, me prendeu nas profundezas flamejantes de seus olhos e de suas narinas ele soltou uma lufada de ar quente que me engolfou. Meus olhos ficaram desfocados. Minhas pernas e braços ficaram dormentes. De repente, imagens cruzavam minha mente, com um filme sendo avançado em alta velocidade. As imagens passavam tão rapidamente que logo o porão todo começou a girar e tudo se transformou num borrão. Apenas aqueles olhos hipnotizantes permaneciam no centro de tudo.

Então houve apenas escuridão.

Acordei em minha própria cama, enrolado nos lençóis, confuso e desorientado. Eu tinha a impressão de que a conversa com o dragão durante a noite foi como se um artista fizesse um desenho e com o dedão o esfumaçasse todo; sabemos que há um desenho ali embaixo, mas não conseguimos identificá-lo. Eu sabia que tinha sido atraído ao porão; sabia que tinha conversado com o dragão. Mas não me lembrava do conteúdo dessa conversa.

Tomei meu café da manhã, ou melhor, engoli um copo de leite com algumas bolachas (tudo para evitar encarar os olhos injetados e a carranca de ressaca do meu pai) e peguei o ônibus até a escola.

Ah, a senhorita Turunen. Cabelos longos e negros como o céu da meia-noite. Olhos verdes. Pele alva como a neve nas montanhas da Finlândia. Nunca antes havia me interessado por matemática, mas, ah, com a senhorita Turunen a coisa era outra. Não demorou muito para eu me ver enfeitiçado em suas aulas. Estávamos morando na Finlândia há pouco mais de três meses, então, vejamos, acredito que levei pouco mais de meia hora para me apaixonar por ela.

Naquela manhã, enquanto a senhorita Turunen cobria o quadro negro com números e mais números, eu senti os olhos perderem o foco. Os números começaram a girar e girar, cada vez mais rápidos. Imagens começaram a se formar no vórtice daquele redemoinho de números. Eu vi uma lata de querosene formada pelos espaços que as equações deixavam no quadro negro. Como eu uma daquelas animações feitas com diversas páginas, cada uma delas com a evolução do desenho anterior, e que ao folheá-las rapidamente formam uma ação, eu vi um garoto tombando aquela lata de querosene. Vi um garoto com um fósforo aceso. Vi o garoto jogar o fósforo.

— Ricardo — uma voz interrompeu a alucinação —, você está bem?

Pisquei várias vezes para clarear a mente. Ao passar a mão no rosto percebi que tinha babado e que a saliva tinha escorrido pelo queixo e pingado na carteira, formando uma pequena poça nojenta. De algum lugar no fundo ouvi alguém rir. A senhorita Turunen estava parada na frente da sala, os braços cruzados sobre o peito. Seu rosto era um misto de nojo e piedade. Ela provavelmente deveria estar pensando que eu tive algum derrame prematuro ou algo do tipo. Ela abriu a boca para dizer mais alguma coisa, mas eu a interrompi:

— Professora, posso ir ao banheiro?

— Ah... — sem saber o que dizer ela apenas assentiu com a cabeça.

Sem querer dar tempo para que ela se recuperasse daquela situação bizarra, eu disparei para fora da sala e corri para o banheiro. Ali, olhei-me no espelho e fiquei chocado com o que vi: havia enormes olheiras, os olhos estavam avermelhados, a pele estava pálida, quase translúcida. Abri a torneira da pia sob o espelho e joguei água no rosto. Alucinado, como se pudesse tirar aquela palidez como alguém remove maquiagem, esfreguei o rosto até ficar vermelho. Depois fechei a torneira e olhei meu reflexo novamente. Estava um pouco melhor. A vermelhidão após tanta esfregação escondeu um pouco a brancura.

Refiz o caminho até a sala de aula em passos lentos e hesitantes. Não queria responder a nenhuma pergunta embaraçosa. Acho que a senhorita Turunen também queria evitar alguma situação constrangedora, pois até o fim da aula agiu como se nada tivesse acontecido.

Quando o sinal que indicava o fim das aulas tocou, eu fui um dos primeiros a cruzar as grandes portas de saída. Eu costumava enrolar o máximo possível para talvez conseguir trocar algumas palavras com a senhorita Turunen, mas naquele dia a última coisa que eu queria era ficar a sós com ela, temendo que ela quisesse chamar meus pais para conversar sobre minha saúde ou sei lá o quê.

Caminhei pelas ruas de Espoo, absorto em pensamentos, tentando entender o que estava acontecendo comigo. Tudo me levava a crer que o dragão que vivia em nosso porão estava por trás daquilo. Não apenas da alucinação durante a aula de matemática, mas também de eu acordar na cama sem sequer me lembrar de ter me deitado.

Sem me dar conta do que estava fazendo, distraído pelas minhas divagações, de repente vi-me dentro de uma loja de material para construções. Parado na frente de uma pilha de latas de querosene. Fiquei ali em pé, a testa franzida, com cara de bobo. Minha mão foi para o bolso da calça de maneira automática e pescou uma nota de cinco euros, dinheiro destinado para o lanche que não senti vontade de comer. A etiqueta à frente das latas marcava €$1,99. Peguei uma lata e fui até o caixa. Recusei a sacola que o atendente queria me dar e enfiei a lata dentro da mochila, onde ela se tornou imperceptível no meio de todo meu material escolar.

A cada passo no caminho para casa o peso da mochila batia contra minhas costas e lançava uma onda de dor coluna acima. A lata batia exatamente no lugar onde meu pai me batera pela última vez e o lugar ainda estava sensível. Cada onda de dor era acompanhada por uma onda de raiva. Uma raiva que eu não me lembrava de sentir com tanta intensidade antes daquele dia. Raiva por sofrer tantos abusos. Raiva por minha mãe ser uma viciada em Valium e não levantar um dedo para defender seu filho. Raiva de mim mesmo por me sentir tão impotente.

Cheguei em casa e fui direto para o quarto. Joguei a mochila num canto e me deixei cair na cama. O ódio queimava dentro de mim. Lágrimas começaram a escorrer enquanto eu chorava silenciosamente. Através da visão borrada o rosto do dragão dançava à minha frente. Um fogo começou a arder em meu peito. E conforme o fogo ia se alastrando pelo meu corpo uma ideia foi se formando em minha mente. Até hoje não sei se foi mesmo minha própria ideia ou a malignidade do dragão começava a agir através de mim.

Joguei os pés para fora da cama e com movimentos decididos agarrei minha mochila e corri para as escadas. Meu pai estava na sala, assistindo a algum dos milhares de programas de esportes – não havia treinos naquele dia – mas em um raro momento ele resolveu ignorar seu filho insignificante. Minha mãe estava chapada, sentada à mesa da cozinha, os olhos vazios focados na xícara à sua frente, também vazia.

Quando cheguei ao porão, Lisko já esperava por mim. Sua cabeçorra estava apoiada sobre as enormes patas dianteiras e seus olhos demonstravam bondade e piedade. Como eu era uma criança ingênua. Mas com a influência do dragão o fogo do ódio queimava dentro de mim e eu só pensava em liberar as chamas que significariam minha liberdade... além da do dragão.

— *A aula da senhorita Turunen foi proveitosa, pequenino?* — Lisko perguntou.

— Eu quero ajudar você — eu disse, querendo enganar o dragão e a mim mesmo.

— *Hum... é mesmo?*

O dragão me lançou um olhar penetrante, como se pudesse enxergar fundo na minha alma. E hoje eu acredito que era isso mesmo que ele fez desde nosso primeiro encontro. Foi assim que ele conseguiu me manipular. Sob o peso de seu olhar eu comecei a tremer e sem conseguir mais me segurar, respondi:

— Não. Quero que você me ajude. Você mesmo disse: "O fogo purifica". Além do mais, você mesmo disse que queria me ajudar. E se você me ajudar, você também vai estar livre... para voar... para onde quiser.

— É isso que venho lhe dizendo desde a primeira vez que nos encontramos, pequenino. Apenas quero ajudá-lo a se ver livre de toda a opressão. Poder voar novamente será apenas um... bônus, por assim dizer.

Como pude acreditar nessa mentira descarada?

— Mas... — eu comecei, mas as palavras ficaram presas na garganta. Tossi para limar a garganta. — Mas o que devo fazer?

— *O que você viu durante a aula da senhorita Turunen?*

— Uma lata de querosene.

— *E você comprou uma lata de querosene, não comprou?*

— S-Sim.

— *Então eu vou dizer o que você tem que fazer, passo a passo, pequenino.*

— Espere — eu disse, reunindo toda minha coragem, que era não era muita, devo admitir, para interromper o dragão. — Não quero que nada aconteça com a minha mãe.

— *Hum, mas pequenino, o que ela fez para lhe ajudar?* — Lisko perguntou e a expressão em seus olhos me deixou apavorado. — *Ela nunca levantou um dedo para impedir os maus tratos que você sofreu.*

— Não é culpa dela — eu disse com uma voz chorosa. — A morte do meu irmão deixou-a abalada.

— *E você sabe quem foi que matou seu irmãozinho, não sabe?* — a criatura maldita disse cheia de escárnio.

— Não! — gritei.

— *Sabe sim. Sempre soube. Bem no fundo você sempre soube que foi seu adorável pai quem estrangulou seu irmãozinho no berço. E depois disso, sempre temeu que você fosse o próximo. Que acordaria um dia com as mãos do seu pai envolta do seu pescoço e que sua mãe o encontraria enrolado nas cobertas na manhã seguinte e que ela também saberia que, além de Lucas, seu amado marido, a quem ela jurou amar na saúde e na doença, na felicidade e na tristeza, também matou o único filho que lhe restara, e que, quem sabe, uma dose maior de Valium não a libertaria daquela escravidão.*

Eu chorava descontroladamente enquanto ouvia o dragão descrever os pensamentos que passavam pela minha cabeça todas as noites, deitado na escuridão do meu quarto, ouvindo passos imaginários no corredor, sentindo mãos imaginárias apertando meu pescoço. Caí de joelhos e não consegui dizer nada.

— *O fogo purifica. Lembre-se disso, pequenino. Sua mãe também anseia por liberdade. Para se alçar aos céus e voar livremente.*

Um dragão no porão

Ajoelhado no chão, eu balançava a cabeça em negação, tentando afastar as palavras do dragão. Não sei quanto tempo ficamos assim, eu chorando como um bebezinho e Lisko me observando com os olhos chamejantes. De repente, senti aquele calor reconfortante me envolver. Olhei para cima e vi que o dragão soprava fumaça pelas narinas. Inalei profundamente e consegui forças para me levantar.

— Está bem — eu disse. — O que tenho que fazer?

Com um som gutural que eu tomei como satisfação, Lisko levantou a cabeça das patas dianteiras e pareceu se aprumar no espaço apertado.

Lisko disse como eu deveria agir.

Voltei silenciosamente até a cozinha e espiei a sala de estar. A televisão ainda estava ligada, mas meu pai estava totalmente apagado no sofá, com uma lata de cerveja ainda na mão.

Dei início ao plano do dragão.

Comecei espalhando um rastro de querosene partindo do fogão, dando a volta pela mesa. Parti para a sala, derramando mais um pouco perto do pequeno amontoado de velas aromatizadas que minha mãe matinha perto da janela, perigosamente perto das cortinas. Dei a volta pela sala, fazendo uma pequena parada na porta de entrada e desci novamente até o porão.

— *Agora, pequenino, faltam poucos minutos para o amanhecer. Suba até o quarto de seus pais, sem fazer barulho, e pegue o maço de cigarros e a caixa de fósforos que sua mãe esconde na última gaveta do criado-mudo.*

Imagens foram se formando em minha mente. Eu nem sabia que minha mãe fumava escondido. Com a ajuda do dragão eu vi exatamente onde ficava o esconderijo. Vi-me pegando o maço e voltando à sala de estar. Vi-me abrindo a porta, virando-me e acendendo um cigarro...

— *Depressa, pequenino, não há tempo a perder.*

Corri até o quarto e ao chegar lá fui direto até o criado-mudo. Peguei os cigarros e os fósforos e me levantei para voltar à sala. Mas quando meus olhos encontraram o rosto da minha mãe dormindo pacificamente, eu congelei. Como poderia deixá-la? Não, eu tinha que acordá-la e levá-la comigo.

Não!

Assustado, recuei alguns passos e quase derrubei os perfumes que havia na penteadeira na parede oposta. Meu coração disparado ecoava o rugido estrondoso do dragão no mesmo ritmo dos ecos em minha mente.

A força que o dragão exercia em mim era tamanha que contra a minha própria vontade comecei a andar até a porta. Com passos hesitantes desci as escadas. Durante a lenta descida eu senti a mente do dragão dentro da minha. Imagens do abandono e desatenção da minha mãe encheram os olhos da minha mente. *Ela também merece; ela não fez nada para ajudar.*

Cheguei à porta de entrada. Saquei um cigarro do maço e um fósforo da caixinha. Abri a porta de entrada e atravessei a soleira. Ao me virar, antes de acender o cigarro, uma súbita inspiração me atingiu.

— Ei, pai! — eu gritei para a forma jogada em cima do sofá.

Meu pai deu um pulo ao me ouvir gritar. Olhou em volta com uma expressão confusa até seu olhar cair sobre mim. Com a testa franzida ele abriu a boca para dizer alguma coisa, mas eu fiz algo completamente inesperado, tanto para ele quanto para mim.

Risquei o fósforo, encostei a chama na ponta do cigarro e soltei um pouco de fumaça no ar frio da manhã. Naquele intervalo de poucos segundos pude ver os punhos dele se fecharem e uma expressão de fúria começar a se formar em seu rosto. Meu pai odiava cigarros; era contra sua política de boa saúde. Mas antes que ele pudesse voar em meu pescoço, eu levantei a mão esquerda e lhe mostrei o dedo do meio enquanto que, com a mão direita, jogava o cigarro aceso na poça de querosene no limiar da porta.

O fogo se espalhou rapidamente. Quando cheguei à esquina parei e olhei para trás. A casa fora engolida por uma bola de fogo.

Um dragão no porão

Não acredito que a querosene tenha feito todo aquele estrago. Mesmo se misturada com a explosão do gás de cozinha. Não sei foi apenas uma ilusão criada pelas lágrimas e a onda de calor que imanava da casa em chamas, mas tive a impressão de ter visto o dragão se erguer do meio das chamas e desaparecer numa espiral de fumaça que se elevava metros acima da casa.

Com os punhos cerrados ao lado do corpo, me virei e segui meu caminho até a escola.

Uma representante do juizado de menores da Finlândia chegou à escola acompanhada pela polícia. Quando ela me contou que meus pais haviam morrido em um incêndio as lágrimas que eu derramei não foram lágrimas de crocodilo. Mas também não eram por meus pais (bem, talvez um pouco por minha mãe, apesar de tudo). Eram lágrimas por mim mesmo, que poderia ter um futuro completamente diferente daquele que teria tido após mais alguns anos de abuso.

É claro que não pude ficar na Finlândia, sem responsáveis. Fui enviado de volta ao Brasil, para São Paulo. Minha tia Inês, irmã da minha mãe, me recebeu de braços abertos.

É da casa dela que escrevo essas linhas. Já se passaram dez anos desde o incêndio em Espoo. Livrei-me da opressão dos meus pais. Também livrei o dragão da prisão que era o porão daquela casa. Contudo, não consegui me livrar do dragão. É claro que ele não vive no porão da minha tia. Ela sequer tem um porão. Ele ainda me persegue. À noite, quando olho para a Lua, vejo uma sombra alada cruzar o céu. Às vezes, vejo um par de olhos incandescentes no canto do quarto. Deitado na cama, flutuando entre o despertar e o adormecer, posso sentir uma lufada de ar quente me envolver.

A culpa também me persegue. Todas as noites, sou atormentado por pesadelos. Em alguns vejo o rosto pacífico da minha mãe quando de repente chamas a consomem por dentro, fazendo-a soltar fogo, primeiro pela boca e narinas, depois pelos olhos.

Olhos acusatórios. Olhos que me julgam pela atrocidade que cometi. Em outros, vejo meu pai se aproximando de mim, a pele chamuscada, os olhos vidrados e as mãos estendidas em minha direção, as pontas dos dedos soltando labaredas de fogo que lambiam meu pescoço.

Durante alguns anos, eram apenas os sonhos e as noites que me atormentavam. Contudo, alguns meses atrás eu entrei na cozinha para pegar um copo de água e me deparei com minha tia preparando o almoço. Quando ela levantou o olhar do picadinho de carne eu vi que seus olhos estavam diferentes. Paralisado, a mão direita apertando o copo e a esquerda apertando a torneira do bebedouro, fiquei a encarar aqueles olhos flamejantes. A voz dela quebrou o encanto. Em um tom preocupado, ela me perguntou se tudo estava bem, porém eu apenas consegui fazer que sim com a cabeça.

Poucas semanas atrás, ao caminhar pelas ruas do centro de São Paulo, vi uma garotinha com um vestido vermelho parado ao lado da mãe, esperando por uma brecha no trânsito para poderem atravessar a rua. Parado do outro na outra calçada, eu vi as barras de seu vestido se incendiar e em poucos segundos todo o vestido estava em chamas. Ao mesmo tempo em que eu abria a boca para gritar, a garotinha também abriu a sua. Mas não foi um grito que saiu de sua boca. Foram chamas. Chamas que vinham em minha direção. Virei e saí correndo como o diabo corre da cruz. Conforme corria sem destino, as gargalhadas do maldito dragão ecoavam em minha mente.

Desde então me pego hipnotizado pelas chamas do fogão; por uma vela; por fogos de artifício. A cada dia que passa, eu penso que o dragão estava realmente certo. O fogo purifica. O fogo livrou minha mãe do vício em Valium. Livrou meu pai do álcool. O fogo é a cura para todos os males. Talvez minha única saída seja através do fogo.

O fogo purifica, pequenino.

Ao lado do computador tenho uma lata de querosene, uma caixa de fósforos e um maço de cigarros.

O buraco dos malditos
Pablo Amaral Rebello

Jorge hesitou por um instante no momento em que o viu pela primeira vez. Um gigante ruivo encontrava-se sentado sozinho em um canto mal iluminado do bar. Apesar da placa de proibido fumar pregada na parede, ele tinha um charuto fedorento pendurado entre os dedos e nenhum garçom ou cliente parecia disposto a reclamar sobre isso. A fumaça criava um ambiente soturno ao seu redor. Suas expressões eram ilegíveis por trás da barba ruiva e do par de óculos escuros espelhados, mas Jorge sabia. Ele já o tinha visto.

Engolindo em seco, criou coragem e parou em frente da mesa.
— Senhor Redburn?

O gigante ruivo levantou a sobrancelha, como se só então percebesse a presença do recém-chegado. Jorge sorriu.
— Sou eu. Jorge Aguiar. Conversamos por telefone...
— Trouxe o dinheiro? — cortou Redburn, objetivo.

O sorriso de Jorge murchou. Ele tirou um maço de notas do bolso que foram imediatamente garfadas pelos dedos musculosos do ruivo. Foi a vez de Redburn sorrir enquanto contava o dinheiro.
— Você é um garoto rico, não? Gosto de garotos ricos...
— Preciso da sua ajuda, senhor Redburn. Me disseram que você é o melhor criptozoologista que...
— Então sente-se de uma vez, rapaz. Não percebe que está chamando a atenção das outras mesas? — interrompeu Redburn, aparentemente irritado.

Jorge obedeceu em silêncio, sem saber direito como prosseguir. Sentia-se como um pigmeu diante do homem imenso sentado do outro lado da mesa. Redburn guardou o maço de notas no bolso da camisa e serviu-se de uma dose generosa de uísque. A garrafa ia pela metade. Ele não ofereceu nada para Jorge.

— E então? O que posso fazer por você?

— Quero que me ajude a caçar um dragão — respondeu Jorge, indo direto ao ponto.

A mão de Redburn parou na metade do caminho entre a mesa e a boca, o uísque no copo intocado. Demorou um momento apenas, somente o suficiente para Jorge se sentir como um micróbio numa placa de petri, sendo cuidadosamente analisado por olhos frios e distantes.

— Pensei que fosse fazer um documentário — lembrou o gigante ruivo.

— Sim, acho que me expressei mal. Estou realmente produzindo um documentário... sobre dragões. E preciso da ajuda de um profissional para conseguir capturar a imagem de um deles em vídeo, compreende? Não pretendo matá-lo nem nada. Quero apenas ser o primeiro a comprovar a existência dessas criaturas fantásticas pela televisão.

— Sabe, existe um bom motivo para nunca terem gravado a imagem de um dragão...

— E que motivo seria esse?

— Dragões não gostam de câmeras. Eles acreditam que essas máquinas roubam as almas dos seres vivos...

— Sério?

— Ou talvez seja porque eles não existem de verdade. Você sabe, fora da nossa imaginação?

— Você acha que estou brincando? — perguntou Jorge, irritado pela primeira vez.

Redburn ofereceu um sorriso misterioso e tomou mais um gole de uísque.

— Acabei de lhe pagar R$ 500 só para ter essa conversa contigo. E se tem uma coisa que valorizo, meu caro, é o meu dinheiro. Não gosto de fazer investimentos furados. Sei que dragões existem e tenho como provar.

— É mesmo? — incentivou Redburn, como se estivesse surpreso.

Jorge assentiu, inclinou-se sobre a mesa e falou em tom confidencial:

— Meus pesquisadores conseguiram uma gravação da passagem de um dragão por uma fazenda. O vídeo mostra uma luminosidade estranha no meio da mata seguida de gritos inumanos hediondos. O sujeito que gravou as imagens não teve coragem de procurar a fonte do horror noturno. Mas saiu bem cedo no dia seguinte para gravar os rastros de destruição deixados pelo monstro. Cenas horríveis de vacas parcialmente devoradas, cobertas de moscas, e rastros misteriosos...

Redburn não parecia impressionado.

— É falso — garantiu com certeza inabalável.

— Você nem viu o vídeo — criticou Jorge.

— Nem preciso. Vídeos como esse aparecem aos milhares pelo Brasil afora. Produções caseiras de péssima qualidade feitas só para tirar alguns trocados de otários como você.

Jorge começava a ficar nervoso.

— Acho que não é o caso do vídeo que tenho em mãos. Existem vários relatos na região em que as gravações foram feitas de uma imensa cobra de fogo que ronda as matas após o pôr do sol e devora aqueles que cruzam o seu caminho.

— Propaganda. É só o fazendeiro que fez o vídeo soltar um boato que o povo reproduz. Não prova nada.

Jorge trincou os dentes, fechou os punhos involuntariamente. Do outro lado da mesa, Redburn saboreava o charuto com uma tranquilidade irritante. O gigante ruivo parecia disposto a contradizê-lo de todas as maneiras, embora trabalhasse com captura e caça de animais mitológicos. Era Jorge quem deveria duvidar da palavra do sujeito, não o contrário. Jorge suspirou. Tinha apenas mais uma carta na manga.

— Existe mais uma razão para que eu acredite na existência de um dragão naquela região...

O buraco dos malditos

— E qual seria ela?

— Por acaso você está a par da lenda sobre o buraco dos malditos?

Redburn parou de fumar e pousou o charuto calmamente sobre a mesa.

— Acho que já ouvi falar. Alguma coisa sobre escravos fugitivos e uma passagem secreta para o inferno, correto?

— A história ganhou muitas versões. Especialmente por conta dos cordéis. Virou folclore.

— Folclore pode ser um assunto perigoso. — alertou Redburn.

— Eu fiz uma pesquisa na Biblioteca Nacional — continuou Jorge, muito sério. — E encontrei documentos que contam a verdadeira história sobre essa lenda. Ou o mais próximo disso a que podemos chegar. Analisei relatórios e cartas de um grupo de bandeirantes renegados, que cansaram de buscar ouro e decidiram fazer fortuna com a caça e captura de escravos para senhores de engenho no recôncavo baiano. Os documentos relatam uma missão específica, que levou esse bando destemido a uma campanha longa pelo interior do estado, para áreas que estavam pouco acostumados a explorar. A expedição durou mais de um mês e os levou até uma região de natureza exuberante, rica em chapadas e cavernas, onde enfim localizaram o quilombo do homem conhecido como Mestre Kalaetê.

Jorge fez uma pausa, para ver se o gigante ruivo prestava atenção. Redburn retribuiu o olhar enquanto mexia o uísque com o dedo, num ato inconsciente, desinteressado.

— Houve combate — prosseguiu Jorge dando mais ênfase às palavras. — Muitos escravos foram mortos, nenhum capturado. Mestre Kalaetê e um punhado de sobreviventes fugiram. Os bandeirantes deram perseguição pelo meio do mato. Foram atrás deles até a boca estreita de uma caverna, localizada no interior de um cânion no fundo de um vale. Os rastros mostravam que os escravos buscaram abrigo dentro dela. Os bandeirantes acharam mais seguro montar acampamento na boca da caverna e esperar os pobres diabos saírem em busca de comida, uma vez que não encontraram outras grutas ou entradas subterrâneas próximas dali. E, assim, esperaram.

Redburn largou o copo de uísque sobre a mesa, na qual apoiou os braços, interessando-se pouco a pouco pela história.

— Durante três dias nada aconteceu e o grupo começou a ficar nervoso. Temiam que os escravos tivessem escapado por alguma passagem secreta que foram incapazes de localizar. Eles discutiram longamente até que o capitão do grupo, junto de dois de seus melhores homens, decidiu entrar na caverna para perseguir os fugitivos. O restante dos homens ficou de prontidão, para capturar os escravos que tentassem escapar por ali. Horas se passaram sem que nada acontecesse. Até que, ao cair da tarde, gritos terríveis e o som de tiros começaram a sair da boca da caverna.

— Tinham encontrado os escravos? — perguntou Redburn, intrometendo-se na narrativa.

— Talvez. Ninguém sabia o que acontecia dentro daquele buraco fétido— respondeu Jorge, alongando o mistério. — Os bandeirantes ficaram tensos. As espingardas, bacamartes e facões tremiam nas mãos dos homens, que não sabiam se entravam na caverna para auxiliar seu capitão ou aguardavam a saída dos escravos do lado de fora. Um cheiro de enxofre começou a sair lá de dentro, acompanhado de urros inumanos que escapavam como trovões pela estreita passagem. Alguns homens fugiram, outros molharam ou sujaram as calças, mas a maioria se manteve a postos, com medo de reprimendas por parte do comandante interino da tropa. De repente, a caverna silenciou. Nenhum outro som saiu de dentro dela pelo que pareceu um longo tempo...

Jorge fez uma pausa para dar maior dramaticidade à história. Os lábios de Redburn se torceram irritados.

— E então? — exigiu o gigante ruivo, impaciente.

Jorge sorriu e deu continuidade à narrativa:

— O comandante perdeu a paciência e pediu para um dos homens entrar no buraco e ver o que podia descobrir. O voluntário demorou poucos minutos antes de voltar ao ar livre com o corajoso

O buraco dos malditos

capitão do bando, que tinha o corpo coberto de queimaduras mal cheirosas e purulentas. Por incrível que pareça, o homem ainda estava vivo, apesar de todos os ferimentos provocados pelo fogo. Mas não durou muito, o pobre coitado. Apenas o suficiente para balbuciar sandices a respeito de cadáveres, demônios e o detalhe mais curioso: imensos olhos dourados. Olhos tão claros quanto o Sol, de um fogo vivo hipnotizante. Ele morreu em seguida, sem mencionar o destino dos escravos fugitivos. Ninguém deu importância. O comandante interino, homem temente a Deus que era, convenceu-se de que, na busca pelos escravos, acabaram encontrando acidentalmente uma passagem direta para o inferno. E não teve dúvidas: mandou dinamitar a boca da caverna e deu um fim à expedição, pedindo a todos os presentes que esquecessem para sempre daquele lugar maldito. E, assim, nasceu uma lenda.

Jorge calou-se, solene após contar história tão longa e envolvente. Foram várias noites sem sono para reunir todos os detalhes. Ele encarou o gigante ruivo, mas era incapaz de interpretar suas reações. O homem era um completo mistério.

— Você acredita que o capitão encontrou um dragão? – perguntou Redburn.

Jorge assentiu.

— E você acha que localizou a região onde fica essa misteriosa caverna?

Jorge assentiu mais uma vez. Redburn bebeu um gole de uísque.

— Diga-me, Jorge, me parece que você leva esse assunto de dragões bem a sério. Existe algum motivo especial para isso?

Jorge desviou o olhar, sem graça.

— Tenho minhas razões – respondeu sem muita convicção.

Redburn assentiu.

— E quais são elas?

— Não acho que venham ao caso. Escuta, procurei você porque me disseram que é o melhor criptozoologista vivo. Estou disposto a lhe pagar uma quantia generosa pra me ajudar a achar esse dragão, exista ele de verdade ou não. Tudo que preciso é de um sim ou de um não. Você está disposto a trabalhar comigo?

— Talvez... — concedeu Redburn com outro gole de uísque. — Mas antes quero saber suas razões para perseguir esse dragão. Ou não tem acordo nenhum. E vou saber se estiver mentindo.

Jorge suspirou, cansado. Era impossível vencer o gigante ruivo.

— Tudo bem — concordou afinal. — Você vai me achar um completo idiota, mas tem uns cinco ou seis anos que sonho com dragões. Os olhos dourados e brilhantes, em especial. Eles me atraem de uma maneira que não consigo explicar. Sei que são reais. E quero encontrá-los pessoalmente ao menos uma vez. Pronto! Essas são minhas razões. Satisfeito?

Redburn manteve-se imóvel por um momento. Então descansou o copo de uísque sobre a mesa e esticou o braço, mão aberta à espera de um cumprimento.

— Parabéns — disse enquanto esmagava involuntariamente os dedos de Jorge. — Você acaba de contratar os serviços de um criptozoologista.

Duas semanas depois, na cidade de Lençóis, na Chapada Diamantina.

Um cancioneiro tocava uma moda de viola para o diminuto público reunido nas mesas distribuídas pela rua pedregosa em frente ao bar. Jorge levantou o braço e pediu mais um chope ao garçom. Seu humor não andava dos melhores. Tinha dias que não sonhava com absolutamente nada e que a produção do documentário estava parada devido à aposta que fez em um profissional pra lá de suspeito. Não que os outros dessem alguma importância. Não era o dinheiro deles que estava escorrendo pelo ralo. Parecia haver apenas uma exceção para a regra.

— Então aí está você — anunciou uma voz rouca e preocupada.

Jorge virou o rosto. Uma morena magra, de cabelos curtos, olhos castanhos e seios pequenos puxou uma cadeira e sentou-se sem pedir licença. Aline, a produtora de seu malfadado documentário.

O buraco dos malditos   113

— Parece que alguém está precisando de companhia.

— Impressão sua. O que eu tenho para me preocupar? — ironizou Jorge, dando um longo gole no chope amargo.

Aline apenas olhou seriamente para ele. Uma reprimenda silenciosa no olhar, mas Jorge ainda não queria entrar naquele assunto.

— Onde está o resto do pessoal? — perguntou, num tom que esperava ser profissional.

Aline suspirou.

— Parece que Jefferson e Scarlet finalmente se acertaram. Da última vez que os vi, estavam dançando forró agarradinhos, naquela boate perto do hotel.

— Já não era sem tempo. A tensão sexual entre aqueles dois estava me dando nos nervos.

— Acho que as filmagens vão fluir mais facilmente a partir de agora — concordou Aline, lançando um olhar inquisidor para Jorge, que preferiu ignorá-lo.

— César e Matias?

— O que você acha? — rebateu Aline, impaciente.

— Não faço ideia — respondeu Jorge, na defensiva.

— Nossa equipe técnica está jogando sinuca naquele boteco pé sujo como fazem todas as noites desde que chegamos aqui. Mas o que eu não tenho como saber é onde está o último membro da nossa família feliz. Já faz dez dias, Jorge...

— Eu já expliquei, não tenho como entrar em contato com ele. Quando ele encontrar o que estamos procurando, vai ligar. Pode confiar.

— Tem certeza? — quis saber Aline, nem um pouco convencida.

— Claro — resmungou Jorge, nem um pouco convincente.

— Trabalho estranho esse de criptozoologista, que desaparece sem deixar contatos logo depois de receber a primeira parte do pagamento...

— Nós já conversamos sobre isso, Aline!

— O sujeito te roubou R$ 10 mil, Jorge! Quanto tempo vai levar para você perceber isso e seguir em frente com o documentário antes que nossos recursos cheguem ao fim? Eu sei e você sabe que nossos patrocinadores não estão nada contentes com o avanço da produção. Ainda temos dinheiro suficiente para investir em efeitos especiais e...

— E criar uma mentira para o povão comprar, Aline? É isso que quer? — completou Jorge, furioso. — Redburn é um homem de palavra. E um caçador nato. Quando ele encontrar o que estamos procurando, vai entrar em contato.

— Olha o que você está falando, Jorge. Por mais que eu admire sua persistência e inteligência, você contratou um cara para caçar um dragão. Um dragão!

— Até você, Aline? Já não basta os outros me chamarem de Dom Quixote pelas costas? Agora você também vai me dizer que estou correndo atrás de uma ilusão?

— Dragões não existem, Jorge! Eu gostaria, sinceramente, de acreditar que isso não fosse verdade, mas não posso negar a realidade...

— E todas as evidências que conseguimos? O vídeo do ataque noturno? As entrevistas? Você estava lá, lembra? Conversou com todas aquelas pessoas. Viu o medo no olhar delas. Vai me dizer que aquilo não era real?

— Não sei, Jorge. Não sei. Só sei que não estou disposta a arriscar meu futuro profissional em um caçador de monstros mitológicos.

— O que é isso? Um motim? Chegamos realmente a esse ponto?

— Jorge...

Antes que Aline pudesse dizer alguma coisa, o celular de Jorge tocou. Ele agarrou o aparelho como um náufrago agarraria a tábua de salvação. Atendeu. A voz de Redburn manifestou-se do outro lado da linha.

Naquela noite, Jorge sonhou com fogo, enxofre e malévolos olhos dourados. Sonhou com uma terrível luta entre uma enorme serpente e um bravo cavaleiro que levava seu nome. Um cavaleiro que acabou reduzido a uma caveira sorridente e cinzas ao término de tão agitado pesadelo.

⌒

O dia amanheceu cinzento, com cheiro de chuva. Longas sombras se projetavam das formações rochosas famosas da região, como o morro do Pai Inácio, trazendo um ar lúgubre e soturno que combinava com o clima que permeava a equipe de produção do documentário de Jorge. O grupo seguia numa Kombi por uma estradinha de terra esburacada. César dirigia o veículo enquanto Matias estudava um mapa no banco de passageiro, vez ou outra dando orientações sobre o percurso a seguir. Jorge seguia no banco de trás, juntamente com Aline, que se sentava na janela de braços cruzados e o olhar perdido na paisagem lá fora, sem coragem de encarar o chefe. No último banco estavam as estrelas do documentário, Jefferson e Scarlet, sentados separados e de péssimo humor. Os sinais e as insinuações da atriz davam a entender que o rapaz não compareceu quando a situação exigiu. Assim passaram de pombinhos apaixonados a inimigos jurados, como reza a cartilha do show business.

Jefferson abriu a janela e acendeu um cigarro.

— Falta muito? — perguntou, irritado.

— Estamos quase lá — respondeu César automaticamente.

— É a décima vez que você faz a mesma pergunta — criticou Scarlet. — Você não se cansa, não?

— Só de olhar pra você — alfinetou o ator.

— Jefferson — intrometeu-se Aline. — Já chega, ok?

— Ela que começou — acusou o ator.

— Mas sou eu quem está dando um ponto final nessa história — disse Aline, num tom autoritário. — Estamos todos cansados e com sono, mas temos um trabalho a fazer e eu não preciso ter que ficar lembrando vocês dois a cada cinco minutos de que somos todos adultos, certo? Vocês não dizem que são profissionais? Então sejam profissionais e parem de agir feito crianças!

— Eu agiria como um adulto se vocês me dessem um papel de adulto para fazer...

Aline o encarou, furiosa. Jorge se virou.

— O que você quer dizer com isso?

— O que você acha que quero dizer? Quando aceitei participar desse documentário foi porque pensei que faria o papel de um repórter aventureiro, não de um caçador de contos de fada! Ainda mais acompanhado de uma "bióloga" que nem essa — continuou apontando para Scarlet — que não saberia dizer a diferença entre um cachorro e um gato!

— Jefferson — repreendeu Aline mais uma vez.

— Não, Aline, está tudo bem — garantiu Jorge, sem se abalar. — Deixe o garoto desabafar. Logo, nada disso fará diferença...

Jefferson gargalhou. Uma risada ácida e cheia de escárnio.

— Jesus, você realmente acredita que vamos encontrar um dragão de verdade...

— Foi para isso que contratei Redburn — respondeu Jorge.

— É, a gente sabe. O grande caçador de monstros! Quer saber? Aposto cem pratas que esse cara não vai te entregar dragão nenhum no final do dia.

— Jefferson, juro por Deus que se continuar com essa conversa...

— Está tudo bem, Aline — interrompeu Jorge novamente. Olhos fixos no ator. — Você quer fazer uma aposta?

O sorriso debochado de Jefferson sumiu devagar. O diretor o fitava calmamente. Mão estendida para o outro, à espera da reação esperada. Jefferson a apertou e selou o acordo em silêncio.

— Agora, vê se trata de se comportar, ok? — pediu Aline com o fim da discussão.

— Pessoal — chamou César com um alerta na voz. — Acho que chegamos...

A Kombi parou. Mais adiante, no topo de uma pequena elevação, encontrava-se um jipe esverdeado de aspecto feroz. Um sujeito enorme de barba ruiva, óculos espelhados e cara de poucos amigos apoiava-se na lateral do veículo. Ele usava botas militares,

O buraco dos malditos   117

calças camufladas, camisa xadrez avermelhada, uma jaqueta cheia de bolsos e um relógio dourado. Na mão esquerda, segurava um longo bastão de madeira que afiava com o uso de um facão. Ele parou ao perceber que era observado e guardou o facão na bainha da cintura. Depois cruzou os braços e ficou encarando a Kombi parada.

— Esse é o tal criptozoologista? — perguntou Jefferson, sem o escárnio de antes.

— Quero ver você fazer suas piadinhas agora — alfinetou Scarlet.

— Tudo bem, pessoal. Ele está do nosso lado — lembrou Jorge, divertindo-se com a surpresa da equipe. — Apenas lembrem que eu estou no comando do show, ok?

O grupo assentiu. Jorge abriu a porta da Kombi e desceu primeiro com um sorriso estampado no rosto. Não conseguia evitar. Após tanto tempo, sua busca estava prestes a se completar.

— Redburn — cumprimentou o diretor, animado.

— Estes são os seus caçadores de dragões? — questionou o criptozoologista num tom de reprovação. — Onde estão suas armas?

Jefferson riu baixinho, mas calou-se ao perceber a seriedade do gigante ruivo.

— Eu lhe disse, estamos produzindo um filme. Não somos caçadores de verdade. Queremos apenas gravar imagens da criatura — detalhou Jorge, como se falasse a uma criança.

— E você acha que esse lagarto bastardo vai simplesmente posar pra suas câmeras sem reagir? Você é mais idiota do que pensei. Não importa. Aqui — disse, jogando o bastão que afiava para o diretor. — Você pode precisar disso mais tarde. Tenho um para cada um de vocês.

— O que é isso? — perguntou Aline ao pegar o bastão afiado que lhe era oferecido.

— Lanças. A única coisa capaz de matar dragões como o que vamos encontrar hoje. Mas só se conseguirmos acertar seu cérebro no momento em que ele se preparar para disparar uma rajada de fogo. O céu da boca é o único ponto fraco da criatura. Ainda assim, é preciso de força para trespassá-lo.

Jefferson se aproximou de Jorge.

— Lanças de madeira? Você ainda acha que ele não está tentando te passar para trás? — sussurrou cheio de veneno.

— Se é isso que vai matar o dragão por que você está carregando uma automática? — quis saber César, após receber sua lança.

Os olhares de todos convergiram para a pistola pendurada discretamente na cintura do criptozoologista. Ninguém a tinha percebido antes. Redburn tocou distraidamente o coldre que guardava a arma.

— Isso aqui? Não serve pra muita coisa. As balas ricocheteiam nas escamas impenetráveis do monstro. Pode até distraí-lo um pouco, mas não mais que isso. E pode ficar tranquilo. Não vou ser o único a carregar armas de fogo nessa expedição!

— Não? — perguntou Jorge.

— Claro que não. Sabe, ao contrário de vocês, eu sei muito bem onde estou me metendo. E sei que, se quisermos pegar esse dragão de jeito, vamos precisar irritá-lo bastante para que ele abra a guarda e nos dê uma chance de matá-lo. Por isso, trouxe uns brinquedinhos comigo...

Redburn foi até o jipe e retirou duas metralhadoras de dentro dele. Todos deram um passo para trás involuntariamente. Aline e Scarlet deixaram suas lanças de madeira caírem. Redburn gargalhou, divertindo-se.

— Kalashnikov, mais conhecida como AK-47. Fácil de manejar, de carregar e de recarregar. Uma criança seria capaz de usá-la. Só tomem cuidado com o coice na hora de atirar.

Redburn jogou uma das armas para César, que a agarrou em pleno ar.

— Você, garoto — disse apontando para Jefferson. — Acha que dá conta de usar uma dessas?

O ator assentiu uma vez.

— Ótimo — continuou Redburn, lhe entregando a arma. — Então acho que está mais do que na hora de colocarmos esse show na estrada. Temos uma longa caminhada pela frente antes de chegarmos na caverna do dragão.

O buraco dos malditos

— Espere um minuto — pediu Jorge.
Redburn se virou para ele.
— Sim?
— Isso quer dizer que o dragão existe mesmo? Que você o encontrou?

Dava pra sentir a ansiedade no tom de voz de Jorge. Redburn não respondeu de imediato. Ele encarou o diretor do documentário e o restante da equipe sem demonstrar qualquer tipo de emoção. O criptozoologista deu de ombros.

— Foi para isso que você me contratou, não foi?

A caminhada durou longas horas, em grande parte pela insistência do grupo em parar diversas vezes para gravar cenas em pontos por onde o dragão teria passado. Diversos eram os rastros deixados pela criatura e apontados pelo criptozoologista. Alguns, eram bem evidentes, como carcaças de animais abertas e árvores parcialmente queimadas — segundo o especialista, devido ao mijo ácido da criatura. Outros, como os sulcos formados na vegetação e o leve aroma de enxofre onde o monstro teria parado para descansar, nem tanto.

Sempre que achava estar distante o suficiente de Redburn, Jefferson fazia comentários sobre como o profissional tinha armado o cenário para eles brincarem. A maioria da equipe parecia concordar com o ator, até mesmo Aline sorria ao ouvir as provocações. Somente Jorge parecia acreditar que iam realmente encontrar um dragão. Era como se o diretor fosse movido por uma fé cega e inabalável. No que o criptozoologista acreditava ou deixava de acreditar era impossível dizer. Ele liderava o grupo com a expressão fechada e eventuais grunhidos de insatisfação, como se tivesse coisa melhor pra fazer do que guiar um "bando de idiotas ineptos", como passou a chamar a equipe após a primeira hora da jornada.

Por volta das duas da tarde, o grupo adentrou um cânion estreito no fundo de um vale. Pedras cinzentas e cheias de líquen formavam um corredor natural e tortuoso. Raízes grossas de árvores agarravam-se às paredes como patas de aranha e desciam em busca do solo, mais especificamente dos nutrientes necessários para alimentar seus corpos vegetais. Os galhos formavam um telhado esverdeado que dificultava a passagem dos raios de sol. Nada além dos pios ocasionais de morcegos pareciam acompanhar os barulhentos humanos naquele canto tão afastado da civilização.

— Chegamos — anunciou Redburn, parando no topo de uma pedra.

O grupo parou atrás dele. Abaixo, encontrava-se uma clareira natural coberta por folhas secas em decomposição e pedregulhos próximos às paredes íngremes. A boca da caverna era um buraco escuro, cercado de rochas enegrecidas cobertas por fuligem, com uns três metros de largura e um de altura. A equipe trocou olhares desconfiados. Era uma entrada um pouco estreita.

—Você está querendo nos dizer que um dragão vive dentro desse buraco? — perguntou Jefferson esquecendo momentaneamente do temor que sentia na presença do criptozoologista.

— Isso mesmo — concordou Redburn fingindo não notar o ceticismo do ator. — Mas não qualquer tipo de dragão...

— Qual tipo de dragão vive lá dentro? — quis saber Jorge, genuinamente interessado.

— Uma serpente de fogo — respondeu Redburn. — São dragões muito comuns na América do Sul. No Brasil, em especial. É por conta deles que se criaram lendas como o Boitatá e a Boiúna, também conhecida como Mãe D'água. Possuem o corpo de cobras enormes e cabeças de dinossauros, animais assustadores! Faziam os índios se cagarem de medo nos velhos tempos.

— Quer dizer que existe mais de um tipo de dragão? — foi a vez de Aline perguntar.

O criptozoologista deu risada.

— Existem centenas! Dragões de todos os tipos e tamanhos. Dragões capazes de serem domesticados como cachorros e dragões mais inteligentes que os maiores pensadores humanos. Dragões

O buraco dos malditos

voadores e dragões marinhos. Diabos! Eu diria que esses lagartos bastardos são mais numerosos que as crianças da China!

— É mesmo? Então porque quase ninguém já viu um? – provocou Jefferson, mais à vontade.

— Porque geralmente eles devoram quem faz perguntas idiotas como essa– rebateu Redburn sem o menor senso de humor.

O grupo se calou. O criptozoologista começou a descida, seguido de perto por Jorge. Aline vinha logo atrás, um pouco distante dos dois, mas curiosa com o desenrolar dos acontecimentos. Logo depois estava Jefferson, de cara fechada por não ser o centro das atenções. E, mais atrás, César e Matias seguiam com dificuldade por conta dos equipamentos de gravação e a atenção constante que Scarlet exigia, uma vez que era uma dama pouco acostumada a fazer trilhas no meio do mato.

— Vou querer um bônus por toda essa andança no meio desse fim de mundo – repetiu ela em alto e bom som pela décima quinta vez para que todos pudessem ouvir.

Jorge não dava mais a menor atenção para Scarlet ou o restante da equipe. Podia sentir os pelos da pele se eriçarem num arrepio ansioso enquanto se aproximava da boca da caverna. Olhava fixamente para a escuridão lá dentro, como se a qualquer momento imensos olhos dourados fossem se abrir para encará-lo de volta.

— O buraco dos malditos... – disse num tom quase solene.

Redburn se virou para ele e assentiu.

— É, parece que foi aqui mesmo que seus bandeirantes convenceram-se de terem encontrado uma passagem direta para o inferno. Está sentindo? – perguntou apontando para o próprio nariz.

Jorge respirou fundo e abriu os olhos, impressionado.

— Enxofre – reconheceu o cheiro, pungente e inescapável.

O criptozoologista assentiu uma vez, guardando os óculos escuros no bolso da blusa. Não ia precisar deles no lugar para onde estavam indo. Jorge viu pela primeira vez os olhos azuis, frios e quase transparentes, de Redburn. Assim como a preocupação estampada nas olheiras longas daquele homem misterioso. Um olhar sábio e cheio de conhecimentos ocultos.

— Tem certeza de que quer seguir adiante com isso? Os outros não acreditam em mim, mas você sabe o que nos aguarda lá dentro. Não posso garantir a segurança de todos.

Jorge olhou para trás. O grupo ainda descia o caminho de pedras até a clareira. Por um momento, sentiu um medo profundo e sem explicação racional, como se estivesse na presença da morte. Percebeu que era exatamente disso que Redburn falava. Até ali, tudo tinha sido um exercício intelectual e lúdico, mas tudo mudaria no momento em que adentrassem a toca do temido monstro. Lembrou mais uma vez do sonho que tivera aquela noite. Do combate entre o cavaleiro e a serpente e da caveira sorridente. Era preciso tomar uma decisão. A expressão de Jorge se fechou.

— Não posso voltar — respondeu secamente. — Não depois de chegar até aqui.

Redburn assentiu com o que Jorge imaginou ser uma pitada de temor e respeito.

— Nesse caso, fique perto de mim — aconselhou. — Você, eu posso proteger.

A caverna era escura, úmida e carregava um leve odor de ovos podres. O grupo seguia devagar, com Redburn numa ponta e César na outra. Cada um tinha sua própria lanterna, embora nem todos tivessem capacetes. Após um corredor estreito, eles entraram em uma seção mais aberta e perigosa, marcada por um desfiladeiro escorregadio e íngreme. Estalagmites levantavam-se do solo rochoso lá embaixo como armadilhas naturais. Em alguns pontos, a trilha forçava maiores cuidados. Como uma ponte de pedra quebrada, onde era necessário dar um pequeno salto para seguir adiante. Scarlet precisou de atenção especial. E Jefferson, apesar de ter feito a travessia sozinho, não conseguiu esconder o medo e foi o último a saltar.

Quanto mais avançavam, mais tinham a sensação de descerem pelas entranhas da terra. Scarlet não acreditava em dragões, mas as paredes fechadas e a escuridão lhe traziam todo um tipo diferente de terror. Jefferson tentou aproveitar-se da situação, só que a atriz buscou proteção nos braços de outro homem: César, que vinha lhe auxiliando desde o começo da expedição. O ator ficou de cara amarrada e voltou a fazer comentários ácidos a respeito da estupidez daquele documentário.

— Parece que nosso astro levou outro fora — comentou Aline em tom casual, aproximando-se de Jorge.

O diretor, distraído, se virou para ela sem entender de imediato do que a produtora falava, embora logo tenha pego o fio da meada.

— Ele se recupera — respondeu com um sorriso.

Os dois seguiram em silêncio, sem saber direito como continuar a conversa.

— Acho que lhe devo desculpas — disse Aline com uma dose de arrependimento.

— Pelo quê? — perguntou Jorge, fazendo-se de bobo.

— Pelas coisas que lhe disse ontem à noite. Por duvidar de você. Por...

— Pare — interrompeu Jorge, pegando a produtora pela mão.

E ela obedeceu a ordem ao pé da letra, respiração presa no peito. Jorge percebeu o gesto involuntário e soltou a mão da produtora, sem graça.

— Aline, você é uma ótima profissional e eu não podia ter ninguém melhor que você dentro da minha equipe. Todos estávamos um pouco estressados ontem à noite. Mas eu prometo: assim que acabarmos esse documentário, assim que sairmos dessa caverna, as coisas vão mudar. Vamos poder relaxar um pouco e, se Deus quiser, comemorar o que fizemos aqui hoje.

Aline deu um pequeno sorriso, seus olhos brilharam no escuro. Então, Jefferson fez a curva na trilha e deu de cara com os dois parados no meio do caminho. O momento romântico entre o diretor e a produtora chegou ao fim repentinamente, com os dois procurando adotar posturas profissionais. Jorge virou-se e voltou a seguir o criptozoologista. Aline fez o mesmo, sem dizer uma palavra sequer e Jefferson sorriu sozinho, ao ver a trama que se revelava diante de seus olhos.

Redburn parou na entrada do que parecia ser uma galeria e coçou o queixo.

— Fim da linha — anunciou, desanimado.

— O quê? — perguntou Jorge, sem compreender de imediato o que significava a declaração.

— Veja você mesmo.

Jorge subiu pelo caminho de pedra até onde Redburn o aguardava. Ele olhou para dentro da caverna. Estava diante de uma galeria de proporções gigantescas. Fachos de luz mergulhavam de buracos estreitos no extenso teto, a dezenas de metros de altura, para revelar o tamanho descomunal daquele lugar. Era de tirar o fôlego. Um estádio de futebol inteiro com estacionamento para milhares de carros caberia dentro daquele espaço, ocupado por formações rochosas de aspecto curioso, colunas magníficas e uma profunda lagoa subterrânea de água límpida e azulada.

— Uau... — disse sem conter as emoções.

— É, o visual é fantástico. Mas você percebe nosso problema, não?

Jorge franziu o cenho, sem entender. Então a ficha caiu.

— A lagoa...

—... nos impede de chegar ao outro lado e continuar a expedição até a toca do dragão — concluiu Redburn com um muxoxo. — É, acho que nossa expedição chegou ao fim.

— Rá! — exclamou Jefferson, alcançando o grupo naquele momento. — Eu te disse que esse cara era uma fraude! Você me deve cem pratas, chefe!

— Jefferson — repreendeu Aline.

Mas as palavras cansadas da produtora chegaram tarde demais. Redburn agarrou o ator pelo colarinho e o prensou contra a parede.

— Quem você está chamando de fraude, pirralho? — bradou, furioso.

O buraco dos malditos

— Foi mal, cara, eu me empolguei. Não queria te ofender nem nada. É só que eu sabia desde o começo que não íamos encontrar dragão nenhum e...

— Eu devia quebrar a sua cara, seu verme insolente de uma figa.

Redburn largou o ator, que caiu no chão ofegante.

— Mas não vou me rebaixar por tão pouco. Posso provar que existe um dragão nessa caverna. E é exatamente isso que vou fazer se voltarmos aqui amanhã. Só não faço isso agora porque logo mais o sol vai se pôr e ainda temos um longo caminho de volta até nossos carros. Vamos terminar essa porcaria de documentário amanhã.

— Você pode arranjar um jeito de atravessar a lagoa? — perguntou Jorge, sem dar atenção para o desentendimento entre os dois.

A pergunta pegou Redburn de surpresa.

— Claro, estamos dentro de uma caverna. Deve ter uma trilha que nos leve para o outro lado. Ou podemos criar uma, com o equipamento adequado. Só preciso de tempo para encontrá-la e demarcá-la com segurança para que todos possam atravessá-la. Também podemos arranjar um bote, ficaria até mais fácil para carregar as câmeras e...

— Isso não será necessário — interrompeu Jorge, autoritário.

— Como? — perguntou Redburn.

— Nós viemos de muito longe para darmos a volta agora. Além disso, esse lugar é perfeito para o que tenho em mente. É daqui que vamos gravar nosso dragão.

— É mesmo, sabichão? E como vocês pretendem fazer isso se a toca do bicho fica do outro lado? — quis saber Redburn, irritado.

— Simples. Você vai atrair ele até nós.

— Eu?

— Não foi você que acabou de dizer que consegue chegar até o outro lado sem o menor problema? Então, vá até lá, ache o meu dragão e o traga até aqui. Simples.

O rosto de Redburn ficou ainda mais vermelho do que sua barba. Os punhos do criptozoologista se fecharam. O gigante ruivo furioso era uma visão tenebrosa, mas Jorge não se moveu um milímetro sequer. O restante da equipe assistia a discussão numa expectativa tensa. César se colocou na frente de Scarlet e soltou uma tosse seca. Ele carregava uma das AK-47 apoiada casualmente no ombro.

— Lembre quem é que está no comando dessa expedição, Redburn — rosnou Jorge.

Por um momento, os dois não se moveram. Então os dedos do criptozoologista relaxaram e suas mãos se abriram. O rosto continuava enfezado.

— Vou querer um bônus por isso — resmungou Redburn.

— Naturalmente — sorriu Jorge, contente com a vitória.

O diretor tinha chegado até ali para encontrar um dragão e não iria embora sem ele.

O tempo passava devagar dentro da caverna, que ficava cada vez mais escura com o cair da tarde. Scarlet estava profundamente entediada e arrependida de ter aceitado fazer o documentário estúpido. Se não precisasse do dinheiro e dos contatos que aquele trabalho lhe renderia já teria desistido das filmagens e voltado para casa há muito tempo. Olhou ao redor. Ninguém lhe dava atenção, nem mesmo o insuportável do Jefferson, que além de péssimo ator não conseguia manter uma ereção decente por mais de um minuto que fosse. Ele jogava pedras na lagoa, tentando fazê-las quicar com algum sucesso. Jorge e Aline conversavam num canto. Estava rolando um clima entre eles, dava pra perceber. Restavam apenas César e Matias, que descansavam, tão entediados quanto ela, nas margens da lagoa.

Os olhos de Scarlet percorreram o corpo musculoso de César, um negro bonito, de sorriso maroto e olhar cafajeste. O tipo de homem que saberia exatamente como agradá-la se lhe desse uma chance. Além disso, estava com raiva de Jefferson, queria arranjar um jeito de se vingar dele por ter feito com que se sentisse horrorosa. César captou o olhar da moça. Scarlet sorriu, cheia de segundas intenções. O câmera desviou o olhar rapidamente, sem jeito, ao que fez a atriz fechar o rosto. Ela entendeu o pensamento do outro, achava que seria areia demais para o seu caminhãozinho. Ela precisaria ser um pouco mais incisiva.

Scarlet olhou para Redburn. O criptozoologista ainda estava na metade do caminho para o outro lado da galeria. Tinha tempo e o gastou desamarrando os tênis e tirando as meias. Testou a água da lagoa com a ponta dos dedos. Incrivelmente, estava quente, numa temperatura agradável. Levantou-se. Mesmo sem olhar, ela sabia que César acompanhava seus movimentos. Então, tirou a blusa suada, ficando com os seios à mostra. Isso atraiu a atenção de Matias também. Foi a vez de se livrar das calças. Jefferson já olhava para ela, boquiaberto. Antes que algum deles pudesse se manifestar, Scarlet saltou para dentro da lagoa.

O barulho de um corpo batendo na água chamou a atenção de Jorge e Aline.

— Mas que diabos? — exclamou Jorge.

Eles se levantaram. Scarlet nadava seminua na lagoa.

— O QUE ESTÁ FAZENDO? — gritou Redburn, a voz amplificada pelas paredes da caverna trovejando sobre os outros. — *SAIA DA ÁGUA, GAROTA IDIOTA!*

Scarlet ria sem dar atenção. Nadava de costas com os olhos fixos em César, que sorria como um bobo, hipnotizado pela apetitosa ruiva. Os seios empinados brilhavam magicamente com os reflexos do fim do dia. Sua pele brilhava azulada naquele cenário paradisíaco. Sentia-se como uma princesa a nadar absoluta de si mesma num mundo repleto de súditos. Era uma deusa da beleza e da sensualidade, uma atriz em seu grande auge.

A luz do fim de tarde lançou raios sobre as águas, que passaram a brilhar num tom avermelhado, decorrência da cor das rochas daquela caverna especial. As paredes derretidas se assemelhavam a um grande coração. Jefferson assistia à cena com uma expressão de horror. Scarlet ria mais um pouco, não percebendo outra fonte luminosa que subia pelas águas transparentes, não percebendo os tons esverdeados que a galeria assumia. Só tinha olhos para César. E, de repente, o que via ali não a agradou. Uma expressão súbita de terror e pânico. Um olhar desesperado.

Scarlet parou de nadar. Olhou para baixo.

O corpo de uma enorme serpente ondulava por entre estalagmites submersas. Um fantasma luminoso que saía de dentro de uma caverna sob as águas. As escamas a brilharem em tons alaranjados, de forma hipnótica, como escuros espelhos reflexivos. Sua cabeça era maior que o normal e não se assemelhava a de uma cobra. Parecia mais o crânio deformado de um imenso crocodilo, acompanhado de longos chifres pontiagudos e uma espécie de crina de barbatanas que lhe enfeitava metade das costas, além de longos bigodes e dentes afiadíssimos.

Scarlet viu o monstro e soltou um grito alto e agudo, repleto de terror.

Foi o que bastou para César. O forte negro tirou a camisa, saiu correndo e se jogou nas águas ainda escuras mais próximas às margens da enorme lagoa.

— *SCARLET!* — gritou César.

O negro nadava com a força do desespero. Não conhecia a atriz direito, mas era um homem solitário encantado por um sorriso. Não podia deixar que aquilo se perdesse no vazio, tinha que tentar alguma coisa. Tinha que ter esperança. Os outros gritavam seu nome, repetido indefinidamente pelos ecos da caverna, em um mundo já distante, que perdia o sentido a cada segundo que passava. De repente, sentiu diversas pontadas pelo corpo. A vida ficava para trás, abocanhada por um horror submarino que o atropelou como um expresso saído do inferno.

Scarlet repetiu seu grito de soprano, os braços e pernas a pestanejarem na água, sem saberem que direção tomar ou o que fazer.

O buraco dos malditos

Aline levou a mão ao coração, horrorizada pela morte repentina de César e pela criatura terrível que nadava dentro da lagoa. Inconscientemente, pegou a mão de Jorge e apertou. Com força.

Matias foi o primeiro a reagir. O bravo auxiliar de som pegou a metralhadora do colega caído, abandonada sobre as pedras, e abriu fogo contra o monstro, os tiros a passarem como fumaça por dentro d'água. Ele, que quase não falava, despejou sua canção de guerreiro dentro da brilhante caverna, que mais lembrava o interior de uma psicodélica boate. A metralhadora cantava: *RATÁTÁTÁ! RATÁTÁTÁ! RATÁTÁTÁ!*

Rajadas como refrões de música, a chamarem a atenção de um convidado especial. As balas rebateram na couraça escorregadia da enorme serpente, que se rebolou, irritada, virando a cabeça para o pequeno mosquito que queria incomodá-la. Ela bufou. Bolhas de um fogo líquido e luminoso deixaram um rastro negro dentro daquelas águas. Matias viu a aproximação da criatura e sentiu as pernas tremerem. Ela se levantou de dentro da lagoa, vencendo a superfície líquida, e contemplou os visitantes do seu reino subterrâneo. Por incrível que pareça, seu olhar não era frio como o de um lagarto nem morto como o de um tubarão, muito pelo contrário, os olhos do dragão possuíam um brilho todo especial, um fogo dourado que revelava uma inteligência sobre-humana. Da sua pele emanava a luz que preenchia o seu reino. Da sua boca saltava chamas, que fritaram o pobre Matias como faria a um frango, enchendo a galeria com um brilho fantasmagórico de labaredas que não eram amarelas como o fogo conhecido pelos homens, mas de um branco puro e cegante.

Durou somente um minuto. O auxiliar de som caiu duro. O corpo completamente tostado rolou para dentro da lagoa, que engolia o humano como uma oferenda a uma criatura faminta.

— Oh meu Deus, Jorge — chorou Aline, horrorizada, apertando a mão do diretor.

Jorge não sabia o que fazer. Estava diante de um dragão genuíno. O animal com que sempre sonhou. Aquele ser magnífico que lhe roubava horas de precioso descanso com mensagens subliminares. Imagens de uma beleza funesta diante do retrato oferecido pelo real. Jefferson pareceu se lembrar subitamente da metralhadora que carregava nas costas. O jovem ator brigava para tirar a arma daquela posição desvantajosa.

— O que vamos fazer, Jorge? Onde está o cara que você contratou para nos proteger?

Jorge olhou para as paredes, pelo caminho que Redburn percorria, mas não o encontrou. O criptozoologista tinha desaparecido de vista, como um fantasma, então procurou novamente a serpente. Ela estava virada em sua direção e, por mais impossível que fosse, parecia sorrir. Jorge encarou a criatura e pensou, casualmente, em como os olhos dourados do dragão eram semelhantes aos de um enorme felino.

A metralhadora de Jefferson grasnou sem ritmo ou consistência: *RATÁT TÁT TÁT TÁTÁ*. A arma cuspia balas de maneira descompassada enquanto era balançada de um lado para o outro por um ator desesperado sem a menor noção de como manejá-la.

O dragão voltou-se para Jefferson, com uma expressão quase humana de irritação. Nesse momento, uma cauda de ponta losangular deixou as águas e, como o rabo de um escorpião, abateu-se sobre o ator, esmagando-o como um homem faria a uma formiga.

Foi a vez de Jorge apertar a mão de Aline. Seus ossos tremiam. Uma lágrima escorria pelo rosto enquanto o medo ameaçava roubar suas forças. Mas seus instintos eram mais fortes.

— Vamos sair daqui — respondeu com a voz embargada dos malditos. Dos que perderam a alma. Dos que se deixaram enganar por um canto de sereia.

Ele não olhou para Scarlet a se debater dentro das águas. Ignorou os gritos de terror da jovem atriz, que a serpente devorou lentamente, a sorver o sofrimento dilacerante de sua presa predileta. Jorge não podia olhar para trás. Ele tapava os olhos de Aline e a puxava para longe. Não queria saber mais de sonhos, de fortunas e de seu rosto nas capas de revista. Só queria sair vivo

O buraco dos malditos

daquela caverna. Só queria voltar para a segurança de seu lar e talvez dividi-lo com alguém como a mulher que tentava salvar. Ela era bonita o bastante. Se parasse um minuto para escutá-la, para saber seus pensamentos, talvez tivesse percebido antes como se sentia à vontade em sua presença e em como ela o olhava com carinho. Se tivesse olhos para o restante do mundo, talvez ainda tivesse uma chance de dar um final feliz para sua própria história. Uma pistola automática tinha outra opinião.

Clarão. Explosão. Fumaça.

A mão de Aline se abriu, num espasmo involuntário. Redburn estava com a arma de cano fumegante em mãos e a apontava seriamente para Jorge, que ainda não tinha se dado conta do que acabara de acontecer, ensurdecido pelo trovão da pistola e surpreso com a traição inesperada. Ele olhou para trás, para o corpo de Aline que caía com um pequeno furo no meio da testa, os olhos cheios de dor a perderem num instante o brilho da vida. O sangue a manchar as pedras do buraco dos malditos. Ele voltou a olhar para Redburn.

— Eu disse pra ficar perto de mim — lembrou o criptozoologista num tom cansado, baixando a pistola.

— Por quê? — perguntou o pobre Jorge, praticamente em estado de choque.

— Você me pagou pra isso — lembrou Redburn, muito calmamente. — Você queria ver um dragão de verdade, eu te trouxe pra ver um dragão de verdade. Gosto de ver meus clientes satisfeitos, *compreendes, chico?* Além disso, eu te dei todas as oportunidades para voltar atrás, não dei? Agora você vai querer criar problema? Vamos, volte pra dentro da galeria. Realize o seu sonho.

Jorge baixou a cabeça e obedeceu. Sabia que não tinha chances de vencer Redburn em uma briga. Compreendeu que, de alguma forma, tinha sido enganado a ir até ali, que havia uma inteligência maior do que a sua puxando os fios do seu destino. Então ele levantou o rosto para encará-la. A serpente monstruosa o fitava friamente, a cabeça a dançar de maneira lenta ao seu redor, os olhos a estudá-lo como faria a uma mercadoria, de forma quase feminina. Ela se voltou para Redburn, com um olhar inquisidor, e uma voz sibilante e rascante escapou da boca do enorme monstro:

— *O que acha?*

O criptozoologista deu de ombros.

— Me parece meio magrelo e fraco das ideias, mas isso não é problema pra você, é?

Então Jorge viu que era real: a criatura sorria de verdade. Era mais do que um mero animal, mais do que um ser irracional. Era um monstro mitológico, uma criatura feita de pura magia, que controlava o mundo dos homens de maneira sobrenatural, escondida nas sombras, à espera do momento certo para atacar. A serpente se virou de volta para ele.

— *Acho que vai me cair como uma luva* — concluiu o dragão, com o brilho diminuindo lentamente, obscurecendo o ambiente e deixando as sombras voltarem a encobrir os seus mistérios.

Mistérios, mentiras e dragões
Elsen Pontual Sales Filho

I

Quando o telefone tocou às três da madrugada, tive certeza de que a merda só podia ser grande. Esperei até o terceiro choro da máquina infernal e só então atendi com a voz meio embolada, em parte pelo sono interrompido, mas principalmente pelo litro de malte escocês que repousava no criado-mudo, coladinho com o Novo Testamento. No outro lado da linha, ouvi o ganido insistente de Marcos dizendo que havia ocorrido um homicídio no centro e que minha presença era requisitada.

Ora diabos, contestei imediatamente, eu estava no meio das minhas malditas férias! Por acaso seria o único detetive da cidade? Para onde os milhões dos contribuintes estavam indo? Enquanto tentava interromper minha tempestade de palavrões e baboseiras pseudopolíticas, Marcos repetia que minha folga fora oficialmente cancelada. Os papéis haviam chegado há meia hora no birô do chefe de polícia, envelope timbrado dos federais e tudo. A coisa era séria. Com a curiosidade atiçada, resolvi ouvir um pouco mais. Anotei um endereço em meu velho caderno e pedi maiores detalhes a Marcos, que se negou sem qualquer pudor.

— É confidencial — disse o sem-vergonha. — Além disso, você vai querer ver pessoalmente. Ah se vai!

Juro que pude ouvir uma risadinha antes do sinal intermitente me informar que a linha havia caído, ou que o desgraçado tinha desligado na minha cara. Mas ele me paga, cedo ou tarde, me paga.

Vesti as calças e o terno marrom que me caíam como uma segunda pele e calcei o único par encerado de sapatos que ainda restava depois de uma semana e meia de puro abandono. Dei uma bela olhada no espelho do banheiro e um vagabundo de meia idade com a barba por fazer me encarou de volta. Que se dane. Não me pagam para ser bonito.

Como as chances de se conseguir um táxi naquele horário eram apenas um pouco maiores do que as de acertar sozinho na loteria, resolvi tomar minha própria condução. Entrei na garagem como um pai orgulhoso no quarto da filha e observei quieto minha belezinha. Ela era um modelo Chevy 53 que já havia visto dias melhores, mas assim como o dono, ainda tinha alguma energia para desperdiçar tornando as ruas mais seguras. Deslizei as mãos na lataria negra, mimando-a um pouco antes de entrar e dar a partida. Ela roncou preguiçosa, mas em poucos minutos já estávamos a cortar a madrugada.

Com a cidade parcialmente deserta, não foi difícil chegar ao endereço que Marcos me dera. A rua, um grande beco na verdade, ficava bem próxima aos armazéns, na margem leste do rio Hoover, e era um cenário perfeito para um assassinato clássico, daqueles que a gente lê em voos muito longos ou quando estamos cansados dos livros de verdade.

De longe vi que o circo já estava armado. Uma grande fita amarela isolava o beco e parte da rua principal onde duas viaturas paradas, com as luzes ligadas, e meia dúzia de policiais tentavam afastar o dobro de repórteres e bisbilhoteiros com suas câmeras automáticas e flashes luminosos. Como diabos esses abutres sempre sabiam exatamente para onde ir? Não era raro que os chacais da imprensa chegassem rápido a uma cena de assassinato, mas em apenas duas ocasiões os malditos haviam me batido com tamanha vantagem e nas duas a vítima era alguém famoso.

Enquanto estacionava minha belezinha longe do estardalhaço e seguia na direção do vermelho e azul das viaturas, me peguei pensando como era possível que em vinte anos de homicídios eu ainda não tivesse um caso sequer no cais do Hoover. Não que

Elsen Pontual Sales Filho

pessoas não morressem ali – ah elas morriam – o negócio era que eu sempre estivera bastante ocupado com outras investigações e os casos acabavam indo para outros detetives.

Quando cheguei perto o bastante para a luz fraca dos postes iluminar meu rosto, Flora, a legista de plantão, veio correndo me receber com toda a simpatia que se pode esperar de uma mulher que ganha a vida conversando com cadáveres.

– Dallas, seu rato, o que você está fazendo aqui? – disse oferecendo-me um cigarro. – Pensei que você estivesse de férias.

– Eu também pensei – respondi recusando com um gesto o palito venenoso. – Então, o que temos aqui?

– Ah não! – disse ela levantando as mãos espalmadas. – Você não vai me fazer dizer isso em voz alta. Juro que nunca vi nada igual em toda a minha vida, Dallas. De fato, nem sei por que me trouxeram aqui. Você vai pirar quando vir.

– Corta essa, Flor – falei sabendo que o apelido a irritava – Estou nessa há mais tempo do que você e não tem nada naquele beco que me impeça de te levar para comer uma pizza depois de preencher a papelada.

Para minha surpresa, ao invés da expressão de fúria que já esperava pela cantada barata e por menosprezar sua experiência, a face de Flora se abriu em um sorriso quase maligno. Olhando-me fixamente ela segurou minha mão e me guiou em silêncio entre os abutres e os policiais. Antes mesmo de chegar à entrada do beco, ela me soltou e apontou para baixo. Fiquei alguns segundos sem entender para o que olhava, mas quando minha mente tomou consciência do que a vista se recusava a reconhecer, precisei me apoiar nos ombros baixos de Flora para não cair.

– E então? – balbuciou a malandra, enquanto eu recobrava a força nas pernas.

– Acho que a pizza vai ter de esperar, Flor – foi a única coisa que consegui botar para fora sem levar meu jantar junto.

Mistérios, mentiras e dragões

II

A vítima não estava caída no beco como pensei a princípio, mas tomava toda a sua extensão e ainda sobrava boa parte para a rua principal. Eram mais de trinta metros de comprimento da ponta da cabeça até os quartos traseiros e como a cauda estava dobrada seguindo a esquina, ela bem que podia ter o dobro disso. As escamas azuis cintilavam um brilho estático em resposta aos flashes das câmeras e uma das asas ainda estava aberta, apoiada em um ângulo estranho nas paredes de um dos edifícios, formando uma tenda macabra na entrada do beco.

– UM DRAGÃO! – berrei, ignorando qualquer protocolo. – Um maldito de um dragão! Você tem de estar brincando!

Flora ainda estava se divertindo com o meu espanto, mas eu podia ver que parte dela mantinha a mesma incredulidade que eu manifestava. Havia um dragão morto naquele beco. Não me espanta que os repórteres tenham chegado tão rápido, aquilo era matéria para mais de um mês. Uns bons cinco minutos de silêncio se passaram antes que Flora ousasse falar de novo.

– Eu nunca tinha visto um desses tão de perto – murmurou ela, com um tom quase solene. – E você?

– Eu já – respondi. Entendi finalmente o porquê da minha requisição. – Infelizmente, já.

Acontecera há mais de vinte anos. Eu ainda era um novato no departamento de entorpecentes e por conta de um enorme golpe de sorte descobri um esquema de venda de sangue de dragão. Estava seguindo um traficantezinho mequetrefe, na esperança de dar uma boa olhada no seu fornecedor, quando o desgraçado entrou num armazém abandonado, um pouco fora dos limites da cidade. Achei que tinha tirado a sorte grande, que o canalha estava me guiando direto para o estoque da gangue. Mas não podia estar mais enganado.

Espiando por uma tábua solta, pude ver que os marginais mantinham um filhote de dragão cativo e estavam extraindo litros de sangue da criatura. Era a primeira vez que eu via um desses monstros e era logo um vermelho. Tava claro que a coisa não passava de um filhote, mas devia ser maior do que meu carro e duas vezes mais pesado. Ele estava preso ao solo por uma dezena de correntes grossas e havia seis elementos com brocas de construção e britadeiras, rasgando sem pena a couraça da fera e coletando em potes de vidro o estranho líquido viscoso e cor de lava que escorria das feridas.

Eu sei que a coisa certa a fazer era manter a posição e chamar reforços pelo rádio, mas deus me mate torrado se aquele filhote tinha alguma chance de sobreviver a mais alguns minutos daquela tortura. Não sei se foi por piedade ou pelo ódio de ver tamanha covardia, o negócio é que fiz aquilo que qualquer novato de dedo nervoso faria. Entrei chutando a porta e atirando como se fosse o dia do juízo final. Acertei três dos canalhas antes mesmo que dessem conta do que estava acontecendo e o restante fugiu correndo pelos fundos. Uma ou duas balas podem ter acertado o bebê dragão, mas não o vi reclamar disso. Ao menos, não muito.

O resto pode ser encontrado em qualquer jornal da época. Recebi uma condecoração do prefeito e tirei algumas fotos com o filhote depois dele se recuperar. Disseram que aquilo seria boa publicidade e ajudaria com a relação entre o nosso governo e o deles. Não sei se deu certo. O resultado para mim foi uma medalha de cobre e uma promoção relâmpago para a carreira de detetive no departamento de homicídios. – Ih! Foi mal, Dallas – disse Flora, lembrando-se imediatamente da história. – Já faz tanto tempo. Eu ainda nem estava na faculdade de medicina na época.

– E se soubesse aonde viria parar hoje, Flor, tenho certeza de que ia escolher veterinária – brinquei para fugir do assunto. – Se bem que não sei se faria muita diferença.

– Shhhi! – fez ela, levando o dedo aos lábios e me mandando calar, depois olhou por sobre o ombro e deu um sinal com a cabeça. – Não olha agora, mas acho que Toni está chegando e a cara dele não é das melhores. Boa sorte, Dallas.

Mistérios, mentiras e dragões

Toni. Antonio Trezano Salvatore, carcamano de pai e mãe. Com seu um metro e noventa de uma inteligência fora do normal, aliada a uma improvável veia política, o desgraçado tinha futuro certo tanto na máfia, quanto no serviço público. Para a nossa sorte ele escolheu o que paga menos. Era meu chefe de polícia e não parecia nada feliz em me ver.

Como não gosto de alimentar tendências suicidas, arrumei minha cara mais séria e fui falar com Toni antes mesmo que ele me chamasse. Enquanto abria meu caminho de volta no mar cada vez maior de curiosos, percebi que Toni parecia mais desconfortável do que propriamente irritado. Mais de uma vez o peguei olhando para trás, diretamente para um SUV preto estacionado nas proximidades. Eu não fazia a menor ideia do que era capaz de tirar o sossego de Toni, mas tinha certeza de que ia sobrar para mim.

— Boa noite, Dallas. Espero não o ter acordado disse ele, apenas para manter as formalidades em público.

— Que nada, chefe — respondi, com a mesma cordialidade. — Todos sabem que sou um madrugador.

Tomando-me pelo ombro de maneira polida, mas inflexível, Toni me levou até um local mais afastado da balbúrdia. Olhando diretamente nos meus olhos, ele falou baixo, mas bastante firme:

— Dallas, eu vou ser bem sincero com você, esse dragão morto é um pesadelo político da pior espécie. Preciso que resolva esse caso o mais rápido possível. Seu nome chegou a minha mesa antes mesmo de me informarem sobre o crime e não foi uma sugestão.

— Vou me empenhar ao máximo, chefe — respondi, tentando me mostrar firme. — Mas o senhor sabe que não lido com dragões há mais de vinte anos.

— Não se preocupe com isso; o Conselho lhe enviou um consultor — disse Toni olhando diretamente para a SUV. Depois acrescentou, ao me ver gelar dos pés à cabeça:

— Isso também não é uma sugestão.

Como que num show de feira ou filme de segunda, a porta do carona da SUV se abriu e dela desceu o que qualquer um que não

Elsen Pontual Sales Filho

estivesse a par de tudo diria se tratar de um jovem irlandês, na faixa dos vinte e cinco anos, bem apessoado e vestido como um astro do rock. Mas eu sabia muito bem o que ele era. Encrenca.

— Detetive Dallas — falou Toni, em um tom bastante formal. — Quero que conheça Mark, consultor gentilmente cedido pelo Conselho.

Estirei a mão esquerda e senti um aperto firme e seguro como resposta. Balbuciei algum cumprimento genérico e o sorriso que o safado me deu bem que poderia ter saído de um comercial de pasta de dentes. Tirando o tom quase dourado dos olhos e o vermelho vivo dos cabelos, ele em nada diferia de um jovem normal e cheguei a ter algumas dúvidas sobre a sua natureza. Toni deixou claro que eu estava no comando da investigação, porém, a pedido do próprio Mark, o carcamano mandou esvaziar a rua e vedar o passeio público por todo o perímetro.

À medida que os carniceiros e curiosos eram afastados, o silêncio crescia até se tornar um denso manto e tomar de assalto aquele fim de madrugada. Aos poucos, aproximei-me pela primeira vez do corpanzil da fera e fui assolado por uma estranha e intensa tristeza. Lembro que na hora pensei por que diabos eu, um macaco velho da homicídios, estava tão afetado pela morte de uma criatura que sequer era humana? Ao meu lado Mark tossiu e quebrou o silêncio.

— Bem — disse ele, olhando para o corpo. — Ao menos sabemos que ela não foi morta aqui.

— Pois é — respondi automaticamente, mas depois dei o braço a torcer. — Sabemos?

— Ela é uma fêmea azul jovem, no auge do vigor, se o assassinato houvesse ocorrido aqui, teríamos um cenário de destruição ao redor — explicou-me, sem nenhuma condescendência. — Além disso, não seria tão difícil trazê-la pelo rio, uma balsa de transporte sanitário e uma grande lona já bastariam.

— Então não estamos lidando com traficantes de sangue — continuei, logo que ele parou. — Esse é um péssimo local para desova.

Mistérios, mentiras e dragões

É como se quisessem que a encontrássemos. De qualquer forma, ainda precisamos descobrir seu nome e identificar a causa da morte antes de...

— O nome é Arulla — interrompeu Mark, enquanto se afastava e tapava a boca e o nariz com uma das mãos. — A causa da morte foi sangramento maciço causado pela ferida aberta no ventre. Seu pessoal vai confirmar quando conseguir virá-la e, com sorte, poderemos ter uma ideia da arma do crime. Será que poderíamos nos afastar um pouco? O cheiro é nauseante e não vamos descobrir mais nada por aqui.

— Claro — respondi, enquanto o guiava em direção à minha belezinha. — Os homens de Toni vão nos poupar o trabalho de interrogar os poucos moradores e bêbados locais, mas já posso lhe adiantar que ninguém vai ter visto ou ouvido coisa alguma.

— Vizinhança difícil, hein? — perguntou Mark, voltando a sorrir. — Mas acho que sei por onde podemos começar. Obviamente, eu não dirijo. Que tal me dar uma carona, detetive Dallas?

Antes de irmos embora me virei e dei uma última olhada na fêmea caída. Não era difícil imaginá-la quando viva, músculos potentes revestidos por uma armadura de escamas cintilantes como o céu em tempestade, focinho alongado repleto de presas afiadas e chifres ósseos curvos voltados para trás. A cauda, musculosa e flexível, tinha quase a mesma extensão do corpo e era dotada de um esporão na ponta. Eu já ouvira falar que os dragões azuis possuíam uma arma natural semelhante a uma baforada de eletricidade. Diabos! Quem raios conseguiria matar uma fera gigantesca que podia cuspir relâmpagos na sua cabeça? E, principalmente, por quê?

A resposta me veio no momento em que abri as portas do carro.

— Outro dragão — falei encarando o "consultor" por sobre o capô enquanto ele ainda estava com a porta entreaberta. — O assassino é outro dragão.

Ele me devolveu um sorriso enigmático e, calado, sentou no banco do passageiro.

Após eu dar a partida, Mark me falou para tomar a saída mais próxima e dirigir até os limites da cidade. Sua expressão era séria e pensei que talvez o tivesse ofendido de alguma forma. Pois bem, dane-se. Eu não havia pedido para ser babá de dragão, muito menos de um sensível. De qualquer forma, tentei fazer as pazes à minha maneira. Abri o porta-luvas e puxei minha coleção de CDs de rock clássico. Joguei os discos em cima do colo do consultor e disse com meu melhor sorriso:

— Escolhe.

A tática pareceu funcionar bem melhor com dragões do que com garotas e a expressão de seriedade logo abandonou o rosto de Mark. Ele escolheu *St. Louis to Liverpool* de Chuck Berry e demonstrou saber lidar bem com o som do carro. Quando os primeiros acordes de guitarra preencheram o silêncio antes constrangedor, Mark sentiu-se a vontade para começar uma conversa.

— Então, "Dallas" — falou, enfatizando o meu nome. — Não é muito usual, certo?

— Sério mesmo? "Mark, o dragão" deve ser um clássico.

— Parece um nome tão bom quanto qualquer outro — respondeu, dando de ombros e assumindo um tom mais sério. — Você sabe por que foi requisitado para esse caso, detetive Dallas?

Foi a minha vez de dar de ombros.

— Deve ter sido porque há um tempo salvei um filhote do seu povo e por isso os babacas dos federais acham que eu tenho algum jeito para lidar com vocês. Caramba, já faz mais de vinte anos e até hoje eu nem tinha certeza se vocês podiam morrer!

— É verdade — respondeu Mark, mudando subitamente de assunto. — Não gostamos de fazer propaganda disso. Mas estou aqui para lhe ajudar com esse caso, há algo que queira perguntar?

Era a minha chance, mas resolvi ir comendo pelas beiradas.

— Digamos, hipoteticamente — fiz questão de ressaltar. — Que eu quisesse matar um dragão. Qual seria a maneira mais eficiente?

— Com certeza fazê-lo assumir uma forma humana — falou ele sem sequer pensar. — Somos consideravelmente mais frágeis quando estamos assim.

Mistérios, mentiras e dragões

— E o corpo retorna a sua forma natural depois de morrer?

— Não. A alteração física é permanente após a morte.

Aquele era um dado interessante. Talvez venha daí a lenda sobre a imortalidade dos dragões. Talvez cadáveres de dragões sejam tão raros porque, ao pressentir o momento da morte, eles assumam uma forma humana e contribuam com a fama e orgulho de seu povo. Se isso for verdade, significa que Arulla foi pega de surpresa, sem chance de se tornar humana, e que o assassino não teve problemas em abatê-la em sua forma natural, o que apenas reforçava a minha suspeita. Tentei ser mais ousado.

— Nós humanos quando investigamos um homicídio, tentamos descobrir três coisas que sempre nos levam ao assassino: motivo, modo e oportunidade. Você parece ter conhecido a vítima, quem lucraria com a morte dela?

— Eu sei onde está querendo chegar, detetive — respondeu Mark, retornando a seriedade. — E não o condeno por isso. A resposta é bem simples: ninguém. Nenhum humano ou dragão obteria qualquer ganho com a morte de Arulla.

— Ela não tinha inimigos ou posses?

— Somos uma raça de sangue quente, detetive, todos temos inimigos. Quanto a posses, a maioria de nós não dá muito valor a bens materiais, a única coisa que poderia levar um dragão ao assassinato de um igual é a vingança ou a conquista de uma posição de respeito.

— Vocês ganham respeito matando uns aos outros? — interrompi, com sincero espanto.

— Não, claro que não — Mark ergueu as mãos em sinal de paz. — Eu me expressei mal. Nosso governo é baseado em uma hierarquia sanguínea e um dragão poderia vir a assassinar outro, em segredo, visando à sucessão. Mas até mesmo esses casos são raros. Somos poucos e nos reproduzimos com grande lentidão. Meu... O bebê que você salvou há vinte anos não mudou nada e ainda vai levar mais de um século até atingir a idade de reprodução. Por isso o assassinato é uma coisa muito séria entre nós, detetive, um verdadeiro crime contra a espécie.

– Arulla possuía uma posição desejável? – perguntei diretamente. – Ou irritou alguém poderoso?

– Não. Ela era uma fêmea bastante pacífica, ingênua até, e estava muito longe do assento dos Azuis no Conselho. Como disse, detetive, ninguém teria lucro com a morte de Arulla.

III

Seguimos em silêncio por mais alguns minutos até que as luzes da cidade deram lugar ao brilho fosco da lua. A estrada que Mark indicara era uma subida constante e estava nos levando em direção à grande lagoa Eisner, um gigantesco açude artificial construído para fazer parte de um sistema de produção de energia que jamais chegou a funcionar. Quando a vegetação tomou os dois lados da rodovia, resolvi fazer a pergunta que queria desde o início da viagem.

– Para onde diabos estamos indo?

– Falar com Nico – respondeu laconicamente Mark.

– Nico? — perguntei preocupado. — Como em Nico Fantasma, o lendário chefão do crime organizado?

– Exato.

– E você poderia fazer a gentileza de me dizer por quê?

– Ele é um dragão – disse desligando o som e voltando a sorrir. – É melhor encostar, daqui seguimos a pé.

Fiz o que ele mandou, mas não estava feliz. Uma estranha cerração nascera na última hora e eu não havia trazido minha lanterna. Duvido muito que o senhor dragão todo-poderoso fosse precisar de muita luz, mas eu não estava nem um pouco no humor de quebrar minha perna por perambular nas brumas da floresta noturna. Além disso, tinha a leve suspeita de que não seria bem vindo na casa de um renomado mafioso. Mark pareceu notar meu receio.

– Não se preocupe – disse ele, pondo a mão no meu ombro. – Não estamos muito longe da lagoa e existe uma picada por onde

Mistérios, mentiras e dragões

os capangas de Nico levam a ele as notícias. É por lá que nós vamos.

— Beleza, colega — falei, tentando parecer mais calmo. — Vou ignorar o fato de que estamos indo falar pessoalmente com uma figura criminosa que as autoridades não viram nem em retrato e, que por acaso, é um maldito de um dragão. Mas o que o faz acreditar que Nico Fantasma vai nos receber de braços abertos?

Afastando alguns arbustos da margem direita da estrada e mostrando triunfante a trilha da qual falara, Mark simplesmente ignorou a minha pergunta e seguiu mata adentro. Mentalmente fiz algumas menções nada honrosas a certa mãe dragão e, checando se minha 9mm estava carregada e bem presa ao coldre, segui o senhor misterioso.

— Então é esse o seu plano? — perguntei, testando a paciência de Mark. — Ir batendo de porta em porta na casa de cada dragão das redondezas e perguntar se eles são os assassinos? Não acha que isso é meio racista de sua parte?

Para a minha surpresa, ele percebeu a piada e respondeu com bom humor.

— Isso facilitaria bastante seu trabalho, não? — depois continuou com um tom mais sério. — Nico é um azul assim como Arulla, porém muito mais antigo. Como todo dragão ele deve saber um pouco mais sobre os movimentos de seus semelhantes.

— E como todo mafioso ele deve ser territorialista — dei seguimento ao raciocínio do dragão. — Então temos uma possível fonte duplamente interessada nos movimentos da vítima. Nada mal para um consultor, Mark. Se cuspir fogo, reunir tesouros e raptar princesas não estiver pagando bem, acho que consigo um lugar para você na delegacia.

— Parabéns, detetive! — disse ele, sorrindo. — Acho que você conseguiu reunir todos os clichês sobre dragões em uma única frase. Apenas nós vermelhos sopramos fogo e já disse que não damos valor a bens materiais. Quanto a princesas, você já deu uma boa olhada naquela beleza de Mônaco? Quem pode me culpar?

O som de galhos esmagados e botas pesadas invadiu de repente nossa conversa e dois figurantes de filme de máfia surgiram com chapéu, capote e tudo. Apesar da pose intimidadora que tentaram assumir, era fácil notar quem estava assustando quem. Abandonando a postura descontraída e vestindo uma atitude da mais pura nobreza, Mark falou com os capangas como se lidasse com dois servos medievais.

— Creio que Nicollesther está a nossa espera. Seria prudente de sua parte nos levar sem demora.

As duas figuras ficaram confusas por alguns segundos, mas a expressão no rosto de Mark foi o suficiente para ajudá-los a tomar a decisão. Tirando os chapéus e fazendo uma mesura desastrada, Bob e Bob tomaram a dianteira, tornando o caminho mais fácil para Mark e eu. Meu colega consultor os seguiu despreocupado, mas apesar de não ser um especialista em dragões, eu conheço gangsteres muito bem e fiquei bastante desconfiado quando não nos revistaram e me deixaram manter a pistola.

— Você disse que Nico era um dragão antigo — sussurrei para Mark enquanto caminhávamos. — Isso quer dizer que ele é bem grande, não é?

— Enorme — respondeu ele sem baixar a voz. — Até mesmo para os nossos padrões.

— Então como é possível que ele comande dezenas de operações ilegais sem nunca ter sido visto?

— Nico tem dúzias de administradores humanos para cuidar de seus negócios e raramente aparece em público.

— Ainda assim — insisti. — Ele precisaria se esconder em algum lugar nas proximidades. Também não é possível que fique sempre na forma humana, pois isso o deixaria constantemente fragilizado. Então, como diabos não estamos conseguindo encontrar um lagarto azul de dez andares?

— O fato é que vocês humanos sempre procuram as coisas certas nos lugares errados.

Diante da imensa bacia de água plácida e negra, cercada de árvores e morros por todos os lados, entendi exatamente o que

Mistérios, mentiras e dragões

Mark quis dizer. Nos aproximamos devagar da beirada e tentei imitar cada movimento que meu colega dragão fazia. Apenas me recusei a cruzar os braços para trás do corpo, pois em uma reunião com qualquer mafioso esse gesto seria tão agressivo quanto apontar uma pistola.

Sem qualquer aviso, o centro da lagoa pareceu flutuar e a maior coisa que já vi na vida se ergueu. É difícil descrever em termos humanos o tamanho daquela monstruosidade, mas o fato é que Nico Fantasma havia emergido apenas sua cabeça e parte do pescoço e, mesmo assim, o nível do açude baixou consideravelmente. A água escorria pelo gigantesco focinho e caía como uma catarata enquanto membranas transparentes protegiam os olhos da criatura, azuis como o próprio inverno.

Minha experiência com dragões havia se limitado ao filhote que salvei, o corpo da jovem fêmea assassinada e ao próprio Mark que só vira em forma humana. Contemplar aquela fera, em pleno apogeu físico, me trouxe medos ancestrais que pensei nem mesmo existirem. Silenciosamente, dei graças pelo pacto de paz entre homens e o Conselho e pelo fato de, em caso de qualquer acidente intestinal, estar usando minhas calças marrons.

Para minha sorte, Mark tomou a iniciativa e fez uma saudação com o corpo que repeti da melhor maneira que pude. Em resposta, Nico realizou um meneio de cabeça que terminou de derramar qualquer resquício de água que, porventura, ainda repousasse em seu magnífico crânio. Para a minha surpresa, quando o dragão azul falou sua voz não soou como o ribombar de mil trovões, mas sim em um tom perfeitamente audível e agradável.

— Saudações, nobre Inquisidor — falou referindo-se a Mark. — Sua presença me honra profundamente. Vejo que traz consigo o detetive humano. Tal parceria não me surpreende, mas agrada-me bastante.

— Saudações, Nicollesther — respondeu Mark, e acrescentou, sem cerimônias: — estou aqui para lhe perguntar sobre a jovem Arulla.

— Uma tragédia realmente — disse o azul, num tom que me pareceu jocoso. — Tão bela e jovem. Um dia daria uma excelente esposa.

Não sei se o aparente descaso de Nico afetou Mark, mas o fato é que meu colega não aliviou no interrogatório.

— Queremos que diga o que sabe sobre a morte dela, Nicollesther.

— Queremos? — zombou o dragão azul, mostrando num sorriso aterrorizante duas fileiras de dentes enormes e pontiagudos. Devo supor que se refere a você mesmo e ao detetive. Quão atencioso de sua parte incluir os desejos do humano em nossa conversação.

— Suas opiniões não me interessam! — bradou Mark, dessa vez, visivelmente irritado. — Arulla era uma azul, Nicollesther, e não acredito que você não tenha algo a dizer sobre a morte dela!

Nesse momento os olhos de Nico fixaram-se diretamente em meu camarada. Suas escamas pareceram brilhar sob a luz da lua que morria no horizonte e a expressão que li na face do dragão foi a do prazer sádico do caçador que guiou a presa até a armadilha. Mark também notou, mas já era tarde demais, Nico havia virado o jogo.

— É censura que percebo em suas palavras, Inquisidor? — começou sutilmente o mafioso. — O Conselho se esqueceu que as únicas leis das quais zombo são as dos diminutos humanos? Responda-me, Inquisidor, por acaso é uma acusação formal que o traz sem convite à minha casa para me ofender?

Não vi Mark sendo obrigado a responder. — Mas sua ajuda seria bem vinda.

— O tempo da ajuda passou, Inquisidor — limitou-se a dizer o dragão azul enquanto voltava a afundar. — Assim como o da cortesia. Mas saiba que os azuis não são os únicos a ter problemas, pode estar certo disso.

Antes da cabeçorra desaparecer por completo, reuni toda minha coragem e avancei alguns passos. Quando atraí a atenção do monstro, falei tentando não gaguejar.

— Você sabe que um dia vamos te pegar, não é? Por todos os crimes contra nossas diminutas leis.

— Boa sorte, detetive — ouvi a voz de Nico me dizer. — Agora você já sabe onde me encontrar.

Fizemos o caminho de volta ao carro em silêncio e sem a companhia dos capangas. Mark parecia embaraçado e não respondeu a provocação alguma, nem mesmo quando comparei Nico a uma enorme e gorda enguia. Apenas quando já estávamos acomodados em minha belezinha e o senhor Hendrix nos agraciava com sua magia foi que o emburrado dragão voltou a falar.

— Preciso te pedir desculpas por tudo aquilo, detetive. Deixei-me levar pela lábia de Nico e perdemos uma boa fonte.

— Não esquenta — respondi. — Aposto que o gorducho não sabia de nada. Mas algumas coisas me deixaram com a pulga atrás da orelha.

— Pode falar.

— Para começar, por que ele o chamou de Inquisidor? E por que estava cooperando até você dar chilique?

— Ele me chamou de Inquisidor porque este é o meu título — explicou laconicamente. — É uma posição de elevado respeito entre os dragões estando apenas abaixo de um assento no Conselho. Tenho certeza de que Nico sabia alguma coisa, mas não queria ou não podia falar, por isso me provocou até que perdesse a paciência. Quando insinuei que ele estava escondendo algo, o ofendi e lhe dei o direito de calar.

— Diabos, se você suspeitava de algo deveria tê-lo pressionado mais! — esbravejei ajustando o espelho retrovisor para evitar os faróis altos de uma caminhonete que surgiu do nada.

— Não é assim que funciona conosco — falou Mark, com paciência. — Somos criaturas de sangue quente e a menor das ofensas pode levar a sérias e infindáveis disputas, principalmente com alguém como Nico. Temos que pisar com cuidado e me deixei irritar tal qual um principiante.

— Tudo bem — resmunguei, amuado. — Mas tem outra coisa que me deixou encucado. O que ele quis dizer quando falou que nossa parceria não era surpresa?

Mark calou-se por alguns segundos e tive a impressão de tê-lo visto corar.

— Bem, isso é algo que eu já deveria ter lhe dito, detetive, mas não sabia como você iria reagir — justificou-se. — O filhote vermelho que você salvou anos atrás é meu irmão.

— Como é?! — me espantei e quase perdi o controle da direção. — Seu o quê, malandro?

— Meu irmão — repetiu ele. — Você salvou meu único irmão e desde aquele dia, venho acompanhando sua vida de perto, esperando uma oportunidade para agradecê-lo propriamente.

— E em vinte anos o melhor que pode fazer foi interromper minhas férias e me arrastar nessa investigação infernal pela dragolândia? — interrompi revoltado, reduzindo a velocidade para permitir que a caminhonete de faróis altos me ultrapassasse. — Me mande um vinho, um carro, mas essa merda...

— Espere um pouco — disse Mark, se defendendo. — Não fui eu quem o requisitou, Dallas. Apenas fui informado de sua escalação e não pude perder a oportunidade de me aproximar.

— Informado por quem?

— Ninguém em particular — respondeu Mark, puxando pela memória. — Havia um envelope tratando sobre o assassinato de Arulla entre os meus documentos e seu nome já estava nele.

— Diabos, pelo jeito eu fui o único que não recebeu esse memorando.

— O fato, Dallas, é que estou em dívida com você — falou Mark de forma apaziguadora. — E um dragão sempre paga suas dívidas. Se ajudar de alguma forma, saiba que você acabou me influenciando bastante.

— O que você quer dizer com isso?

— Foi lhe observando que desenvolvi meu gosto por carros antigos — disse Mark, sorrindo. — Hoje possuo uma coleção nada modesta.

— Pensei que vocês não davam valor a bens materiais — alfinetei. — Além disso, se você não dirige, de que lhe serve uma coleção de carros?

Mistérios, mentiras e dragões

— Em primeiro lugar, os guardo pelo seu valor artístico — explicou o dragão. — E depois, segundo o seu raciocínio, as pessoas que colecionam selos devem mandar muitas cartas.

O pior é que ele estava certo, mas nunca diga isso a um dragão. Os faróis da caminhonete agora estavam me deixando praticamente cego, por que diabos ela não passava? Já estava puxando para o acostamento quando tudo passou a fazer sentido. Merda! Como pude ser tão idiota?

O primeiro tiro cortou ao meio meu raciocínio, que para minha sorte foi a única coisa cortada, pois o vidro traseiro se espatifou em milhares de grãozinhos cintilantes e afiados. Mark quase saltou da cadeira de susto. Eu, por outro lado, já estava com minha 9mm na mão esquerda e desferia dois tiros desesperados para trás. Uma escuridão reconfortante e o barulho de vidro quebrado me indicaram que pelo menos um deles atingira os malditos faróis.

Senti um forte solavanco quando a caminhonete forçou seu para-choque na nossa traseira e tive que voltar a segurar o volante com ambas as mãos. Pisei fundo no acelerador e puxei para a contramão forçando nosso perseguidor a quase derrapar para nos acompanhar, mas o maldito era bom de braço. Mais tiros ecoaram e eu juro que podia sentir cada buraco que eles abriam na lataria como se fosse no meu próprio corpo. Refeito do susto, Mark havia desafivelado o cinto e estava tentando passar para o banco de trás.

Uma curva mais fechada quase nos tirou da pista, mas o giro da derrapada foi o impulso que o dragão precisava para alcançar o vão onde antes ficava o para-brisa. Ignorando a chuva de balas que os malditos marginais lançavam sobre nós, Mark projetou metade do corpo para fora do carro e soprou uma torrente de fogo que por um instante iluminou a penumbra que antecedia a alvorada. Pelo retrovisor, vi a caminhonete se acender como uma bola de fogo e perder o controle, indo de encontro a um paredão de pedra.

Desacelerei e olhei para trás, mas a explosão que se seguiu à batida acabou com qualquer esperança que eu tinha de interrogar algum sobrevivente. Parei o carro no acostamento para colocar os pensamentos em ordem e vi que Mark me olhava com uma expressão de surpresa estampada na face. Será que o idiota ainda não havia entendido?

— Aqueles eram homens de Nico? — perguntou comprovando minha teoria.

— Não seu estúpido cuspidor de fogo! — falei quase perdendo a compostura. — Você ainda não percebeu que a fêmea era só uma isca? Você é o alvo, idiota!

IV

Mark se recusava e aceitar minha teoria, então fui forçado a explicá-la em detalhes para o maldito cabeça dura.

— Você disse que me mantém em vigilância desde o episódio com seu irmão, suponho que pela honra, e sei lá mais o quê dos dragões, isso não seja nenhum segredo, certo? — indaguei e ele respondeu com um aceno positivo de cabeça. — Logo, era bastante fácil deduzir que quando eu voltasse a me envolver com sua espécie, você viria me procurar.

Mark escutava atentamente, mas mantinha a expressão de incredulidade.

— Você falou que a maneira mais eficiente de matar um dragão é forçá-lo a assumir a forma humana — continuei checando as redondezas e tentando captar um sinal com o rádio. — O assassino deve ter usado uma boa dose de influência para me colocar no caso, sabendo que a única forma do governo deixar você participar da investigação era como humano.

— Digamos que eu acredite nessa loucura, detetive — disse Mark. — Quem ganharia com a minha morte?

— Me diga você! — falei, captando uma frequência pirata e torcendo para ser aquela que estava buscando. — Quem são seus inimigos? Quem seria promovido a Inquisidor, caso sua vaga fosse aberta?

Mistérios, mentiras e dragões

Notei que ao ouvir essas palavras, o semblante de Mark tornou-se mais sério e seus lábios balbuciaram um nome. Talvez ele estivesse começando a comprar a minha ideia, mas ainda havia algumas barreiras a serem quebradas na desconfiança do dragão.

— Não pode ser — disse Mark. — Se eu morresse nessas condições haveria uma investigação e...

— Todas as provas apontariam para Nico! — interrompi mantendo a frequência aberta. — O assassino deveria saber que viríamos falar com ele e armou essa cilada bem perto do covil do mafioso. Aposto que se formos à caminhonete vamos encontrar uma ou duas carcaças de capangas de Nico, gangsteres idiotas estão sempre dispostos a fazer um servicinho extra.

— E todos pensariam que descobri alguma coisa ligando Nico ao assassinato de Arulla — falou, Mark finalmente ajudando. — E que, por isso, ele quis me silenciar. Dallas, se você estiver certo...

— Ele está! — disse uma voz descendo das nuvens.

Quando olhei para cima a única coisa que vi foram sombras. Depois estas mesmas sombras começaram a tomar contorno e me vi debaixo de um monstruoso dragão vermelho que pairava sobre nossas cabeças, levantando um tremendo vendaval com o bater de asas coriáceas. Ao meu lado, Mark observava imóvel a magnífica criatura pousar a apenas alguns metros de nós.

Esse novo dragão tinha as escamas na cor de sangue arterial e possuía uma expressão de satisfação selvagem. Era muito maior que Arulla e parecia mais compacto que Nico, com os músculos das patas e do peito quase explodindo por trás da armadura escarlate. Seus olhos eram como dois sóis amarelos e não haviam deixado de encarar Mark um só instante.

— Assassinato, Ragnar? — disse Mark sem desviar os olhos. — Isso não é baixo demais até para você?

— Seu apego a velhos conceitos é o que o faz uma presa tão fácil, Inquisidor — respondeu o que se chamava Ragnar. — Segundo o plano, era para o seu corpo ser encontrado crivado de balas, junto com o do humano obtuso, mas acredito que um desaparecimento servirá tão bem quanto.

Adiantei-me com a pistola firme na mão e com a certeza de que ela seria tão útil quanto um pirulito.

— Creio que ainda não fomos apresentados — falei apontando a arma para o focinho do monstro e me sentindo ridiculamente pequeno. — Detetive Dallas, ao seu dispor. E você, quem é?

Uma risada estrondosa fez tremer o chão e arrancou algumas pedras soltas do paredão que margeava a estrada.

— Eu havia sido alertado sobre seu humor petulante, criatura — disse a fera, ainda mantendo o olhar fixo em Mark. — Mas não sabia que seu atrevimento desconhecia limites. Por acaso julga que com esses disparates irá dar uma chance ao seu parceiro para mudar de forma?

— Nem me passou pela cabeça — disse ainda tentando atrair a atenção.

— Reconheço que temos assuntos em aberto, Ragnar — interrompeu Mark, para a minha loucura. — E sua ambição pelo meu cargo não é segredo, mas por que envolver Arulla?

— Arulla?! — perguntei, fingindo espanto. — Por que envolver a mim que estava de férias, essa é a verdadeira questão!

— E quais são as suas razões para lamentar a morte de uma azul? — falou Ragnar, com um dar de asas. — Essa laia não tem maior serventia que peões. Você não acreditaria como foi fácil atrair e dilacerar a pequena tola.

Nesse momento, senti um calor extremo emanar ao meu lado e vi que Mark estava usando todas as forças para controlar a metamorfose. Pequenas escamas começaram a nascer na pele de seu pescoço e os olhos já haviam abandonado qualquer tonalidade humana para brilhar como os de um felino surpreendido à noite por um farol. Ragnar também deve ter notado porque, imediatamente, abandonou a postura de diálogo e arreganhou a bocarra, pronto para nos despedaçar com uma única mordida.

Mark cuspiu um jato de fogo e eu disparei mirando os olhos e rezando para acertar qualquer coisa que doesse. Tanto minhas

Mistérios, mentiras e dragões

155

balas, quanto o fogo se perderam na maré vermelha e branca de dentes afiados que desabava sobre nós e por um minuto, pensei que era o fim.

Mas uma chuva forte irrompeu do nada e, como sempre, o milagre veio do céu.

Um relâmpago colossal desceu das nuvens e atingiu parte das costas de Ragnar, arrancando pedaços de escamas, cauterizando a carne e abrindo um belo rombo em uma de suas asas. Tombando de lado, a fera olhou para cima e viu que a fonte da tempestade era Nico que descia em investida para se unir ao combate.

Com o corpo totalmente emerso, o azul era impressionante. Descomunal. A sombra que lançava sobre nós era densa como a própria morte e gotas grossas de água da lagoa Eisner escorriam de seu dorso e asas, atingindo-nos como grandes pedras úmidas. Nunca fui dado à poesia, mas lembro que na hora o comparei a uma montanha de cristal celeste descendo em avalanche do céu matinal.

Mark estava confuso pela ajuda inesperada e eu não conseguia conter minha felicidade.

— AH! — gritei apontando para o dragão vermelho semi-abatido. — Eu deixei a frequência do rádio aberta e os homens de Nico ouviram todo o seu plano! Quem é o obtuso agora, lagartixa?

A última coisa de que me lembro foi o brilho de ódio nos olhos de Ragnar e da labareda que nasceu em sua garganta. Depois, tudo foi calor e escuridão.

V

Acordei sentindo o beijo de um pano molhado em minha testa. Meu corpo doía como se tivesse sobrevivido a doze rounds com o campeão dos pesados e não me atrevi a mover um músculo antes de descobrir exatamente onde estava. Abri os olhos, desconfiado, para ver o rosto bonito de Flora me observar preocupada. Tentei sorrir, mas descobri que meu rosto ardia.

— Então é assim que seus cadáveres se sentem, Flor? — brinquei segurando uma careta. — Nada mal, nada mal mesmo.

— Dallas, seu rato preguiçoso, até que enfim resolveu acordar! — respondeu ela tentando esconder a alegria. — Não tente se mover, suas queimaduras ainda não estão completamente saradas.

— Queimaduras? — perguntei enquanto desobedecia e me sentava na cama, percebendo que estava coberto por ataduras. — Não me diga que virei uma torrada humana ou coisa parecida?

— Não se preocupe — disse ela. — Não prejudicou em nada sua cara feia. A maioria das queimaduras não passou do segundo grau e apesar do estrago no seu braço direito, acho que nenhum movimento foi prejudicado. O dragão levou a maior parte do dano por você.

— Dragão? De que diabos de dragão você está...

Parei de falar sentindo uma forte pontada na cabeça e levei as mãos à parede tentando manter o equilíbrio. Flora correu para me ajudar, mas a afastei com um gesto. Alguma coisa estava batendo forte na minha memória e eu precisava deixá-la sair. Sei que as lembranças haviam sido bloqueadas por alguma razão, mas depois dos eventos dessa noite, o que mais poderia me traumatizar?

Respirei fundo e disse a mim mesmo para relaxar, o que quer que tenha acontecido não me matara e isso já era um bom sinal. Não seja um maldito covarde, Dallas, tente se recompor.

As imagens vieram borradas no começo. Nico soprando um relâmpago em Ragnar, Mark atônito com a chegada do dragão azul, eu falando uma coisa da qual viria a me arrepender amargamente depois, Ragnar abrindo a boca para cuspir toda sua frustração em forma de fogo em cima de mim. Como uma corrente, cada memória trazia a seguinte com mais clareza e rapidez.

Eu estava para ser engolfado pelas chamas quando senti o abraço de Mark e o impacto de minhas costas no chão duro. Não sei o quão resistentes ao fogo os dragões são quando estão na forma humana, mas o fato é que Mark cobrira a maior parte do meu corpo, me protegendo e se deixando queimar no meu lugar. Tentei

Mistérios, mentiras e dragões

me apoiar no braço direito para levantar a ambos, mas o asfalto ao nosso redor havia virado piche e a dor da queimadura me jogou de novo ao solo.

Enquanto isso, Nico pousava esmagando boa parte da mata no processo. Ele se lançou sobre Ragnar, que já estava de pé, e o combate entre os gigantes fez o chão tremer como num terremoto. Senti Mark me levando para longe da contenda. Seu aspecto era deplorável, roupas derretidas misturadas à pele e tufos de cabelos queimados espalhados pela cabeça. Ele me deixou na margem da estrada, a centenas de metros do combate e o ouvi dizer:

— Fique aqui!

Aproveitando a distração de Ragnar, Mark começou a mudar de forma, mas não pude assistir a sua metamorfose. No exato momento em que o corpo de Mark crescia, Nico acertava com sua pesada garra a lateral da cabeça de Ragnar que desequilibrado tombou... Sobre meu carro!

Depois disso, perdi os sentidos.

Acho que Flora pensou que eu estava delirando de febre, pois tudo que consegui fazer por duas horas foi chorar como um garotinho e repetir: "minha menina foi esmagada". Quando enfim consegui lhe explicar, ela me olhou com incredulidade, mas respeitou meu pesar.

Fiquei mais uma semana de molho no hospital na qual recebi a visita de Toni. Ele veio para me congratular pelo bom trabalho e informar que Ragnar havia sido capturado e entregue à jurisdição do Conselho, afinal, os dragões que resolvam suas próprias merdas. Quando perguntei sobre a saúde de Mark, me garantiu que ele estava bem, que os dragões possuem poder de cura acelerada, regeneração e outras baboseiras. Antes de sair, Toni parou na porta e disse:

— Sinto muito pela sua perda, Dallas — não havia zombaria em sua voz. Passei a respeitá-lo muito mais depois disso.

Flora veio me visitar todos os dias e acho que estou finalmente conseguindo dobrar a malandra. Voltei para casa quando me senti recuperado e ao me aproximar da porta da garagem, vi um bilhete traçado numa caligrafia desconhecida. Passei a vista na única frase escrita:

"Um dragão sempre paga suas dívidas"

Senti um fio de esperança percorrer minha espinha. Com o coração quase saltando pela garganta, abri a porta e contemplei o milagre. Não só minha belezinha estava plenamente recuperada, como também tinha uma irmã! Um Shelby Cobra 65, vermelho como o inferno, com rodas cromadas e faróis originais. No banco do carona, um irlandês vestido como astro do Rock sorria debochado.

— Mark, seu maldito — falei, segurando as lágrimas. — Você sabe como alegrar um velho detetive!

O primeiro dia da Primavera
Ana Cristina Rodrigues

A criança corria pelo bosque, sem se preocupar se o seu acompanhante conseguia acompanhá-la. Pisava em folhas e levantava as sementes de dentes-de-leão pelo ar, rindo alto. Era o primeiro dia de Primavera para a jovem herdeira da Borgonha, o primeiro em que finalmente tinha tido autorização de seu pai para percorrer o bosque atrás do palácio de Dijon.

La Marche ofegava atrás de Mairiam. Apesar de ainda não ser tão velho, o *maitre d'hôtel* — um cargo que misturava o de mordomo, cronista e naquele momento, babá — era adepto de uma vida tranquila, lendo e escrevendo na frente da lareira, organizando as imensas festas do *dux* da Burgúndia e o acompanhando em viagens curtas. Claro que nem sempre a vida podia ser tão tranquila.

— Mairiam, criança, não corra tanto que não consigo acompanhá-la!

Ela riu, já muito a frente.

— Ai, *oncle*, como você é devagar! Eu lhe espero na fonte!

E sem esperar resposta, simplesmente disparou na frente. Conformado, La Marche se pôs a segui-la. Não havia mesmo muito perigo. O maior inimigo do *dux*, o rei-mago de Lutécia, havia assinado um tratado de paz com a Burgúndia no começo do Inverno. Os outros, pois havia muitos, não se atreveriam a ameaçar a família ducal em seu próprio domínio. E as criaturas mágicas da região adoravam Mairiam como se fosse uma delas, o que muito preocupava o *maitre d'hotel.* A menina de seis anos era chamada de princesa e reverenciada como uma.

— Bom dia, Olivier.

A voz fina vinha de cima, de um galho de árvore.

— Bom dia, Flor-De-Lis — a ninfa saltou para o chão com graça. Como o *dux* saudava os deuses dos latinos, seus bosques e terrenos eram povoados por ninfas, sátiros, faunos e centauros, enquanto nos bosques do rei-mago residiam fadas e seres correlatos a Cernnunos e sua corte. — É bom vê-la depois do inverno.

— Igualmente — a criaturinha tinha dois palmos de altura, pele muito branca e cabelos dourados. Usava um lírio como vestido e sorria mostrando os dentes afiados. — A jovem princesa está muito bem, pelo que vi.

— Ah sim, ela é incansável.

A troca de gentileza intrigou La Marche que estava acostumado aos modos fugidios e até mesmo rudes.

— Aconteceu algo durante o inverno?

— Não, foi uma estação tranquila. Mas faz duas noites que eu tenho sentido uma presença estranha entre as árvores. As outras ninfas também sentiram, mas como os Grandes ainda não despertaram não houve muito que fazer.

Os Grandes eram as criaturas com o mesmo tamanho, ou maiores no caso de centauros, que os humanos. Eles serviam como guardiões do bosque, vigiando suas fronteiras e avisando de qualquer perigo. Porém, durante o inverno eles iam para florestas mais profundas e adormeciam, só despertando na primavera. Dos seres que percorriam aquelas terras durante o inverno, La Marche pouco sabia, pois o *dux* não deixava que nenhum dos seus servidores entrasse no bosque durante o tempo frio. E o *maitre d'hotel* se importava muito pouco com essa proibição.

— Ficarei atento e avisarei ao *dux*, Flor-De-Lis. Obrigado...

Quando ia terminar a frase, foi interrompido por um grito. A voz era tão familiar que seu sangue gelou imediatamente.

— Socorro! *Oncle, oncle!*

A ninfa arregalou os olhos e La Marche correu. Esqueceu-se do cansaço, das pernas doloridas de tentar acompanhar a menina... esqueceu-se de si mesmo e correu. Mairiam era sua responsabilidade, a filha de seu senhor e a herdeira de grande poder. Mas era também a menina que ele ninava todas as noites, que pedia histórias nas longas e escuras tardes de inverno e que lhe trazia uma coroa com as primeiras flores de primavera. Era parte de seu coração.

Chegou completamente sem fôlego à fonte em que Mairiam deveria estar. Era uma clareira grande, com um banco de pedra, pequenos canteiros que começavam a florir e uma fonte de onde saía água direto de uma nascente. O bisavô do *dux* tinha ajeitado aquele recanto para poder fugir de suas obrigações e descansar.

Em um primeiro momento, não viu Mairiam. Procurou novamente e encontrou a menina encolhida atrás do banco de pedra.

— Mairiam!

— *Oncle*, cuidado!

O aviso veio tarde e La Marche foi derrubado por uma criatura de escamas roxas, do tamanho de um sabujo. Preso debaixo das patas da criatura, ele não conseguia distinguir direito o que era. Mas sabia que Mairiam agora tinha uma chance.

— Fuja, menina! Corra!

A menina ainda não tinha se decidido a correr quando a criatura abriu a boca, cheia de dentes afiados. La Marche sentiu que tinha chegado a sua hora e encomendou sua alma aos deuses. Fechou os olhos, esperando a mordida... E sentiu uma língua áspera de réptil em suas bochechas, pois a criatura estava lambendo seu rosto!

— Ah, *oncle*, é um dragãozinho! — Mairiam se aproximou cautelosa.

Ao ouvir a voz da menina, o réptil saiu de cima do *maitre d'hotel* e foi até ela, parecendo muito satisfeito em conhecê-la. La Marche ergueu-se, verificando que não havia ferimentos muito profundos. Respirou aliviado e analisou o animal a sua frente.

Era um pouco maior que um sabujo e tinha o rosto alongado de um dragão, porém La Marche jamais ouvira falar em um dragão roxo. As asas, abertas para se exibir para Mairiam, eram

O primeiro dia da Primavera

grandes demais em relação ao corpo. Mas foi a ausência de uma cauda que o identificou.

— Não é um dragãozinho, Mairiam. É um dragonete, uma criatura criada à imagem de um dragão por magia.

A criação de dragonetes era proibida por serem criaturas instáveis, mas inteligentes como dragões. Alguém tinha desobedecido a lei e precisava ser encontrado. Quem sabe o que mais poderia estar criando escondido?

— Podemos ficar com ele?

— Não, Mairiam. São animais perigosos. Seu pai provavelmente vai sacrificá-lo!

— *Non! Papa* não vai matar o meu Imagus! — a menina deu um grito de horror.

— Imagus?

— Sim! Ele não é a imagem de um dragão? Pois bem, é o meu Imagus e pronto!

La Marche sentia uma dor de cabeça vindo. Tão grande que nem corrigiu o latim incorreto da menina, afinal deveria ser 'Imago'. Mas a discussão entre pai e filha que se avizinhava era muito maior do que um reforço nas lições de Mairiam.

— Então vamos voltar, menina. Seu pai é quem vai decidir.

E seguiram os três. Imagus muito feliz entre os dois, Mairiam já colocando o queixo para frente, preparada para enfrentar o pai. E La Marche sentia o peso de um dragão sobre seus ombros cansados.

Carlos, o Audaz, *comte* de Charolais, era temido por todo o Grande Continente. Mesmo seu pai, *dux* da Burgúndia, temia interferir com seu temperamento explosivo. Mas havia uns poucos seres que não o temiam. Sua falecida esposa era uma, a outra era uma réplica perfeita de Isabel de Bourbon, uma garotinha de seis anos, loira e com olhos verdes que faiscavam indignados naquele exato momento.

— Ele é meu. Eu o encontrei no bosque e quero ele para mim.

— *Petite*, um dragonete não é um animal de estimação, como um galgo ou um gato — esfregando a testa, já sentindo a dor de cabeça que iria se instalar pelo resto do dia, o nobre suspirou — Tampouco pode ser criado como um cavalo. É uma criatura feita por magia e alquimia, uma corrupção da ordem estabelecida pelos deuses. Essa coisa sequer deveria existir!

Imagus dormia no tapete do salão privativo, alheio à discussão sobre seu futuro. La Marche tentava não se meter. A menina já era terrivelmente mimada pelo avô, que a adorava como uma pequena deusa, e por toda a criadagem. Só ele próprio e Carlos tentavam ser racionais e não atender aos caprichos de Mairiam. Sem muito sucesso na maioria dos casos.

— Ele não é uma coisa, se chama Imagus e é meu. Não quero saber. Temos muito espaço para ele! Temos cinco palácios que ficam vazios a maior parte do tempo...

— La Marche, você tentou conversar com ela sobre isso?

O *maitre d'hotel* não ficou surpreso de ter sido chamado na conversa. Era natural que sobrasse para ele, afinal era quem mais passava tempo com a menina, sendo um de seus tutores. Respondeu, tentando não comprometer ainda mais a sua posição.

— Sim, meu senhor. Disse a ela que são animais perigosos, instáveis e que deveríamos sacrificá-lo.

— Não, ninguém vai matar o meu Imagus! Ninguém!

A voz da menina berrando acordou o dragonete, que rugiu na direção dos dois adultos. Carlos levou imediatamente a mão ao punho da espada. La Marche posicionou-se perto da porta, lamentando a sua própria temeridade em não ter pedido que o *maitre de magie* os acompanhasse naquela conversa. Já Mairiam, sem a menor mostra de medo, aproximou-se da criatura, ainda olhando cheia de raiva para o pai.

— Se é assim, eu vou embora com ele.

— Mairiam, não! Se afaste dele, nós não sabemos...

— Eu sei muito bem que ele não vai fazer mal nenhum pra mim. Vocês dois é que não sabem nada. Nada!

O primeiro dia da Primavera

O dragonete acompanhou a fúria da menina e colocou-se entre ela e o pai. Carlos, já enfurecido, sacou a lâmina e investiu. Imagus ignorou o ataque, pegando Mairiam pela gola do vestido. Erguendo-se com as asas fortes, derrubou Carlos com o vento e avançou em direção da janela. Quebrou a vidraça colorida, mas o tilintar dos vidros foi abafado pelo grito de medo de Mairiam e o grunhido de fúria de seu pai. La Marche ficou estático, tentando absorver a enormidade do que estava acontecendo.

— O que aconteceu aqui? — Felipe, *dux* da Burgúndia, irrompeu na sala esbaforido. Veio seguido por seu criado pessoal e, pelo aspecto ensaboado do seu rosto, estava fazendo a barba quando foi surpreendido pelo barulho. — Como a janela quebrou? Cadê Mairiam?

Carlos não respondeu, saindo às pressas do salão, deixando o *maitre d'hotel* para explicar tudo ao seu senhor. La Marche olhou para o buraco cercado de vidro onde existira uma janela, tentando encontrar uma forma de evitar a pergunta.

— La Marche, o que está acontecendo? — Carlos era temido por seu temperamento explosivo e imprevisível. Já seu pai, o *dux*, jamais levantava a voz ou se irritava. Seu semblante estava sempre calmo. Era chamado de "Bom" por todos no Grande Continente, entre amigos e inimigos. Mas La Marche estava a serviço daquela família a tempo suficiente para saber que quando despertada, a sua ira era terrível, principalmente no que se referia à neta.

Então não teve escolha além de responder a verdade. O rosto do *dux* foi empalidecendo durante o relato e quando o *maitre d'hotel* terminou de falar, Felipe arrancou a toalha das mãos do criado e enxugou o rosto.

— Venha comigo, La Marche.

Percorreram os corredores do palácio, correndo. La Marche, mesmo sendo muito mais novo, precisava se esforçar para acompanhar o ritmo do seu senhor. Em silêncio deixaram os salões luxuosos para trás, indo em direção a uma parte do palácio ducal que era pouco visitada pelos seus proprietários.

La Marche sabia para onde estavam indo, mas não estava satisfeito com isso. Toda grande corte nobre do Continente tinha seu mago residente, o *maitre de magie*, treinado na Academia Arcana. O problema era que o centro de estudos estava no meio da Floresta Negra, o coração do Império Germânico. Tudo o que vinha de terras imperiais causava mal-estar no serviçal, órfão de um pai que jamais conhecera, morto em uma das muitas escaramuças na fronteira entre as terras imperiais e os domínios burgúndios.

O velho Jean de Bruges não era tido como uma má pessoa pelo cronista. Não fosse seu treinamento em terras germânicas, provavelmente seriam amigos. E mesmo com o seu desgosto, La Marche se condoeu da aparência cansada e mal dormida do mago. O *dux* era conhecido por ser um senhor exigente e terrível quando contrariado e as necessidades de magia de todo o seu governo eram regidas por aquele homem frágil e grisalho a frente deles. Os olhos inchados e o rosto pálido debaixo de uma testa enrugada mostravam todo o cansaço daquele velho.

— Meu senhor, não o esperava hoje tão cedo...

Felipe não o deixou terminar e o agarrou pela garganta.

— Bastardo, traidor, servo do Império! Como um dragonete entra em nossos domínios e você não nos avisa?

— Um dragonete? Mas isso é impossível, a criação desses monstros é proibida, é necromancia! Nenhum mago do Grande Continente a faria sem medo de ser punido com a morte!

— Cria de um asno! — Jean deu uma engasgada quando o *dux* aumentou a pressão no seu pescoço. — Explique agora porque minha neta foi levada por uma dessas coisas que não existem?

A expressão do mago alterou-se no mesmo instante em que ouviu a notícia sobre Mairiam. De todos os servidores da casa da Burgúndia, poucos eram os que estavam ali por afeto ou companheirismo aos seus senhores — Olivier de La Marche era um destes. Os demais eram mantidos ali pelas questões do dever e da

O primeiro dia da Primavera

lealdade, porém não devotavam apreço especial a Felipe, muito menos ao seu filho intempestivo. Porém, a jovem herdeira era a joia dos súditos burgúndios. Não havia serviçal ou cortesão que não a adorasse cegamente. Foi esse afeto que salvou Jean de Burges da ira do *dux*, que percebeu a preocupação na face do velho e o soltou.

— Meu senhor, farei de tudo para encontrar a menina. Por serem proibidos, dragonetes geralmente são criados com várias camadas de proteção, para não serem detectados. Porém, sou um mestre do meu ofício e irei achar a menina em breve, pode confiar em mim.

Felipe não respondeu. Simplesmente virou-se e saiu, com La Marche logo atrás.

— O que faremos agora, meu *dux*?

— Só nos resta esperar. Carlos foi atrás deles e mestre Jean irá suar sangue para encontrá-la. Vamos rezar aos deuses para que a encontrem sã e salva.

O cheiro da Primavera se estendia ao redor de Mairiam que gritava, mas agora de alegria. O dragonete planava no ar, soltando pequenos grunhidos satisfeitos.

— Para onde você está me levando, Imagus?

Ele sacudiu a cabeça, apontando com o bico para uma colina coberta de flores.

— Você mora ali, é? Que lugar bonito!

Desceram com suavidade, levantando folhas e pétalas no ar. Mairiam ficou encantada com o redemoinho colorido que a cercou e passou a uma exploração detalhada dos arredores, procurando flores desconhecidas e frutas novas. Imagus acomodou-se em uma pedra ao sol, de prontidão, mantendo os olhos sobre a sua nova protegida.

A menina de pés descalços aproveitava a liberdade, tão rara. Gostava de sol, de terra, de grama, do vento, dos insetos zumbindo ao seu redor. Quatro meses de inverno trancada dentro do palácio quase deixaram-na doente de verdade. O pai e o avô cismavam em mantê-la presa. *Oncle* La Marche pouco podia fazer contra as ordens deles, então Mairiam ria sozinha, feliz por ter encontrado alguém que a levasse para longe de tantas correntes.

Um zumbido perto de sua orelha esquerda fez com que virasse a cabeça. Deu de cara com algo que nunca tinha visto, uma moça verde e brilhante, com asas de libélula e unhas afiadas. Arregalou os olhos e deu um passo para trás quando a criaturinha falou.

— Olá, filha do Temerário. Você não está longe demais do seu bosque?

— Quem é você?

— Sou uma fada, menina. E você não deveria estar aqui, ainda mais sem seu pai ou avô. Estas são terras do Rei-Mago de Lutécia.

Mairiam tapou a boca para não gritar, horrorizada. Sendo filha e neta de dois grandes guerreiros, poucas coisas eram capazes de assustá-la. Não tinha medo de ratos, baratas, dragões, fantasmas ou qualquer criatura da noite, vivas ou mortas. Mas o Rei-Mago era seu monstro debaixo da cama, aquela história de horror que La Marche contava para que se comportasse. Inimigo ferrenho da casa ducal, estava decidido a destruí-la completamente. Carlos e Felipe repetiam sem cessar que Mairiam deveria se manter sempre afastada do Rei e de tudo o que lhe pertence. Estar em terras reais sozinha era um pesadelo que escurecia aquele dia tão bonito.

— Eu não fiz por mal. O Imagus que me trouxe até aqui, só queríamos passear... — o pânico quase fechou sua garganta, deixando-a sem voz. O dragonete levantou a cabeça ao ouvir seu nome, mesmo sendo tão recente. — Eu já vou embora, juro pelos deuses do Olimpo!

— Ah, mas por que, pequena? Fique mais um pouco!

— Sim, cheire nossas flores, acabaram de desabrochar — a voz pertencia a outra criatura e em pouco tempo, Mairiam se viu cercada por elas.

A menina começou a chorar, assustada. Imagus, alertado pelo som, reagiu com um pulo e foi até onde ela estava. Rugiu

O primeiro dia da Primavera

ameaçadoramente para as fadas, um som profundo que ressoou pelas colinas. Em segundos, só ficaram os dois no meio das flores, observando o farfalhar dos arbustos onde as pequenas ameaças tinham se escondido.

— Obrigada, Imagus — Mairiam limpou os olhos com as costas da mão. — Me leva pra casa, por favor?

O dragonete assentiu e sentou para que ela pudesse subir em suas costas, mas uma voz grossa paralisou as ações da menina.

— Tão cedo? Não gostou do lugar? Ou foi a companhia que desagradou?

Era um homem estranho, de barba fechada e expressão sombria. Apesar do dia quente, estava enrolado em uma capa azul. Mairiam notou flores-de-lis já desbotadas bordadas aqui e ali na capa, o símbolo do Rei-Mago.

— O que você quer comigo? Meu pai...

— Está vindo direto para a minha armadilha, pequena. Graças ao meu bom monstro. Ele não é uma obra-prima?

Apontou para um Imagus imóvel, completamente paralisado com as asas erguidas e a boca aberta em um esgar.

— O que você fez com ele?

— Essa coisa é um boneco para mim, garota. Criei-o, encantando o ovo de um dragão que eu mesmo roubei — aproximou-se dos dois e acariciou a cabeça do animal. — Ele é a minha chave para ter meus crimes perdoados e voltar à corte de Lutécia.

Mairiam olhava para os lados, desesperada para encontrar uma saída.

— Como assim?

— Levarei a cabeça do Temerário para Ludovico, o Rei-Mago. E a preciosa neta do *dux* amarrada, embrulhada como um belo presente... Se você não me der muito trabalho, claro. Não terei problema nenhum em matá-la e levar sua cabeça também. Passei muitos anos nas bordas do reino, esperando o momento certo para retomar o que é meu por direito.

Ela segurou novas lágrimas, sentindo-se mais assustada do que nunca estivera antes. Porém, sabia que seu pai viria salvá-la. Ou seu avô. Ou mesmo *oncle* La Marche, eles jamais a abandonariam. Logo, logo eles chegariam e não deixariam aquele ser pavoroso encostar a mão nela.

E ele continuava a se aproximar, fazendo Mairiam chegar para trás a cada passo. Imagus continuava imóvel, o que deixava a menina ainda mais confusa, pois não entendia porque o animal não a salvava.

Em um movimento brusco, o estranho puxou uma corda de dentro de sua capa.

— Agora, fique quieta e não irei machucá-la.

Mesmo com a ameaça, Mairiam tentou correr. Porém, ele foi mais rápido e conseguiu agarrá-la.

Tudo aconteceu tão rápido depois disso que a menina só sentiu a mão grossa e calejada largar o seu braço. Perdeu o equilíbrio e caiu, batendo a cabeça com força em uma pedra. A dor lancinante a fez gritar antes de tudo ficar escuro.

Muitas lendas corriam pelo Grande Continente. Mesmo convivendo no dia-a-dia com maravilhas e prodígios, tabus ainda existiam entre os homens e mulheres destas terras. Vampiros sempre foram assunto proibido, lobisomens eram ainda mais malvistos. A magia corria no sangue de grande parte daquela população, porém o vampirismo e a licantropia eram maldições, estigmas, doenças. A casa da Burgúndia sofria desse último mal. Carlos não sabia onde aquela história havia começado, mas Felipe dizia ter sido João Sem Medo, o *dux* que o antecedera, que trouxera a mácula de sua viagem ao Oriente.

A origem pouco importava. Afinal, conhecimento não limparia o seu sangue. E naquele momento, agradecia aos deuses pelo seu fardo, que se tornara uma benção. Percorria os bosques ao redor do palácio em forma de lobo, correndo em quatro patas e ignorando pedras e galhos. Transformar-se durante o dia era mais doloroso e sacrificado, mas não se importava com isso. A dor era pequena, quase ínfima, em relação à angustia que o atormentava.

Dragonetes não eram criaturas naturais, logo aquela aberração fora construída por alguém. Só depois que ele saíra pela janela carregando sua filha é que Carlos se dera conta disso. Qualquer um poderia ter criado aquele monstro. O Imperador da Ibéria Lusitânia. O Imperador do Império Germânico. O Patriarca de Roma. O Califa de Granada. O Rei-Mago de Lutécia.

Ao pensar em Ludovico, sua resposta instintiva foi um rosnado alto que derrubou um pássaro de seu galho. Uma coruja, acordada tão cedo, no meio da tarde ? Era um sinal claro do desequilíbrio naquela área, indicando que o criador de Imagus deveria estar por perto. E Mairiam estaria em perigo. Correu mais ainda. Amava a menina e depositava nela toda a esperança de ser algo mais do que o *dux* da Burgúndia, um licantropo sem reino. Tomara todas as precauções para que ela viesse ao mundo livre de sua mácula e pagara caro por isso.

No começo de sua busca, tinha corrido por mero instinto. Agora já sentia o cheiro da filha, misturado com o estranho odor do dragonete... e com o de um humano, alguém que Carlos odiava e que retribuía esse sentimento com igual intensidade.

Só que ele deveria estar morto, como a bruxa que fora sua companheira. Felipe matara Joana de Orleans anos atrás e Gilles de Rais morrera pelas mãos de um tribunal do próprio Rei-Mago, acusado pelo assassinato de mais de 200 crianças. O juiz não lhe dera o nome correto para não provocar pânico entre os aldeões. Mas Carlos sabia o que ele era.

Precisava chegar rápido até onde eles estavam, antes que algo de ruim acontecesse a Mairiam. Ignorou o chão ainda gelado do inverno em suas patas e o vento que ardia em suas orelhas. Prosseguiu, determinado. O cheiro estava cada vez mais forte e já conseguia distinguir a voz de sua filha, tingida de medo. Um último pique e parou na borda de uma colina florida, onde estavam os três: Mairiam, o dragonete e um homem envolto em uma capa azul, que segurava a menina pelo braço.

Sim, ele estivera certo. Era o maldito Gilles de Rais, servo de Ludovico. Não pensou mais e simplesmente saltou, libertando Mairiam daquelas garras infames. Porém, antes que pudesse atacar seu inimigo, sentiu uma dor aguda no flanco esquerdo.

— Achou mesmo que eu não descobriria seu segredo, Carlos? Essa lâmina de prata irá servir para cortar a sua cabeça. Um belo presente para Ludovico, não acha? Vai perdoar meus pequenos deslizes e me aceitar de volta, sem se importar que eu já esteja morto. E quem sabe, me dê a sua filha como recompensa?

Mesmo com a dor, o lobo rosnou de volta, preparando-se para atacar de novo. Daria a vida para salvar Mairiam.

No palácio em Dijon, Felipe andava de um lado para o outro. La Marche apenas assistia, tão impotente quanto o seu senhor. Já haviam se passado horas desde o desaparecimento de Mairiam e continuavam sem notícias. O almoço permanecera intocado e os demais servidores começavam a perceber que havia algo de errado.

Como *maitre d'hotel*, La Marche era responsável por manter os criados em ordem — esse a situação não se resolvesse em breve, teria problemas com isso. Não duvidava da lealdade da maior parte daqueles que serviam diretamente à família do *dux*, mas o controle total era impossível.

Decidido a pelo menos começar a preparar a criadagem, estava saindo do salão quando Jean de Bruges entrava, esbaforido. Os dois não colidiram por pouco, mas La Marche recuou a tempo.

— Senhor *dux*, tenho notícias. Consegui localizar a menina... O dragonete continua oculto por seus feitiços de proteção, mas Mairiam carrega o pingente da mãe e...

— Ande logo com isso, onde eles estão?

— Fora de nossos domínios, senhor. Além do fim de nosso bosque em Chatellenot.

— Terras de Ludovico.

O primeiro dia da Primavera

— Sim, senhor — o mago parecia pesaroso e preocupado. — E tem mais.

— O quê?

— Meu feitiço de detecção achou algo... perigoso perto dela. Um vampiro.

Felipe deu um berro.

— Não! Não pode ser. Preciso ir até lá e fazer alguma coisa.

La Marche interrompeu.

— Iremos demorar horas para chegar lá, senhor. Durante o dia, essas criaturas noturnas são muito mais fracas. Vamos esperar que seu filho consiga impedir um desastre maior.

O *dux* sentou e colocou o rosto entre as mãos, desesperado.

— Mairiam não pode morrer. Não ainda!

— Nós também estamos preocupados com a menina...

— Vocês não entendem! Se ela morrer agora, antes de ter um herdeiro, toda a nossa terra entrará em colapso.

Jean de Bruges parecia tão perplexo quanto o cronista.

— Isso não é possível. Só se foi feito algo a ligando a terra quando nasceu.

Felipe ergueu-se e foi até uma das grandes janelas do salão, de onde podia ver o bosque que circundava o palácio.

— Vocês sabem da mácula que corre em minha família. Meu pai adoeceu na volta do Oriente, quando saiu em busca da Escama do Primeiro Dragão em Jerusalém. Foi salvo por um grupo de gitanos, que o infectaram com a licantropia. A mancha em minha geração ficou em meu irmão mais velho, que foi morto em seu berço quando iria se transformar pela primeira vez. Como eu nunca mudei, a esperança de meus pais era que a maldição tivesse ido embora com ele — ele voltou-se para seus servidores. La Marche e o mago conheciam aquela parte da história, mas esperavam que seu senhor continuasse. Ele relutava, pois era um segredo que pretendia levar para o túmulo. Só que a vida de Mairiam era mais importante. O *dux* prosseguiu.

— Porém, os deuses decidiram diferente e todos os meus filhos legítimos também nasceram com a doença. Jean e Antoine morreram pelos próprios efeitos da licantropia, mas não tive coragem de matar Carlos. E Isabel me garantiu que haveria um jeito de reverter a situação — Isabel, Infanta de Portugal e Grande Pitonisa, era reconhecida por seus dons de profecia por todo o Continente. Casara-se com Felipe por sua própria vontade e decisão, desafiando a vontade do próprio pai, Imperador da Ibéria, e de seus irmãos. O matrimônio tinha sido estranhamente pacífico, em se tratando de duas pessoas tão fortes e poderosas. Isabel fortaleceu a posição do *dux* na inusitada e frágil aliança com o Império e foi tecendo redes de poder com outras famílias. — E foi ela quem insistiu no casamento de Carlos com a irmã de Ludovico. Se eu soubesse por que, não teria deixado nunca.

La Marche sentou, em silêncio. Jean de Bruges escutava igualmente calado, mas com a fisionomia tensa. Ele sabia do que Felipe estava falando.

— Minha consciência pelo menos está tranquila que não fizemos nenhum mal à pobre Catarina, que morreu antes sequer de consumar o casamento. — La Marche lembrava-se da menina que morara no palácio por dois tristes anos, isolada da família. Ele discordava se realmente não haviam causado nenhum mal à jovem princesa, mas calou-se. — Carlos queria casar com uma princesa inglesa, mas a mãe foi contra e fez de tudo para que ele se casasse com Isabelle de Bourbon, filha de um primo meu. Quando ela engravidou, minha esposa a isolou, alegando que precisaria protegê-la. E eu acreditei ou quis acreditar. Quando a princesa morreu no parto, mas Mairiam sobreviveu, é que finalmente soube o que a Pitonisa fez.

Felipe não conseguiu continuar e o mago da corte tomou a palavra.

— A senhora Isabel... ligou Mairiam às terras da Burgúndia usando o sangue da mãe da criança. Mas isso só seria possível se a própria mãe estivesse de acordo — a expressão de Felipe tirou as dúvidas de Jean de Bruges. — Sua esposa a convenceu, claro.

Não houve palavras por alguns momentos. La Marche, menos entendido em assuntos arcanos que os outros dois, foi o primeiro falar.

O primeiro dia da Primavera

— Isso a limpou da mácula?

— Mais do que isso, Mestre La Marche — o mago respondeu. — Esse tipo de feitiço bloqueia totalmente a magia da pessoa. Mairiam, tendo a linhagem que tem, deveria ser uma das pessoas mais poderosas do Continente, com capacidade de chegar a arquimaga.

— Ela está completamente indefesa lá fora, com um dragonete e um vampiro. Se Carlos não conseguir salvá-la, estamos todos condenados. Se ao menos Isabel estivesse aqui e não em Bruges...

La Marche nunca se sentira tão impotente em toda a sua vida. Não podia fazer nada e a vida de todos que conhecia estava em risco. Só podia esperar.

Quando Mairiam despertou, a cabeça doía. Colocou a mão no inchaço e só sentiu uma agulhada, sem sangue. Ouviu barulho ao seu lado e quase gritou de susto. Um lobo gigantesco atacava aquele homem estranho, que se defendia com uma lâmina afiada. O animal era lindo, o pelo cinza brilhando no sol e com olhos castanhos muito grandes. E alguma coisa naqueles olhos chamou a atenção da menina quando o lobo virou a cabeça para vê-la. Era impossível, mas aqueles olhos eram familiares: eram iguais aos de seu pai. E afinal, que lobo selvagem atacaria um ser humano na primavera, sem necessidade?

— Pai?

O animal ergueu as orelhas, surpreso, confirmando as suspeitas de Mairiam. Seu pai era um lobisomem. Sua distração ajudou o inimigo, que não perdeu a oportunidade. Ergueu a sua espada e com um golpe rápido abriu um corte profundo na barriga do lobo que caiu ao chão ganindo.

— Não! — Mairiam gritou ao ver o pelo prateado se tingir de vermelho, o sangue pingando na relva verde. O franco riu.

— Se soubesse que seria tão fácil, teria tentado antes — o lobo ainda deu um rosnado fraco, mas não conseguiu se erguer nas pernas trêmulas, mostrando o quão vazia era a sua ameaça. — Vamos, volte à sua forma humana para que eu possa levar a sua cabeça comigo até o Rei-Mago.

O corpo tenso do animal deixava visível sua determinação em não se transformar, em não se entregar sem lutar até o último minuto possível. Mairiam sabia que precisava ajudá-lo de alguma forma. Aproveitou a fascinação que o homem com a espada de prata demonstrava com o ferimento de seu pai e criou coragem para se aproximar do dragonete sem ser percebida.

— Imagus, me escuta... Você precisa me ajudar! Meu pai está machucado e aquele homem mau quer me matar também — sussurrou no ouvido da criatura, tremendo de medo. Mas seu esforço não deu em nada, pois ele continuou imóvel. Suas escamas roxas brilhavam no sol e seus olhos vermelhos pareciam de vidro, fitando o vazio.

— Por favor, você é meu amigo. *Papa* e *oncle* La Marche dizem que você é mau, mas eu sei que não é nada disso. Eles não sabem nada de você — lágrimas grossas corriam pelo rosto da menina, os olhos verdes desesperados procurando algum sinal de vida ou de reconhecimento. A única coisa que seu choro conseguiu foi chamar a atenção do vampiro. Ele jogou a espada no chão, deixou Carlos de lado, ainda em sua forma lupina, e aproximou-se da jovem herdeira da Burgúndia.

— Não adianta, menininha tola. Essa criatura me pertence e só faz o que eu mando — passou a mão na cabeça de Imagus, em um gesto aparentemente carinhoso até que, com um puxão, arrancou uma escama, fazendo Mairiam gritar.

— Pare com isso, você o está machucando!

— Não se preocupe com ele, é apenas uma coisa estúpida, sem vontade ou sentimentos próprios. Só se aproximou de você porque eu mandei.

— É mentira, ele se importa comigo sim! — Mairiam continuava chorando, inconformada.

— Claro. Se preocupa tanto que vou despertá-lo só para que ele mesmo arranque sua cabeça. Assim terei um presente para o seu avô também — estalou os dedos, despertando a criatura que piscou aturdida. Ao reconhecer seu criador, seus olhos escureceram. Mas Gilles sorria, satisfeito, sem notar essa reação.

— Dragonete, arranque a cabeça de Mairiam da Burgúndia. Agora!

Dragonetes realmente eram consideradas criaturas estúpidas, capazes apenas de obedecer a ordens simples, sem sentir ou expressar sentimentos. Porém, como nem todos os homens nascem iguais, assim é com os demais seres do mundo. Por algum motivo que só o Destino poderia deslindar, o ovo de dragão que aquele inimigo da Burgúndia pegara era diferente e dera origem a um dragonete que não seguia as mesmas regras dos demais. A ordem dada foi simples e direta, mas ele não a obedeceu. Ficou parado, em frente à menina, sem se aproximar dela. A pressão da magia que o criara forçava que ele agisse e mesmo assim resistia. Gemia alto, tentando quebrar o controle.

— O que está acontecendo, seu imbecil? Ataque, vamos!

Mairiam percebeu o que estava acontecendo e pensava no que poderia fazer. Juntou toda a sua coragem e colocou a mão no focinho de Imagus.

— Não, Imagus. Você é meu amigo. Não vai me atacar.

A criatura deu um guincho ensurdecedor e uma corrente de energia atravessou Mairiam, vinda da própria terra. A menina e o dragonete brilharam como uma estrela, estonteando Gilles e Carlos que no susto revertera à forma humana. Quando a luz diminuiu, a menina estava em pé, do lado do dragonete que agora tinha olhos verdes como os seus.

— O que foi isso? O que você fez?

— Você não tem mais poder sobre o Imagus. Ele agora é meu amigo e vai ficar comigo.

— Criança estúpida, eu vou matar você e ele, assim mesmo! Não vai ser um dragonete... — a frase ficou interrompida e a ponta da própria espada de Gilles de Rais saia pelo seu peito, atravessando seu coração. — O que...

— Não é uma estaca de madeira, mas vai ter que servir. Dê lembranças minhas e de minha mãe à sua amiga Joana, maldito.

Gorgolejando, o vampiro caiu no chão tentando arrancar a espada de suas costas. Carlos foi mais rápido e quebrou um galho de um arbusto para terminar o serviço. Em poucos minutos, Gilles de Rais parou de se mover. O filho do *dux*, ainda sem falar com Mairiam, terminou com o vampiro, cortando a sua cabeça e vendo-o se desfazer em cinzas. Foi a menina que quebrou o silêncio.

— Pai? O que está acontecendo?

Ao redor deles, a terra começava a mudar. Mairiam pode ver as fadas voando rápido e saindo dali. As flores mudavam, passando a ser parecidas com as dos bosques que cercavam o palácio. O pai explicou, a mão tapando o corte no abdômen.

— Você reclamou essa terra para a Burgúndia, Mairiam. As criaturas leais ao Rei-Mago e seus deuses tem que sair para que possamos tomar posse, só isso.

— E como eu fiz isso, pai?

Ele se aproximou da filha e se apoiou no dragonete.

— Não sei, pequena. Não era para você ter nenhum poder mágico. Temos que ir para casa e descobrir...

— Só que você está machucado demais para isso! Imagus, temos que ajudar meu pai.

Carlos não reagiu, pois a perda de sangue o deixara fraco demais. Só esperava que Mairiam e seu novo amigo realmente conseguissem ajudá-lo

Na noite seguinte, Carlos estava sentado em uma cadeira confortável no salão privativo de seu pai. O fogo espantava o frio do começo da Primavera. La Marche e Felipe bebiam licor de cassis em silêncio, esperando a volta de Isabel de Portugal, que fora ver a neta. A Pitonisa voltara de Bruges por todos os meios mágicos que conseguira, apavorada com as notícias que tinha recebido.

Quando entrou, seu filho não pode deixar de perceber o cansaço em seu rosto. Realmente a mulher se consumira naquela viagem.

— Então, senhora, como está a menina? — La Marche perguntou, ansioso.

— Bem. Acho que não temos motivos para nos preocupar por agora. Imagus não saiu do lado dela...

— O que vamos fazer com ele, Isabel?

— Não temos muita opção, Felipe — A Pitonisa respondeu ao marido com ar de pouco caso. — Os dois estão ligados, um ao outro e às nossas terras. Ele tem que ficar perto dela. Vamos ter que nos acostumar.

Foi Carlos que perguntou o que os outros não tiveram coragem.

— E a doença, mãe? Ela vai desenvolver a licantropia?

Acenando para que La Marche lhe servisse uma taça de licor, a nobre senhora tomou assento em uma espreguiçadeira antes de responder.

— Não. Não vai. O sacrifício da mãe realmente a limpou da mácula. Nossa menina vai ser uma criança como outra qualquer da nobreza, com uma herança mágica a ser salvaguarda. Só isso.

— Mas ela vai ter um dragonete a seguindo por todo o lado!

Erguendo sua taça, a princesa do Império da Ibéria sorriu para o marido.

— Ela tem uma avó Pitonisa e um pai lobisomem. Qual o problema com um dragonete?

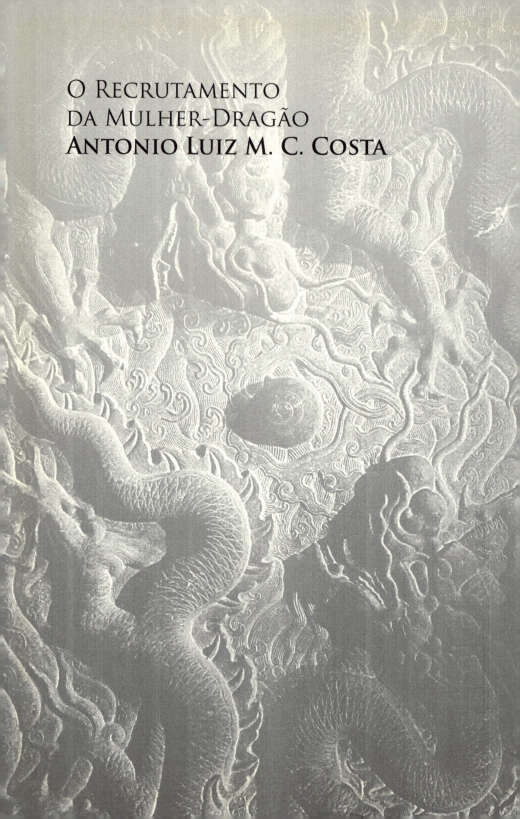

O Recrutamento da Mulher-Dragão
Antonio Luiz M. C. Costa

Vê, minha amiga, eu, Us Marló Cemtli, fui uma jovem aspirante como tu. Surpresa? Não me admira. E mais te digo: eu me formei zanbastô do corpo das amazonas de Atlântida por um triz. Tão pouco brilhante era meu currículo que meu destino seria uma carreira obscura e com raras e demoradas chances de promoção em alguma guarnição distante e desagradável das colônias — algum cafundó esquecido de Karu ou Ikinava, na melhor das hipóteses.

Claro que não era isso que eu sonhava nas longas caminhadas até a biblioteca da cidadezinha mais próxima para conseguir os livros que faltavam em minha vila montanhesa. Não foi por tão pouco que virei tantas noites estudando à luz do lampião e passei tantos dias de folga me exercitando até cair morta de canseira, obcecada por uma vaga para a escola de oficiais.

Minha família era modesta e meu clã fraco na região, sem conexões políticas para me abrir caminho a uma carreira como servidora pública. E eu não tinha talento para a magia, nem beleza para... deixa pra lá. Mas desde que me tive por gente me pareceu insuportável a rotina de minha mãe e tias, de lavrar a terra dura, limpar pedras e ervas daninhas, espantar as pragas e cuidar das crianças e da criação. Minha inspiração era Us Ata Tauan, heroína do meu clã do Urso e fundadora da força imperial de amazonas na época do primeiro Casal Imperial. Lembro-me de fazer minha mãe ou minha avó me contarem sua história inúmeras vezes.

Apesar de acharem minha ambição excessiva para uma menina de inteligência, digamos, não tão notável, minha família permitiu-me dedicar-lhe meu tempo livre e todos ficaram surpresos, mas felizes quando, por fim, prestei meus exames e fui aceita pelos recrutadores imperiais. Glorioso foi o dia em que cruzei pela primeira vez as muralhas de Atlântis e desembarquei no cais da Academia Militar. Seria um vexame, depois de tudo isso, tornar-me ajudante de ordens da chefa de um posto militar no meio da selva, vegetando entre gente primitiva e combatendo apenas mosquitos e sanguessugas.

Agarrei-me com garras e presas, quero dizer, com unhas e dentes, à última chance de escapar à mediocridade: entrar na sagrada ordem das *rionós*, as mulheres-dragões. Não sabia mais que tu se era verdade o que diziam sobre sua origem na noite dos tempos, muito anterior à própria Atlântida. Importava-me o prestígio do título no Exército e na Marinha, a solidariedade das irmãs e o respeito que inspira nas oficiais que não ousaram tentar conquistá--lo, pois como bem sabemos, muitas não sobrevivem à iniciação que, além de qualificar as vitoriosas como sacerdotisas-guerreiras das divindades tricolores, Karmó, a branca, Tliká, o vermelho, e Kiném, a negra, equivale com muita justiça à participação honrosa em três batalhas para fins de promoção e honras militares e garante, após o serviço militar, um cargo prestigioso e bem remunerado de sacerdotisa em algum dos templos dedicados à Trindade.

Como mulher-dragão, não me negariam uma boa posição numa legião de elite. Apresentei-me, portanto, como voluntária, para surpresa de minhas mestras e colegas. Como oficial, não podiam me negar a oportunidade. Submeti-me àqueles rituais preliminares cuja função é aterrorizá-la de modo a fazê-la voltar atrás se não estiver realmente decidida a conseguir ou morrer na tentativa. Também passaste por isso, suponho? As provas do juramento, do abismo, do jaguar, das cobras, do fogo... sim, foi isso mesmo. Nada mudou, então.

Dizem que mais de metade desistem nessa fase, mas aquelas que, como eu e tu, fomos corajosas, teimosas ou malucas o bastante para superá-la, partimos no primeiro dia do mês do Calor, acompanhando a piracema dos dragões propriamente ditos, que nessa época migram do mar pelo mesmo percurso, com o mesmo destino, mas outro objetivo. Nós também os vimos nadar ao lado do navio da Marinha que nos levava pelo Grande Canal e pelo rio Pison e de vez em quando esticar o pescoço para nos olhar com curiosidade.

Na noite do segundo dia, chegamos à velha fortificação na margem do lago Karmotor da qual partiríamos para a verdadeira provação. Houve a cerimônia de recepção à luz de tochas, no qual as sacerdotisas nos revelaram o que teríamos de enfrentar e a própria Imperatriz, vestida como mestra das mulheres-dragão, testemunhou o juramento de segredo e fidelidade das aspirantes e recebeu a saudação em coro: *Lenehvatar lohn, ahmon sijah lenehvatar lohn terzã eb van*, "Salve, imperatriz, nós que estamos para morrer vos desejamos saúde e vida longa". Claro que eu, como tu, esperava sofrer apenas a morte simbólica do meu velho eu e renascer como sacerdotisa, não uma morte literal. Pretendia estar entre as sobreviventes que na volta teriam a honra de participar do banquete da Ordem presidido pela própria soberana. Mas a sensação de estar mesmo se lançando para a morte é muito forte, não é?

Mesmo eu, que não era muito esperta, percebia que a iniciação é também um sacrifício humano às divindades do lago e da ilha sagrada. As leis humanas e divinas de Atlântida dispõem que só o sacrifício voluntário é lícito e válido, mas quantos se oferecem por pura devoção à faca do sacerdote? Dizem que um dia isso foi comum, mas quando eu era moça, isso já parecia ter sido no tempo em que os animais falavam. Mas em Kinsehn, capital da província onde nasci, havia um costume que não sei se ainda existe. Todos os milhares de escravos da cidade, da puberdade até a maturidade, tinham o direito de se inscrever num sorteio anual. Não eram forçados a fazê-lo, mas uma vez que o fizessem teriam de aceitar sua sorte. Um rapaz e uma moça ganhavam o segundo prêmio: a liberdade, somada a um pecúlio de mil ases para se estabelecer.

O Recrutamento da Mulher-Dragão

Outro casal ganhava o primeiro: ser jogado às feras em sacrifício às divindades da flora e da fauna, Fontis e Kedlon.

Minha escolha era semelhante, embora eu acreditasse ter boas chances de sucesso, pois ouvira dizer que o importante seria coragem, persistência e preparo físico, não as disciplinas teóricas ensinadas na Academia. Modéstia à parte, parecia uma oportunidade feita especialmente para mim.

Tivemos um jantar frugal na torre central da fortaleza, que diziam ser mais antiga que o próprio Império, e entre suas vetustas pedras esticamos nossas redes. Ao ouvir as trombetas da alvorada, embrulhamos nelas todos os objetos pessoais que trouxéramos: espadas, insígnias, anéis, pulseiras, capa, roupas, sandálias, corrente de estatuto e até o pekenan do qual eu não me separava desde a puberdade. Entregamos os pacotes ao almoxarifado, do qual os recuperaríamos se voltássemos. Caso contrário, seriam encaminhados às nossas famílias para o funeral com as homenagens devidas aos caídos em batalha.

Perfilamo-nos, totalmente nuas, na beira do penhasco à margem do lago, com o sol nascente nos aquecendo as costas e projetando longas sombras sobre as rochas. Era só saltar, nadar os cerca de cem estádios até a ilha sagrada, sobreviver ali até o fim do mês e voltar como mulher-dragão. Fácil falar, não é? Não sei como foi tua vez de chegar à beirada, olhar o abismo de dez braças sob os pés, a silhueta azulada de Karmotis Dau no horizonte e aquela imensidão de água coalhada de dragões. Passou-me pela cabeça que era uma maneira particularmente maluca de me matar, mas não se chega a esse ponto sem ter mais medo da vergonha do que da morte. Fechei os olhos e pulei, não tive coragem de hesitar. Não podia fazer má figura, ainda mais na frente de Pasá Ketció Saukin, minha melhor amiga e a única pessoa fora de minha família distante que me queria e admirava.

Aproximamo-nos desde o começo por sermos conterrâneas de origem obscura — ela viera de uma família de confeiteiros de Kinsehn — e nos vermos como aliadas e complementares naquele ambiente tão competitivo e dominado por mulheres da nobreza ou de linhagens de tradição militar. Eu, forte, obstinada e troncuda como uma ursa, ela bela e elegante como a garça branca, símbolo de seu clã. Eu acanhada, ela exuberante. Eu, tapada como uma ostra, ela culta e esperta. Se consegui passar, mesmo raspando, em disciplinas como matemática, tática, retórica, história militar e relações internacionais, foi porque ela se sentou comigo para me explicar de novo, à sua maneira, aquilo que as mestras não tinham conseguido me meter na cachola. Ou seja, tudo.

O tranco da água me deixou atordoada e sem fôlego por um momento, mas recobrei a presença de espírito, subi à superfície, esperei que ela voltasse à tona. Sorri para ela e comecei a dar braçadas no ritmo certo para uma travessia longa, nem devagar, nem rápido demais.

Como meninas das montanhas, Saukin e eu não tivemos tantas oportunidades de nadar longas distâncias quanto nossas colegas da planície e do litoral, mas praticamos muito em Atlântis, durante nosso tempo livre. Como de costume, eu procurava compensar com persistência e força de vontade o que me faltava em sabedoria e retribuir a paciência dela ajudando-a na única disciplina em que eu a superava e podia lhe ensinar algo: treinamento físico.

A temperatura estava agradável e o vento não era desfavorável. Mas era preciso atravessar e havia dragões. Eram milhares, agitadíssimos e seria mais fácil para o menor deles nos devorar, se quisesse, do que é para uma jiboia engolir um rato. Quando menos esperávamos, saltavam fora d'água, nos gelavam o coração de susto e erguiam vagalhões tão aterrorizantes quanto eles mesmos. Lutávamos para subir à tona e respirar enquanto ouvíamos seus bramidos, que ora lembra elefantes, ora bovinos, ora águias, ora tigres no cio. Eram de todas as cores, como as carpas do viveiro da vila quando eu era criança: vermelhos, brancos, azuis, verdes, pintalgados, de duas cores... e dourados. Estes, não sei se te contaram, têm sempre cinco dedos como tu e eu, enquanto os demais têm três ou quatro. Logo te direi o porquê.

O Recrutamento da Mulher-Dragão

Não preciso te dizer como era terrível, tu também estiveste lá. Eles não costumam atacar humanos sem serem provocados e suas cabriolas aterrorizam os crocodilos e serpentes gigantes que são perigos mortais em outras épocas do ano, mas não deixam de ser um risco mortal para pequenos e frágeis humanos. A mera tensão de nadar entre esses titãs, sabendo que a qualquer momento um deles pode nos reduzir a farelo de alimentar carpas com um ondear distraído da cauda duplica a dificuldade já bem forte da travessia.

Mais do que medo por mim, tive receio de que Saukin entrasse em pânico, mas após cada sobressalto ela voltava estoicamente a nadar. Imagino que também ela não queria fazer feio perto de mim e assim nos fortalecíamos uma à outra. Gosto de pensar que apesar de minhas limitações, era para ela um modelo de coragem e tenacidade, tanto quanto ela foi para mim em quase tudo o mais e que isso tinha que bastar para equilibrar nossa amizade.

Fomos tão unidas que, nos dias de festa e licença, saíamos para paquerar os rapazes juntas. Não é que fôssemos juntas aos bailes e tavernas para cada uma conseguir o seu par: se fazíamos isso, ela logo ficava bem acompanhada e só me restava segurar a vela ou afogar as mágoas em marçó barato. Por sugestão dela mesma, nossa combinação passou a ser chegar a um cara que nos parecesse interessante e propor diversão a três. Era como fazia o alcaide da minha vila ao negociar nossos produtos com a guilda dos quitandeiros da cidade. "Quereis nossos morangos?" Claro que queriam, eram os melhores da região. "Então comprai também nossos jilós". Na maioria das vezes funcionava, nos divertíamos muito e quem topava também, pois eu sabia como agradar um homem. Aliás, quem comprava os jilós da nossa terra também não se arrependia. Quem lhes dava uma chance, aprendia a gostar.

Ela chamava isso de "fazer um pastel". Se o alvo era um cadete da nossa raça, perguntava para mim: "vamos fazer um pastel de marmelada"? Se era um senzar civil, era de goiabada, que é mais doce e molenguinha. Nós gostávamos de variedade e não éramos enjoadas. Se aparecia um tlavatli simpático e bem apanhado, o recheio ia ser de chocolate, cari, de maçã, fomori, de banana, um dengu branquelo, de coco. E daquela vez em que só encontramos babacas? Aí ela me perguntou: "ih, querida, hoje só dá xepa, vamos comer um pastel de vento, mesmo?" Preferíamos com recheio, mas era melhor que comer lixo ou voltar com fome para a caserna.

Desculpa-me, fugi da história que preciso te contar, parte dela ainda dói num pedaço de mim. Volto ao assunto. Apesar do desassossego, atravessamos a ciranda dos dragões, mas era exaustivo e a ansiedade cobrou seu preço. Quando já tínhamos nadado a maior parte do caminho e já era quase meio da tarde, Saukin gritou, logo atrás de mim:

— Ai, Cemtli-bã, socorro! — Ela subia e afundava, como se tivesse desaprendido a nadar. No primeiro momento cheguei a pensar que algo a mordia e a puxava para baixo.

— Que foi, Saukin-bã?

— Cãibra! Não posso mexer a perna!

— Calma — tentei lhe dar apoio, mas era difícil — boie, controle a respiração... assim não, ouve-me, assim te cansarás mais, expire antes de subir para respirar de novo... vê se consegues massagear a perna... Calma, vou te ajudar, não vou deixar que te afogues.

— Não adianta, é mais forte que eu...— balbuciava ela ao se apoiar em mim — deixe-me, não posso mais, segue tu que ainda podes conseguir, não te canses mais!

Claro que eu não ia deixá-la assim, a coitada estava fora de si. Arrastei-a como pude, sei lá quantos estádios, engoli quase tanta água quanto ela e em certo momento até me confundi sobre a direção certa, embora a ilha já estivesse perto. Mas eu me afogaria antes de abandonar qualquer companheira naquela situação, quanto mais minha melhor amiga.

Cheguei a um ponto no qual senti que ia e queria morrer. Entreguei-me e ia afundar com Saukin, desacordada, nos meus braços... e me dei conta que estava sobre um baixio, pisando em plantas aquáticas. Era só ficar na ponta dos pés para manter nossas cabeças fora d'água. Serviu para eu me acalmar e recobrar a

O Recrutamento da Mulher-Dragão

coragem para cruzar os poucos estádios que faltavam. Por fim, cheguei perto o suficiente para vadear o que faltava a pé, mas estava tão cansada que, a cada passo, precisava convencer minhas pernas a se mover, uma a uma. Meu corpo todo doía. E caí com ela às costas sobre a margem lamacenta, exausta. Perdi os sentidos por um momento e acordei com um sobressalto quando ela vomitou água em mim. Pelo menos respirava. Eu a despertei e a recostei junto a uma árvore, atordoada e sem energia para mexer um dedo, mas mais ou menos consciente.

Por que ela estava lá? Perguntei-me a sério pela primeira vez. Ela me dizia seu projeto era usar um dia a braçadeira de ouro e comandar as amazonas de toda uma legião, mas tivera uma classificação muito boa na pontuação da Academia. Não precisava ser uma mulher-dragão para ter oportunidades. Pensei que talvez, no fundo, ela decidira vir porque sabia que eu tinha poucas amigas e não quis me deixar ir sozinha. Senti-me responsável por seu destino.

Era fim de tarde e centenas de mulheres estavam prostradas, dezenas de corpos de bronze sobre muitos estádios de relva verde. Umas poucas ainda lutavam para alcançar a terra com braçadas lentas e irregulares ou boiavam, talvez até moribundas, mas não me restavam forças para tentar ajudá-las. Exausta e sentindo fisgadas em todos os músculos, lutei para me levantar e procurar comida, pois quando outras o fizessem, logo desapareceria qualquer coisa de comestível nas proximidades. Por mais tonta e travada que estivesse, minhas condições eram melhores que as da maioria.

Cambaleei alguns estádios junto à margem, trocando pernas e quase tropeçando em companheiras, até achar um córrego. Experimentei segui-lo um pouco e dei com a visão mais grata possível naquelas circunstâncias: um bananal intacto, com alguns cachos razoavelmente maduros. Colhi o que achei que conseguia carregar e voltei. Ao chegar perto da margem, as companheiras mais próximas arregalaram os olhos, mas não se atreveram a pedir. Apenas perguntaram onde eu os tinha encontrado e se arrastaram para lá, se podiam.

Quando estava quase de volta onde deixara Saukin, encontrei uma aspirante que, deitada de bruços na margem, ainda com as canelas n'água, chorava baixinho, sem gemidos nem soluços, por não querer dar escândalo ou por lhe faltar alento para mais. Acabava de chegar, pois se a tivesse visto na ida, certamente seu corpo de azeviche teria me chamado a atenção. Vejo que hoje é diferente e há muitas amazonas de todas as raças, mas naquele tempo quase só senzares se alistavam. Não houve mais de três ou quatro tlavatlis entre as mais de cem candidatas que mergulharam do penedo.

Salvo pela alegria dos passarinhos e dos dragões, animados com o pôr do sol, tudo por ali era desânimo e desolação, mas aquele choro fundo e desconsolado me tocou. Ajoelhei-me ao seu lado, passei a mão no cabelo lanoso e perguntei se podia ajudá-la em algo.

— Kuikat-bã não conseguiu — lamentou-se ela, erguendo o rosto coberto de lágrimas e muco.

— Será? Talvez tenha se perdido de ti e chegado em outra parte. Tem gente espalhada por toda essa orla...

— Não! Um dragão mergulhou junto da gente, ela sumiu na voragem e não voltou mais. Esperei um tempão pra ver se ela aparecia — soluçou, pela primeira vez.

Fiquei com um nó na garganta. Podia ter acontecido comigo e se Saukin tivesse desaparecido, eu teria pedido metade de minha disposição para continuar.

— Vamos, levanta-te e vem comigo, por favor. Não posso trazê-la de volta, mas também posso ser tua amiga. Temos de nos unir se quisermos sobreviver um mês aqui...

Ela não se fez de rogada. Acompanhou-me e chegamos juntas aonde Saukin me esperava, contente de ver a mim e às bananas, que deixei cair ao pé dela.

— Comam — disse eu, como se fosse preciso mandar — dizem que bananas são boas para as cãibras.

Aquelas que não comemos, distribuímos num instante entre as que nos pediram ajuda. E dormimos no relento, abraçadas umas

O Recrutamento da Mulher-Dragão

às outras para nos aquecer, porque ninguém tinha disposição de construir um abrigo naquela noite. No dia seguinte, soubemos mais de nossa nova amiga, com a qual pouco faláramos na Academia, por ser de outro alojamento. Tonalnan Yoliwani era seu nome e... Ah, que me dizes! Ela chegou a tlamentô e foi a primeira amazona tlavatli a usar a braçadeira de ouro? Bem, uma de nós, afinal, conseguiu o que queria.

Onde eu estava? Ah, sim, Yoliwani era filha de uma poderosa xamã do leste da Grande Planície, mas quase todo o axé da linhagem fora para sua irmã mais velha, Kopinani. Yoliwani quis seguir a tradição da família, mas seus poderes não estavam à altura de uma praticante. Para não ficar à sombra do talento mágico da irmã, tentou o Exército e teve bom sucesso. Era esperta e mais forte do que sugeria sua magreza. E o início de treinamento xamânico que tivera nos ajudou muito. Já no início do segundo dia, fez por relaxar e reanimar nossos músculos endurecidos com seus passes e massagens e num instante nos pôs em condições de nos embrenhar na mata em busca de comida e materiais. Ela também entendia de bichos, ervas, frutas, raízes e cogumelos, sabia como usá-los, quais eram bons e quais nos fariam mal. Sem ela, estaríamos perdidas, pois eu de coisas da natureza conhecia pouco e só da fauna e flora das montanhas, bem diferente do que havia na ilha e Saukin sabia ainda menos.

A razão de estarmos lá não será só sofrer e provar coragem, contaram-nos as sacerdotisas. Karmotis Dau é a ilha sagrada porque lá os deuses Karmó, Tliká e Kiném nasceram e ali mesmo criaram os primeiros humanos. Ali o andrógino Kadmon foi dividido em dois e deu origem a Nová e Fogui, e Nová pariu Faddá e Sannu, e Faddá pariu etcétera, etcétera. E essas mulheres e homens descobriram ou os deuses criadores os ensinaram a colher, caçar, cuidar um dos outros, contar histórias, tudo menos a guerra, que só aprenderam depois que a população cresceu tanto que teve de deixar a ilha, desde então terra sagrada.

Em toda iniciação, o neófito entrega a vida para nascer de novo, mas nesta precisa, além disso, entregar a sua cultura para se civilizar de novo, como os primeiros antepassados. Para quem sobrevive, é uma experiência grandiosa e emocionante. Não é à toa que ser mulher-dragão é único e especial. Eu sabia que há também a ordem dos homens-garudas e que sua iniciação se dá num vale oculto perto do monte Atlás, não muito longe da minha terra. Mas, pensava eu, como poderia ser a mesma coisa se são homens e não foi lá que a humanidade nasceu?

Passados o susto e a tensão iniciais, a situação pareceu bem menos terrível. Nunca estivera tão despossuída, privada até da roupa do corpo, mas estava em boa companhia, tínhamos um abrigo quase confortável e prestígio no grupo. Com meus recém-descobertos talentos para caçar preás, aves e veados a pau e pedra ou com um arco improvisado, sempre nos sobrava comida para socorrer as que tinham menos sorte. Yoliwani ensinava a encontrar comida na mata e cuidar de ferimentos e indisposições. Saukin, coitada, se sentia a menos útil, mas se esforçava por fazer sua parte ajudando uma ou outra de nós.

Depois de anos e anos de sacrifícios e correrias constantes para conquistar o lugar no mundo que eu julgava merecer, sem mais repouso que o ocasional feriado, me peguei despreocupada, com tempo para apreciar o estrondo da trovoada, o choro da chuva escorrendo pelo nosso teto de sapé, o cheiro da mata úmida, a consistência do barro nos meus pés, o cantar dos grilos e cigarras, o sabor de uma fruta no pé ou de uma corça esfolada à unha e assada na fogueira. E o aroma sempre surpreendente de cozidos de coisas variadas, larvas, folhas, grãos, raízes e cogumelos, tudo misturado num buraco forrado de pele de veado e cheio d'água na qual jogávamos pedras esquentadas na fogueira para ferver. Pela primeira vez desde criança pequena, tive vontade de rir, beijar e cantar sem motivo. Uma selvagem feliz.

Ah, e como boa ursa, eu tinha um faro todo especial para encontrar colmeias e isso sim, eu sabia como espantar as abelhas e aí era uma farra para boemia nenhuma de Atlântis botar defeito. Espremíamos os favos e nos lambuzávamos todas até ficarmos

O Recrutamento da Mulher-Dragão

bêbadas de mel, principalmente Saukin, que era uma formiguinha para tudo que era doce.

E nas horas de calor da tarde, quando faltava o que fazer, eu subia um morrinho junto do lago para ver os dragões. Vistos de lugar seguro, se mostraram um espetáculo fascinante e belíssimo. Compreendi que não pretendiam nos ameaçar ou assustar. Mal nos notavam. Eram como rapazes e moças que se exibem e seduzem entre si com a graça e vitalidade de seus passos e saltos enquanto cantam e dançam em torno de uma pedra ou árvore sagrada, sem notar os insetos que quase esmagam com seus passos. Às vezes erguem todo o seu vasto comprimento para fora d'água, feito uma torre de carne, para voltar a mergulhar sem sair da vertical. Ou se lançam suas cores ao ar como se quisessem voar, descrevendo um arco antes de mergulhar com enorme espalhafato. Ou coleiam e giram a cabeça com coordenação e ritmo, todos na mesma coreografia, lançando fogo pelas ventas. A cada intervalo de tempo, talvez um ag, mudam o ritmo da canção e a forma da dança, seguindo a mesma marcação.

E quando o bailado terminava, copulavam, os gigantes entrelaçados, com um vigor e uma entrega que me deixavam inflamada. Eu os via e me masturbava com gosto, imaginando estar no meio deles. Tu também te excitaste com isso? Pensa nisso, pode ser um sinal.

As outras? Achavam graça. A normalidade ficara do outro lado do lago. Cada uma de nós revelava suas esquisitices e divertia as outras com elas sem ninguém se chocar. Yoliwani adorava contar em voz alta — e às vezes representar — histórias cabeludas, de fazer corar as estátuas de um bordel. O prazer de Saukin era o mais inocente: catar enguias, moluscos e outros bichos gosmentos e gostosos no mangue e se emporcalhar toda de lama, de preferência em companhia de Lorás, uma nova amiga que tinha o mesmo gosto.

E foi isso que deu fim ao nosso paraíso. Um dia, Saukin, ao remexer a lama com os pés para procurar enguias, pisou numa áspide-negra, a cobra sagrada de Kiném e uma das mais terríveis entre as serpentes venenosas. Yolowani e eu estávamos longe quando aconteceu. Lorás a acudiu, pôs um torniquete com ajuda de outras companheiras e tentou chupar o veneno. Eu ainda não tinha voltado da caça, mas contaram-me que Yolowani, ao chegar e saber, arrancou os cabelos de desespero antes de conseguir explicar que aquilo era perigoso para as duas e só piorava a picada daquele tipo de cobra.

Não que ela pudesse fazer muito melhor. Se ao menos tivesse os poderes de sua irmã Kopinani, lamentou... mas claro, se ela os tivesse, não estaria ali. Ao menos salvou a pobre coitada que tentou socorrer Saukin e por um triz não morreu sufocada, com a boca inchada e ferida. Para a minha amiga, o único tratamento não mágico seria amputar a perna, mas como fazer aquilo ali? Só nos restava implorar aos deuses e oferecer sacrifícios, mas foi inútil.

Por seis dias e seis noites terríveis, quase deixamos de comer e dormir para cuidar de Saukin, que gemia e choramingava sem parar, quando não delirava aos gritos. A perna começou a apodrecer e cheirar mal, o corpo todo a inchar e ficar roxo e ela a urinar sangue. Num momento de lucidez, ela nos implorou que a matássemos.

— Ela tem razão, esse sofrimento é inútil. Vou procurar cicuta... — murmurou Yolowani.

— Não — disse eu —, deixa comigo.

Olhei, interrogativa, os olhos de Saukin e acariciei sua garganta. Ela entendeu.

— Sim, Cemtli-bã, prefiro assim, obrigada, seja rápida, por favor!

Eu lhe dei um beijo nos lábios inchados, ela sorriu, fechou os olhos e esticou a garganta. Apertei com toda a força. Ela já estava bem fraca e se apagou sem um rilhar de dentes. Quando a carótida parou de pulsar, esperei mais um pouco, larguei e Yolowani e eu nos abraçamos com força, sentindo as lágrimas uma da outra. Enterramos o corpo num lugar ao pé do templo, onde havia outros túmulos primitivos, alguns muito antigos.

O Recrutamento da Mulher-Dragão

Então desmoronei, sem energia para caçar ou fazer qualquer outra coisa além de me encolher num canto. No dia seguinte, Yolowani tentou me tirar daquilo ao me trazer uns inhames assados com sei lá o quê para comer:

— Vamos, Cemtli-bã, reage! Nós precisamos muito de ti!

Nem lembro se respondi. Acho que mal a olhei. Ela agachou-se ao meu lado e continuou.

— Quando eu queria morrer por causa de minha amiga, tu me fizeste ter coragem e levantar e tinhas razão. Não sei, acho que Saukin era ainda mais importante para ti do que era Kuikat para mim, sei que era também tua amante...

Não, não era. Era outra coisa, uma amizade sem barreiras entre mulheres que preferiam o prazer com os homens. Mas eu não tenho disposição de explicar, pensa como quiseres. É o que eu teria respondido, se meu espírito não me tivesse abandonado.

"... afinal somos militares, estamos todas sujeitas a morrer ou perder pessoas queridas a qualquer momento, às vezes de forma horrível e estúpida. É preciso aceitar isso...

Não, Yolowani, fostes a segunda melhor amiga que já tive, mas nada entendeste. O risco de eu ou minhas companheiras morrerem a serviço de Atlântida eu admiti, o risco de isso acontecer de maneira penosa ou inglória, também. Mas traição pelos deuses, não. Desde a infância, nós duas tínhamos as divindades tricolores, Karmó, Tliká e Kiném, como nossas principais devoções, eu mais identificada com Karmó, Saukin mais a Kiném. E ela teve uma morte cruel quando se entregava ao amor pelo solo sagrado de Karmó, picada pela cobra de Kiném. Não foi um acaso, pois não é da natureza das áspides-negras viver na lama dos mangues. Sua morada são pradarias secas e rochosas, como a própria Yolowani comentou.

Não tinha como perdoar isso. Por dentro, eu fervia de ódio pelos deuses.

"... faltam só sete dias para podermos voltar, precisas estar forte para nadar de volta, tu sabes. As sacerdotisas nos aconselharam a não tentar voltar em jangadas ou canoas, pois isso enfurece os dragões, nem esperar mais do que dois ou três dias, pois eles irão embora e os crocodilos e serpentes gigantes voltarão famintos..."

O que mais Yolowani falou, entrou por uma orelha e saiu pela outra. Mal tentei provar a comida que ela me trouxe, só sentia minha própria amargura. À noite, quando ela dormiu, eu me levantei e caminhei para a beira do lago, pensando no que fazer. Esperar para voltar com as outras? Não, não voltaria para ser sacerdotisa de quem me atraiçoou, nem lutar por quem nos colocou nessa armadilha. Entregar-me ao afogamento ou a ser devorada pelos jaguares que diziam existir no interior da ilha? Não, seria sacrificar-me aos mesmos deuses que eu queria repudiar. Eu cogitava de nadar naquela mesma noite até a outra margem, numa quebra ostensiva de juramento. Que me fariam? Não tenho certeza, quem sabe a fuga da ilha fosse equiparada a deserção em batalha e me executassem, mas ao menos esse tipo de morte não valeria como sacrifício. Ou me rebaixariam a escrava por insubordinação e me cortariam a língua para não revelar os segredos da iniciação? Era o pior que eu conseguia imaginar e talvez o mais provável, mas eu estava disposta a pagar o preço.

Quando pus os pés na beirada, porém, ergueu-se da água escura uma cabeçorra maior do que eu, com bigodes como um par de cipós e dois olhões maiores e mais luminosos do que as luas. Levei um susto, mas o jeito de olhar me pareceu mais curioso do que hostil e eu o encarei.

Pensei: e essa agora? Esse dragão conspira com Karmó ou Kiném? Está aqui para me cortar a fuga? Para minha surpresa, outro pensamento que não era meu me veio à cachola para responder à minha questão.

"Não te impedirei de fazer o que quiseres, mas venho te propor outra solução."

Era uma voz feminina, mas diferente da minha e das mulheres que conhecia. Ao contrário de ti, eu nunca tivera a experiência da telepatia e fiquei em dúvida sobre se isso vinha da minha

O Recrutamento da Mulher-Dragão

imaginação. Os malucos ouvem vozes, não é? E naquele momento eu estava mesmo louca, em certo sentido.

"És tu quem me chamas? Por favor, faz um sinal de cabeça se é assim."

Ela, pois eu já a percebia como uma fêmea, fechou os olhos e assentiu com a cabeça num gesto enfático, amplo e lento. Alucinação? Bem, se eu estava doida, aquele era um desvario mais interessante que o desespero sem fundo no qual eu estava para me meter. Começamos a conversar, exatamente como tu e eu fazemos agora.

Contou-me ela que era especialmente sensitiva para as emoções humanas e minha dor e raiva, de tão intensas, lhe chamaram a atenção. Isso a interessava muito, porque já passara por uma situação algo semelhante... já vês aonde quero chegar, não?

Há mais de mil anos... — quero dizer, mil anos antes daquele dia, hoje seriam mais de mil e quatrocentos — na época do Império Cari, ela fora uma mulher como eu. Bem, não exatamente: não uma candidata a mulher-dragão, mas a escrava tlavatli do senhor de uma grande propriedade cari à beira do lago. Seu nome era Chikawa e teve uma longa história de humilhações, mas para resumir, ela atingiu o seu limite quando o feitor torceu o pescoço da sua filha recém-nascida porque o patrão não precisava de mais uma menina. No meio da noite, ela levantou-se da esteira no corredor junto à cozinha onde não conseguia dormir e louca de raiva, tomou um cutelo e vingou-se no filho mais novo do senhor. Decapitou-o em seu quarto com um só golpe, no meio do sono. Sabia que, se a apanhassem, morreria da forma mais pavorosa que seu patrão pudesse inventar e que os caris tinham muita imaginação para essas coisas. Como o casarão era fortificado, guardado por sentinelas e trancado durante a noite, saltou pela única rota de fuga possível: a janela do quarto, que dava para o lago.

Não era de seu feitio deixar-se afogar passivamente, queria esgotar suas energias em liberdade, numa morte digna, enfrentando as águas fervilhantes de dragões, que era a época. A recém-parida nadou como se quisesse chegar à ilha, sem esperar de fato chegar lá. Mas ela era mais resistente do que imaginava, teve sorte com os dragões e de alguma forma chegou. Quando se deu conta disso, não soube o que fazer. O ritual das mulheres-dragões ainda não existia, pois os senzares ainda não viviam em Atlântida, mas a ilha já era sagrada e desabitada devido a lendas ainda mais antigas... pois é, na verdade os senzares não são senhores destas terras desde o início dos tempos e as divindades tricolores não criaram a espécie humana aqui. Se aceitares minha proposta, compreenderás isso e muito mais.

Como eu dizia, Chikawa esperara morrer no lago e não sabia o que fazer da vida salva contra todas as expectativas. Tentar sobreviver ali? Havia histórias sobre castigos terríveis a quem ousasse pisar o solo sagrado tido pelos caris como a vulva de Kishar, a deusa-mãe da Terra, mas mesmo que fossem verdadeiras, duvidava que pudessem ser piores dos que a esperavam nas mãos de seus senhores. Estava exausta demais, porém, para pensar com clareza e talvez simplesmente se deixasse morrer de tristeza, agora que sua raiva se esgotara.

Naquela noite, porém, foi-lhe dada uma alternativa, a mesma que ela agora me oferecia e eu proponho a ti. Sabes como os dragões se reproduzem? A fêmea fecundada põe muitos ovos translúcidos e brilhantes, que se espalham ao acaso pelo lago. Se forem engolidos por um animal do tamanho certo para engolir um deles inteiro, a magia acontece: o ovo choca no seu interior, mescla-se com o hospedeiro e os dois fundidos se transformam numa serpe, um filhote parecido com uma cobra d'água que cresce nos rios, lagos e canais e, se sobrevive aos predadores, desenvolve uma cabeça grande e um começo de nadadeiras e se torna um dragonete, pronto para migrar para o mar. A menos que seja dos dourados: estes saltam mais de cento e cinquenta anos de perigos e já nascem dragonetes, inteligentes e de bom tamanho.

Uma vez no mar, o dragonete se junta a uma falange de adultos, pelos quais é protegido até desenvolver a blindagem de escamas,

O Recrutamento da Mulher-Dragão

as patas, as garras, os bigodes, a juba de barbilhões, maior nos machos, mais suave nas fêmeas e por fim os chifres que assinalam a puberdade, retos e curtos nas dragoas e longos, curvos e ramificados nos dragões.

Um dragão formado a partir de um animal irracional pode variar muito nas cores e outros detalhes de sua aparência, de uma forma que só interessa a nossa espécie, mas sempre terá três dedos em cada pata se for originado de um animal de sangue frio ou quatro se vier de um de sangue quente. E sim, ovos de dragão podem ser engolidos por humanos. Nesse caso originam dragões dourados de cinco dedos, como Chikawa. E como eu, é claro.

Cada qualidade de dragão tem sua importância, mas nós, cinco-dedos, temos responsabilidades especiais. A força, a inteligência e a magia fazem do dragão o ser corpóreo mais poderoso deste mundo, mas os humanos, numerosos, organizados e hábeis com máquinas, são mais perigosos como um coletivo. Hoje, têm até máquinas capazes de submergir e explorar nossos refúgios nas profundezas. Cada falange precisa de pelo menos um de nós para orientar os demais a lidar com sua antiga espécie. E também com os deuses, que não são como eu pensava, mas existem e são feitos a partir de desejos e medos humanos. São respeitados também pelos dragões, mas não temidos. Temos um pacto com o mais poderoso deles, Varjá, o senhor do mar e de Atlântida: nós o ajudamos a proteger seus domínios e ele nos guarda da interferência de quaisquer outras divindades.

Mas humanos não engolem ovos de dragão inteiros por acidente, precisam ser persuadidos a fazer isso. Por isso, todo ano os dragões do Karmotor estão atentos a humanos desajustados da maneira certa, infelizes o suficiente para desejarem romper com sua espécie, mas com a coragem e o altruísmo necessárias a um porta-voz de falange. Estaria eu interessada? Claro que sim, se não eu não estaria hoje, passados mais de trezentos anos, fazendo a mesma proposta a ti. Se eu dissesse que não, Chikawa teria apagado de minha mente qualquer recordação desse encontro e me deixado fazer a loucura que eu quisesse. Entendeste?

Aconselhada por ela, peguei uma pedra pesada e ela me levou nas costas ao baixio onde desovara. Os prateados eram fêmeas e os alaranjados, machos: cabia a mim escolher o sexo de minha nova vida. Mergulhei com o calhau nos braços, para chegar mais rápido ao fundo. Debaixo de quatro ou cinco braças de água negra, vi o brilho fosforescente dos ovos, grudados a folhas ondulantes de algas. Senti-me atraída por um deles, brilhante como uma pérola e o meti na boca com esforço, pois era grande como um ovo de galinha e não muito flexível. Engasguei-me e me debati, soltei o ar que tinha nos pulmões e engoli água, até que, com um espasmo de dor, o ovo desceu. Senti-me sufocar e lutei para chegar à superfície, mas a meio caminho meus braços e pernas deixaram de me obedecer e a ânsia de respirar desapareceu. Deixei-me afundar, tonta e boba como se tivesse bebido uma jarra de marçó.

Deitada no fundo, senti minha espinha como se alguém a pegasse pelas pontas para esticá-la como puxa-puxa entre as pernas para formar uma cauda, enquanto meus ossos derretiam, deixando-me comprida e mole como uma lampreia. Enquanto o dia nascia e as águas clareavam, meu queixo se dissolvia, minha cabeça se achatava, meus olhos eram repuxados, meu pescoço se esticava e nele se abriram enormes fendas. Meus braços e pernas se reduziram a apêndices inermes e gelatinosos e encolheram até serem absorvidos. Durante todo esse processo, eu sentia como uma lagosta jogada viva num caldeirão, meu corpo ardia, borbulhava e se quebrava e torcia por dentro, mas era incapaz de mexer qualquer coisa por minha vontade, apenas tremia, me agitava em espasmos e convulsões e chorava por dentro.

Então senti novos ossos crescerem a partir da espinha e do crânio e abrirem caminho na carne como facadas e as pontadas de novos músculos a se formarem e tomarem seus lugares. O dia já ia bem avançado quando a tortura acabou, minha visão clareou e comecei a mexer meu novo corpo serpentiforme de dragonete recém-nascida. Minha nova mãe veio me ver e disse que eu era linda, mas agora era hora de comer para ficar forte. Trouxe-me uma

O Recrutamento da Mulher-Dragão

pata de crocodilo gigante e mergulhei a cabeça, faminta, naquela carne sangrenta e deliciosa.

Dias depois, acompanhei-a na volta para o mar. No caminho, passamos pelo navio que me trouxera ao Karmotor e agora retornava a Atlântis. Minha nova visão, muito mais aguçada que a humana, reconheceu Yolowani a nos olhar da proa e sua expressão triste e serena, creio até ter visto uma lágrima lhe brilhar no rosto. Ah, se ela pudesse saber... ela era agora uma mulher-dragão, *rionó*, mas eu era algo muito mais formidável, um dragão-mulher, *norió*.

Passamos pelo canal principal de Atlântis, cujas muralhas, templos e palácios me pareciam agora menos belos e grandiosos – do meu novo ponto de vista, eram como enormes colmeias e formigueiros, coisas com as quais era melhor ter cuidado. E então chegamos ao meu novo lar, o mar de Varjá, aberto e sem limites. Como descrever a uma mulher as alegrias e prazeres de desenvolver uma inteligência sobre-humana, sentir o despertar de poderes além da imaginação, amar e ser amada por uma falange, crescer como uma jovem dragoa? São indescritíveis, muito mais intensos e sublimes do que qualquer experiência humana. Só posso lhe garantir que me valeram todos os sofrimentos do segundo nascimento e muito mais.

Só agora, passados trezentos e sessenta anos, cheguei ao que equivale para os dragões à puberdade e vim à minha primeira farra no lago, mas já desovei e estou pronta para cuidar de uma cria de cinco dedos, se tu decidires. Que me dizes?

O Mais Louco dos Surrealistas
Bruno Oliveira Couto

"Eu vou, tu ficas, mas nos veremos seja no claro céu ou turvo inferno. Os médicos estão fazendo a autópsia dos desiludidos que se mataram. Que grandes corações eles possuíam. Vísceras imensas, tripas sentimentais e um estômago cheio de poesia."

Carlos Drummond de Andrade – Necrológio dos desiludidos do amor.

Querido Derick,

    Segue com essa breve carta — a flauta de Pã, aqui no templo, dizem que é de um legítimo fauno, espero que adoce a vida de quem ouvir seu som. Aqui estamos passando por tempos difíceis, o exército chinês anda intensificando a repressão contra os monges — com o governo tibetano no exílio, com base na Índia — andamos pelas ruas com medo de represálias. Parece que a qualquer levantar de braços, somos interpretados como propulsores de uma nova revolução em prol da independência do Tibete. Foi a vida que escolhi, eu sei, vida de devoção. Apesar de tudo tem sido gratificante e generosa, enriquecedora espiritualmente. Aguardo notícias.

    Ps.: Você acredita em dragões?

    Embrulhei e guardei o presente, ainda não tive coragem de abrir a caixa com a tal flauta. —Tenho passado por momentos difíceis — pensei franzindo a testa. Abracei o embrulho, segurando a carta. — Sinto sua falta, amigo — Sussurrei.
    — *Próxima estação: Praça da Sé* — anunciou o autofalante.
    Coloquei o embrulho na mochila, enfadado levantei. Troquei de estação, linha azul, Liberdade.
    Em casa, Derick olhou a louça imunda empilhada e o chão tão sujo quanto. A vida na cidade grande tem dessas coisas. Pegou o porta-retratos, abraçou-o. Na foto, aquele rosto conhecido, que há duas semanas o fazia chorar. Para ele já era rotina, aquela cena deprimente de colocar uma música melódica, sentar atrás da porta

e beber. Faz duas semanas que Derick deu para beber. Quase uma cena cinematográfica, só lhe faltava uma plateia.

Dormiu ali no chão mesmo; às sete da manhã acordou com o despertador do celular: hora de trabalhar. Fez um café na mesma cafeteira imunda de sempre, os copos misturados na pia com a louça. Derick já estava habituado a beber na boca da cafeteira. Tirou o embrulho da mochila e o deixou na mesa de centro, com resto de comida japonesa e meias tão pretas que seria impossível adivinhar que um dia foram brancas.

No trabalho já cochichavam coisas sobre sua aparência, a barba mal feita, a blusa amarelada, um verdadeiro trapo. Pelos corredores da firma uns diziam que a mulher o tinha deixado com quatro filhos para criar, enquanto outros acreditavam que ele largou a mulher para viver com um homem. E havia aqueles que se perguntavam: "Quem é Derick?". Poucos, pois na firma existiam também os que não se importavam com sua vida.

O dia no emprego foi cansativo e a volta para casa também. No metrô o celular tocou. Era ela. Aquela voz conhecida, deixou Derick na expectativa de ouvir coisas como: "sinto sua falta, quero voltar.", "agimos precipitadamente, me perdoa?", mas tudo isso não passou de especulação mental. "Me encontra amanhã, sábado, no parque do Ibirapuera?" um silêncio, e ela continuou: "Alô? Derick? Derick, você tá aí?". Ele rapidamente respondeu: "Tudo bem, que horas?! Ok, fechado então.".

No dia seguinte, fui pronto pra dizer tudo o que me engasgava há duas semanas, que sentia a sua falta, que estava preparado para escrever a poesia de que para mim, nossa vida bastava. Mas nunca bastou. A poesia de viver é completar nosso silêncio, mas havia um buraco e nele uma tampa mal preenchida, traiçoeira. Ficamos um olhando para o outro, mudos.

"Eu quero um tempo de você, estou cansada de ouvir dos meus amigos que você não come direito, que você está para baixo, está na hora de virar a página, não?!". Não disse nada, só a escutei.

"Tem momentos na nossa vida que é preciso saber quando desistir e eu estou aqui, te dizendo o momento." Concluiu.

Poderia ter dito todas as coisas que fiz por ela, mas só consegui gritar: — Perversa, Per-ver-sa!

Virei de costas e não olhei mais para trás, pois não queria que ela visse meu choro, minhas lamentações morrerão. No caminho de casa, ouvi uma cigana dizer a um estranho enquanto segurava a mão dele, "a gente só é feliz uma vez na vida." Repeti: a gente só é feliz uma vez na vida. Balancei a cabeça fazendo sinal de sim.

O celular tocou, era sua mãe. "está comendo direitinho meu filho?", "estou com saudades, a vida na cidade é muito solitária, você tem certeza que não quer que eu fique ai uns dias? Converso com seu pai, acho que sua irmã poderia cuidar dele uns dias".

— Mãe, você acha que alguém pode ser feliz mais de uma vez na vida?

Respondeu com aquela voz piedosa: — Meu filho, a gente pode ser feliz quantas vezes quiser. Só se permita ser feliz. Não soube mais o que falar. — Qué sucu de lalanja? Perguntou o dono da pastelaria ali perto. Fiz com a cabeça que não.

Na manhã seguinte não estava melhor, estava diferente. Eu me proibi de guardar catarses em garrafadas com ervas e deixei de transformar felinos mentais em recalques. Era domingo, minha redenção. Foi mais fácil começar uma redenção com o vizinho tocando o Bolero de Ravel em seu sax. Tudo na vida é a trilha sonora, e o momento propício, é claro.

Não demorei muito para desabar novamente em corpo, em lágrimas, em consciência. Peguei meu casaco — não reparei, mas estava ao contrário — fui à praça da frente, assoviando a música já dita, me rendendo à reflexão. Vi pintores, flores, amores e uma felicidade que não era a minha.

No cinema, duas sessões foram necessárias. Era período de reformulação e exagerar fazia parte da mudança. A secretária da firma me viu na rua e me perguntou se eu estava bem, disse que eu

O Mais Louco dos Surrealistas

parecia abatido. Olhei e olhei bem nos seus olhos sem graça, que nada de sua alma refletiam, e perguntei:

— Você sabia que surrealistas pintam sonhos?

A secretária olhou para a amiga e, sem entender disse: "Ãh?", obviamente Derick não retrucou, continuou a caminhar para casa. Sua mãe, como de costume, voltou a ligar para saber de sua rotina, coisas de mãe.

Era tanta dependência concentrada em uma pessoa só, um vulcão a entrar em erupção a qualquer momento. A verdade é que Derick sentia vontade de se matar e só não realizara essa vontade por pena da mãe, que era tão amável.

No final da noite resolvera arrumar o apartamento, começara pela louça, depois pela roupa jogada. E foi com a casa limpa que descobriu um quadro branco na parede da cozinha americana, no qual resolvera pôr metas. Começou por uma frase simples e conhecida de Ana Cristina Cesar "Angústia é fala entupida", em seguida cinco passos para uma completa redenção: Amar e re--amar, conservar a casa limpa, encontrar uma diarista, se permitir, e agradecer.

No fim, Derick estava exausto, até o resto de comida da mesa já não havia mais, a partir dali, encostado na parede e em frente à mesa de centro, pôde-se notar o primeiro sorriso de duas semanas, suspiro e alívio. Sentado no chão encostado na parede, se deu conta do embrulho do amigo monge.

Sorriu novamente, mas dessa vez com o sorriso mais largo. Mesmo tão distante, a presença do amigo era perceptível, o confortava, o acolhia, os dois eram muito próximos. Estudaram na mesma escola a vida inteira, gostavam dos mesmos filmes, tinham as mesmas opiniões políticas, o mesmo gosto literário, mas dos dois, só Calebe fora corajoso para abdicar dos seus bens e sua família para viver enclausurado como monge.

Soprei a música conhecida da manhã, comecei doce, singelo. Devagar, na classe e postura que o Bolero de Ravel se inicia. Lá fora o transito parou, não ouvi nada além da flauta, talvez eu esteja

Bruno Oliveira Couto

sendo um pouco exagerado, mas por uns instantes não se ouviu nada. A impressão que ficara foi que a cidade parara para ouvir meu som. E eu gostei disso.

Depois de toda arrumação e de todas as noites mal dormidas, finalmente aquela sonolência, aquele sono conhecido dos justos. Deitei no sofá, numa dessas piscadelas de sono, flashes avermelhados, abri rapidamente os olhos. Em cima da minha mesa de centro ou sobre o que restou da minha mesa, um monstro grotesco, rosnando para mim, como um cachorro raivoso que protege sua comida.

Uma bufada de fumaça, fora a última lembrança que tivera da noite passada, a mesa do centro destruída, o pote de açúcar vazio jogado pela sala. Não fui ao trabalho, vaguei pela rua caçando flores, nunca contei a ninguém, quando eu achava uma do tamanho ideal a armazenava, até secar, nos meus livros. Notei que alguns vizinhos me olhavam torto.

No elevador do prédio, aquele silêncio. Meu livro embaixo do braço, como uma bíblia, "As Ondas" – Virgínia Woolf, repleta de flores tiradas dos arbustos. Adultos enclausurados numa caixa. – Você sabe por que a carpa sobe o rio? Perguntei, rompendo o silêncio. Mas não obtive respostas, continuei sozinho, no elevador.

Colhi flores o dia inteiro, li em algum lugar que feras mitológicas gostam do cheiro delas secas. Em casa lembrei que esquecera de comprar açúcar, voltei à rua, não muito longe, aqui na Liberdade mesmo.

Na loja, próximo de casa, ouvi uma mulher comentando ao filho que era o Ano do Dragão, o ano da sorte. "– Dragão?" Perguntou o menino. "Sim, dragões são seres de perfeição, de todos os signos orientais, o dragão é o único que não é um animal existente, são seres imaginários, de idealização e prosperidade."

– Senhor? Senhor? R$ 1,85 o açúcar. Disse a atendente do caixa.

– Desculpa, aqui – respondi lhe entregando o dinheiro.

Em casa, aquele silêncio. O silêncio do olho do furacão, o silêncio do desesperado. Abri todas as minhas janelas, deixei a energia

O Mais Louco dos Surrealistas

entrar, peguei a flauta, abracei, senti a presença do meu amigo, de longe, sorrindo pra mim.

Às vezes o silêncio fala pelo coração. Coloquei o saco de açúcar no meio da sala, soprei a flauta. Dessa vez a música refletiu minha vontade de estar próximo do meu amigo, minha vontade de viver, de apenas ser feliz.

E não demorou muito para o dragão aparecer novamente. Agora mais claro e nítido, presente em todo o apartamento, e espaçoso em forma física, com olhos de quem não perdia um movimento, bravo, animal, olhos de policial, que hoje Derick entendera, finalmente, a definição de prima Justina ao se referir a Escobar, amigo de seminário de Bentinho.

Estiquei a mão, tentei o acariciar na testa, meu coração palpitava como o dele. Talvez, fôssemos dois medrosos um diante do outro e isso o fazia rosnar como uma fera selvagem, tentei acalmá-lo tocando novamente a flauta. Imaginei que se ele fosse meu objeto de imortalidade gostaria do Noturno op. 9 de Chopin N° 2.

Puxei o ar, desabafei minha dor no sopro seguinte, enquanto ele me observava atento, detalhista para qualquer movimento improvisado. Continuei a tocar, mesmo sentindo um pesar na alma advindo daqueles olhos vermelhos que me fitavam com um sentimento indescritível. A princípio ele não mudou sua postura, mas também não demorou muito para se render e bufar uma fumaça que aprendia a interpretar como alívio. Ele estava se desarmando com a minha música.

Mais um sinal de que a vida valia a pena, foi à inesperada participação do vizinho, que de sua casa me ouvira tocar e resolvera me acompanhar com o seu saxofone. O Dragão deitou na minha sala, me envolveu com seu corpo, encostou sua garra na minha testa, me trouxe uma visão, um flash.

Plano: — Uma árvore,
um rio, uma carpa.

Um Plano-sequência:
— Um rio de cera, uma transgressão.
A nascente, uma vela.

Um plano aberto: — Cores.
Aurora Boreal, pastiche de forma,
de luz, de sólido
Desejo.

Dâmocles em foco, em close,
no ar, folhas de lótus, realização.
Fartura, fortuna, ventura.
Sem relevo, em óleo, sem olhos.
Em quadro.

Acordei no chão da sala, com dores na cabeça, no corpo, com todas as janelas abertas. Fiquei deitado olhando para o teto. Imóvel, tentei alcançar com o olhar a parte de trás da minha cabeça, consegui enxergar sobre uma das cadeiras da sala o saco de açúcar vazio.

Levantei. Terça-feira. Fiz um café forte e amargo. Fiz a barba, tomei aqueles banhos bem gelados, daqueles que tiram o peso da alma das costas. Sentei no piso do box, pelado mesmo! Deixando a água gelada me tirar do mundo. Ouvi o celular tocar, não atendi. Permaneci como acordei, imóvel.

Saí do banho, coloquei a roupa, cacei as chaves, decidi ir ao trabalho. No corredor do prédio meu livro caiu da mochila, espalhando dezenas de flores secas pelo chão. Uma vizinha abaixou e me ajudou a catar, eu fiquei envergonhado pela situação. Me senti exposto, não sabia o que falar.

Ao pegar uma das últimas, sorriu pra mim e perguntou: — Anda criando dragões, moço? Arregalei os olhos, dei um sorriso amarelado, sem resposta. Meu coração acelerou, achei que fosse sair pela boca.

Travado diante da pergunta da vizinha.

— Desculpa a brincadeira, meu nome é Hígia, prazer. Continuou — Vivemos tanto tempo no mesmo prédio, viver no mesmo lugar, no mesmo andar, nada significa se nossos horários não se esbarram, não é verdade?

Notei um sorriso doce, gentil. Ela apertou minha mão. Não disse nada por uns instantes. Ficou por um momento calada, puxou a mão.

— Obrigado, você foi muito gentil — continuei — Até ontem não significava nada, mas os horários esbarraram. Sorri. Ela sorriu, nós sorrimos.

No trabalho, me olhavam torto, não me abalei. Realizei todas as minhas pendências de serviços acumulados, coloquei minha mochila nas costas e saí. Vaguei pelas ruas, pretendia dar um presente para Hígia, comecei a repetir para mim: "Um presente. Um presente".

Comprou um cálice de vidro transparente, talvez para Derick o presente poderia representar saúde. Pediu para embrulhar num papel dourado. Ficou tão feliz, orgulhoso, que chegara a treinar o que iria dizer: — Comprei pela gentileza de mais cedo. Ou quem sabe: — Comprei por ter sido tão doce, gostaria de um cafezinho? No parque?

Já no apartamento, tocou a campainha do lado, e de fora tentou ver se tinha alguém pelo olho mágico. Momento constrangedor, a vizinha atendera. Com a porta entreaberta, olhos que apareciam sobre a corrente do protetor de porta denunciavam uma senhora de rosto severo, branca, olhos verdes.

Com uma voz ranzinza e de maneira grossa perguntara: — O que deseja?

Antes de responder notou as manchas brancas na mão da vizinha.

— Vitiligo — pensou Derick.

— Boa tarde, poderia falar com Hígia? Sou o vizinho do lado.

— Minha filha não tem nada para falar com gente como você. MALUCO! Gritou.

Bateu a porta. Escutei o barulho da chave virando a fechadura. Fiquei ali olhando pra porta negra com os números "302" em metal dourado. Voltei para o apartamento, me tranquei. Soprei forte a flauta como um apito.

A casa estava escura. Era eu e o dragão no apartamento, era possível ver o brilho dos seus olhos no escuro da sala, na sombra. — Sai daí, Sai! Sai logo! — gritei. Empurrei o sofá, taquei pratos no escuro. Quebrei copos. Dei murros no chão. Abafei meu grito na almofada.

O dragão veio em minha direção como um cachorro, com as orelhas baixas tocou novamente com sua garra em minha testa, dessa vez, vi o céu. Pulei em suas costas, atravessamos a sala serpenteando entre os móveis.

Saímos pela janela do quarto e não demorou muito para, lá de cima, notar toda a cidade de São Paulo, como um imenso negrume com seus pontos brilhantes que mais se pareciam com um imenso pisca-pisca. Então, ergui os braços, sorri; estávamos sobre as nuvens. O céu nunca foi tão majestoso quanto naquela noite.

O dragão o levara a uma altura tão inacreditável que o toque nas estrelas não aparentava ser tão inalcançável, era a sensação do homem de Michelangelo ao ser tocado pelo dedo de Deus. Por isso, diferente de Deus da Capela Sistina, Derick não esticara para alcançar os homens, mas se prendia na sua mais pura presença, as estrelas. Era nelas que almejava tocar.

Levantou com um barulho de aspirador pela casa, abriu a porta do quarto, sua mãe arrumando o apartamento, "Mãe? Você não avisou que vinha.", Ela sorriu e retrucou "Eu tentei meu filho, mas você não atendia o celular, olha para você tão abatido, pensei em fazer um bolo de laranja, mas não achei açúcar. Mamãe vai cuidar de você agora".

Parou uns instantes ao lado da porta do quarto. "Vou voltar a dormir mãe, qualquer coisa tem dinheiro no pote sobre a geladeira." disse fechando a porta. Ficou o dia inteiro na cama, ouvindo o vizinho tocar. "Sinfonia 7 de Beethoven movimento 2, no sax não fica tão bom", pensou Derick.

O Mais Louco dos Surrealistas

Deitado, ouvindo a música. Pensativo. Lembrou precisar ir ao mercado comprar um envelope ou um cartão postal. TV ligada, "golpe derruba presidente Paraguaio", trocou de canal: "Obama defende casamento homossexual" trocou outra vez, "Ator Vladimir Brichta perde carteira em blitz" de novo, "Caso Cachoeira, em ano eleitoral" zappeou novamente o canal: "UFC, a nova sensação nacional". Desligou.

Respirou fundo, levantou. Sua mãe estava lavando roupa na área – a música cessou – pegou os sacos de lixo e jogou no buraco com tampa de metal do corredor. Derick andou mancando até o elevador, sem sentido, apertou os botões de subir e descer. A vizinha do 302, o encarava da porta, um olhar destruidor de cima a baixo. Derick endireitou a postura, constrangido, voltou a andar normalmente para o apartamento.

– Meu filho, troca essas meias, uma preta e outra branca?! Olhei para os meus pés, a música voltou a tocar. Sentei na poltrona. – Meu filho o que você está cochichando? Tá falando sozinho? – Ah? Ah? – respondi. – Eu perguntei o que você está cochichando, deu um sorriso. – Estou pensando na vida, mãe, na vida, respondeu Derick.

No dia seguinte, sua mãe já havia ido embora, ficou parado atrás da porta da sala. Cochichando, atento ao olho mágico da porta, sussurrando palavras incompreensíveis. Era um pouco mais de treze horas da tarde quando Hígia saiu do elevador. Destrancou a porta, pegou a sacola do lixo ao lado, na ponta da língua já estava planejando a desculpa que daria para o acaso.

Ela sorriu, não só com o rosto, com a alma. "Oi, encantador de dragões, boa tarde." Notei uma capa de saxofone nas costas. "Boa tarde, vim jogar o lixo fora", respondeu Derick, deixando o lixo cair no chão. Ela o ajudou a catar, ele sorriu, ela segurou o riso. Por pensar demais, fechou o rosto também, ficou com medo de achar bobagens.

Hígia vasculhou a bolsa e em alguns segundos tirou um origami em formato de dragão, estendeu para mim e disse: – Pronto, guarde. Agora você é meu paladino, meu caçador de dragões. – Obrigado, respondi sem jeito. Ela se despediu e entrou em casa.

Ele ficou parado ainda algum tempo do lado de fora, segurando o presente com medo de amassar como se fosse a maior preciosidade dos últimos tempos. Entrou em casa, colocou o origami no centro da sala. Rolou no chão. Estado: Outono.

No chão de braços abertos, sorrindo como a muito não fazia, aquele sorriso desconhecido há tempos, reluzia o mais puro pensar da felicidade. Olhou a janela. Os carros passam devagar, as pessoas passam devagar, os prédios crescem devagar, o mundo gira devagar. Olhou para árvore da frente e disse: "No Brasil não há outono, mas as folhas caem." – Pensativo sussurrou: Epigrama para Emilio Moura.[1]

Hígia era a dona do sax. O que tornava as músicas a partir daquele momento mais especiais que em outros. Pegou a flauta e voltou para a mesma posição no chão, tocou com o coração aquecido, Hígia o acompanhou do coração, da flauta, de cada vibrar de cada nota.

O dragão cruzou a casa, perambulou pela tarde e noite.

Virou a noite acordado. Desejando um café, foi à rua comprar pó e açúcar. Um pouco mais de oito da manhã. Uma volta na Liberdade. Dia de festival, notou pelo movimento. Lembrou-se do amigo Calebe, comprou um cartão postal do que os dois costumavam chamar de "São Paulo oriental". Era como eles se referiam ao bairro.

– Senhor, o crédito não passou, disse a caixa do supermercado. – Passa no débito– disse Derick – lembrou que tinha um cheque-especial grande. – Aproveita e inclui o cigarro – continuou. – Ouvi dizer que só é triste quem quer? Rapidamente ouviu: – Também acho senhor, por isso eu não deixo os problemas me abalarem, respondeu a caixa.

Derick ficou surpreso com a resposta. Mas sabia que, se prolongasse com o papo, a moça não pararia de falar, pegou a bolsa

---

[1] Carlos Drummond de Andrade, *Epigrama para Emílio Moura* in: *Alguma Poesia*.

de compras, o cartão e se despediu. Em casa, deixou as bolsas sobre o balcão da cozinha, deitou no chão da sala, ficou parado observando os pés do sofá.

Pensou no que poderia entregar ao amigo como agradecimento pela carta, pensou na saúde do pai. A campainha tocou, era Hígia. Disse que ficou presa fora de casa e que sua mãe tinha levado a chave. Pensou que poderia conversar com Derick se não estivesse ocupado ou atrapalhando.

Hígia elogiou o apartamento e disse que estava tudo organizado, não imaginava a casa de um solteiro tão limpa. Derick atrapalhado riu, disse que a mãe tinha passado lá há poucos dias. Ela perguntou se estava com fome e se ele gostaria de acompanhá-la para comer algo na rua.

— Toparia um rodízio de pizza? — Claro, vamos. Respondeu Derick. Eu passarei como uma nuvem por cima das ondas — disse Hígia —, Virgínia Woolf, conhece a frase?

— Posso te levar para surfar numa nuvem? Respondeu com outra pergunta – Vou fazer cena, vou te ganhar. Completou Derick.

Na pizzaria, notou que Hígia gostava de pizzas salgadas como pepperoni, calabresa, atum e que não comia azeitonas. Que se interessava por horóscopo e cinema, fora música. Amava o expressionismo alemão e a literatura inglesa.

E ela percebera a sensibilidade que se escondia em Derick. O gosto pela música clássica e pela ópera italiana, e maneira de agir que provocara mistério e uma tamanha vontade de desvendar seu passado, tão cuidadosamente discreto.

A volta para casa foi tranquila, a Liberdade era linda a noite. Os dois se olharam, ele pegou na mão dela. E caminharam para casa. A porta do elevador abriu, saíram Hígia e Derick, descontraídos, brincando. Do outro lado do corredor, a mãe de Hígia observava atenta e com o rosto fechado.

— Hígia, Hígia. Eu fiquei preocupada, onde estava? E com ele?

Hígia respirou fundo, olhou para o Derick e disse: "Se cuida. Obrigado pela noite, foi muito agradável sua companhia." Pegou no braço da mãe que se arrastava com uma bengala e entrou. Ele ouviu a mãe resmungar "não gosto desse maluco, você precisa mesmo andar com ele?".

Derick teve a noite de sono mais agradável de sua vida. Pausou suas mãos sobre o peito respirou fundo, se afogou em lembranças e sonhos.

Levantou cedo para o trabalho, assim que chegou o chefe, senhor Dantas, solicitou sua presença o quanto antes em seu gabinete. Era um pouco mais de 8 horas da manhã. Sentado na cadeira de frente à sua mesa, assistindo o auxiliar de serviços gerais passar o rodo na janela do lado de fora com um andaime.

Senhor Dantas começou tranquilo, ponderado, ofereceu cigarros, ajeitou os botões do terno e apresentou um discurso bem controlado, minha ansiedade limitava a uma grande fragmentação: "É apresentado à empresa no processo de contratação, deveria saber as regras dessa instituição", "Essa empresa tem horários", "Já tentaram te notificar sobre sua aparência", "Infelizmente o senhor ultrapassou nossa insatisfação com o seu rendimento", "Foi solicitado seu desligamento, pela falta de dedicação e concentração nessa instituição."

Chegou em casa cedo. Na porta do apartamento um jarro com flores, rosas vermelhas. Um cartão: "Desculpe pela minha mãe ontem, e obrigado mais uma vez." Colocou o jarro sobre o balcão da cozinha. Deitou na cama e tirou um cochilo.

Despertou com sede. Bebeu água pela boca da garrafa, como de costume. Fitou a flauta jogada no sofá, colocou-a no balcão ao lado das rosas de Hígia. – Desempregado. Caiu a ficha. Parou de frente a geladeira aberta, arregalou os olhos, balançou a cabeça como reprovação.

Lembrou que comprara um maço de cigarros, tragou um, depois outro e outro. O celular tocou, sua mãe. Não atendeu. Sentou na janela. Ligou o smartphone no viva voz: "Eu não me arrependo de você, cê não me devia maldizer assim. Vi você crescer. Fiz você crescer".[2]

---

[2] Caetano Veloso, *Não me arrependo* (*Cê*, 2006).

O Mais Louco dos Surrealistas

Tragou fundo o cigarro, liberou tudo. Como um alívio. Da janela a cidade, a poluição, os prédios, os pontos de prostituição, de crack, de assalto e as ruas que levam a becos fechados, sem saída. "Não, nada irá neste mundo. apagar o desenho que temos aqui" – Caetano é paulista, balbuciou Derick.

Derick pegou a flauta no balcão e soprou, o dragão o roçou, bufou as rosas de Hígia, como quem sopra uma flor dente-de-leão, as pétalas voaram pela sala, circularam todo cômodo. "Nada, nem que a gente morra, desmente o que agora, chega à minha voz" ainda tocava ao fundo.

No outro apartamento, Hígia procurava a mais sensata e lúcida desculpa para bater na porta do vizinho na qual enxergara tamanha sensibilidade. Enquanto sua mãe lutava contra o sono assistindo a novela das sete.

Alguns minutos depois, a mãe apagou no sofá da sala, Hígia resolveu ser rápida, abriu a porta sem dar brecha a sua vontade, cruzou o corredor estendeu a mão para tocar a companhia do vizinho, mas ouviu a música ao fundo, travou. "Vi cê me fazer crescer também prá além de mim...".

Com o coração na boca, travada. De frente a uma porta negra com números dourados "305". – Abre, abre logo. O coração dizia alto. Engoliu a seco. Respirou pela boca, fundo, mas a sensação de medo era mais forte.

Caetano continuava presente no corredor. Derick abriu a porta. Quando não há explicação, há um chamado que prefiro chamar de "acaso". Olhou pra ela e perguntou: – Quando faltarem palavras me deixa preencher com amor? Puxou-a para dentro da sala.

Diante de pétalas suspensas no ar, dragão, Caetano, amor. – Você é o mais louco dos surrealistas. Disse Hígia. Sorri. – Só aprendi a existir quando tornei minha vida poesia. Retrucou Derick.

– Reaprende a viver do meu lado? Perguntou passando a mão no rosto de Derick. O mesmo a agarrou pela cintura abraçou-a e a em seguida a beijou. Ficaram muito tempo olhando um para o outro.

Passaram a noite inteira conversando, criando sonhos com sombras geradas pela luz da rua que vinha pela janela da sala. – Meu Deus, olha às horas, preciso ir. Disse Hígia levantando do chão. – Estou atrasada para as aulas de sax.

– Quando te vejo de novo? Perguntou Derick. – Eu te ligo, fica tranquilo. Continuou: – Ainda tenho muita coisa pra conhecer de você. – Preciso de mais pra ganhar meu dia? Perguntou. –Venha à noite quero compartilhar um presente de um amigo, com alguém que eu amo. Ele concluiu.

Enquanto Hígia estava em sua aula de saxofone, pensou a manhã inteira como falar sobre o dragão. Ficou falando sozinho, articulando maneiras menos assustadoras de se apresentar um animal grotesco.

No período da tarde quando a mesma chegou, começou a medir palavras: "Eu sei que é difícil acreditar", "eu tenho um amigo monge que me deu uma flauta", "ele me disse que era de um fauno". Hígia ficou confusa disse que não precisava contar se não quisesse, mas Derick insistiu.

– Chega de palavras, olha essa é a flauta. Disse Derick. Ela achou a flauta muito bonita. Disse algo como: "um presente delicado e singelo do seu amigo.". Começou a tocá-la, Hígia tentou acompanhá-lo com o sax, mas ele parou o ato dela com um gesto com a mão.

Nada apareceu. Havia um sentimento diferente no apartamento e Derick sabia que Hígia não queria magoá-lo, mas não conseguia disfarçar a cara de "não estar entendo nada do que está se passando".

Ele tocou mais uma vez e nada apareceu. Derick começou a ficar agressivo. A chorar, a entrar em desespero, a gritar com Hígia que tentou dizer a ele que estava vendo, mas Derick sabia que não havia nada lá. Até que pediu para ela se retirar.

Nervosa, Hígia ainda tentou persuadir – Eu não me importo com dragão Derick, eu só quero estar presente, ao seu lado – em lágrimas continou – deixa essa história de lado vamos viver juntos é o que eu penso, é o que eu quero.

O Mais Louco dos Surrealistas

Derick estava ofendido, o mesmo passou a achar que Hígia o julgava como os outros: "Um estranho, maluco".

Ela saiu, bati a porta. Gritei: – Mundo doente! Mundo doente!

Fiquei deitado no chão. Deixei as horas passar. Hígia tocou a campainha algumas vezes, não atendi. O celular de tanto tocar acabou a bateria. Isolei-me em minha casa. Passaram-se alguns dias, as contas chegando formando um amontoado de papel sobre meu sofá. Meus olhos marejados, traídos, caídos.

Levantou do chão, comeu um pão de três dias armazenado numa bolsa de plástico. Lavou o rosto, parecia mais sóbrio em consciência e pegou o cartão postal que comprara ha alguns dias atrás. Sentou de frente ao balcão da cozinha e começou a escrever no verso do cartão.

Calebe meu fiel amigo, passamos por um Brasil problemático e graças a Deus você resolveu cair fora, São Paulo anda um caos, aqui deixamos de ver o essencial da vida, como minha mãe diz: "Deixamos de nos permitir". Tudo tem sido uma grande colcha de retalhos, fragmentada, como as coisas que eu vivo. Ando buscando com seu presente algo que construa uma utopia ao limite das existências, onde encontramos na negação de nossos conhecimentos de mundo Liberdade, é onde moro. Diga aos seus amigos monges tibetanos, que de forma curiosa, fãs de mitologia greco-latina, que sou grato pela flauta de Pã que me possibilitou momentos lindos, íntimos e íntegros de uma felicidade quase clandestina, proibida.

Lembrou-se da nota no final da carta do amigo, suspirou e acrescentou abaixo da mensagem "Ps.: Dragões adoram açúcar." Colocou o cartão dentro de um envelope simples, de papel pardo, e preencheu com letras garrafais "De: Liberdade. Para: Tibete, o teto do mundo".

Ninho de Dracogrifos
Alec Silva

"Contos de fadas são mais que verdade; não porque nos dizem que dragões existem, mas porque nos dizem que dragões podem ser derrotados."

G. K. Chesterton

I

Os olhos castanhos se abriram em sobressalto enquanto homens gritavam em desespero. Sua mão apertara o cabo da Nykh no exato momento que algo se chocou com violência no navio, sacudindo-o e a jogando no chão.

— Matem-no! — berrava o capitão lá em cima.

Mais gritos, e o urro monstruoso da criatura, que atacava sem medo, matando muitos marinheiros. As lanças pequenas não surtiriam efeito, mas era a única esperança daqueles homens.

Vannora subiu a escada e foi temporariamente cegada pela luminosidade da manhã. Ao voltar a vislumbrar as formas, enxergou corpos dilacerados, vísceras espalhadas, sangue derramado e tudo em chamas.

"Dragão?!"

Ela olhou para o alto, buscando ver algum sinal da besta que causava tantos estragos e mortes. Não foi capaz de enxergar nada além de fumaça e nuvens, que se mesclavam em uma harmonia macabra. Teria ido embora, desistindo, assim, de seu ataque mortífero àqueles homens tão apavorados? Ou estaria zombando deles, em algum lugar próximo, esperando que ficassem despreocupados para iniciar outro ataque, agora definitivo?

A assassina voltou sua atenção ao redor, percebendo que a embarcação estava condenada a afundar; a água entrava pelo casco rachado — provavelmente pelo choque potente da cauda do monstro —, inundando tudo, subindo ao convés, causando grande alvoroço.

Quem tivesse condições de nadar, de lutar por sua vida medíocre perante os deuses, teria alguma chance de escapar, de sobreviver — ou não, afinal aquelas águas eram infestadas de tubarões e arraias, animais tão ferozes quanto o dragão que os atacara.

Por sorte, ela nunca levava muita coisa em viagens, em sua busca de seus objetivos. Apenas a Nykh, um de seus instrumentos de vingança — talvez a mais eficiente —, trajes modestos, um mapa feito de couro, moedas e pedras preciosas, além de alguns objetos pequenos, mas de valor inestimável. Era o suficiente, o necessário para percorrer o mundo, se fosse preciso.

Voltou ao compartimento em que dormia, quase mergulhando na água fria que lhe passava da cintura, andando com pressa e dificuldade, esticando a mão para pegar sua trouxa cuidadosamente amarrada; assim que conseguiu, foi jogada com força contra a parede pelo impacto de alguma coisa contra o navio. Apesar da dor, não havia tempo de se queixar, pois agora a embarcação virava, lançando água sobre ela, obrigando-a a prender a respiração.

Era evidente que era o fim da nau.

Fazendo uso da espada, Vannora cravou a lâmina celestial na madeira, quebrando-a com certa facilidade, dando-lhe passagem a outro compartimento, onde alguns marinheiros lutavam para abrir uma porta, quase sem fôlego. Ela avançou até lá, ameaçando-os com a arma para que saíssem da frente, sem pronunciar sequer uma palavra, bastando seu olhar frio; a seguir, golpeou algumas vezes a saída, quebrando a barreira, fazendo caixas e barris descerem com tudo, matando alguns poucos desavisados com seus pesos. Foi a primeira a se livrar daquele inferno marinho, impulsionando o corpo para cima, alcançando a superfície, arfante.

Sem perder tempo, com o auxílio da arma, escalou uma estrutura que não soube identificar e pulou para longe do navio, ainda com a Nykh em punho. Prendeu-a na trouxa que carregava, amarrando como lhe foi possível e se pôs a nadar, afastando-se dali. Não perderia tempo tentando salvar ninguém; não era sua obrigação, não lhe dizia respeito.

Havia se afastado um pouco menos de uma milha quando ouviu os urros do monstro atrás de si. Ousou se virar, enxergando uma enorme criatura alada pescar um infeliz com a bocarra, num voo rasante perfeito, ao mesmo tempo em que a ponta de sua cauda roçava a água, criando ondulações. Por causa da distância, não pôde distinguir se era um dragão ou um roc, afinal estava quase em terras orientais, num estreito conhecido por haver tanto uma espécie quanto a outra.

Encolheu um pouco o corpo, imóvel, evitando ser um alvo fácil para a besta.

Esperou por muito tempo, sentindo os sinais de hipotermia. Quando teve certeza de que poderia seguir na direção que acreditava estar a margem, começou a nadar com urgência, tremendo de frio. Nadou com todo o vigor que possuía, numa luta contra a letargia que sentia. Sabia que não era bom sentir sono no mar, quando as ameaças poderiam vir tanto de baixo quanto de cima.

Provavelmente havia se distanciado quase uma dezena de milhas do local do naufrágio quando seus braços e pernas começaram a doer terrivelmente. As pálpebras pesavam. Não teria mais forças para continuar na tarefa; precisava descansar um pouco; não muito, mas o suficiente para se recuperar e continuar. E, sem perceber, seu corpo esbelto foi afundando, como se fosse abraçado pelos tentáculos do deus dos sonhos e da morte que os povos do Sul veneravam.

Em sua mente vinham imagens de anos anteriores, quando era mais jovem e iniciara há poucos meses sua busca por vingança. Havia se comprometido a fazer uma coisa que a fizera se desviar de sua missão principal e pessoal, de seus reais objetivos. Sim, perdera um bom tempo nisso...

"Althair."

Era tudo o que sua mente conseguia pensar. E seus olhos castanhos se fecharam, aceitando as trevas que já abraçavam seu corpo.

Ninho de Dracogrifos

II

Vannora ajeitou a bolsa, certificando-se de que o objeto em seu interior se conservava intacto. Continuou andando pela multidão, o olhar castanho sempre analisando tudo, acostumado com os imprevistos que sempre aconteciam. Era preciso estar em constante vigilância, afinal, se não fosse assim, estaria morta há muito tempo, ainda nos duros treinamentos pelos quais passara para se tornar uma guerreira e assassina.

A multidão se empurrava pelo mercado, de um lado para o outro, sem dar trégua, enquanto ela se desviava como era possível, evitando choques na bolsa a tiracolo; não queria pôr em risco o conteúdo tão valioso que carregava e que a fizera ir para aquele centro urbano tão agitado, perigoso e longe de seus propósitos. Seria, mais do que já era, um desperdício de esforços e recursos.

A poderosa Nykh estava presa na bainha às suas costas, ainda farta com o sangue de suas últimas vítimas. Mercenários. Todos em busca daquilo que era oculto das pessoas que olhavam para a guerreira loura. Agora a lâmina estava limpa, contudo o calor da batalha atiçara suas propriedades místicas; o metal etéreo estava tão brilhante quanto se tivesse acabado de ser polido; o sangue do dragão que fora usado em sua forja fervia, misturado às lágrimas dos elfos que a construíram.

Embora possuindo uma arma tão imponente, capaz de cortar o mais resistente objeto, Vannora não se mostrava jamais orgulhosa de tê-la. Sabia dos riscos de possuir uma espada lendária, antes manejada por deuses, dada a ela por merecimento, apesar de ter lhe custado mais do que poderia suportar. Se não fosse o ímpeto que a motivava a viver, teria recusado pagar o preço que pagou para estar ali com ela, sendo a Senhora da Espada Vitoriosa, como era conhecida a Nykh, sobretudo entre os sacerdotes do Norte.

Os olhares eram lançados ora ou outra para a estrangeira, que os ignorava, seguindo ao local onde teria algumas respostas. Não poderia se dar ao luxo de perder tempo com algo tão insignificante quanto pessoas curiosas e mexeriqueiras, sempre prontas a espalharem boatos e mentiras, causando problemas.

Já havia chamado a atenção das sentinelas, nas torres de entrada. Não demoraria muito para que a milícia surgisse para prendê-la, sob alguma acusação idiota para justificar o ato. Novamente sua fama de assassina antecipava seus passos, tornando tudo mais difícil do que já era.

Entrou em um estabelecimento que exibia enormes carcaças empalhadas de animais, algumas de terras bárbaras, como os potentes seres de múltiplos cornos e resistência digna de dez ou quinze cavalos. Ignorou um menino que saíra correndo, dedicando-se a fitar um homem de aparência cansada, idade avançada, que mexia em alguns frascos contendo pós e lascas de madeiras exóticas, provavelmente usados em poções dos magos ou necromantes.

— Preciso de sua ajuda, Gahren! — exclamou ela, sem perder tempo, aproximando-se do balcão.

— Esqueceu-se dos bons modos ensinados por seu Mestre? — inquiriu o mercador, com a voz rouca, contudo firme e repreensiva.

— Não há tempo para bons modos quando minha vida está em risco.

— Sua vida está sempre em risco, Vannora.

Ele terminou de ajeitar os frascos numa prateleira.

— Mas, do que se trata desta vez? — completou, virando-se para a guerreira, com um sorriso um pouco desdentado.

— Um ovo — replicou ela, retirando da bolsa o objeto que tanto protegia desde que o encontrara. — Acho que é de drag...

— Dragões não põem ovos deste tamanho, nem deste formato ou com essas cores — cortou Gahren, olhando o ovo com atenção.

— Seria de um grifo ou...

— Seu Mestre não a ensinou a reconhecer os ovos das criaturas?

O velho parecia zangado. Saiu de trás do balcão e foi para perto da garota, pegando o ovo que ela segurava.

— Ovos de grifos são dourados ou com cores de jade ou esmeralda — disse ele, em tom didático. — Hipogrifos não põem ovos, antes que suponha ser de um.

Ninho de Dracogrifos

Gahren examinou toda a extensão do objeto oval, admirando-se com o que via.

— Veja estas marcas! — pediu, apontando para símbolos muito semelhantes às runas. — Nenhuma criatura que eu conheci punha ovos com estas marcas. Nem mesmo os pássaros roc.

— Então, não sabe de qual espécie é? — perguntou Vannora, visivelmente frustrada.

— É difícil dar uma resposta, mas, veja o formato de ovos de aves de rapina! Mas possui a dureza de um ovo de réptil.

Os olhos glaucos do velho seguiam cada marca com cuidado, enquanto seus dedos tocavam a aspereza da casca.

— Sim, possui as características de um ovo de dragão, mas não é — confirmou ele, quase como uma criança empolgada. — Consegue reter a umidade e se chocar, independente do calor. Mas, o formato, sim, o formato é de ave de rapina.

O mercador encostou a orelha no ovo, arregalando os olhos.

— O filhote está prestes a nascer! — exclamou. — Isso é maravilhoso!

— Nascer?! — espantou-se a guerreira.

— Sim. A casca vai se partir e nascerá o filhote! E quando isso acontecer, saberemos a espécie!

— Desculpa estragar sua alegria, Gahren, mas não tenho tempo de ficar aqui esperando. Eu preciso mesmo sair logo desta cidade, antes que...

A porta do estabelecimento se abriu antes que concluísse a frase.

Dois homens entraram marchando, apontando bestas para Vannora e Gahren. A seguir, mais três entraram, portando sabres em posição de ataque; por fim entrou um homem bem vestido, cabelos negros amarrados num elegante rabo-de-cavalo. Portava um pergaminho enrolado, provavelmente só para fazer um pequeno espetáculo — e nada mais.

— Vannora, que bom conhecê-la pessoalmente — disse, com cinismo. — Ouvi falar muito bem de suas habilidades de luta.

A garota se mantinha firme, encarando os homens que entraram, sobretudo o oficial, a quem não tinha a menor simpatia pelo seu cinismo e desaforo. Pensava, elaborando algum plano para aquela situação.

— E o senhor, Gahren, que vergonha! — exclamou o homem antipático, com deboche. — Trair uma amiga por dinheiro!

Os olhos de Vannora fitaram o velho, fulminando-o. Já deveria esperar uma atitude covarde como aquela desse comerciante ganancioso.

— Sinto muito — escusou-se ele, afastando-se —, mas preciso pagar meus impostos.

Mal Gahren andou dois passos ao terminar a frase e a ponta da Nykh lhe saía pelo peito. O ovo escapou-lhe das mãos, mas um movimento rápido da assassina o impediu de cair.

— Ninguém vai se atrever a me tomar isto! — vociferou ela, encarando os homens, a espada gotejando sangue, a ponta sobre o corpo inerte da vítima.

O oficial sorriu, sem autorizar que os soldados com as bestas atirassem.

— Você sabe que é loucura lutar contra meus homens — falou ele, com calma. — São dois besteiros e três espadachins. Não conseguiria matá-los antes de um lhe decapitar.

— Duvida? — provocou ela.

— Não seja estúpida! Passe-me o ovo e eu pouparei sua vida, não a matarei pelos crimes que cometeu. Terá um julgamento justo, eu prometo.

Vannora sorriu, com deboche.

— Desculpe, mas não acredito em mentirosos — disse.

Tal qual uma sombra, ela se deslocou para frente, decepando a mão de um dos besteiros; chutou a arma do outro, enquanto cortava a garganta do oficial. Moveu-se para a esquerda e se desviou de um golpe de espada, que acabou atingindo o homem mutilado. Jogou o ovo para cima e sacou uma adaga, cravando-a na nuca de um, enquanto a lâmina mística a defendia de um ataque que almejava sua cabeça.

Apanhou-o a tempo, afastando-se rapidamente dos oponentes.

Estava contente.

Havia matado o homem antipático e dois atacantes em potencial, além de desarmar o outro besteiro. Agora lutariam com igualdade, apenas com espadas.

Um dos espadachins avançou, gritando, em um ataque inconsequente. Ele se atrapalhou e tropeçou, um erro que lhe custou a vida. Deteve-se apenas quando sentiu suas vísceras caírem, no instante em que a guerreira loura já decapitava o segundo atacante e se esquivava do terceiro.

Quando concluiu seu ataque, a garota limpou rapidamente Nykh nas vestes do oficial. Olhou para o homem agonizando, que tentava impedir que suas tripas saíssem do corpo. Sentiu pena. Não gostava de ver ninguém sofrendo daquele jeito; não fazia parte de seu treinamento. Guardou o ovo na bolsa, com cuidado. Pegou a besta jogada no chão e disparou na cabeça do infeliz, dando-lhe uma morte um mais digna e honrosa do que a que poderia ter.

Saiu calmamente, notando os olhares de horror e espanto de quem via os cadáveres deixados para trás. Agarrou o manto de um sacerdote, que se intimidou com seu olhar insensível, cobriu o seu corpo e se misturou a um grupo. Andou por ruas mais desertas, aproveitando o final de tarde, horário em que as sombras dificultavam que alguém a visse. E assim conseguiu sair da cidade, adentrando uma floresta densa, evitando as estradas, parando apenas quando estava longe, muito longe do centro urbano.

Retirou a alça da bolsa do ombro e a abriu, examinando o conteúdo que lhe causou tantas lutas. Percebeu que estava trincado; por um momento pensou em se repreender por aquilo, mas lembrou-se do que dissera o falecido mercador. Provavelmente a criatura protegida em seu interior estava prestes a sair.

Sentou-se sobre uma enorme pedra, pondo o ovo perto de seu pé, pondo-se a comer um pouco do pão. Por sorte ainda tinha um pouco de vinho, o que ajudaria naquela refeição silenciosa.

Os olhos ora ou outra se voltavam ao ovo, sempre notando um movimento da casca se rompendo. Já a fitava por alguns minutos quando parecia que se romperia o invólucro e sairia a criatura, fosse um roc, um filhote sem penas do tamanho de uma águia adulta piando, ou fosse um dragão, urrando irritante, baforando ar quente, já com seu instinto assassino aguçado.

Mas foi uma espera vã. Não era ainda o momento do animal se libertar de sua prisão primordial e conquistar a liberdade almejada.

A noite se arrastara durante a vigília solitária de Vannora, que se mostrava indiferente às horas que passavam em velocidade de jabuti. Seu treinamento a ensinara a dormir o suficiente para se recuperar; não havia treinado apenas seu corpo durante anos, perdendo o pouco que lhe restara de inocência e infância, também treinara sua mente e seu espírito, para ser forte e bem resistente.

Era perto do amanhecer quando finalmente a criatura saiu da casca, revelando uma cabeça rapina com escamas acinzentadas, um focinho terminado em bico, saliências que lembravam ora escamas, ora penas, no topo do crânio, e soltando uma mistura de piado e rugido dragontino. Dentes alvos e serrilhados dilaceraram parte da estrutura que ainda a mantinha cativa.

A guerreira admirou-se com aquela visão espetacular de uma vida – mesmo que de um monstro. Tinha a adaga preparada para qualquer gesto agressivo do filhote, que estava muito mais concentrado em se libertar do que dar atenção a ela.

O ser remexeu-se no ovo, rompendo com esforço toda a casca dura, exibindo de vez seu corpo. Belas asas, com escamas salientes e dedinhos nas pontas, esticaram-se, ainda úmidas, enquanto suas patas sustentavam seu corpo esguio numa luta incrível.

Não era nem dragão, nem ave de rapina, mas um misto de ambos, o melhor de cada espécie. Possuía a parte dianteira similar à de uma ave, mas a traseira lembrava muito mais um dos répteis voadores que tanto assombravam os relatos e os infelizes que os encontravam. Era meio difícil não pensar nos grifos ou hipogrifos

Ninho de Dracogrifos

diante de um animal tão esbelto e majestoso, visto que ambos possuíam corpos daquele porte.

— O que é você? — indagou Vannora, curvando um pouco o corpo e o analisando.

A criatura pendeu a cabeça para um lado, demonstrando curiosidade. Era o primeiro contato com um ser vivo. Era tudo novidade para os seus sentidos. Seus pulmões ardiam, mas não o incomodavam; sua audição captava os mínimos movimentos da floresta; seu olfato sentia odores impossíveis aos humanos, farejava o cheiro exalado pela garota — e não era medo — e sua visão era digna de uma águia ou coruja, precisa e certeira.

— Não tenha medo — pediu a guerreira, estendendo a mão para acariciar o filhote.

Talvez o instinto o fizesse repulsar aquele gesto, morder os dedos da humana ou ainda baforar seu ar quente contra ela, porém tudo o que fez foi se deixar tocar por aquela mão, fechando os olhos prateados.

— Não é tão agressivo quanto um dragão — comentou a jovem, fazendo carinho na cabeça e no pescoço do animal, sentido a umidade e a aspereza de seu couro reptiliano. — Tem a doçura de uma ave recém-nascida.

Ela deduzia mais ou menos do que se tratava. Não era conhecedora das criaturas, como muitos que treinaram com seu Mestre, mas sabia alguma coisa. Lembrava-se das lendas vindas do Oriente, relatos de viandantes que cruzaram e escaparam por milagre de monstros medonhos e mortais, semelhantes aos roc, mas que cuspiam fogo. Como os poucos sobreviventes eram acometidos pela loucura, suas narrativas eram tidas como fantasiosas, tendo pouco crédito, até mesmo entre os aventureiros e mercenários, sempre ávidos por emoções, dinheiro e glória.

Enquanto afagava o animal, sua mente a fazia pensar sobre o destino dele; poderia vendê-lo a alguém e conseguir uma quantia generosa, afinal era um espécime raro no Ocidente e, com certeza, valioso; ou o abandonaria ali, deixando que o futuro lhe desse o que merecesse.

Contudo, a assassina, sempre fria, não apreciara nenhuma daquelas opções viáveis e úteis. Seu íntimo ardia com uma terceira alternativa, a que a desviaria por alguns meses de seu principal objetivo.

Arfou, repreendendo-se por ter aquele instinto materno latente, mesmo que nunca tivesse sido mãe ou tido nada a se apegar, como um animal de estimação. Olhou para o filhote, avisando:

— É bom mesmo você nem tentar me morder, viu?

A criatura apenas grunhiu baixinho, dócil igual a um pássaro indefeso.

III

Duas semanas transcorreram desde o dia em que a guerreira loura decidira fazer aquela viagem desnecessária, para devolver o filhote à sua terra de origem. Ainda tentava entender por que se dispusera àquilo, a levar uma criatura como aquela a um local que desconhecia, mas envolto em mistérios e lendas, superstições e criaturas exóticas.

Devido aos poucos recursos que dispunha quando chegara ao porto, com o animal sobre o ombro pesando-lhe um pouco, aceitara servir de tripulação a um navio mercante, tornando-se uma das sentinelas. Lamentava por ter aceitado aquilo, pois os mercadores faziam paradas em lugares que fugiam da rota principal, atrasando ainda mais as coisas para ela.

Inicialmente os comerciantes tentaram comprar a criatura que a acompanhava — e ela teria vendido, se não fosse a promessa que fizera de levá-lo em segurança ao Oriente —, mas logo esqueceram a ideia quando viram a marca rúnica que portava no ombro esquerdo, alertando que ela era uma discípula do Mestre Ronan.

Todos no Ocidente conheciam a fama do clã que aquele homem formou. Quem não conheceria o único deus a viver entre os mortais, a lhes ensinar as artes mais precisas e eficazes de matar? Seu poderoso clã era preparado ano após ano, até que o pupilo se sentia pronto a partir e trilhar seu caminho. Quem quisesse

Ninho de Dracogrifos

permanecer ao seu lado, era feito um guerreiro a serviço da justiça e da honra, sendo a elite das forças de muitos reinos ordeiros.

Mas, ao contrário de seus companheiros, as motivações e ambições de Vannora não eram servir a alguém e ser conhecida como justiceira, embora inúmeras vezes tivesse desempenhado tal papel; o que a fizera suplicar ser treinada e passar por anos e anos de árduo preparo físico e mental era outra coisa; por isso abandonara o clã quando se sentira preparada, ao receber Nykh e a promessa de que ninguém ali a impediria de ter o que queria — desde que não ferisse inocentes.

Todo aquele que portasse a marca de Ronan, sem exceção, era temido e sempre visto como um troféu a ser conquistado, o que ocasionava, nos casos de guerreiros fora do grupo de elite, uma série de confrontos sangrentos pela vida e pela morte.

E a assassina era temida e respeitada por aqueles homens, que a deixavam em paz, sem tentar seduzi-la com proezas tolas e promessas estúpidas. Deixavam-na ficar com seu animal de estimação, que se deliciava com os ratos que antes infestavam a embarcação.

Althair, como ela o chamava devido sua ligeira semelhança com uma águia, mostrava-se arisco na maioria das vezes com os outros, mas era incrivelmente meigo com a guerreira. Vannora tinha grande afeição por ele, chegando a ceder parte de suas refeições ao animal para complementar sua dieta.

Não raro era possível vê-los na murada do navio, contemplando ou o nascer ou o pôr do sol; ela se debruçava, apoiando-se nos cotovelos, parecendo uma criança, os cabelos dourados e esvoaçantes; e ele ficava deitado, sem temer cair, mesmo sem poder voar ainda.

Depois de uma semana de viagem, Vannora achou certo adestrar o animal, mostrando como deveria se comportar, ou logo seriam expulsos devido aos pequenos incêndios causados ou por sua mania de morder as pessoas.

Foi com paciência que ela o ensinou a não cuspir fogo em nada, nem mesmo nos ratos que caçava, contudo conseguira a permissão do capitão e do restante da tripulação e comerciantes para que Althair acendesse as tochas, o fogão e qualquer coisa que precisasse ser queimada, para dar vazão à sua energia ígnea.

Com isso todo mundo passou a não se importar com a periculosidade da criatura, apesar dela se manter sempre desconfiada quanto aos outros.

A seguir a assassina se dedicara a ajudá-lo a desenvolver o voo, tarefa que ainda estava sendo trabalhada quando aportara no Norte, terra gélida de homens rudes e de valores bélicos.

— Não é bom você descer com ele — advertiu o capitão, cofiando a barba grisalha, dirigindo-se à garota, mas o olhar fixo na criatura mista. — Eles odeiam dragões.

Vannora bem sabia e não se atreveu a arriscar a vida do filhote, deixando-o escondido num compartimento que descobrira certa vez. E foi sozinha para uma visita ao porto, esperançosa de comprar algumas coisas.

O híbrido, quando percebeu que não acompanharia sua mãe adotiva, ficou entristecido, arranhando o alçapão. Chegou a baforar um pouco, chamuscando a madeira, contudo foi em vão. Não conseguia sair de jeito nenhum.

Olhou em volta, buscando uma alternativa.

Ao contrário do que se supunha, criaturas ferozes e monstruosas também possuíam inteligência e sagacidade, agindo ora por instinto, ora por planejamento.

E Althair era inteligente e sagaz o suficiente para associar uma fresta como uma alternativa de fuga. Não fora preciso, portanto, esperar muito tempo para seu pequeno cérebro arquitetar um plano rápido e que faria uso de outras duas excelentes características de sua espécie exótica: o fogo e a persistência.

Baforou por toda a extensão da rachadura da parede, sempre golpeando a área carbonizada com as patas, aumentando ainda mais o buraco que lhe daria a liberdade almejada. A impaciência era grande, mas ele agia bem ainda assim.

Ninho de Dracogrifos

Não tardou mais do que meia hora para seu corpo esguio, contorcendo-se um pouco, passar pela fresta e alcançar a dispensa do navio, que, por sorte, estava com a porta aberta; sem hesitar, sempre atento para não despertar a atenção, saiu dali, indo à escada.

Graças ao corpo com a forma de um enorme lagarto, logo escalou os degraus e chegou ao convés, esquivando-se da tripulação e dos comerciantes, que iam de um lado ao outro, carregando mercadorias e objetos em uma grande algazarra.

Ele se escondia ente barris e caixas de madeira, ora ou outra se detendo por alguns minutos num lugar, até ter certeza de que poderia prosseguir. Era cauteloso, mesmo tendo pouco mais de duas semanas de vida, prova de sua formidável inteligência.

Seu corpo sentia a mudança de temperatura, contudo não era um animal de sangue frio, como muitos répteis são; sua espécie era semelhante aos dragões e aos roc que, embora não vivessem em terras glaciais, poderiam passar longos períodos nelas sem morrerem congelados.

Quando teve a chance, desceu pela rampa que ligava a embarcação ao porto, escondendo-se entre uma pilha de caixas. Avançou então para a vila portuária.

Seu olfato apurado identificara o perfume natural de Vannora, apesar do odor putrefato de peixe e frutos marinhos, o suor amargo dos pescadores e marinheiros, e tantos outros aromas fortes e marcantes. Bastava apenas se concentrar no cheiro específico e segui-lo, ignorando os demais.

Sempre evitando ser visto, Althair alcançou o estabelecimento em que estava a garota. Achou um buraco grande o suficiente para lhe dar passagem e seguiu por um túnel estreito até sair do outro lado.

O cheiro ali era mais forte. Álcool, suor, fumaça tóxica e hormônios corporais, tudo se misturava em doses exorbitantes, chegando a confundir o faro do filhote, que recorria à sua visão apurada, em busca de sua protetora.

Naquele mesmo instante, a assassina negociava com um homem sentada à mesa, tentando descobrir mais sobre o Oriente.

Não demorou a perceber que não conseguiria muita coisa a menos que se insinuasse a ele. Era repulsivo, mas precisava ludibriá-lo pelas informações. Estava disfarçada, havia tingido o cabelo de preto com um corante e envolvido a sua famosa espada em trapos, fazendo-a se passar por algo de pouca importância.

Após Vannora inclinar-se à frente para revelar o que havia em seu decote e lhe dar um sorriso enlouquecedor, o viajante passou a revelar tudo o que sabia.

— Eles os chamam de dracogrifos, pois possuem tanto características de dragões quanto de aves de rapina — dizia ele, seduzido pela chance de ter uma mulher tão formosa em sua cama em breve. — Dizem que cospem um fogo mais poderoso do que qualquer tipo de dragão e são temidos tanto por estes quanto pelos roc, sendo os soberanos dos picos mais altos das montanhas.

— E há alguma chance de serem reais?

— Sim. Um mercenário amigo meu, inclusive, roubou um ovo de um ninho e levou a um rei do Ocidente. Encontrei-o um dia antes de ser morto numa briga de taberna.

Vannora sabia quem era aquele homem. Era um dos muitos que passaram pelo treinamento do Mestre Ronan e acabou se tornando mercenário. Seu alívio era saber que aqueles covardes que o envenenaram e o apunhalaram covardemente estavam mortos, graças à Nykh.

— E o ovo? — perguntou ela, já sabendo a resposta.

— Fora roubado do rei quando este ordenara que fosse levado a um local secreto. Há quem diga que foi a Senhora da Espada Vitoriosa quem fez isso — respondeu o homem, coçando sua barba malfeita.

— Ouvi falar dela...

— Mas, por que o interesse, moça? — indagou o viajante, após um gole generoso de hidromel. — Gostaria de adquirir um ovo de dracogrifo?

— Estou viajando para o Oriente — respondeu ela, com naturalidade. — Se der sorte, sim.

Seus lábios volumosos exibiam um sorriso enigmático.

Ninho de Dracogrifos

— Bem, disse tudo o que sei — falou o homem —, agora é sua vez de cumprir sua parte do nosso acordo.

Vannora se curvou um pouco sobre a mesa, sussurrando:

— A menos que queira ter o mesmo fim que aqueles homens que matei na emboscada para conseguir o ovo, aconselho a não me exigir nada. E nem a me causar problemas.

— Você é...? — balbuciou o informante.

Ela assentiu, levantando-se.

Virou-se, preparando-se a sair, a mão firme no embrulho que continha a arma tão preciosa.

— Ela... ela é a... — gritava o maldito.

Num giro fulminante, a forasteira soltara parte dos trapos e sacara uma pequena faca, arremessando-a com precisão na garganta do infeliz, que estava em pé. Ele se engasgou com a lâmina e o próprio sangue, caindo no chão em agonia, as mãos sobre o ferimento e olhando a assassina, que agora era cercada por dez ou doze mercenários que o acompanhavam.

— Você matou nosso contratante — reclamou um deles, o mais alto, caolho. — Quem vai nos pagar?

A garota ergueu o olhar, indiferente. Óbvio que não a deixariam sair dali tão fácil.

Nykh esquartejou e estripou metade deles num único movimento; a lâmina sangrenta encostou-se à jugular do grandalhão, que estremeceu com o aço ardente, parecendo faiscar.

— Pouco me importa quem vai pagá-los, pois não é de meu interesse — respondeu Vannora, com frieza.

Althair se aproximava entre a multidão que acompanhava o pequeno massacre, desviando-se de seus pés. Notou que sua mãe adotiva corria perigo de vida, pois um homem havia sacado uma besta e a apontava para a sua cabeça.

Agindo por instinto, correu até o guerreiro, realizando um pequeno voo e atracando-se a ele. Cravou os dentes pontiagudos em seu pescoço, cuspiu fogo e dilacerou ossos, artérias e veias.

Os olhos da jovem correram ao local em que se iniciava uma confusão. Identificou no mesmo instante o filhote, que terminava de matar sua primeira vítima humana.

— Althair! — gritou ela, assustada.

A criatura ergueu a cabeça, o sangue escorrendo pela boca, pedaços de carne pendurados entre seus dentes. Sem perder tempo, voou baixinho até ela, pousando em seu ombro e a arranhando dolorosamente, quase desequilibrando-a.

A garota correu como pôde, derrubando o que via pela frente, atrasando seus perseguidores. Não poderia retornar ao navio, poria em risco a tripulação que tão bem a acolhera. Viu uma selva de árvores desprovidas de folhas; era para lá que deveria ir, para longe da civilização.

— Voe, Althair! — ordenou ela, ciente de que o peso do dracogrifo dificultava sua corrida.

O animal obedeceu; foi rumo às árvores e desapareceu por algum tempo entre as sombras.

Vannora correu mata adentro, em desespero, ofegando, sentindo o ar gelado ardendo os pulmões, ouvindo os gritos das pessoas que a perseguiam e os uivos de cães selvagens.

Ela se jogou em uma vala inundada, mergulhando. Ocultou-se entre arbustos e ficou em silêncio, escutando os sons dos seus caçadores. Sujou-se de lama, para disfarçar o seu cheiro, uma tentativa de confundir o faro dos animais. Prendeu a respiração ao máximo, permanecendo imóvel.

Horas se passaram até que pôde sair.

Mais do que nunca estava se repreendendo por ter resolvido ajudar aquele dracogrifo a voltar para sua terra. Se o tivesse matado, evitaria toda aquela situação infeliz que estava passando com a promessa estúpida de ajudá-lo.

IV

Althair percebia que a garota estava desapontada. Ela não se dedicava a lhe ensinar mais nada, apenas andavam por aquela floresta durante o dia e parte da noite, esgueirando-se, e dormindo poucas horas pela madrugada. Mesmo quando ela acendeu uma pequena fogueira, não pediu a sua ajuda

O dracogrifo passava boa parte do tempo voando de galho em galho, observando-a com atenção, sentindo-se incomodado com aquela situação tão peculiar. Às vezes andava ao lado dela, sendo completamente ignorado.

Os dias foram avançando, sem muitas mudanças quanto ao clima ou ao relacionamento entre a assassina e o animal híbrido, contudo este logo teve sua primeira mudança de pele, adquirindo alguns centímetros de altura e de comprimento, começado a alterar seus padrões de cores.

Se por um lado a vontade de Vannora era matar aquela criatura que a fizera perder mais de três semanas, por outro ela queria prosseguir com tudo aquilo e descobrir no que resultaria. Era uma emoção conflitante.

Ela estava vivendo no extremo, conforme seu Mestre sempre alertara que poderia haver uma ocasião que aquilo aconteceria. Alimentava-se de raízes e folhas; quando tinha sorte, acrescentava alguns frutos e pequenos mamíferos, deixando sempre uma parte destes ao companheiro – sem dizer nada; apenas colocava num canto e se afastava, indo fazer outra coisa.

Andaram por quase duas semanas pela floresta hiperbórea até que alcançaram uma parte mais amena, com a temperatura um pouco mais quente, contudo nada que se comparasse ao que a guerreira estava habituada.

Naquele ponto as copas eram de tons alaranjados, os animais eram mais abundantes, não sendo apenas lobos e lebres da neve; agora havia um número maior de vida, como antílopes, aves, ursos, raposas. Ainda era visível a neve cobrir algumas áreas, contudo nada comparado a antes.

A mudança de temperatura fizera a jovem adoecer, obrigando-a a tardar ainda mais sua jornada. Se não fosse a pele do lobo moribundo que encontrara dias antes, teria morrido congelada; mas ainda assim estava mal, muito debilitada para prosseguir.

Althair, já com o dobro do tamanho que tinha quando matou aquele homem na taberna, recolheu pacientemente alguns galhos velhos, amontoando-os num canto, sob o olhar trêmulo da humana; quando concluiu, baforou. Em seguida adentrou a mata, retornando meia hora depois, com uma grande lebre entre os dentes, arrastando-a.

Para espanto de Vannora, ele a estripara no local em que fora abatida, cabendo a ela apenas arrancar o couro e prepará-la para assar.

Aquele gesto a sensibilizara, afinal não era de se esperar algo tão gentil de uma criatura famosa por ser cruel e sanguinária; tanto os dragões quanto os roc eram conhecidos por atacarem humanos, matá-los e devorá-los; esperava-se o mesmo dos dracogrifos, que provavelmente eram descendentes de cruzamentos de ambas as espécies.

Por dois ou três dias a cena se repetiu.

O animal chegava a pegar um recipiente improvisado, feito de uma casca dura de uma fruta, e andar alguns quilômetros para lhe trazer água, poupando-a de se esforçar.

No último dia, quando Althair acabara de retornar de outra caçada bem sucedida, a garota, geralmente fria e calculista, chamou-o carinhosamente e o abraçou, não deixando de admirar o porte de lobo que o dracogrifo havia adquirido.

— Obrigada — disse, quase chorando.

Se um inimigo a visse naquele momento, observaria o contraste entre uma das mais cruéis discípulas de Ronan e uma jovem frágil, cheia de medos e traumas, sufocada pela incapacidade de demonstrar o que sentia.

Foi apenas no terceiro ou quarto dia que os dois retomaram a jornada.

Vannora voltou a treiná-lo, contudo agora se permitia rir, brincar como há muito deixara de fazer. Ensinou-lhe a interpretar seus

Ninho de Dracogrifos

gestos e sinais, afinal, quando estivesse em algum confronto, falar poderia estragar o elemento surpresa.

Ao acharem uma cachoeira, divertiram-se muito entre mergulhos e nados.

O dracogrifo – que já era maior do que um lobo – pescara alguns peixes, garantindo a refeição.

Era admirável a velocidade com que ocorriam as mudanças de pele da criatura híbrida. Cada troca ressaltava suas características dragontinas, avivava suas cores e o tornava gracioso. Os detalhes de ave de rapina também se destacavam, sobretudo as patas dianteiras e as escamas, muito semelhantes a penas, que cobriam o topo de sua cabeça e parte das asas; a ponta do focinho curvava-se para baixo, acentuando sua semelhança com os roc.

Era o segundo mês de caminhada pelas matas quando finalmente surgiu o vasto deserto.

– Não podemos atravessar ainda – falou a guerreira, olhando aquela imensidão monótona e vermelha.

Era sábio de sua parte, pois se tentassem, certamente morreriam.

Margeara o deserto por quase dois dias até avistarem uma cidade há alguns quilômetros de distância.

– Eu vou e você fica aqui – disse ela. – Não me siga desta vez, certo? Vou lá ver se consigo uma montaria para mim e volto. Vamos seguir por um caminho pouco usado, por onde poderemos ir para as montanhas.

Althair recostou-se numa árvore e dormiu tranquilo, aguardando o retorno de sua companheira. Acordou apenas quando ouviu rugidos misturados a piados.

Seus sentidos o alertaram. Não era uma coisa ruim, mas uma sensação boa. A natureza o avisava de que estava perto de um dos seus; e aquele som, que se repetiu, era a certeza. Também emitiu seu piado rouco, gutural; correu pela floresta, farejando um cheiro novo, que o atiçava.

Seus olhos prateados enxergaram a poderosa criatura que o despertara. Era colossal, tão imponente. Tinha as mesmas características que ele, contudo parecia mais velho, e quase vinte ou trinta vezes o seu tamanho. Rumava para a cidade.

Não tardou e dardos foram disparados por balestras, atingindo as asas da velha criatura que avançava, fazendo-o cair, chocando-se com violência nas areias escaldantes e levantando uma nuvem de poeira avermelhada.

O jovem dracogrifo, diante daquela cena, urrou; hesitava, não queria quebrar a promessa feita.

Os projéteis continuaram a ser disparados, trespassando todo o corpo do animal, que rugia agonizante, moribundo, desesperando Althair, que pensava em ir socorrê-lo, mas o medo de também morrer ou irritar Vannora o impediam de ir.

Babando sangue como um cão raivoso, o monstro também cuspia muito fogo, soltando de sua garganta ferida os lamentos de sua sina. Era um som tão lúgubre que até mesmo seus algozes sentiam os corações tomados pela agonia.

E assim o jovem viu o mais velho sucumbir pela violência humana, uma visão marcante e que nunca mais esqueceu.

Ele se afastou com rapidez, aterrorizado. Imagens diversas lhe vinham à mente, recordações da humana que o protegia matando aqueles homens na taberna; de sua primeira vítima humana, do sabor do sangue fresco; do desprezo recebido por parte da assassina.

Por que deveria confiar nela, se ela também matava com frieza? E se ela tivesse participado daquele ataque a um ser velho e cansado?

Althair continuou fugindo, sem saber para onde ir. Apenas queria se distanciar daquele lugar agourento, daquele povo cruel e impiedoso, incapaz de deixar uma criatura encontrar seu caminho e morrer dignamente.

Foi para tão longe que Vannora não o encontrou quando voltaou montada num cavalo, com mantimentos necessários para a travessia. Ela o procurou por horas, inclusive à noite, mas sem sucesso. Seu peito doía. Desconfiava do que poderia ter ocorrido.

Althair vira a morte, estava confuso.

Ninho de Dracogrifos

Sem saber bem o que fazer, a jovem esperou por alguns dias o retorno da criatura que adotou, desistindo apenas quando percebeu que nunca mais se encontrariam. Lamentou, mas não chorou. Montou no cavalo e partiu dali, deixando para trás sua promessa de levar o dracogrifo para casa.

V

O animal colossal ajeitou-se no ninho vazio em um gesto melancólico, olhando o corpo inerte da mulher que resgatara. Sua cabeça meio aquilina, meio reptiliana, desconsolada, repousou sobre uma pedra, mantendo os olhos fixos na humana. Suas imensas asas, com escamas que mais pareciam penas fossilizadas, esticaram com gosto, para logo se recolherem, cobrindo todo o corpanzil às quais pertenciam.

Embora aparentemente movido por instintos primitivos, o monstro que destruíra a embarcação mais cedo tinha em sua mente recordações em formas de imagens sem som, com mesclas de emoções que o moldaram, que o levaram a estar ali, atravessando desertos, florestas, campos. Provara o sangue e a carne de tantos seres humanos por inúmeras vezes; ganhara cicatrizes, causara o terror por onde passou.

Lembrava-se de quando encontrara um pequeno grupo de sua espécie, da luta que tivera com o macho-alfa, já velho — assim como o espécime que mudara drasticamente sua vida —; vencera apenas por ser mais jovem e mais forte. Foi a única vez que matara um dos seus, pois, se não o fizesse, teria sido ele naquele penhasco traiçoeiro. Tornando-se o líder do bando, ganhara quantas fêmeas quis; contudo, por instinto, talvez, optara pela mais formosa.

Escolhera aquele ponto, perto do mar, num estreito de difícil acesso aos aventureiros. Nenhum roc ou dragão se atreveria a ir ali, afinal, toda criatura temeria um dracogrifo, a sua força, sua ferocidade, sua superioridade. Ledo engano, pois há algumas semanas um grupo de caçadores perambulava por ali, destruindo os ninhos das bestas que assolavam as vilas de pescadores e as cidadelas por perto. No dia que o dracogrifo se distanciou, indo pescar para alimentar a fêmea, ocorreu um evento cruel.

Ao retornar, encontrou dragões de porte médio em volta do ninho. Urrou com fúria, ameaçando-os para se afastarem, ou teriam sérios problemas. Notou que alguns deles se afastavam com nacos de carne entre os dentes, parecendo zombarem do trágico fim de sua família.

A mulher se moveu um pouco, chamando a atenção da criatura, que a fitou com um olhar de expectativa, seus olhos prateados esperançosos.

Não a havia matado por ela o fazer lembrar-se de uma fêmea humana, alguém que o tratara bem, o único indivíduo daquela raça odiosa que lhe tivera algum respeito. Apenas por isso a salvara, aquela ínfima forma de vida desprezível. Senão que morresse em águas profundas, entre feras abissais conhecidas e desconhecidas.

Foi o cheiro típico, aquela mistura de ervas adocicadas e traços cítricos, aquele perfume que tanto sentira quando jovem, um dos primeiros a sentir quando nasceu, que o fez reconhecê-la, tendo apenas total certeza quando a resgatara com suas poderosas patas rapinas. Sim, era a mesma pessoa que cuidara dele, que o batizara com o nome de Althair, a "águia em pleno voo".

Desviou brevemente o olhar, fixando-o nas cascas espalhadas pelo ninho, resquícios dos ovos que antes estavam ali. Manchas da gema e da clara fundidas, gerando uma vida; ainda era visível, mesmo aos olhos humanos, o rastro da violência do ataque. Evidências da brutalidade desmedida dos homens, que tanto se gabavam de serem civilizados.

Tão envolto em pensamentos, nem percebeu o movimento ligeiro da assassina, que cravou a lâmina ardente da espada em sua garganta, arrancando-lhe sangue. Urrou em desespero, erguendo-se. Cuspiu fogo para o alto, enquanto seu corpo se agitava, balançando a cauda em movimentos agressivos, derrubando os poucos

Ninho de Dracogrifos

arbustos ali existentes, as asas se abrindo ao máximo. Era a dor da traição, da retribuição por tê-la salvado.

Por que fizera aquilo? Por que a livrara de uma morte indigna a uma guerreira?

Diante de seus olhos surgiam imagens do corpo mutilado pelas mandíbulas dos dragões, todos carniceiros e insensíveis, dos ovos quebrados, de humanos queimados ou partes de seus corpos arrancados. Cenas de sua agonia, da dor da perda, do desespero perante a impotência de não poder fazer nada, da caçada aos malditos animais que comeram a carne de sua companheira; ganhara cicatrizes em suas caçadas a eles, exterminando-os do estreito. Não satisfeito, arrasara todas as vilas e cidadelas, sedento por vingança; fora ainda além, sobrevoando o mar, destruindo embarcações, numa sede de vingança pelas perdas.

Cinco meses haviam se passado desde aquele episódio fatídico.

Iria morrer, isso era óbvio, visto a gravidade do ferimento.

Sentia-se como aquele velho dracogrifo que vira no deserto, moribundo, mas ainda assim visto como uma ameaça. Só que neste caso ele não era um animal à beira da morte, não antes daquele golpe; era um amigo há muito distante, que queria ajudar, mas que fora atacado covardemente por uma pessoa que julgara ser uma amiga.

Em um movimento misturado ao instinto de matar e a fúria do traído, sua bocarra almejou Vannora, mas ela se esquivou com um pulo para o lado, rolando para a esquerda, perto de algumas cascas.

Mal se livrou do ataque, a mulher impulsionou o corpo para frente, já com duas adagas envenenadas em punho. Escalou o focinho da criatura com rapidez, cravando as armas atrás da cabeça; no instante seguinte estava segurando o cabo de Nykh e rasgando o pescoço do monstro com a lâmina assassina.

Dor. Não havia mais nada para se sentir a não ser a dor daquela espada mística cortando-lhe ossos, veias, artérias, músculos, pele. Tão certo de sua morte, o dracogrifo sacudiu a cabeça, com o veneno a lhe arder tudo, a lhe causar uma dor tão intensa quanto mortal. O sangue vertia por ferimentos mortais, seus olhos eram tapados pelas trevas.

Incapaz de resistir a tanta dor, de suportar a morte que o abraçava com seus tentáculos, Althair se deixou cair, tombando perto do abismo, na beirada. Ainda tinha visão suficiente para ver sua carrasca. Ela não o reconhecia como ele a reconhecia? Ou fazia aquilo por vingança por algo de errado que fizera? Talvez estivesse ressentida por ter fugido naquele dia, quando ela foi à cidade. Talvez fosse isso.

Seus pulmões ardiam, e enquanto respirava o sangue envenenado circulava por seu corpo, seus pulmões. Desespero. Tudo ardia como se o assassem vivo. Depois a paz, aquela sensação maravilhosa e reconfortante, antes de fechar os olhos.

Vislumbrava a companheira morta brutalmente, esquartejada pelos dragões oportunistas; ela estava em um enorme campo florido, cercada por belos filhotes, os seus filhotes! Todos o aguardavam para o almejado descanso.

Então aquilo era morrer. Aquilo era o Paraíso, a terra afortunada dos dracogrifos?

Vannora vislumbrou o olhar melancólico da criatura, sentindo, como poucas vezes sentira antes, um aperto no peito, um arrependimento incomum por ter tirado a vida de alguém, de alguma coisa. Quando as pálpebras do monstro se fecharam, ela se sentiu sozinha – mais sozinha do que estava acostumada.

Em um último movimento, Althair se moveu para o lado, deixando seu corpo cair rumo ao abismo, ao fundo do mar, um cemitério marítimo e abissal, onde repousavam os restos de sua família, nos tentáculos da morte e do sono, onde, infelizmente, ninguém saberia de sua triste história.

E de maneira estranha, naquele dia, as lembranças que motivavam a guerreira loura foram substituídas por recordações de um dos raros e mais sinceros amigos que tivera. Talvez ele estivesse longe, em sua terra de origem, nos picos altos dos desertos, onde seria feliz com espécimes de sua raça.

Matar aquele dracogrifo tão agressivo lhe fizera voltar a ser a jovem de outrora, quando iniciara sua jornada pelo mundo, à procura de sua vingança. Estava, enfim, fragilizada com as lembranças.

Desejou que ele estivesse bem, como havia desejado anos antes, quando não o vira mais; entretanto, ao contrário de outrora, desta vez seu íntimo não lhe dera a certeza de que o dracogrifo estivesse bem. Nem a Nykh, que lhe reconfortava, foi capaz de apaziguar sua inquietude, enquanto contemplava o crepúsculo.

Operação Rastro Rubro
Ana Carolina Pereira

I

Eu não me lembrava da Escócia ser tão chuvosa assim.

Não são nem cinco da tarde e o céu está tão negro que eu não estranharia se uma fenda dimensional se abrisse e os cinco cavaleiros do Apocalipse descessem, espalhando peste, guerra, fome, morte e...

... qual era o quinto mesmo?

Ah, dane-se! Nunca fui muito bom em literatura católica.

O fato é que nesse tempo não dá nem pra acender um cigarro decentemente. Além disso, não me importo de carregar minha mala, mas o cheiro de couro molhado já está me deixando irritado. Venta demais e o guarda-chuva mal serve para proteger a cabeça, quanto mais os pertences.

É tudo culpa dos taxistas. Não é óbvio? Se eles não fossem tão... taxistas, eu não precisaria odiá-los e fazer de tudo para evitar encontrá-los, inclusive ir a pé da rodoviária ao hotel. Taxistas ou chuva forte... não sei qual odeio mais.

Eu pretendia pousar, relatar minha chegada e descarregar, mas nessa situação posso desviar levemente os planos. Afinal, uma das minhas escalas é apenas a duas quadras a frente de onde estou agora.

Toca de Odin. O pub que vem ganhando notoriedade na cidade nos últimos meses, atraindo jovens mentes promissoras com o melhor uísque contrabandeado desse lado da Europa.

Isso definitivamente não é meu departamento, mas tenho assuntos a tratar com a cabeça que comanda a festa. Um velho amigo, por sorte.

Os sinos da porta anunciam minha chegada, mas sou eu quem o vê primeiro. Não mudou nada, coitado. Continua magrelo e pálido nos seus quase dois metros de altura, exalando uma aparência levemente doente.

Isso não me surpreende, mas não esperava encontrá-lo entretido em sacudir copos de bebida atrás do balcão enquanto sapateia ao som de folk. Será que as escocesas gostam disso hoje em dia? Sei lá, devem ser os olhos verdes. A dança é que não é.

Junto-me a outras pessoas que apreciam o show e, vendo que cigarro não é proibido no estabelecimento, acendo um na mesma hora. Mas mal guardo o isqueiro em meu bolso e sinto todos os olhares ao redor voltando sua atenção a minha humilde pessoa. Talvez porque o barman tenha feito isso assim que percebeu a cor do meu capote. Agora vamos ao que interessa.

— E aí, Yor? — dou uma tragada, aproximando-me amigavelmente. — Não quis interromper sua performance. Que é isso rapaz, pela sua cara parece até que sou a própria Hydra.

— Ah. — ele solta a respiração, mas ainda está com a guarda lá na estratosfera. — Isso você não é mesmo. Erik. Faz tempo, não?

Ele termina o drinque verde neon em menos de dois segundos... jogando as pedras de gelo com um pouco de força a mais do que o necessário, devo ressaltar, o que termina de fazer o público dispersar.

— A que devo a honra da visita inesperada?

— Primeiramente — deposito duas moedas de libra esterlina no balcão — Uma dose do seu 'melhor' uísque.

Uma das coisas boas que lembro a respeito do Yor é que costumava ser fácil provocá-lo. Pelo rubor em seu rosto, isso também não mudou. Não falamos mais nada até ele servir a bebida e eu tomá-la de um trago, fazendo questão de expressar minha aprovação.

— Não é a toa que os seus negócios estão indo bem. — ignorando o elogio, ele se debruça no balcão em silêncio. Sei que não vai dar a primeira cartada. Depois dos sustos que levou quando saiu do buraco de onde veio, é a mais cautelosa das criaturas. E uma das mais divertidas.

— Estou vendo que não tem TV por aqui.

— É um pub à moda antiga. Uma TV estragaria o charme.

— Verdade. Então posso supor que não está informado das notícias que vêm sacudindo a opinião pública nos últimos meses?

— Tenho fontes muito mais confiáveis do que uma TV. — o sorriso galante e o brilho orgulhoso em suas pupilas comprovam minha hipótese rapidamente. Pobre Yor, outra característica dele é que não resiste a um autoelogio.

— Compreendo. Então suponho que esteja a par. — retiro minha carta da manga: a foto de Mila Rachnov, filha de um proeminente industrial russo. Yor a olha por um momento, depois se dirige a mim claramente aliviado e com um sorriso amarelo.

— Essa é sua jogada, então. Eu sabia que não atravessaria o continente só para... *experimentar* meu uísque.

— Mas não posso dizer que essa parte não valeu a pena. Aliás, me veja outra dose.

Dessa vez ele retira a garrafa de um compartimento abaixo da prateleira das outras bebidas, guardando-a rapidamente após servir. A agradável diferença é perceptível no aroma do destilado e na atmosfera muito mais leve pairando entre nós.

— Agora estamos conversando, meu caro Yor. — guardo a foto novamente — Então, parece que esse assunto também chegou com tudo aqui na Escócia.

— Os estudantes estão sempre inteirados. Internet, sabe como é. Mas não há muito mais do que os jornais dizem e nem do que você já deve saber. — ele volta a preparar os drinques trivialmente antes de confidenciar algo com seu sotaque escandinavo mais carregado — Exceto... o cara.

— O cara? — me debruço sobre o balcão, interessado. Vamos ver o que ele tem pra mim.

Operação Rastro Rubro

— O cara que viram passeando de carro com ela. Umas três semanas atrás, região de Kazan. Como só tinha um vídeo de celular de oito segundos na internet mostrando isso e logo depois a moça desapareceu, nem deu tempo de virar fofoca romântica. E parece que você não encontra mais essa filmagem em nenhum lugar...

— Um cara, é? É sempre um cara... aposto que um playboy qualquer.

— Não é? E sempre outro cara que não a gente. Mas eu não vi o vídeo.

— Ah, pena. Fiquei curioso agora.

— Eu também. Mas eu te disse, não é? Esses estudantes de hoje são rápidos. Sempre tem alguém que salva o arquivo antes que ele seja deletado... nem que seja só para guardar e comentar sobre ele com os amigos no bar... aqui, essa é por conta da casa. — ele empurra mais uma dose de uísque na minha direção. Há um papel discretamente dobrado embaixo do copo.

— Você entende mesmo desses estudantes, estou impressionado. — viro a dose como se não houvesse nada ali, mas o bilhete está seguro e oculto entre meus dedos. Se tudo o mais der errado, posso virar mágico de rua.

— É meu público. Preciso saber o máximo possível sobre eles. Por isso os negócios estão indo bem.

— Desejo sorte a você, Yor. Mas pelo que vejo, a chuva parou e o bar está começando a lotar. E você sabe que não gosto de multidões, muito menos de jovens barulhentos. — me levanto e aperto a mão dele, preparando a retirada sem nenhuma palavra que falte com a verdade.

— Tudo bem, Erik. Foi bom te ver, você é sempre bem-vindo.

— Agradeço. Mas você está com cara de quem ainda quer perguntar alguma coisa.

Ele estreita os olhos e sorri cinicamente, mostrando a expressão travessa comum a sua família.

— Eu só estava pensando que sumiço de garotinhas é tanto seu departamento quanto contrabando de bebida, Erik.

— Não se preocupe, Yor. — é minha vez de sorrir — Farei questão que você saiba, quando a hora chegar.

Com um último aceno, recolho minha mala e me dirijo à porta, desviando dos grupos de pessoas animadas que começam a entrar. Logo isso aqui vai virar uma taverna e, se tem algo que odeio mais que taxistas e chuva forte, são tavernas. Apesar do barulho, ainda sou detalhista o bastante para escutar o último comentário de Yor com seus botões, prova de sua perspicácia natural.

— Parece pessoal...

E ele está certo. Se as investigações se desenrolarem da maneira que imagino, e normalmente imagino corretamente... é totalmente pessoal. Mas por enquanto, vamos ver se os hotéis dessa cidade são dignos.

Nada acontece de excepcional até o dia seguinte. Meu destino é a Universidade de Stirling. O nome é Keira Hermman, estudante do segundo ano. Cabelos ruivos curtos, roupa alternativa, bicicleta azul, chaveiro na mochila da... Tardis? Aquela maldita serpente conhece mesmo seus clientes.

Como vou abordar a garota depois das aulas, tenho uma manhã inteira livre e de jeito nenhum vou perdê-la escrevendo relatórios, ainda mais com um tempo tão bom nessa charmosa ex-capital medieval. Minha memória é boa o suficiente para lembrar-se dos detalhes necessários.

Além disso, antes de encontrar minha informante, é melhor cuidar dessa presença que está me observando desde que saí do hotel. Envolver civis é sempre problemático, então vamos andando.

Depois de alguns minutos de caminhada, vejo que as ruas já estão ficando mais vazias e acredito que o cauteloso espião está pronto a se apresentar. Os passos firmes e ruidosos se aproximando na rua perpendicular denunciam que nos encontraremos assim que virar a esquina, o que faço sem hesitação.

Só pode ser brincadeira. O que encontro é um moleque que parece não ter mais de 18 anos. Branquelo, jaqueta de couro, camiseta de sei lá qual banda, cabelo loiro desarrumado, uma mochila

Operação Rastro Rubro

que combina mais com alpinismo do que turismo urbano. A aparência dele destoa da expressão séria com que me encara, por isso não baixo a guarda. Pelo contrário. De aparências destoantes eu entendo.

— É melhor o senhor esquecer a garota e ir embora da cidade.

— Posso saber quem me dá esse conselho e a razão dele? — coloco as mãos no bolso do sobretudo, falando com toda a calma do mundo.

— Um amigo. Isso está além de sua capacidade, senhor. Não é um simples desaparecimento de uma riquinha.

— Certamente não é. E você só confirma que estou na direção correta. Erik P. Coch. — estendo a mão para ele, aguardando o retorno do cumprimento. Após um segundo de hesitação, ele retribui firmemente e me olhando nos olhos.

— Jonas. Só Jonas. O senhor é da polícia internacional, eu presumo.

— Apenas Scotland Yard, rapaz. — mostro rapidamente meu distintivo — Temos motivos pra acreditar que a garota russa tem relação com outra garota londrina que desapareceu.

— Se está falando de Fran Valentine, o senhor está perigosamente perto da verdade.

— É mesmo? Novamente seus conselhos soam como música para meus ouvidos. — acendo um cigarro antes de continuar, calculando um olhar irônico para o jovem — Minha curiosidade de investigador se atiça para saber como tem acesso a tantas informações confidenciais.

Ele segura a respiração sem desviar o olhar. Não parece estar tentando esconder deliberadamente, mas não confia em mim para dar mais detalhes. Dependendo do rumo da conversa, posso convencê-lo...

Um inferno de carros de polícia passando em alta velocidade interrompe nosso colóquio. Isso não é exatamente comum por aqui. Uma rápida troca de olhares com meu novo colega é suficiente, e saímos em disparada na direção deles. Parece que o rapaz também é bom em farejar confusão.

Como meus instintos temiam, nossa parada é a universidade. Está uma bagunça, mas em poucos minutos descobrimos o que aconteceu, os policiais não estão acreditando muito na versão dos estudantes de que uma sombra sobrevoou o pátio aterrorizando os alunos e levou um deles pelo céu.

Adivinhe se a vítima não é Keira Hermman. Acendo outro cigarro, um tanto contrafeito por ter perdido tempo com o rapaz e me distanciado dessa cena esclarecedora. O que me consola é que, pela maneira com que soca um punho no outro, ele está tão desapontado quanto eu.

— Calma, rapaz. Um pouquinho de paciência e encontramos o rastro dela, ainda mais com um sequestro tão espalhafatoso.

Minha calma perante o improvável parece ter chamado a atenção de Jonas, mas não se discute a relação no primeiro encontro. Esse tempo pode ser gasto de formas mais úteis, como descobrindo a descrição da criatura. Alongada, um metro e meio de comprimento, voava sem asas, feito uma cobra ao vento, longos bigodes. Ninguém distinguiu a cor. "Um dragão chinês", um dos estudantes arrisca, sob risos das autoridades locais.

Hora da retirada. No meio da bagunça, um carro a menos não vai fazer diferença.

— O senhor parece saber muito bem para onde ir, Sr. Coch. — Jonas me inquire enquanto dirijo, sem ter feito força para tentar me impedir de emprestar o veículo.

— Não é tão difícil seguir o rastro de um desses. Cheiram a peixe cru.

— O senhor é algum tipo de especialista?

— Você também não parece um amador.

Depois de mais alguns minutos em silêncio, ele tira algo de dentro da jaqueta.

— Fran Valentine, Mila Rachnov, Xian-Li Ziyi, Teresa de Aragão. Quatro garotas desaparecidas sem deixar rastro em diferentes partes do mundo.

— Todas jovens, milionárias e filhas de importantes políticos, empresários e criminosos. Mesmo a influência de seus pais não foi

Operação Rastro Rubro

o suficiente para encontrá-las. — completo o perfil, notando que as fotos dele são diferentes das minhas.

— Um poder além dos seres humanos, talvez. — ele guarda as fotos, falando com um sorriso levemente irônico.

— O que você é exatamente, Jonas? — uma curiosidade sincera me acomete, mas o garoto apenas dá de ombros enquanto eu tento manter a conversa — Eu chutaria... "Dragon Slayer", pelo logotipo de sua camiseta. E pela serenidade ao lidar com essas criaturas misteriosas e sombrias.

— O mesmo pode ser dito de você. — ele responde, pragmático, e é nossa última troca de palavras durante o resto do trajeto.

O rastro nos leva direto para a velha Ponte de Stirling, sobre o rio Forth. Reviro os olhos, pois o cheiro dilui-se dentro da água. Engenhoso. Sei muito bem que esse rio vai desembocar no Estuário Forth depois de passar por mais algumas cidades, atravessando todo o resto da Escócia. Rastrear isso vai ser trabalhoso.

— Encontrar um peixe cru dentro d'água não é muito simples, não é? — Jonas toma a dianteira, saindo do carro e indo direto para a borda da ponte. Apesar de suas palavras, não parece nem um pouco preocupado.

— Infelizmente não trouxe vara de pesca.

— Eu trouxe, mas apenas uma. — ele tira de um bolso da jaqueta um pequeno aparelho semelhante a um... barbeador elétrico, desses bem modernos e odiáveis.

Chegando perto, vejo que a única diferença entre isso e um barbeador elétrico de verdade é o que acontece quando Jonas o liga e o aponta na direção do rio. Um leve rastro prateado surge lentamente dentro da água diante de nossos olhos.

O mote favorito de um amigo meu vem à mente: tecnologia e magia são como irmãs gêmeas que se odeiam.

— Siga a estrada de ouro, Dorothy... — Jonas parece muito satisfeito com seu brinquedo e não posso negar que nos economizou um bom tempo e esforço.

— Vamos precisar de um barco.

— Não se preocupe. Eu cheguei pelo rio, então tenho um ancorado na borda da cidade. Com provisões, combustível e armas.

E não é que o garoto fez o dever de casa?

— Deixo as armas para você, mas aceito o resto. — faço sinal com a cabeça para que voltemos ao carro, agora com destino definido. Hora de voar.

II

Apesar de estarmos tecnicamente em uma perseguição, não deixo de apreciar a paisagem ao nosso redor quando entramos na parte mais larga e imponente do rio. Visto de cima, sei que somos um pontinho branco quase imperceptível no intervalo azulado entre dois tapetes verdes de mata nativa. Um pedaço de paraíso no meio da Escócia, esquecido graças aos deuses, forte e antigo o suficiente para que eu prefira aspirar o ar puro ao invés de acender um cigarro.

Avançamos pelo rio dia afora e nosso barbante de Teseu continua seguindo as curvas até onde a vista alcança. Apesar do local agradável, só me resta concluir que nesse ritmo chegaremos tarde demais para a última dança da Srta. Hermman.

— Vamos fazer uma pausa. Logo anoitecerá e viajar pelo rio será dez vezes mais perigoso.

— Sem condições. Nesse ritmo já perigamos perder nossa pista, imagina parando! Durma se estiver cansado, posso lidar com os perigos noturnos da vizinhança.

— Sua coragem é notável e seu aparelhinho foi útil, mas não tem como descobrir o destino final do alvo sem precisar seguir todas as curvas que ele fez?

— Isso... está previsto para a versão 2.4. — ele fala meio baixo, visivelmente constrangido. Apesar da minha aparente decepção, sorrio internamente. Esses brinquedinhos tecnológicos sempre te deixam na mão em algum momento.

— Na verdade existe um jeito de descobrir isso durante a noite, mas teremos que parar na mata fechada. Claro — levanto a mão,

Operação Rastro Rubro 259

barrando o protesto que ele já ensaiava – que uma floresta dessas não é passeio turístico, mas eu sei o que estou fazendo.

– "Eu sei o que estou fazendo" é a última frase que você diz se quiser transmitir confiança...

– Bem, é minha sugestão, a não ser que você tenha um aparelho de teletransporte no bolso. Mas mesmo que tivesse, não temos nem ideia de onde pousar, não é mesmo?

– Tudo bem... vamos tentar do seu jeito. – apesar da desconfiança escancarada em cada gesto, ele redireciona o barco para o local menos perigoso das redondezas e aporta. Enquanto isso procuro algo útil entre as provisões.

– Você não tem nada mais... interessante, além de rações, barras de cereal e carne seca?

– E o que comida tem a ver com isso? Ei! Essa vodka é só para... emergências! – ele tira a garrafa de mim sem abertura para discussões, justamente o item mais importante que encontrei. Ao menos também temos bananas.

– Certo. – falo serenamente, exalando todo meu trato social – Pode ficar com a garrafa, mas leve ela com a gente. Vamos precisar dela com 99% de certeza. É sério. Na pior das hipóteses pode me acertar com ela.

Ele me encara como se eu fosse um verdadeiro maluco, mas enfia a garrafa entre os pertences e salta do barco resmungando.

– Como se eu fosse desperdiçar uma bebida boa dessa com você, tiozinho...

Saio em seguida deixando os cigarros no veículo; melhor evitar confusões inúteis. A floresta a nossa frente não é convidativa, mas os raios avermelhados do crepúsculo a fazem indiscutivelmente bela. Jonas caminha ao meu lado com os olhos atentos e a mão estrategicamente relaxada dentro da jaqueta, mantendo a pistola engatilhada para caso de perigos externos ou uma eventual quebra de confiança. Eu não posso culpá-lo, tenho mesmo cara de psicopata. Ao menos é o que as mulheres dizem.

– Vai me contar qual é a estratégia "vodka e bananas"?

– Vamos andando. Não vai demorar para sermos encontrados.

– Encontrados...? Você está mesmo à vontade aqui...

Alguns minutos depois, começa. A escuridão cai completamente ao mesmo tempo em que a mata fica mais fechada e os galhos parecem acordar irritados, atrapalhando nossa passagem. Rápido feito uma faísca, Jonas vira de costas para mim sacando sua pistola. Felizmente não atirou.

– O que há rapaz? – olho na mesma direção, aparentemente calma e silenciosa como um mausoléu.

– Algo se moveu por ali... e não diga que não percebeu que todos os galhos e troncos quebrados no caminho crescem ainda mais depois que passamos.

– Bem, se não crescem no nosso nariz, significa que podemos seguir em frente.

– Apenas não podemos voltar.

– Talvez porque não seja necessário...

Qualquer dúvida sobre o caráter da minha última colocação perde a importância no instante seguinte, quando vemos um frondoso carvalho barrando o caminho a nossa frente como se tivesse brotado no tempo de uma piscada. Sorrio alegremente para ele.

– Você foi bem rápida. Está sem receber visitas há muito tempo?

Antes que essa saudação aparentemente sem sentido acabe com o pouco respeito que Jonas ainda tem por mim, os padrões do tronco se movem sinuosamente. Observamos o surgimento de uma impressão de rosto que desprende-se sutilmente da madeira, como você sempre sonhou que os filmes 3D fizessem. Os cabelos ruivos caindo pelos ombros, o sorriso largo e os olhos verdes brilhantes, quase envidraçados, compensam qualquer estranhamento a respeito do tom amadeirado da pele da mulher que surge do tronco.

E a saudação mostra-se gratificante.

– Visitas como você são raríssimas por aqui. E também a de belos jovens como ele... – a voz melodiosa em escocês arcaico cantarola diretamente na minha direção e na de um surpreso Jonas. Imagino que não seja pelo tom de pele.

Operação Rastro Rubro

— Cuidado rapaz, ela não é a Medusa, mas olhar diretamente nos olhos ainda pode causar estrago — brinco, aliviado pelo bom humor da dama. Talvez a companhia que consegui tenha sido vantajosa, pois um dos galhos molda-se na forma de um braço esguio e nos concede permissão para aproximação. O aroma adocicado de madeira e frutos espalha-se ao nosso redor como um perfume inebriante.

— O que é você? — Jonas dispara, fascinado e nada cavalheiro. Essa geração não sabe lidar nem com mulheres, nem com árvores.

— O que você quer que eu seja?

— Perdoe o rapaz — me interponho entre Jonas e os dedos de finos galhos esticados na direção dele — Nunca esteve na Escócia antes. Procuramos um dragão que está atravessando o rio na direção do Estuário. Fez umas bobagens na cidade, sabe como é.

— Ah. — ela faz um muxoxo, farfalhando sua própria copa e intensificando o aroma — Trabalho, como sempre. Você nunca me convida para um drinque desde que virou *sir*, seu velho egoísta.

— Sinto muito. Você sabe que nunca daria certo.

— Hunf. É importante? Esse dragãozinho?

— Importante o suficiente. Precisamos alcançá-lo e acredito que suas irmãs podem ter visto onde ele aterrissou. E também... nos ajudar a chegar lá.

— Ah! Estamos falando de um grande favor duplo para uma dupla de pessoas! — ela esfrega os nós dos dedos, os olhos vivos como os de uma criança em dia de aniversário. Estico a mão para Jonas sem tirar os olhos da dama.

— Vodka e bananas.

Depois de bebida, frutas e uma pequena cerimônia pagã, nossa colega parece muito mais feliz e disposta a ajudar como puder. Tive medo que não fosse o suficiente, mas acho que a vodka e um jovem rapaz no ambiente fizeram a diferença. Só precisei que Jonas fizesse as perguntas em vez de mim.

— Todas as árvores viram, certamente. — ela começou, penteando os cabelos indolentemente e olhando vagamente para o interior da floresta – O dragãozinho atravessando o rio. Ele parecia carregar alguma coisa, mas não pudemos ver o que era. Passou realmente rápido... deve estar longe agora.

– Longe quanto? Consegue nos dizer onde ele parou?

– Não se afobe, rapazinho, embora eu goste dessa sua expressão... só me dê um minuto.

O farfalhar de seus galhos se intensifica e inicia uma onda que atinge todas as árvores ao redor, formando um conjunto levemente perturbador e sufocante de folhas balançando cada vez mais vigorosamente. Pareceu tomar a floresta toda e durar a eternidade; mas parou abruptamente. Para elas, é uma conversa entre vizinhas.

– Oh, é uma pena. – ela suspirou, falsamente desapontada – Ilha de Lamb.

– Essa não! Isso é do outro lado do país... – Jonas tirou seu mapa da mochila, estudando-o com o auxílio de uma lanterna e apontando o caminho que teríamos de percorrer. Também não estou nem um pouco feliz com a notícia.

– Esse não é o maior problema. O problema é que lá não tem árvores. E a cidade mais próxima é...

– North Berwick. – ele completa objetivamente, sem tirar os olhos do mapa.

– Bem, isso encerra nossos assuntos – a dama se prepara para enclausurar-se no próprio tronco, isso se eu não segurasse seu pulso com a firmeza milimetricamente calculada para não ser rude.

– Entendo como se sente, mas não é esse o combinado.

– Já eu não entendo mais nada. – Jonas desabafa, um pouco inconformado – O que tem de errado em North Berwick?

– Passado recente – respondo sem demora – Um dos lugares onde a Caça às Bruxas mais ardeu, e não traz boas lembranças para nenhuma criatura que tenha vivido o suficiente para se lembrar.

– Amizades e amores insubstituíveis se perderam naquela época maldita. – ela se desvencilha de mim e inclina-se para Jonas de uma maneira bem menos convidativa do que antes – O lugar é mais pestilento e amaldiçoado do que seus olhos infantis podem

Operação Rastro Rubro

sonhar em enxergar. E quanto aos seus — agora sou eu o alvo da figura irredutível — não espere que eu ou minhas irmãs o ajudemos a colocar os pés nesse antro. Eu sei que pra você não faz diferença, então vá sozinho.

O cérebro inimigo cobriu várias possibilidades se entocando perto de North Berwick, minando o apoio das dríades e de qualquer ser das redondezas. Muito inteligente. Dificilmente alguma delas aceitaria dar uma carona e a *outra opção* não pode ser utilizada por enquanto, embora vontade não me falte. Mas quanto mais eu tenho certeza da identidade de nossa presa, mais preciso manter o autocontrole. Uma habilidade que Jonas não parece dominar.

— Não temos tempo pra isso, senhorita! Existe uma pessoa em perigo, e todo segundo é precioso!

— Ah, isso não me interessa nem um pouco. Receio que seja hora de vocês partirem.

— Não sem uma direção certa. Se o problema é a cidade, nos ajude pelo menos a chegar mais perto!

— É importante, essa garota? Sua irmã? Sua namorada? — ao menos a teimosia dele está mantendo-a um pouco interessada. Vamos ver onde isso vai levar.

— Nunca a vi antes.

— Então por que farejo essa genuína urgência em seu coração disposto a enfrentar o desconhecido por uma menina que nunca viu?

— Por que a urgência? Porque estou discutindo filosofia barata com uma mulher-árvore enquanto poderia estar salvando essa pessoa!!! É o bastante pra você?

Bem, isso vai encerrar a conversa, para o bem ou para o mal. Felizmente, em vez de nos trespassar com os infinitos galhos sob seu controle, minha velha conhecida solta uma saudável risada, daquele tipo que os adultos dão quando uma criança fala um lindo absurdo próprio da idade.

— É isso que te falta, Erik. — ela zomba de mim de canto de olho — Paixão. Inquietação. Mas não o culpo, a ignorância charmosa da juventude não combina mais com você.

— Isso significa que vai nos ajudar ou que não vai?

— Já está decidido que não vamos ajudar diretamente. Mas pela insistência do seu amigo posso conceder uma benevolência, apesar das más lembranças que vocês me trouxeram — ela retira um pequeno bastão de freixo do que seriam suas entranhas e o entrega para mim — Joguem isso no rio e sigam-no. O resto acontecerá.

Jonas se aproxima de mim com a expressão incrédula de um adepto da tecnologia perante alguma coisa feita de madeira. Quando ele olha novamente para a dama-árvore, tudo que recebe é uma piscada e um sorriso de despedida. O que resta é silêncio e o caminho por onde viemos livre de galhos e troncos.

— ... ela me chamou de ignorante???

A santa ignorância de quem não sabe a sorte que tem. Mas ao menos eu concordo com ela que é divertido.

Só não tão divertido quanto sermos guiados por um bastão de freixo e pegos em um redemoinho repentino, sacudidos de um lado para o outro e cuspidos violentamente em um local impossível. Deve ser a vingança dela por termos perturbado suas memórias. Odeio portais elementais, principalmente os que envolvam água.

— Mas que merda é essa? — a reação de Jonas não poderia ser mais natural ao se ver no topo de uma montanha um segundo após ser tragado pela correnteza do rio. Enquanto ele verifica a integridade de seus pertences, eu tiro meu capote pesado demais para ser usado e jogo por ali mesmo.

— Parece que está tudo funcional. Mas como paramos aqui?

Aponto a direção de onde viemos, onde uma parede branca e fofa se revelava nada mais que uma nuvem no topo da montanha.

— Saídas de portais elementais. O céu encontra a terra, a nuvem toca a montanha, isso cria uma passagem, etc. e tal. A entrada deste aqui é no fundo do rio Stirling. Tem vários lá, mas esse é novo para mim... você tem algum agasalho seco nessa mochila? Está frio como o inferno aqui.

— ... quem é você, afinal?

Operação Rastro Rubro

— Achei que já tinha dito. — não acho nenhuma blusa, mas um binóculo vai ser útil.

— Corta essa! Desde quando investigadores conhecem portais mágicos e criaturas-árvore?

— E desde quando adolescentes carregam barbeadores que rastreiam resíduos mágicos? — ele silencia e aproveito para olhar em volta — Ah, já sei onde estamos...

— Caçador de dragões — ele bufa, levemente irritado. — É isso que eu faço. Por isso os equipamentos. Por um instante achei que fosse seu caso também, mas...

— Mas acha estranho um caçador conhecer dríades e portais, certo?

— Nós caçamos monstros, não negociamos com eles.

— É. É o que vocês dizem, pelo menos a maioria. Mas há quanto tempo está nesse ramo, Jonas?

— Cerca de três anos, por quê?

— Então filho, eu te digo que hoje você vai aprender muito mais do que em todo esse tempo. E vai ter a chance de escolher se vai continuar seguindo velhas receitas só porque alguém disse ser o certo ou se vai ajudar a colocar o mundo para frente.

III

Algumas horas depois pegamos um bote até Lamb, uma das ilhas menos visitadas do Estuário Forth. De todas, é a menos divertida. Não passa de uma ilhota vulcânica e rochosa, sem vegetação e com ancoragem difícil. Parece mais uma toca de bandidos. Não é à toa que foi escolhida para esse papel.

— Não tem muitos lugares para se esconder aqui — Jonas diz enquanto atravessamos com dificuldade o solo pedregoso e instável da ilha. — Não vão demorar a aparecer.

A previsão dele se confirma em seguida, na forma de um ponto brilhante vindo rapidamente do céu. Logo o dragão chinês responsável pelo sequestro se apresenta, pairando alguns metros acima de nossas cabeças, seguramente arrogante apesar de estar sob nossa mira. Claro, do ponto de vista dele, o alvo somos nós.

— Vocês são aguardados — ele diz em um escocês quase ininteligível por conta do sotaque oriental — Acompanhem este servo.

Seguimos o confiante porteiro sem delongas. Despido da camuflagem que usou na cidade, contemplamos suas escamas azuis brilhantes e que parecem se mover como a correnteza de um rio. Deve ter um mestre e tanto por trás disso para um desses ser tão mansinho.

Chegamos a um rochedo particularmente grande, cuja entrada rui ao movimento mais sutil de nosso guia e revela a entrada de um declive que adentra a escuridão em direção ao subterrâneo.

—Vocês são esperados no final do túnel. Este servo irá anunciar...

Antes que o dragão termine o trabalho que lhe foi designado, um tiro laser surpreendentemente rápido atravessa sua testa e o faz tombar em uma poça de sangue azul e brilhante.

— Não se incomode em anunciar. — observo Jonas abaixar a arma e seguir em frente sem olhar para mim. Mesmo que eu entenda, o prazer contido na voz dele me incomoda. Caçadores: atire-primeiro-nem-pergunte.

Conforme avançamos com lanternas na penumbra, o ar vai ficando mais quente e seco e nosso objetivo fica mais próximo. Quando avistamos o que parece ser uma abertura maior no túnel, com luzes de tochas refletindo pequenos pontos brilhantes, meu sangue já está quase em ponto de ebulição.

— Agora preste atenção, Jonas.

Não há tempo para ele reagir ao meu tom soturno; todas as tochas do recinto a nossa frente se acendem e a visão que surge é fantástica.

Literalmente montes de moedas, joias e pedras preciosas cobrem o chão e as paredes do salão de piso de mármore. Baús fechados mostram que nem tudo de valor está à vista, embora alguns deles estejam abertos derramando dinheiro de vários países. Estátuas e obras de arte de todos os tipos nas paredes completam

Operação Rastro Rubro

o que seria o sonho colorido de qualquer saqueador de tumbas ou pirata deste mundo.

As ossadas humanas espalhadas nos cantos mais escuros e o cheiro de sangue e carne podre que empesteia o ar fazem parte do glamour, obviamente.

— Não reparem a bagunça. Anda difícil contratar empregados.

Como era de se esperar, esse lugar tem um dono e ele está ocupando seu posto: um trono no fundo do salão, onde sua visão geral é perfeita e a de quem entra é oculta pelas sombras.

— Se é difícil arrumar médicos para lugares isolados, imagine camareiras — seguro meu colega pelo ombro antes que ele saia numa carreira suicida — Mesmo que pague bem, muitas vezes não vale o sacrifício.

— Chega de papagaiada! Onde está a garota? — Jonas se adianta o quanto pode, ameaçando-o com a pistola feito um policial novato.

— Seu amigo é bastante indelicado. Primeiro mata o mensageiro e depois grita com o anfitrião. Devo ensinar a ele boas maneiras?

— Se isso te fizer levantar o rabo daí... esteja a vontade. Eu sou um velho ranzinza sem educação, especialmente com sequestradores de garotinhas.

Ele deve ter se irritado um pouco com nossa falta de etiqueta, dado o aumento repentino da temperatura. Mas pelo menos levantou e veio nos encarar de um ponto onde podemos enxergá-lo e confirmar nossas suspeitas. O loiro de olhos âmbar, sorriso rasgado e terno impecável a nossa frente é definitivamente o responsável pelos sequestros, mas o charme dele não vai funcionar agora.

— O que fez com Mila Rachnov depois do pequeno passeio? — o gatilho da arma a um milímetro de ser disparado denuncia que Jonas já espera o pior cenário como resposta.

— Achei que estivesse interessado na escocesa do vídeo intrometido — ele chuta um dos baús maiores, abrindo-o e revelando a jovem desacordada e ainda respirando, contrariando minhas expectativas.

— Quanto às outras, vocês passaram por elas e as ignoraram. — ele aponta as ossadas displicentemente, recebendo em resposta um laser certeiro no meio dos olhos.

— Isso não é suficiente. — comento, observando o homem caído.

— Foi bom mesmo assim.

— Sabe uma coisa que não entendo? — ele se levanta mais espalhafatoso do que antes, como se o tiro o tivesse energizado ao invés de danificá-lo. — É você. Erik P. Coch. — ele ri com desdém, e eu sei onde isso leva.

— Essa fala é minha. Eu não entendo criaturas como você. Tantos séculos apegado a costumes embolorados.

— Eu sou um tradicionalista. — ele está se aproximando, como eu previa — Mas não odeio o mundo moderno, como outros. Eu só... me adaptei. Não finja que não entende, pois se fosse o caso, não estaria aqui.

— Sinto náuseas só de pensar em entender seu conceito de adaptação, mas foi por isso que o encontramos apesar de suas precauções. Foi só traçar o perfil das vítimas e você estava tão exposto quanto aqueles ossos. Moças jovens, lindas, ricas... e filhas de importantes figuras internacionais. *Princesas* do mundo moderno.

Agora, deixe-me ver seus olhos mudarem de cor, seu velho safado.

— Não é isso... Ddraig Goch?

Ele sorri como se recebesse um sinal muito aguardado, e começa. Dentes afiados surgindo, unhas crescendo, as costas envergando-se e estralando como se algo estivesse tentando sair dali.

— Apenas pegue a garota e dê o fora. — falo baixo para Jonas, que jamais admitiria a fascinação que seu rosto transmite por testemunhar isso.

Enormes placas de escamas vermelho-rubi cobrindo todo o corpo como uma armadura, uma coroa de chifres negros adornando a cabeça e um par de córneos brancos projetando-se acima dos olhos pequenos e cruéis, os músculos das pernas estendendo-se e vibrando prontos para esmagar tudo em seu caminho, o sorriso

Operação Rastro Rubro

rasgado no focinho pontiagudo. Sem contar as asas de ruflar demoníaco se abrindo e a cauda impaciente e espinhosa como uma serpente devoradora.

Tão belo, antigo, majestoso e repulsivo.

Apesar do espetáculo, Jonas se recompõe e faz o necessário, retirando a moça da arena sem mais perguntas. Não é sua prioridade agora.

— Olá de novo, Goch. — o rosto hediondo fica a um metro de distância de mim após a transformação completa, seus olhos laranja e purulentos ansiosos. Não movo um dedo.

É rápido. A cauda age feito um chicote titânico e me acerta contra a parede mais distante do salão. Ele é impaciente. Todos somos.

— Quanto tempo ainda, Coch? — ele me cobra com sua voz cavernosa e linguagem incompreensível para humanos comuns — Não existe orgulho em esmagá-lo assim!

— Você sabe, Goch... é muito melhor dessa forma. — esfrego a mão na testa e sinto o líquido fervente e vermelho escorrendo. — Quando o sangue nos faz acordar.

Não há mais como me conter, nem que eu queira. Tão rápido quanto o corpo permite, sinto minhas asas clamando por liberdade, meus ossos expandindo, meu coração batendo dez mil vezes mais rápido. Fecho os olhos e deixo o rugido ecoar do fundo do meu ser.

Sou eu de verdade. Vermelho, gigante, antigo e repulsivo.

E dois dragões vermelhos não costumam ocupar a mesma sala de tesouros por muito tempo. Pelo menos um deles precisa parar de respirar.

Um embate dessa magnitude não demora a se resolver. É inútil tentar morder ou arranhar uma pele tão dura quanto a sua ou soltar fogo em quem pode fazer o mesmo com você, ainda mais em um espaço tão "pequeno" quanto este. Por isso, perde quem cair primeiro.

Só de cair você já pode se machucar feio e ficar indefeso pelos segundos necessários para ter seu pescoço quebrado, chifres enfiados dentro dos olhos ou o que a imaginação mandar. Faça o que fizer, não caia.

Eu sei disso, mas ele é forte. Algumas cabeçadas não vão bastar. Estou aguentando, mas não fico triste em vê-lo levar um tiro de laser no olho sem aviso algum. Meu colega voltou rápido e já tomou posição.

— Não entenda errado, monstro. Este é meu trabalho como Caçador de Dragões! — ele me encara com a mágoa de uma noiva traída, mas posso relevar os xingamentos se os tiros forem reservados apenas ao outro monstro presente.

Empurro o adversário contra a parede com todo o fôlego, causando uma nuvem de fumaça e ficando focinho a focinho com ele. Sabe a estratégia de não soltar fogo em espaços pequenos? Eu não me importo muito com isso de estratégia.

A onda de chamas que toma a caverna inteira é revigorante. Enquanto ele está tentando enxergar por entre as labaredas à queima-roupa, o pescoço é meu; espiando com o canto do olho, vejo Jonas correndo a toda velocidade e puxando Keira, que parece estar em choque na entrada do salão.

— Seu celular não vai pegar aqui! CORRA!

Excetuando que todo o tesouro se foi e as ossadas das vítimas viraram cinzas, a caçada foi perfeitamente finalizada. Saio lentamente da caverna, estralando na pele de Erik novamente, pensando em como vou explicar isso de um jeito heroico. Estou exausto, fazia tempo que não lutava com um igual, mas não tenho tempo de descansar quando subo à superfície. Jonas está me esperando com sua fiel companheira. Engatilhada.

— E a Keira?

— Eu disse para ela esperar no barco porque aqui ficaria perigoso.

— Certo. Final feliz. Ah, eu queria tanto um cigarro...

— Você disse que eu aprenderia algo. Mas estou mais cheio de perguntas do que de respostas.

Ele sabe que um tiro não é suficiente, mas mantém minha cabeça sob a mira. Antes que comece a falar, entretanto, ouvimos

Operação Rastro Rubro

passos rápidos se aproximando e escutamos a voz de nossa testemunha pela primeira vez.

— Ei, você não teria um cigarro... o que... está havendo? Vocês não deviam ser... parceiros e tal?

Claro, não basta todo o estresse do sequestro sobrenatural, ela tem que ver a equipe de resgate lavando roupa suja. Nada profissional. Jonas revira os olhos e respira fundo, apertando a arma entre os dedos em um esforço hercúleo para enfiá-la no coldre sem efetuar um disparo em mim.

— Precisamos levá-la para casa primeiro.

A confusão nos olhos de Keira só piora ao ver o garoto passando reto por ela e praticamente correndo na nossa frente em direção ao barco. Parece que chegou o improvável dia em que sou o 'bonzinho' da dupla e só resta me aproximar da maneira mais cautelosa possível.

— Infelizmente eu não tenho mais cigarros. Mas podemos arranjar assim que voltarmos a North Berwick, junto a uma boa garrafa de vodka.

— Se você não se importa, eu prefiro uísque puro — apesar do riso nervoso, ela está aguentando formidavelmente — Escuta, você não são, tipo, polícia normal, certo? CIA, KGB... BRPD?

— Scotland Yard e freelancer — enquanto caminhamos, mostro meu distintivo e aponto na direção de Jonas. Ela bufa e aproveita para comentar suas impressões.

— Mesmo sem especificar, dá pra saber que o cara que me deixou sozinha no barco não é o inglês... viu, eu vou ter que dar depoimento pra alguém ou algo assim?

— A missão foi cumprida e a maioria das provas sumiu. Vou cuidar para que não precisem acrescentar mais detalhes, então você pode voltar para sua vida normal e esquecer isso.

— Esquecer. Ceeeerto...

Esses discursos padrão me fazem sentir muito idiota.

Ao chegarmos na embarcação, encontramos Jonas sentado no convés ainda com cara de poucos amigos. Espero que esse ínterim tenha servido para ele decidir se quer falar ou atirar.

— Se quiser perguntar algo, esteja à vontade. — o tempo de Keira entrar no barco e sentar-se é o tempo de Jonas finalmente começar. Prefiro esperar do lado de fora por enquanto.

— Não me espanta que o tenha matado. Dragões não são unidos, mas não é explicação suficiente, visto que destruiu todo o tesouro dele também.

Antes de responder, me encosto de leve na embarcação e observo uma fina coluna de fumaça negra subindo serenamente ao céu, oriunda do campo de batalha que ficou para trás. É tudo que restou, e logo nem isso existirá mais.

— Sabe, tipos como aquele... eu os odeio. Fincam as raízes na terra e teimam em ficar do mesmo jeito que sempre foram. Nunca se ajustam a esse mundo de mudanças eternas. E há muito tempo não tenho interesse em tesouros empoeirados.

— Por isso veste uma pele de cordeiro e saí por aí bancando o justiceiro? — ele me devolve um sorriso cínico e característico de quem crê no maniqueísmo do mundo. Pueril demais para me abalar.

— Pode até ser. Melhor do que seguir costumes que já não fazem sentido. É como água parada criando larvas. E eu odeio larvas... mas gosto de pessoas como você, Jonas. Não é de falar muito, mas sabe priorizar. — olho rapidamente para Keira, acomodada no local mais espaçoso e cuidadosamente preparado com cobertores na nossa ausência.

— Devo aceitar os elogios de um dragão...?— ele cruza os braços, irredutível em seu orgulho, e é quando escutamos um suspiro propositalmente alto vindo do barco.

— E daí que é um dragão? — a moça revira os olhos, contrariada —Você parece um velho ranzinza. Qualquer leitor de fantasia sabe que dragões não precisam ser malvados. O Fushur, por exemplo...

— Esse é só história. — ele responde insensivelmente, como um verdadeiro velho ranzinza.

— Droga. O Ness também? Eu sou escocesa, isso é meio importante.

Operação Rastro Rubro

— Infelizmente, não existe nenhum monstro do lago Ness. Tudo que existe é uma serpente nórdica ancestral com o focinho cheio de tequila. — os dois jovens me encaram sem palavras perante a afirmação bizarra o suficiente para acabar com o clima de interrogatório. O pior é que é verdade...

— Tudo bem. — Jonas finalmente se decide — Depois daqui você vai responder o que quero saber sobre você e essa sua organização misteriosa que caça dragões e fala com árvores.

— Árvores? Vocês são celtas ou ingleses, afinal? — Keira me encara, parecendo interessada. Agora que o perigo passou totalmente, a curiosidade está sobrepujando o estranhamento. Isso me faz sorrir sinceramente.

— A essa altura... somos um pouco de tudo, minha jovem.

A viagem de volta aconteceu sem mais problemas. Keira insistiu que poderia voltar sozinha pra casa no voo que arranjamos, isso depois de ingerir quase um litro de uísque e de perguntar umas trezentas vezes se não apagaríamos a memória dela. Esses jovens acham que tudo é simples como nos filmes. De minha parte, estiquei a permanência mais alguns dias para levar Jonas ao melhor pub do país.

— Sejam bem-vindos! — Yor não consegue conter a curiosidade no olhar ao nos receber — Como foi, Erik?

— Você voltará a ter uma ruivinha como cliente habitual. Veja duas doses de uísque.

Nos ajeitamos em uma mesa discreta para continuar nossos assuntos. Jonas investigou um pouco por conta própria, como eu esperava. Ele é teimoso, mas inteligente o bastante para dar um veredicto só depois de julgar com os próprios olhos.

— Então a parte da Scotland Yard não é mentira.

— Não, e nem as outras partes. Sabe, como você mesmo disse antes, existem poderes além dos humanos... alguns deles causam problemas, aí entra meu departamento. Mas claro que não é tão simples lidar com essas coisas... por exemplo, estamos sempre precisando de pessoal qualificado.

Ele levanta as sobrancelhas perante minha indireta, mas antes que possa responder, Yor ri alto o bastante para chamar nossa atenção. Parece estar se divertindo muito com seu notebook.

— Vocês deviam ver isso, foi postado há menos de quinze minutos e já está dando o que falar.

— Não nos interessa, Yor.

— Nem um vídeo chamado "Batalha de Dragões na Ilha de Lamb"?

Um segundo depois nossos olhos estão grudados na tela da maldita máquina. É realmente nossa batalha. Até Jonas aparece de relance. Na descrição do vídeo, apenas um 'Obrigado'. O nome de usuário, 'Keirascot_19'.

— Então ela não estava tentando ligar pra alguém... — Jonas coça a cabeça inconformado e se levanta bruscamente. Sem condições de olhar o sorriso sarcástico do barman, sigo meu colega tão inconformado quanto ele.

— Agora você terá uma prova irrefutável de que meu departamento existe. Já estiquei a estadia, e vou ter que explicar mais essa...

Dito e feito. Meu odiável celular toca em seguida e passo para Jonas atender. Ele aguenta por menos de cinco segundos a torrente de palavras motivadoras de nosso estimado supervisor, que consigo escutar de longe.

— São todos loucos como você, pelo jeito.

— Pode conferir por conta própria quando conhecê-los... e a Keira também vai, devido a essa brincadeira genial.

É cada enrascada que me aparece. Entretanto... não era bem assim que eu esperava recomendá-los, mas dois novos recrutas podem compensar um pouco a confusão que acabei deixando acontecer. Com sorte, o suficiente para me livrar dos relatórios extras.

Mas esses são apenas detalhes. Vivo numa época na qual dragões se juntam a cavaleiros para salvar princesas e depois são ludibriados por elas... compensa qualquer aborrecimento eventual.

Operação Rastro Rubro

As mulheres da minha vida
Marco Rigobelli

Não sou de contar vantagem, pelo contrário, acho que isso traz mais mal que bem. Se é para ver-se exaltado, que seja pelos lábios alheios que melhores resultados trazem. Mas essa história, essa *precisa* ser contada. Não para o mundo, porque mesmo em casos como esse não sou afeito a gargantear, ainda que não tenha sido a melhor das experiências. Porém, foi a mais bizarra pela qual já passei.

Me chamo Artur, como o rei dos contos de cavalaria. *Exatamente* como o rei britânico. Minha mãe passou quase a vida inteira lendo as histórias de Camelot, Merlin, Lancelote, Távola Redonda e tudo mais. Chuto que ela tenha pelo menos sete versões diferentes das Brumas de Avalon. Não é um nome de todo ruim, mesmo quando se sabe a origem dele, principalmente porque poderia ser pior, eu poderia me chamar Tristão – e antes um corno manso heróico que um imbecil apaixonado.

Isso tudo aconteceu há dois meses. Foi o tempo que precisei para digerir o que aconteceu e começar a me recuperar das feridas. Sim, *feridas*. Devo dizer que nunca uma mulher me machucou tanto e nem me refiro à maneira legal, ou mesmo ao coração partido; falo de queimaduras, arranhões, mordidas, talvez até minha dignidade. A verdade é que ainda não fiz uma contagem precisa das baixas que essa história me rendeu.

Veja bem, tenho esse amigo meio estranho que frequenta buracos capazes de fazer a Penha parecer um lugar bonito e que adora mexer com esoterismo e todas essas merdas. Ele se chama Mauro, mas odeia o próprio nome. Prefere que o chamem de Marv, ninguém sabe ao certo o motivo, no entanto mesmo assim nós acatamos, já que ele não é o tipo de gente que você vai querer deixar aborrecida. Não que seja algum psicopata ou coisa assim, ele é até bem controlado, mas gente como esse meu amigo não costuma lidar muito bem com mágoas ou com pessoas tampouco. Eu o entendo.

Marv é um cara meio reservado. Talvez por seus gostos, ele prefere se manter distante das pessoas como medida de autopreservação. Os outros conseguem julgar bastante mesmo quando não querem, então nada mais justo para ele que se afastar desse tipo de crítica negativa, o que acaba atrapalhando um pouco o bom senso, mesmo assim é algo administrável. O problema é que pouco nos falamos – mesmo pelas redes sociais, mensagens de celular ou gtalk. Não sei ao certo o motivo, só não temos muitos assuntos quando não estamos conversando pessoalmente. No entanto, é engraçado, Marv é um tipo raro de amigo com o qual não preciso manter contato para saber que ele estará lá quando necessário, seja esse necessário alguém pra dizer *"não faz isso que vai dar merda"* ou mesmo alguém com quem dividir algumas cervejas enquanto desovamos besteiras e histórias (boa parte delas de veracidade duvidosa). Por isso não fiquei surpreso quando ele tocou a campainha de casa numa noite de quarta.

– Pensei que tivesse morrido – eu disse, deixando escapar uma risada enquanto olhava para cima tentando encarar o homem alto, de cabelos e barbas desleixados, loiro e magrelo parado na entrada do meu apartamento. Marv é como uma paródia cruel do Triple H. – Entra.

Ele abriu um sorriso largo e deu tapinhas no meu ombro como que me parabenizando pelo comentário. Marv então se espalhou minha sala adentro até encontrar seu lugar em uma cadeira próxima aos fundos do cômodo pequeno.

– Não vai nunca cansar de fazer essa piada? É a quarta vez que pergunta se estou vivo e nem tem tanto tempo que não nos falamos – ele disse com sua voz de trovão após finalmente se ajeitar na cadeira com as pernas esticadas. Essa é uma daquelas perguntas que você faz, mas não precisam de resposta.

Não deixando o protocolo social, perguntei a Marv se ele queria alguma de uma série de coisas que sabia não existirem em casa tendo certeza que só aceitaria a cerveja. Peguei para nós duas garrafas, não muito depois precisei carregar todo o engradado. Devia ter feito isso desde o começo. Conversamos por um bom tempo até decidirmos chamar outros amigos para beber em algum lugar perto. Foi só quando chegamos no bar – uma hora depois de ele ter aparecido – que pensei em perguntar: – Por que diabos veio me chamar?

A resposta de Marv foi como um desenho animado. Ele sorriu, espalmou a testa com sua imensa mão esquelética gerando um estalo quase caricato e, rindo, respondeu:

– Tenho uma amiga pra te apresentar, cara!

Essas são as palavras que, juntas, todos os homens deveriam temer. O resultado delas nunca é bom e mesmo assim levá-las a sério é um mal que aflige toda uma parte considerável da sociedade. Você já deve imaginar que eu acabei dentro destas estatísticas.

O problema de Marv é que ele tem muitos hobbies, e em todos são os outros que se fodem no final. Além das maluquices com esoterismo, ele tem essa coisa de tentar ser casamenteiro. Mania que trata quase como se fosse um talento. Ele já arranjou mulheres para vários amigos, eu mesmo já fui apresentado a duas pelos serviços de Marv e mesmo assim não aprendi. Me arrependi, mas não aprendi.

A primeira delas parecia algo que eu desenharia com minha mão esquerda; tinha as canelas tão finas que eu jurava ouvir o som de uma tesoura fechando sempre que ela cruzava as pernas, o que também não era algo bonito de se ver. Em quinze minutos de conversa, perguntou o que eu usava. Quando respondi que só bebia, a mulher (que se chamava Amanda, se não me engano) fez uma careta e gesticulou com a mão como se achasse que segurava um

As mulheres da minha vida

cigarro. Então perguntou se eu tinha dinheiro para ela poder dar um pileque, eu respondi que não e ela ofereceu um boquete em troca. Recusei, meu estômago embrulhou só de pensar naqueles dentes escuros perto de mim. Não muito depois ela foi embora e me sobrou a conta. Mas pelo menos tive o que levar para comer no jantar.

A segunda parecia uma evolução nas habilidades de Marv como cupido, se ela não tivesse sido homem em algum momento da vida.

E mesmo assim, após esses dois desastres, preferi aceitar a dizer não para ele. Pensando agora, eu *mereci* o que isso tudo me causou. Poderia ter recusado, ou mesmo empurrado a mulher da qual ainda nem sabia o nome para outro, mas não, eu o incentivei a ir em frente com a ideia estúpida. Acredito que algumas pessoas se sintam sexualmente atraídas por ideias estúpidas, porque só isso é capaz de explicar a necessidade com a qual se atiram na direção delas. Sem dúvidas sou uma dessas pessoas.

As histórias sobre as mulheres que Marv apresenta aos amigos são tantas que estas minhas duas experiências parecem até *agradáveis*. Conta-se de malucas que não mordiam, mas tentavam devorar os homens aos quais eram apresentadas, outras que quando gemiam urravam palavras em línguas alienígenas e ainda havia as que praticavam bruxaria e tentavam escravizar os parceiros obrigando eles a beberem o sangue de animais e coisas piores. Não queira saber o que acontece com as mulheres pra quem ele arruma namorado. Mesmo assim eu aceitei.

— Você tem que se envolver em cada passo do processo, Mauro? — perguntei quando chegamos no lugar onde eu encontraria a mulher que ele queria me apresentar desta vez.

— Sabe que odeio quando me chama assim — ele foi seco. — Eu preciso fazer tudo ou um de vocês vai acabar estragando. Já fazem bobagem comigo de olho.

O tal lugar era um inferninho na Baixa Augusta chamado *La Sombra*, onde as pessoas mais esquisitas que já vi entravam e saíam; prostitutas excêntricas – pegando leve – e clientes com uma variedade impressionante de olhos e adereços com os quais até pareciam ter nascido. O lugar era decorado por toda a sorte de símbolos, mandingas e inscrições em línguas bizarras. As primas ali existiam numa variedade impressionante e a beleza incomum delas prendia a atenção. Foi lá que conheci Alice.

"Que tipo de mulher aceita ter o primeiro encontro num inferninho?", você deve ter se perguntado. *"As melhores"*, eu respondo.

Se as mulheres do lugar prendiam minha atenção, Alice atraia a delas. Tinha cabelos ruivos como um incêndio e olhos âmbar com pupilas miúdas. Esses traços eram tão fortes nela que quase não dei bola para o vestido preto colado, pro decote que parecia tentar me acertar um soco (o que eu desejei que acontecesse o tempo todo), para as curvas, para a pele castanha que contrastava com todo o resto do conjunto. Ela nos notou, da mesma forma que todo *La Sombra* a notara desde que tinha colocado os pés lá. Mas o sorriso felino de Alice ofuscou todos os olhos que não eram capazes de abandoná-la. *"Finalmente você acertou, Marv!"* , era o que resumia o turbilhão de expressões nos quais meus pensamentos foram transformados pelos hormônios.

– Você deve ser Artur – a voz dela era suave, fez minhas pernas tremerem e meus sonhos acordarem por uma fração de segundo. Alice tinha o aperto de mão firme, a pele quente, o rosto macio no beijo; e um perfume que parecia ser só dela. Ah, o perfume.

Em tempo, ainda que Alice tivesse todas essas qualidades; fosse de roubar as palavras e ainda o tipo de mulher capaz de querer te encontrar num inferninho, desde o princípio esse plano tinha algo em comum com gostar de ouvir Jota Quest: era errado.

Não, ela não tinha nada de errado que eu pudesse notar e era justamente esse o problema. No primeiro contato com qualquer pessoa, independente das intenções, nós somos condicionados a procurar defeitos nela. Isso acontece por uma série de motivos,

As mulheres da minha vida

sendo conseguir razões para não nos decepcionarmos – instinto também conhecido como autopreservação – o maior deles. E não encontrava porém nenhum em Alice, ela era tão perfeita que temi sentar no sofá ao seu lado e cair no chão acordando, mas isso não aconteceu. Então logo desconfiei de que tinha alguma coisa errada nisso tudo, já esperava ter caído em outra das ciladas de Marv. Me ocupava armando uma desculpa esfarrapada ou resposta mal educada para ela até que a vi sorrir. Aquele sorriso. Ele deixava todo o inferninho sem qualquer necessidade de luzes, tudo era iluminado por Alice e seus olhos tinham interesse apenas em mim, só piorando a situação. Eu estava desarmado.

Você deve estar tentando acompanhar meu raciocínio ou me chamando de idiota. *"Não tem nada de errado com essa mulher e ela ainda, por algum motivo que a própria razão desconhece, está interessada em você! Aproveita!"*. Devo admitir que pensei nisso de princípio, ainda mais quando começamos a conversar e o diálogo não parecia ter fim. É difícil querer parar quando você tem aqueles dois globos caramelados miúdos observando cada gesto seu como se fosse algum tipo de obra divina. Ela ria de qualquer bobagem que eu dizia, até dos gracejos e das pedreiragens. Ainda não sabia se era a sua intenção, mas quando uma mulher demonstra gostar até das cantadas mais grosseiras que você usa, ela te ganha de alguma forma.

A sensação foi a mesma que tive quando a primeira mulher pareceu ter algum interesse em mim. Eu ainda era moleque, passava boa parte do meu tempo desenhando, batendo punheta e ouvindo metal. Não me importava com a escola porque me considerava inteligente demais para isso, mas dificilmente tirava boas notas. E, ainda assim, não ligava para isso, passaria de ano de qualquer maneira. Ia às aulas apenas para não ter faltas, mas não prestava atenção, passava o tempo todo desenhando ou conversando com outros alunos que tinham tão pouco interesse em tudo aquilo ao redor deles quanto eu. O mais engraçado é que apesar de ficar quase todos os momentos do horário de aula desenhando, tirava péssimas notas em Educação Artística. Creio que a aula na qual melhor me saía era Educação Física — mas até aí, ninguém é reprovado em Educação Física.

Nessa época, uma menina estava entre os outros alunos que também cagavam para o que o professor dizia e, com o tempo, comecei a trocar os desenhos pela atenção dela. Seu nome era Daniele, os cachos de seu cabelo eram tão bonitos que pareciam ter sido planejados, não obras da natureza. E, como prefiro não confiar em minhas memórias adolescentes, vou me resumir a isso e aos olhos castanhos alegres que ela tinha, quando se trata do corpo de uma mulher, os adolescentes veem o que querem enxergar, não o que está lá de verdade.

Dani, como a algum custo me habituei a chamar (nunca me senti muito confortável com apelidos), ria e se interessava por tudo o que eu falava, mesmo os fatos mastigados do Discovery Channel, ou as histórias contadas pelas bandas que eu ouvia e os jogos que jogava. Foi a primeira pessoa que me fez sentir interessante para alguém e a primeira mulher que considerei acessível como (projeto de) homem. Dani tinha o sabor de primeira vitória fácil, sabe? Quando você se sente tão bom que nem precisou se esforçar, apenas fazer o que sempre faz — senti o mesmo quando Alice e eu começamos a conversar ali no *La Sombra*.

A ruiva era uma mulher interessante, tenho certeza de que se tornou ainda mais com a pele acobreada úmida de suor e pouco iluminada pelas precárias luzes do inferninho. Não consegui tirar os olhos do decote dela em vários momentos, tentando observar a respiração forte e vagarosa com o máximo de discrição que podia, mas não sentia estar tendo muito êxito, porque ela olhava para baixo e alargava um sorriso que me deixava sem reação.

Esta primeira conversa que tivemos foi absolutamente maluca, falávamos sobre nós mesmos e sobre o mundo ao nosso redor enquanto éramos constantemente interrompidos pelas funcionárias do lugar oferecendo serviços — algumas usavam "realizar as fantasias de ambos" como argumento — ou somente bebidas. Recusávamos tudo, ainda que Alice parecesse interessada pela parte da fantasia. Eu só conseguia pensar em como Marv jamais acertaria tanto na vida dele novamente. Falamos de nossos interesses e Alice não se demorou em tratar de sexo. Ela parecia agressiva, mas ao mesmo tempo deixava nas entrelinhas que queria ser domada. A verdade é que eu não sabia muito bem como responder a essas informações, nenhum homem nunca sabe. Nossa sorte nessas horas depende exclusivamente do quão criativa nossa espontaneidade está no momento. Eu acho que era minha noite de sorte, arranquei risadas quando respondi *"só me deixa conseguir uma coleira antes"*.

— Desejam um quarto? — perguntou uma das funcionárias do lugar, uma mulher alta de óculos metida em um corpete de látex, com meias arrastão e cabelos negros soltos com uma mecha branca caindo na frente do rosto. — Prometo não acompanhá-los.

Ela nos fez rir, foi quando percebi que nossas mãos se tocavam. Primeira vez que a vi corar. Voltei a segurar a mão dela enquanto falávamos, brincava com seus dedos finos, sua pele era quente, seus olhos me seguiam, na minha mente eles clamavam por um beijo, meu corpo exigia tantas coisas que beijá-la parecia um ótimo começo. Mas não pude tentar, Marv chegou primeiro tombando bêbado sobre o sofá onde estávamos e dormindo sorridente enquanto as mulheres do lugar gargalhavam do que quer que tivesse feito. Olhei para ele e então para Alice, mas não podia deixar Marv lá, tinha de levá-lo para casa e ela pareceu entender, meteu no bolso da minha calça um papel com seu email e número do celular, mas não sem fazer me arrepender um pouco de deixá-la lá. Ainda não acreditava quando a olhava, realmente foi minha noite de sorte.

Ei, não me olhe dessa forma! Eu era o único ali que sabia onde Marv morava, ele não fala disso com muitas pessoas, e não podia deixar o cara ali, derrubado. Não depois da mulher que tinha me conseguido. Os olhos dela não saíam da minha cabeça, nem adjetivos para ela eu conseguia encontrar. O que é raro, tenho adjetivos para todas as mulheres que passaram pela minha vida, todas inspiradas por uma mesma musa, mas a maioria acaba sendo conhecida apenas como "maluca".

Bom, enquanto carregava Marv chequei os bolsos e a carteira dele e é claro que não tinha dinheiro, ele nunca tinha. Eu tive que pagar o táxi até a casa do cara, um caminho que consistiu basicamente na minha mente passeando entre os olhos, a boca e o corpo de Alice e a decisão entre enfiar Marv embaixo do chuveiro ou só jogá-lo na cama e ir pra casa. Decidi depressa deixar ele na cama, assim tinha mais tempo de voltar meus pensamentos para aquela mulher.

Sei o que está pensando, mas não estava apaixonado por ela. Isso é bem difícil de acontecer comigo, porém admito que fiquei bastante fascinado por Alice. Ela tinha um quê de mágico que me intrigava, mas não a ponto de nos imaginar tendo filhos ou um futuro juntos — não quando só nos vimos uma vez na vida toda. Eu não desacredito do amor à primeira vista, a questão é que já me apaixonei antes, daquelas paixões que parecem te roubar um pedaço de si, daquelas que acontecem apenas uma vez.

Tenho a teoria de que todos os homens (eu gosto de generalizar, facilita os raciocínios) só se apaixonam de verdade uma vez. Não necessariamente é a primeira mulher de sua vida, ou mesmo uma das primeiras. O único amor é sempre aquela que formou o caráter do homem, foi a responsável pelas mudanças mais profundas na personalidade, comportamento e compreensão que este sujeito tem do mundo ao seu redor. Os adjetivos que ele dedicar a todas as mulheres de sua vida foram inspirados por uma em especial. Sejam eles positivos ou negativos. Elogios e ofensas são usados sempre com o mesmo rosto em mente, todo o comportamento com alguma fêmea terá como base as experiências vividas com esta em específico. O homem só ama uma vez, dando a alguma mulher mais importância do que ela jamais imaginaria ter para alguém pro bem ou pro mal. Não que ele jamais vá encontrar outra pessoa que possa fazê-lo ainda mais feliz, satisfeito, realizado e todas

As mulheres da minha vida

essas bobagens; mas ninguém será como *ela*, nenhuma outra pode fazer por este sujeito o que ele imagina que aquela mulher *poderia ter sido*. Sim, tudo na suposição, porque é basicamente disso que o amor é feito — a expectativa de que as coisas serão como você imagina e quando fogem do esperado, o amor acaba.

Já tive um grande amor, aconteceu há dois ou três anos, mas ela ainda continua tão forte em mim que já cheguei a enxergar seu rosto em mulheres na rua. Entretanto, isso não eliminou a possibilidade de ter sido paixão a sensação que Alice causou em mim, mas sinto que era algo bem longe disso. Só sentia uma curiosidade quase mórbida por ela. Então deve imaginar como fiquei animado quando finalmente conseguimos marcar outra saída.

Novamente o *La Sombra* recebeu nosso encontro. Alice insistiu pelo lugar, disse se sentir à vontade e gostar muito dele. Quem sou eu para negar isso a ela? Nem se me achasse capaz disso eu seria, não com esta mulher.

Dessa vez Marv não participou. Não achei necessário chamá--lo, o trabalho dele já tinha sido muito bem feito e eu não queria correr o risco de sermos novamente interrompidos. Cheguei primeiro ao inferninho e esperei Alice aparecer por algum tempo; durante este período, pude observar as meninas que trabalhavam lá e confirmei que todas eram tão exóticas quanto o lugar onde trabalhavam. Cada uma delas tinha traços que a tornava única em relação às outras mulheres, mas não havia realmente notado porque Alice se tornara a dona de meus olhos na última vez. Uma delas tinha a pele tão branca que eu podia jurar ser capaz de ver através do corpo dela, outra era uma negra de corpo esguio e sempre sorridente, mas que mancava da perna esquerda, que não dobrava como deveria quando ela se sentava. Pude perceber uma japonesa de olhos tão rasgados que mal notava sua cor e cabelos negros que, quando olhados, pareciam um abismo sem fundo. Outra delas, uma loira de cabelos encaracolados, era quase tão chamativa quando Alice, com um corpo curvilíneo, olhos verdes maliciosos e um rebolar que por vezes me fez enxergar uma cauda pendendo de trás. Eu queria sentir medo desse lugar, mas algo me impedia de levantar do sofá onde eu estava. Comecei a me perguntar se a mulher que Marv me conseguiu não era na verdade uma funcionária do *La Sombra*.

Mas as suspeitas não duraram muito, porque quando coloquei meus olhos naquela mulher de novo, me tornei incapaz de pensar em outra coisa. De pensar como um todo, na verdade. Posso jurar que mal notei quando ela sentou-se ao meu lado no sofá – o mesmo em que estávamos da outra vez.

– Olá de novo – a voz dela suave, a mão brincava com meus cabelos. – Desculpa se me atrasei.

"Não foi nada, você pode" era o que eu queria responder, mas é claro que não disse nada disso e fiquei ali, parado, balbuciando e fazendo papel de idiota. Alice riu. Mas o silêncio não durou muito, logo desatamos a conversar. Comecei pedindo desculpas por tê-la deixado para levar Marv de volta pra casa.

– Não se preocupa, achei fofo – ela sorriu um sorriso onde todos os dentes pareciam caninos.

Pedi cerveja e ela conhaque. Passou a noite toda tomando destilados e não se embriagava nunca, enquanto eu em pouco tempo já embolava as palavras e fazia piadas de gosto duvidoso das quais ela fingia (muito bem) rir.

– Não zei o que viz, mas a-acho que azertei – ri com os olhos apertados e a vista embaçada.

Cada homem que passava por nós e se pegava parado olhando Alice me fazia pensar em como tinha sorte. A verdade é que não lembro muito bem do que aconteceu pelo resto dessa noite, mas tenho quase certeza de que tentei beijá-la e fui correspondido.

Acordei no dia seguinte em casa, sozinho, mas sentia dores no corpo e meus lábios inchados. Fiquei perguntando-me o que ela tinha feito comigo, talvez quisesse garantir que eu fosse me lembrar quando o efeito da bebida passasse. Bem, conseguiu. Mal tinha acordado, o telefone já atacava minha ressaca com o toque que parecia bem mais alto que na última vez. Era Marv.

— Eu encontro as melhores mulheres pra vocês, não encontro?

— Não sei, não lembro de nada que aconteceu ontem — respondi ainda sem acordar direito. — Mas hoje parece que um tigre me petiscou.

A risada de Marv ao telefone foi detestável.

— Ligou esperando que eu fosse agradecer? — perguntei.

— Ah, não! Liguei pra pedir um favor.

Outra vez.

— Sabe a Clarice? A dos dreads.

— Sei. — eu não tinha ideia de quem era.

— Quero que ela conheça um amigo, mas não consigo convencê-la a encontrar com ele a sós. Tem como você e a Alice saírem com eles? É pra ajudar a menina.

— Eu nem acordei direito e já tenho que te ajudar com um dos seus esquemas?

— Considere isso um agradecimento pela mulher que te consegui.

Eu tossi, bebi um pouco da água que ficava no gaveteiro ao lado da cama, me espreguicei e sou capaz de dizer que senti cada parte do meu corpo, porque ele inteiro, de alguma forma, doía ou ardia.

— Tá, quando? — cedi. De alguma forma ele tinha razão.

— Amanhã, às nove. Alice vai passar aí pra te pegar às oito e meia — ele não me deixou começar a discussão. — Já conversei com ela e parece ter deixado uma ótima impressão, está ansiosa pra te ver de novo.

Ansiosa? Essa é a hora que o "alerta de maluca" de todo homem liga, quando a mulher acabou de passar a noite com você e mal vê a hora de te encontrar outra vez. Nunca vem nada de bom dessa pressa. Ela, de alguma forma, tinha um encanto inumano, não nego — a carne sempre é fraca. Mas isso não quer dizer que vou ficar ansioso por vê-la de novo quando a vi ontem. Mulheres carentes sempre são um problema, só que lembrar dela no vestido ainda a fazia valer a pena.

Era quinze para as oito quando o meu celular tocou, ela chegou bem mais cedo do que eu esperava. Nos falamos rápido e Alice perguntou se podia subir. *Claro* que gostei da ideia, não me importava muito se nos atrasássemos, mas essa oportunidade eu não perderia.

Fui até a janela do quarto, curioso sobre como ela estava. Pude acompanhá-la saindo do carro – um Mustang cor de ferrugem que conseguia chamar quase tanta atenção quanto a dona – e não me decepcionei ao ver a calça de couro e o corpete preto e vinho que usava. Mas ainda não iria dar esse gostinho para Marv, alguma coisa de errado ela precisava ter. E não venha você me julgar, procurar defeitos é o que todos fazemos quando começamos um relacionamento, procurar uma desculpa pra quando acabar ou der merda olharmos para trás e sermos capazes de pensar: *"nem sei por que eu comecei com isso, ela cutuca o nariz, fica ajeitando a calcinha o tempo inteiro ou tem um rabo".* Qualquer coisa assim.

– Gostei do carro – disse quando a recebi em casa. Alice não se importou com cerimônias e me cumprimentou com um beijo, daqueles demorados que não te deixam saber se você está perdido na ação ou na exploração. Ela tinha o corpo quente, muito quente, e mordeu meu lábio quando terminamos.

– Obrigado – agradeceu, enquanto saboreava o gosto do meu sangue na boca. – Sua casa é bem menor do que eu imaginei – por fim, observou.

– Bem, moro sozinho. Não é como se eu precisasse de espaço.

Ela pareceu não dar ouvidos, foi logo explorando a casa, curiosa. Tive a impressão de que seus olhos catalogavam tudo o que viam, como se ela me medisse através das coisas que possuo. Deve ser do tipo materialista, o carro explicaria isso; outro motivo pra não entender o que viu em mim. Mas quem sou eu pra duvidar das coisas quando posso só aproveitar?

– A cama, ao menos, é grande – sorriu.

Bom, o que acha que aconteceu? Ainda tínhamos mais de meia hora até o jantar. Você não faz ideia da maneira como ela me

As mulheres da minha vida

olhou, o fogo, ninguém resistiria à aquilo. Tanto que no início não usamos a cama. Foi um pouco do chão, então o sofá e só então o colchão onde costumo dormir e foi tão bom quanto perigoso. O corpo dela parecia em chamas, posso jurar que me queimei naquela noite. Isso sem contar o quanto ela gosta de morder e como é forte. Muitas vezes foi Alice quem me levantou e mudou minha posição, isso nos momentos em que não tentava arrancar um pedaço de mim a dentadas. Eu achava que gostava de violência, mas aprendi algumas coisas naquela noite.

Ainda ficamos um tempo parados, sem nos vestirmos. Eu para me recuperar, ela sem qualquer motivo aparente. Eu deveria ter pensado um milhão de vezes antes de continuar com isso já naquele momento, tinha partes do meu corpo queimadas, a roupa de cama estava rasgada e só depois notei que passei um tempo considerável sangrando. Mas só conseguia pensar em ter mais daquilo, por mais louco que parecesse. Eu devo ser muito masoquista.

Quando você está com uma mulher como Alice, é inevitável que a mente passe pelas outras. Principalmente pelos dragões. Há dado momento em nossas vidas no qual ignoramos qualquer critério que tivemos no passado. Seja por um coração partido, seja pela solidão ou pela simples necessidade de testar a si mesmo, essa fase nos dá as melhores histórias e os maiores arrependimentos. Dragões são todas as mulheres que de alguma forma não entrariam no seu critério natural. Ao meu ver, nem precisam ser feias, basta que sejam alguém que eu jamais suportaria. Mas meus hormônios me obrigavam a ignorar isso; talvez para me sacanear. Com uma delas em especial, convivi por longas duas semanas sem fazer ideia do que me segurou por tanto tempo. Eu sequer sentia tesão por ela, mas insistir com aquela mulher era quase como pagar por alguma obrigação. Quando olhava para Alice, pensava que a dragão existiu para que eu chegasse naquele ponto, e só tenho a agradecer.

Ela tentou fazer com que começássemos outra vez, minha vontade era de seguir a sugestão, mas não tinha como falhar com Marv. Se eu estava com ela, era por responsabilidade daquele Tropeço, e essa era uma maneira de agradecer, ajudando com a mania dele de tentar juntar as pessoas.

Chegamos lá pouco depois do casal. Quando pus os olhos em Clarice lembrei de quem se tratava e fiquei um pouco confuso. Ela não era lésbica? Por que tinha aceitado encontrar um amigo de Marv? Para agradar aos pais ou porque achava ter mudado de ideia? Não sei, mas admito que no momento imaginei que estava para ver uma coisa interessante de se assistir.

Clarice certamente estava no círculo dos amigos normais de Mauro: ela fazia faculdade de humanas e tinha delírios comunistas, gostava de protestar contra tudo e todos, mas não dispensava luxo. O restaurante que escolheu não tirava minha razão, me doeu quanto dinheiro morreria naquela noite só para me sentir agradecido a alguém. No entanto, o mesmo não podia dizer de seu acompanhante. Ele estava metido em um terno, mas era visível a tatuagem com algum tipo de escrita estranha saltando da gola de sua camisa na direção da careca. Ele não era de muitas palavras, mas não tirava os olhos de Alice – e não seria eu a culpá-lo por isso. Só depois de quinze minutos do jantar ele disse o próprio nome. Parecia estar engasgado, mas pelo que entendi, chamava-se Ghullen. Acho que é alemão ou escandinavo, a pronúncia dura que tinha do português também acusava para alguma origem europeia. Era outro dos amigos esquisitos de Marv, disso eu não tinha dúvidas, porém a certeza só veio quando no decorrer da noite pude notar que Alice permanecia estática e quieta na presença dele, sem nunca tirar os olhos daquele homem. Fiquei me perguntando se não se conheciam, se já não haviam sido apresentados antes por nosso amigo em comum e acabaram mal – desligado como ele é, eu não duvidaria – ou que tivessem alguma história. Mas nada disso soube, o jantar resumiu-se nele tentando impressionar Clarice, apesar de não demonstrar qualquer interesse por ela, que a maior parte do tempo não pareceu impressionável, em Alice apertando meu braço e minha coxa, não sei se querendo contato ou se tentando nos tirar dali. Ghullen resmungava em sua própria

As mulheres da minha vida

língua sempre que sua companhia ia ao banheiro. Ele então nos olhava; a mim com certa pena e descaso e Alice como se a estivesse estudando. Alguma coisa ali estava acontecendo.

Marv não tinha aparecido. Ele gostava de acompanhar sua obra, mas não acho que pretendia gastar um dinheiro que não tinha para isso, então eu paguei o pato sozinho dessa vez.

Demoramos para começar um diálogo, e ainda assim ele estava sendo travado como um duelo. Nunca nos mantínhamos conversando sobre a mesma coisa por muito tempo e cada um à mesa tentava constantemente iniciar um assunto novo. Alice parecia muito nervosa; ela esfregava a perna na minha, mas não de uma maneira legal, sabe? A pele dela de repente parecia grossa e áspera— o que acabava me machucando —, já não entendia mais nada. Só que o esquisito não parou nisso.

Por várias vezes durante a conversa à mesa, ela e Ghullen (sério, que tipo de nome é esse?) discutiram sobre as maiores bobagens do mundo, o que me fez acreditar que isso era por puro prazer, o que me levou à suspeita de que eles foram namorados. Mas o pior nem era isso, era que durante algumas discussões, a voz de Alice engrossava de uma forma assustadora e por várias e várias vezes eles pararam de falar em português e começaram a bater boca em uma língua que, se eu tivesse ouvido antes, tinha certeza vir de algum pesadelo.

As outras pessoas no restaurante começavam a nos olhar, Clarice parecia um pouco estática, não tocou na comida e pouco falava, mas não tirava os olhos de seu acompanhante. Em dado momento, puxei Alice pelo braço — o que me foi um esforço considerável, graças a força que ela não parecia ter — e perguntei:

— Que caralhos tá acontecendo aqui? Que idioma bizarro é esse que vocês estão falando, Alice? Não perceberam que a merda do restaurante inteiro está olhando? — falava no tom de voz mais discreto que conseguia. — Não foi pra isso que eu vim, cara!

Ela mordeu a falange do indicador enquanto batia com a sola do sapato no chão. Demorou um instante pra responder, primeiro ela precisava verificar se ele ainda estava na mesa.

— Ah, Artur. É tão difícil de explicar — respondeu. — Só vamos embora daqui, por favor? Eu pago o jantar de todo mundo, mas vamos sair daqui logo.

A voz dela era manhosa, os olhos me imploravam e, merda, a carne era fraca até nisso. Mas eu admito que fiquei assustado, ainda não tinha visto uma mulher mudar de humor tão rápido assim antes. Foi aí que meu alarme de malucas apitou mais uma vez.

Você precisa de algum tempo sofrendo pra aprender a ouvir o alarme. É costume ignorá-lo com base no gráfico maluca x gostosa, e é aí que o problema te encontra. Alice foi a mulher mais bonita da minha vida, então deixar pra lá foi quase instintivo, ainda continuei com ela por algum tempo. Mas não sei se você se lembra; não estou dando bola para *dois* alarmes, o de mulher maluca e o de mulher que o Marv arruma para as pessoas. E eu já tinha sofrido com ambos algumas vezes.

A pior maluca que encontrei me atirou uma faca na TPM por causa de um comentário feito enquanto ela cozinhava. O comentário era sobre o decote da mulher na TV, mas o corte que resultou dele certamente me garantiu alguns anos a menos de purgatório. Lembro que quando perguntei que merda tinha acontecido, ela desatou a chorar e disse que não podíamos mais nos ver. Três dias depois ela estava de volta chorando e perguntando por que eu a tinha abandonado, isso se tornou diário e nem conversa, terapeuta, a polícia ou uma medida cautelar conseguiam evitar. Precisei mudar de endereço e até hoje rezo pra nunca encontrá-la por acaso. Recentemente soube que ela botou fogo no apartamento onde eu morava quando descobriu que não voltaria mais pra lá. Bom, até aí ela ao menos nunca me deu a impressão de que vomitaria palavras em outra língua como no Exorcista, nem tentou comer um pedaço do meu braço enquanto fazíamos sexo. Em compensação, ela não me olhava daquele jeito que Alice fazia. Deus, isso só podia ser algum feitiço. Bastava eles me observarem que o corpo todo desarmava.

Insisto, não me sentia apaixonado por ela, mas ainda assim estava sob o controle daquela mulher. Nesse ponto, quando tentei

As mulheres da minha vida

puxá-la para um canto na tentativa de convencê-la a irmos embora dali, mal notei que as roupas de Alice começavam a se queimar enquanto ela gritava no idioma bizarro, mas pude confirmar a situação quando toquei em seu braço e senti minha mão arder, como se a tivesse enfiado na boca do fogão. Foi aí que percebi que essa era provavelmente a maior enrascada na qual Marv poderia meter alguém.

Decidi dar ouvidos a ela, pagar nossa parte da conta e ir embora dali. Ela não olhou para trás e Clarice tentava acalmar o homem, que também parecia estar assando as próprias roupas. Tinha algo realmente muito errado naquilo tudo.

Alice me deixou em casa naquela noite; por mais tesão que sentisse, não queria correr o risco de queimar outra parte mais preciosa do meu corpo. De qualquer maneira, ficar em casa não era minha intenção, corri aonde Marv morava, precisávamos ter uma conversa muito séria.

Por sorte o porteiro já me conhecia, então não tive muita dificuldade para entrar no prédio. Marv demorou pra me atender, estava dormindo cedo porque provavelmente tinha algum bico para fazer pela manhã, mas meu sono nunca foi um obstáculo pra ele, então trataria o dele da mesma forma. Apertei a campainha irritante que tocava uma música cadenciada até o ponto no qual já não aguentava mais ouvir aquilo, então passei a bater na porta uma porção de vezes, com força, até ouvi-lo dizer que já ia atender.

— Por que esse escândalo, cara? — estava sem roupas, algo realmente desagradável. — Como conseguiu entrar?

— Seu porteiro sabe que sou seu único amigo — disse, olhando para qualquer outra coisa que não fosse ele. — Agora se veste e me serve uma cerveja, precisamos conversar.

Claro que não esperei ele abrir a garrafa pra começar o esporro: — Que merda de mulher você me arranjou, cara? — gritei. — Ela é maluca!

— É o que vocês dizem de todas elas, não sabem só agradecer e aproveitar.

— Você tá falando sério? Não lembra que uma *comeu* a orelha do Julio e teria provado outras partes se ele não tivesse treinamento em defesa pessoal? E mesmo com o treinamento dele, o cara teve o braço quebrado em cinco partes por uma mulher de *40kg!* Você realmente acha isso normal?

Marv me entregou a cerveja, parecia meio desconcertado quando sentou-se usando as calças que tinha apanhado para me receber. Ele balbuciou alguma coisa que não entendi, mandei repetir. Preferiu ficar em silêncio.

— São amigos e amigas, ok? Eles não são daqui, então os ajudo a se enturmarem com as pessoas da cidade. Não quero que todos se casem ou qualquer merda do tipo — ele explicou. — Só quero ajudar estes amigos a se adaptarem mais fácil.

— E de onde essas aberrações vêm?

— Viu só? Por isso tento arranjar esses encontros, pra não tratarem eles assim!

A porta do apartamento de Marv explodiu, nela estava Ghullen, com o corpo de Clarice queimado ao seu lado — nem vivo e nem morto, era como se ela fosse algum tipo de brinquedo ou uma escrava do sadismo dele. Ele gritou naquela língua esquisita de novo, apontou pra mim e Marv tentou retrucar, mas foi silenciado com um rosnado. Tudo o que pude perceber eram suas asas — sim, asas. Daquelas de morcego, com couro avermelhado — e que ele queria alguma coisa de mim.

Foi aí que tudo estremeceu lá fora, os alarmes dos carros apitaram e Ghullen torceu o pescoço, senti o cheiro de algo que chamou a atenção dele. Uma labareda gigantesca tomou conta da sala de Marv que já não tinha mais palavras, só resmungava *"merda, merda, merda, merda..."* o tempo todo. Era um pandemônio. Eu tentei sacudi-lo pra que fôssemos embora enquanto podíamos, só que o homem era uma estátua. Outra vez a temperatura subiu, mas agora numa velocidade que eu só consegui compreender quando a

As mulheres da minha vida

segunda rajada de chamas tomou conta da sala e incendiou quase tudo lá dentro. Por muito pouco consegui fugir carregando Marv nas costas da maneira que podia e com os pés fritando a cada pisada no chão, nos escondemos no quarto dele, foi só quando ouvi os gritos das outras pessoas que fui ver o que acontecia. Me arrependi, queria estar vendo e ouvindo coisas, mas era como se lá estivessem monstros. Eu quase não conseguia compreender o que acontecia por causa das chamas, só o que tenho certeza de ter visto era a portaria do prédio destruída, o asfalto da rua borbulhando de calor e Clarice na calçada assistindo a tudo, chamuscada. Era uma overdose de cores e calor, acho que perdi um minuto acompanhando isso antes de correr para dentro novamente e arrastar Marv para algum lugar seguro. Não sei se foi cansaço ou se meu corpo desligou, mas a última coisa da qual me lembro é de cair a duas quadras de lá e das sirenes da ambulância e dos carros de polícia, as pessoas eram vultos em sua correria.

Acho que nunca tive tanto medo na minha vida, estava a ponto de comprovar se borrávamos as calças mesmo em situações como estas, não que eu tivesse alguma vontade disso, mas já tinha se tornado independente do que eu queria ou não. Porque novamente a temperatura do lugar subia, os olhos castanho-amarelados e as asas de Ghullen não saíam da minha mente. Por causa disso tudo eu já não queria mais saber quem era ele e o que ele tinha a ver com Alice, só sair daquela situação com vida.

Por isso estou aqui, internado há meses me recuperando e te contando essa história sem ter ideia se está acreditando em mim ou não. Mas, independente disso, posso afirmar que tenho certeza de que só não morri porque o responsável por aquelas chamas não queria que eu me machucasse.

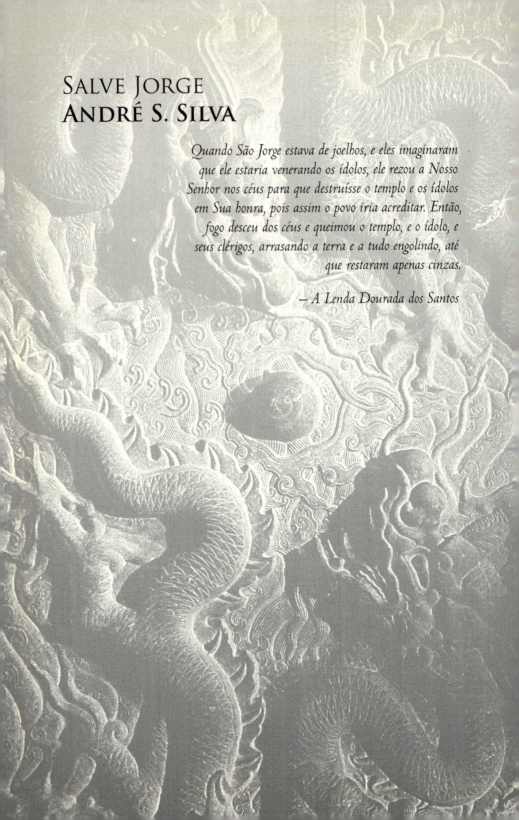

Salve Jorge
André S. Silva

> *Quando São Jorge estava de joelhos, e eles imaginaram que ele estaria venerando os ídolos, ele rezou a Nosso Senhor nos céus para que destruísse o templo e os ídolos em Sua honra, pois assim o povo iria acreditar. Então, fogo desceu dos céus e queimou o templo, e o ídolo, e seus clérigos, arrasando a terra e a tudo engolindo, até que restaram apenas cinzas.*
>
> — *A Lenda Dourada dos Santos*

O inglês deslocava-se, incógnito como uma sombra, pelos telhados da chamada Rua da Alfândega. Não que a vigilância no alto da madrugada fosse muito rígida naquela parte da cidade; estava, afinal, no Rio de Janeiro, e mais tinha ele que se preocupar em cruzar o caminho de outro colega de atividade noturna do que em esbarrar com alguma patrulha policial. Ainda assim, seguia cauteloso, atento à qualquer distúrbio no silêncio da rua abaixo.

Ainda continuava parecendo um trabalho inferior para alguém de habilidades como a sua; a impressão que tinha era de que poderia simplesmente chegar na porta do lugar com uma marreta, demolir seu caminho até o pacote e ainda lhe sobraria tempo para um passeio na praia e uma água de coco antes de pegar seu voo de volta para casa.

Lembrava de ter dito essas exatas palavras para Dickinson, bem como da resposta de seu Grão-Arauto: — O fato de estarmos confiando esta missão a você e a ninguém mais é, precisamente, a prova de sua importância, meu caro Thomas.

Estavam na sala de reuniões no segundo andar de Castelo Hartlebury, em Worcestershire, que desde o inverno anterior funcionava como sede da ilustre Ordem dos Cavaleiros de São Jorge na Inglaterra. Dickinson, parado junto à janela, contemplava a garoa que caía sobre o gramado cuidadosamente aparado, enquanto bebericava um copo de uísque.

— Há mais de um século tentamos rastrear o paradeiro da relíquia. Acreditávamos tê-la perdida, para sempre. — disse o Grão-Arauto, pesaroso. — Mas então, quando toda esperança parecia minguar, eis que o Santo Guerreiro nos abençoa com esta descoberta.

Thomas encontrava-se ao lado da lareira, do outro lado da ampla mesa de mogno que ocupava o centro da sala. Doze cadeiras vazias espalhavam-se ao longo do móvel, no qual repousava uma escultura reproduzindo a pintura *St. George*, de Raphael. Na estátua, cujo bronze refletia as chamas que ardiam na lareira, o Santo era visto montado em seu cavalo, brandindo a espada contra o dragão rastejante abaixo.

— Estávamos procurando no lado errado do mundo. — continuou Dickinson. — Há muito a relíquia cruzou o Atlântico, rumo ao Novo Mundo. Nós já desconfiávamos, claro, mas como poderíamos saber? Onde começar a procurar? Como, sem a divina providência, conseguiríamos ter a certeza de sua localização? Felizmente, as evidências que agora temos são irrefutáveis. A relíquia está no Brasil.

Thomas já sabia ao que o Grão-Arauto se referia. Seu superior na *Special Air Service*, o mesmo que, reconhecendo suas excepcionais habilidades de infiltração, bem como sua devoção ao Santo Guerreiro, o "recrutou" para a Ordem em primeiro lugar, já lhe havia passado os detalhes da operação.

De todos os santos, Jorge era, talvez, aquele cujas relíquias despertavam maior interesse, fosse na própria Igreja, fosse nos círculos de colecionadores no submundo. Thomas não sabia ao certo onde a Ordem dos Cavaleiros se encaixava neste panorama, mas as dúzias de quadros contendo placas comemorativas e prêmios filantrópicos que decoravam as paredes daquela mesma sala em que se encontrava eram um indicativo de que alguma coisa eles estavam fazendo direito.

Assim, pouco se abalou ao descobrir que, muito embora algumas relíquias de São Jorge fossem registradas como parte do acervo de catedrais e museus por todo o mundo, *todas* as originais, sem exceção, estavam na posse da Ordem. Segundo os rumores, isto incluía um pedaço enferrujado de armadura, uma urna contendo três de seus ossos e até mesmo um frasco de cristal contendo algumas gotas do sangue preservado do Santo.

Contudo, faltava uma, a mais importante de todas.

Exatamente a que Thomas estava prestes a roubar.

A luz ambárica do poste revelava uma torre de cerca de dez metros de altura, coroada por um pináculo cônico sobre o qual se erguia um modelo em ferro da cruz de Jorge. A Igreja de São Gonçalo Garcia e São Jorge datava da segunda metade do século XVIII e era uma das mais antigas do Rio, além de um de seus maiores ícones.

Thomas enxugou o suor da testa, amaldiçoando mais uma vez o calor que fazia naquela cidade, mesmo à noite, e aproximou-se da beira do telhado. Olhou para os dois lados da rua: à direita do sobrado, a envelhecida periferia do Rio de Janeiro desaparecia em um labirinto deserto de vielas mal-iluminadas e calçadas esburacadas; à esquerda, uma poça verde manchava a superfície do mar de asfalto, eram as árvores e arbustos do chamado Campo de Santana, um pequeno bosque às margens de uma das principais avenidas da cidade.

Nas manhãs anteriores, enquanto fazia a sondagem do território ao redor da igreja, disfarçado como o típico turista europeu fantasmagórico, o inglês fora se abrigar ali, na esperança de que as sombras das árvores fornecessem algum abrigo contra o calor asfixiante. Tola ilusão.

"Anotação mental: nunca mais vir para o Rio no verão", pensou ele, antes de afixar o gancho de metal na ponta da corda e arremessá-la na direção da torre, prendendo-a no parapeito do campanário. Em seguida, sacou a medalha de São Jorge que trazia sob o casaco de linho negro e a beijou.

Salve Jorge

Então, segurando firme na corda, Thomas saltou, atingindo a parede da igreja precisamente onde planejara, logo acima da arcada de uma das janelas do segundo andar. Dali, a escalada até o campanário foi bem mais fácil do que esperava. Em menos de um minuto estava dentro., Tomando cuidado para não esbarrar no enorme sino, Thomas recolheu a corda, enrolou-a bem e a pôs em um canto. Ainda precisaria dela para sair dali.

"Tomara que este lugar esteja vazio". – pensou o soldado, tateando o volume que trazia amarrado à cintura. Esperava não precisar usá-lo, mas estava preparado para fazê-lo, se a situação assim exigisse. Suas ordens eram claras.

Conseguir a relíquia, qualquer que fosse o custo.

– O Dedo de São Jorge. – havia extrema reverência na voz do Grão-Arauto ao proferir estas palavras.

– Preciso confessar, senhor, que este nome me confundiu na primeira vez que o ouvi – disse Thomas em resposta.

– Entendo – respondeu Dickinson, voltando-se para seu cavaleiro. Um leve sorriso brotou em seus lábios. – Mas não foi assim com tantos outros, ao longo de tantos séculos? Quem poderia imaginar que sob este título inofensivo, presente em tantos anais históricos, se esconderia um prêmio de importância incalculável?

O Grão-Arauto contornou a mesa retangular, indo de encontro ao soldado da SAS. Olhava para o alto, onde, na parede acima da lareira apagada, estendia-se a bandeira alvirrubra da Inglaterra.

– Espero que perceba, contudo, que há algo muito maior em jogo, além da relíquia em si – continuou ele.

Thomas percebeu que os olhos do homem marejavam ao fitar a bandeira. Voltou-se então para a mesma direção, vislumbrando também, pendurado acima da bandeira, o brasão da Ordem: um escudo, cujo metade esquerda era tingida de azul e a direita, listrada de branco e vermelho. Uma cruz dividia os dois lados, e sobre ela repousava uma espada dourada.

— E o que seria, senhor? — indagou Thomas.

— Isto — Dickinson apontou para a bandeira. — Nós. Jorge é mais que um Santo, ele é nosso Patrono. É a sua cruz vermelha que estampa o maior símbolo de nossa nação. Suas relíquias não devem ficar escondidas, mas ostentadas com orgulho. Em tempos como o que vivemos, com tanto sofrimento e desesperança, as pessoas precisam de mais do que doações e caridade. Elas precisam de algo maior em que acreditar.

O Grão-Arauto segurou Thomas pelos ombros, antes de concluir, veemente:

— *Ascalon* pertence à Inglaterra.

Os dias de Thomas como coroinha nos subúrbios de Londres fez dele um bom conhecedor das histórias, em especial as da *Lenda Dourada dos Santos*, a qual incluía a saga de São Jorge. Nunca, porém, havia ouvido alguém se dirigir à tais lendas com tanta paixão.

— Então, podemos contar com você? De corpo e alma? — o Grão-Arauto olhou nos olhos de Thomas para fazer a pergunta.

Houve um instante de silêncio, em que o olhar de Thomas desviou-se para a lareira. Não para o fogo crepitante, mas para a bancada de mármore que a cobria — Sim, senhor. — respondeu ele, enfim. — Farei o meu melhor.

O Grão-Arauto, abrindo um sorriso impecavelmente branco, evocou a saudação da Ordem:

— Salve Jorge, cavaleiro.

— Salve Jorge.

— Bem, precisamos acertar os detalhes de sua viagem — continuou Dickinson, dirigindo-se ao bar do outro da sala para repor seu copo de uísque. — Acredita que lá embaixo eles acham que Jorge também é algum tipo de entidade africana?

O tom de Dickinson era descontraído, quase jocoso, mas Thomas não mais lhe ouvia. Sua atenção voltara-se, outra vez, para o que havia na bancada sobre a lareira. Era um globo terrestre

Salve Jorge

feito de cobre, mas não um globo qualquer. Tratava-se do famoso *Globo de Lenox*, um dos mais antigos já recuperados pela arqueologia.

Chamou a atenção de Thomas uma inscrição que atravessava o artefato longitudinalmente, ao oeste do Oceano Atlântico, próxima à mancha pouco precisa que era o continente americano. Uma frase amplamente reconhecida na cultura popular, e que tinha ali sua origem.

HIC SUNT DRACONES – dizia a inscrição, em latim.
Cá existem dragões.

Thomas abriu lentamente a porta de madeira, chegando ao coro situado no segundo andar, bem acima da entrada da igreja. Sem perder tempo, dependurou-se no peitoril coberto de tecido vermelho e deixou-se cair no piso acarpetado do vestíbulo, silencioso como um felino. O ar abafado e estático do lugar cheirava à rosas.

Seus olhos levaram alguns segundos para se adaptarem à escuridão absoluta. A legislação brasileira proibia a circulação de dispositivos de visão noturna e uma lanterna atrairia mais atenção do que ele precisava. Felizmente, circulara por aquela nave tantas vezes nos dias anteriores que era agora capaz de atravessá-la, literalmente, às cegas.

Todo o cuidado, contudo, era pouco. Assim, seguia pelo canto da parede, agachado, em passos rápidos e suaves, atento ao menor ruído. Nada no corpo atrapalhava seus movimentos sorrateiros, só trazia à cintura um cinzel, um pano de chão molhado e, claro, sua arma. Um tubo oco, de quinze centímetros de comprimento por dois e meio de diâmetro, que havia entrado no país disfarçado como uma inofensiva flauta. Quando se tratava de missões de infiltração, Thomas não conhecia instrumento de defesa melhor que uma zarabatana. Discreta, silenciosa, e o melhor: os dardos que lhe serviam de munição não só eram impossíveis de rastrear, mas também de fácil confecção, não importava em que canto do mundo estivesse.

O inglês estava muito perto, agora. Já conseguia discernir as formas de seu objetivo; lá estava ele, montado em seu cavalo de batalha, na mão esquerda um escudo prateado, na mão direita uma bandeira branca, no centro de ambos a mesma cruz irradiando seu vermelho intenso, mesmo na escuridão.

Jorge.

Situada à frente do altar, a estátua do Santo Guerreiro encontrava-se sobre um pódio e completamente cercada por uma grade de cerca de dois metros e meio de altura. Nenhuma dificuldade, até ali. A proximidade de sua meta, porém, fez o coração de Thomas disparar acelerado. Se a Ordem não estivera enganada, ele estava há poucos minutos de segurar, em suas próprias mãos, um artefato de valor histórico e simbólico inestimáveis.

Ascalon.

A lendária espada de São Jorge.

Havia muitas lendas diferentes à respeito do santo. A mais recorrente delas o colocava como um cavaleiro romano da antiga Capadócia, nascido no século III. A lenda dizia que sua espada fora abençoada por Deus com propriedades fantásticas e que, com ela, Jorge teria realizado seu maior feito: libertar a cidade de Silene, na desértica Líbia, da ameaça de uma terrível besta que assombrava o lago local e ameaçava a sobrevivência da população.

Não uma fera qualquer, mas um dragão. O último deles.

Mesmo sem levar em conta toda aquela fantasia, o simples fato de ter sido portada por um dos maiores símbolos de seu país, e da fé cristã como um todo, já tornava Ascalon a mais importante das relíquias de Jorge. Thomas estava realmente deslumbrado e talvez permanecesse naquele estado por mais alguns instantes, não fosse a voz envelhecida e frágil a estilhaçar o silêncio no interior da igreja.

— O que está fazendo, meu filho? — perguntava um velho padre, em um português que Thomas conseguiu entender perfeitamente. O desinteressante turista inglês que passeara sob aquelas arcadas barrocas nos dias anteriores até teria tentado articular uma

Salve Jorge

resposta. Contudo, não era mais ele que estava ali, mas sim o implacável soldado da SAS, força de elite de Sua Majestade.

Assim, em um movimento preciso e contínuo, Thomas sacou a zarabatana da cintura e disparou. O dardo alojou-se no ombro do velho e, em menos de cinco segundos, ele tombou sobre o cruzeiro. Embora a dose de tranquilizante não fosse forte o bastante para deixar quaisquer sequelas no pobre padre, exceto por uma eventual dor de cabeça pela queda abrupta, Thomas decidiu acelerar a operação e avisar o socorro médico tão logo encontrasse algum telefone público.

"Velho tolo, esgueirando-se nas sombras assim. O que esperava conseguir? Tem sorte de eu não ser um ladrão barato. Poderia estar morto agora."

Continuando de onde havia parado, Thomas escalou a grade e, em instantes, já estava do outro lado, tateando atentamente a superfície lustrosa do cavalo branco. "Está aqui. Eu posso senti-la" – pensou o inglês, excitado. Cobriu o dorso do animal com o pano de chão molhado, abafando assim o ruído provocado pelos golpes do cinzel. As pancadas esfacelaram a cerâmica, abrindo um buraco de cerca de dez centímetros de diâmetro.

Thomas enxugou o suor da testa e deu uma olhada nos arredores. Não havia qualquer movimento. A adrenalina fazia seu coração bater acelerado pela antecipação ao que estava prestes a realizar. Colocando a mão dentro da estátua não sentiu, em um primeiro momento, nada além da aspereza da poeira e dos fragmentos de cerâmica. Frustrado, esticou ainda mais o braço, colando seu corpo ao altar que sustentava Jorge e seu cavalo. Por um momento, a sombra do fracasso surgiu, ameaçadora, no coração do soldado.

Até que ele sentiu o frio toque do metal na ponta dos dedos.

Teria berrado de alegria, se pudesse. Porém, limitou-se a trazer a medalha aos lábios e beijá-la novamente, sorrindo e agradecendo mentalmente ao seu Santo. Então, com todo o cuidado, e segurando firme no que já percebia ser o cabo da espada, Thomas retirou-a de seu cofre secreto. E ali estava ela, a relíquia.

André S. Silva

A sagrada Ascalon..

Embora estivesse com os minutos contados, Thomas permitiu-se um instante de contemplação. Mesmo no escuro, era possível ver como era linda. Tinha a forma de um clássico gládio romano; seu cabo metálico possuía uma ondulação ornamental e era inteiramente revestido de couro, exceto pelo pomo arredondado. O guarda-mão era avermelhado como cobre, e de toda a sua extensão a pesada lâmina se projetava, reta, e mesmo após tantos séculos, inacreditavelmente afiada.

De fato, era uma obra de arte cuja magnificência era merecedora de olhares e devoção. Dickinson estava certo, afinal. Não era certo condenar uma peça como aquela a uma eternidade de escuridão, esquecida pelo mundo. Com esta certeza em seu coração e já sentindo em seus pulmões o ar frio e triunfante de Worcestershire, Thomas levantou-se para partir.

Contudo, acabou sendo outra vez surpreendido pela voz rouca do padre: — Você é um homem bom, rapaz... — para surpresa de Thomas, em um inglês impecável. — Por favor.. eu imploro.. vá embora...

Continuava no mesmo lugar onde o dardo o derrubara. Para Thomas, pareceu impossível que um homem naquela idade pudesse resistir aos efeitos de seu composto. Chegou a levar sua mão à cintura, mas se deteve. Algum milagre podia ter reduzido os efeitos de uma primeira dose do tranquilizante artesanal, mas uma segunda dose carregava o sério risco de tornar-se fatal para aquele ancião.

— Eu estou indo embora. — respondeu enfim, enquanto enrolava a espada no pano de chão. — Não se preocupe, chamarei o socorro médico assim que puder.

Thomas passou pelo velho em silêncio, dirigindo-se outra vez para a entrada da igreja. O fragilizado padre suplicou-lhe novamente.

— Não entende.. não sabe o que está fazendo. Eles.. eles o enganaram. Por tudo o que é mais sagrado... deixe a espada aí e parta. Ascalon não pode sair daqui.

A frase deteve Thomas em sua fuga. Então, Dickinson os havia subestimado. Eles sabiam. Parado, bem no meio da nave, o soldado refletiu, rapidamente, o quanto aquilo poderia complicar seus planos. Talvez pudesse perder mais alguns minutos para terminar de destruir a estátua, quem sabe vandalizar outras peças da igreja, desviando assim a atenção sobre seu verdadeiro interesse ali.

Mas e o padre? O que fazer com sua única testemunha? A indagação desviou a atenção de Thomas para a zarabatana e os dardos presos em sua cintura — um erro maior do que ele jamais teria sido capaz de imaginar.

O clarão incandescente irrompeu súbito, cegando Thomas. Na hora uma única palavra arrebatou-lhe a mente por completo, levando-o a, instintivamente, jogar-se para trás de uma das fileiras de bancos: *fogo*. Dourado e implacável, banhando o ar com seu calor causticante e espalhando-se, em uma fração de segundo, acima de sua cabeça e pelo cruzeiro.

Então, houve escuridão no interior da igreja outra vez, mas as trevas agora estavam agora manchadas de vermelho, aqui e ali, onde quer que houvesse o que o fogo devorar. A bandeira carregada por São Jorge, as plumas de seu elmo, e o banco atrás do qual Thomas se abrigava; todos sucumbiam, velozmente, perante a fome das chamas.

Thomas não pensava, pensar demandava um tempo que ele não tinha. Assim deixou de lado a razão, focando-se no mais puro instinto de sobrevivência. Primeiro, fechou os olhos o mais apertado que pôde, tentando aplacar a dor intensa causada pelo clarão flamejante, mas foi inútil. Abriu-os, então, mas o mundo tornara-se uma mancha difusa de sombras e traços de luz. Buscou, então, aguçar os ouvidos para o que estava acontecendo ao seu redor.

Havia um estranho ruído, reverberando acima do crepitar das chamas. Era seco e gutural, como lufadas de ar forçando seu caminho por uma passagem estreita. Aproximava-se, cada vez mais, acompanhado por uma sombra, uma presença, alguma coisa que Thomas não podia ver mas, ainda assim, percebia claramente.

Algo estava muito errado.

André S. Silva

Os sentidos de Thomas simplesmente contrariavam sua percepção da realidade. A sombra que surgira de onde estava caído o padre não apenas aproximava-se, mas também crescia, ameaçadora, parecendo comprimir o ar terrivelmente quente contra as paredes da igreja. "O que diabos é isso?" – perguntou-se o soldado, apertando contra o peito o embrulho da espada.

Então, a resposta ocorreu-lhe, óbvia e imediata:

"Não interessa. Preciso dar o fora daqui."

Thomas tensionava os músculos, preparando-se para disparar na direção da entrada, quando o banco atrás dele explodiu em centenas de estilhaços afiados. A sombra cobriu seu corpo, envolvendo-o com uma força esmagadora, enquanto o ruído de outrora agigantava-se em um rugido trovejante. Naquela fração de segundo, em que tudo ao seu redor se tornava caos, a mente do soldado conseguiu se concentrar na única coisa que realmente importava, agora: repelir a massa monstruosa que o agredia.

Assim, Thomas não percebeu o exato instante em que o cabo de Ascalon deslizou por entre seus dedos, tampouco o movimento de seus braços enquanto erguia a espada, desvencilhando-a do trapo que a envolvia. Então, a lâmina desceu com violência, revelando a textura da carne e o cheiro de sangue. Houve um urro ensurdecedor e Thomas sentiu ser arrancado do chão pela temível sombra, subindo cada vez mais, até que o telhado da igreja despedaçou-se acima dele, e a noite do Rio de Janeiro se escancarou numa tormenta de luzes, vidro e concreto.

Foi uma questão de segundos, até que o arrebatamento cessou em baque seco e doloroso. Thomas cuspiu um punhado de capim, antes mesmo que a dor profunda em seus músculos e ossos lhe informasse que ainda estava vivo. Abrindo os olhos, deparou-se com um cenário tranquilo e escuro. Estava estendido sobre um gramado, e ao seu redor se espalhavam umas poucas árvores e arbustos que ele, incrédulo, logo reconheceu.

Estava de volta ao Campo de Santana; despertadas por sua queda, as cotias que habitavam o lugar agora saltitavam de um arbusto para o outro, assustadas. Thomas olhou ao redor, vislumbrando, além da linha das árvores, a igreja que invadira havia poucos minutos, e o buraco enorme onde antes havia o telhado do lugar. Antes, contudo, que pudesse se perguntar o que diabos estava acontecendo, o soldado se deu conta de que não estava sozinho. A sombra estava ali com ele.

Exceto que não era só uma sombra. Pois agora que os feixes azulados da lua cheia atingiam aquele pedaço do bosque e os olhos de Thomas recuperavam sua acuidade, sua verdadeira identidade revelava-se, desafiando a sanidade do inglês.

Um par de olhos vermelhos faiscavam na escuridão, duas bolas de fogo no centro de covas profundas e angulares. A enorme cabeça era coroada por um par de chifres retorcidos e coberta por placas negras e protuberantes como escamas pontiagudas. A mesma carapaça escura revestia o corpo da besta, que montada sobre as quatro patas, era grande como um vagão de metrô.

Caído a poucos metros da fera, Thomas foi acometido por um terror que até então desconhecia. Ele rezou e lembrou-se de sua infância, e das histórias que não queria lembrar, pois não queria acreditar. Thomas teve medo, não da morte, mas da vida e do horror ao que por ela era apresentado. Aquilo só podia ser um pesadelo. Ou um delírio. Sim, era isso. Ele havia sofrido um acidente, batido com a cabeça, e agora estava estatelado no chão da igreja, delirando. Se não, que estivesse completamente louco. Até mesmo a insanidade total era uma alternativa tentadora *àquilo*.

Neste instante, o monstro se ergueu. As patas dianteiras se abriram para os lados, revelando serem, na verdade, asas grotescas como as de morcegos, enormes, cada uma tão grande quanto a fera em si. Suas membranas eram translúcidas e através delas incidiu a luz da lua, acendendo-as com um lume fantasmagórico. Então, a bocarra se escancarou, e dela soprou um hálito terrivelmente quente e fétido como amônia. Foi aí que Thomas, para seu maior desespero, teve a certeza de que tudo aquilo estava mesmo acontecendo. Era real.

Ele estava diante de um dragão.

"Homem tolo".

A voz grave e sobrenatural atingiu diretamente o cérebro de Thomas, vinda de lugar nenhum. Assombrado, ele voltou-se para seus arredores, buscando desesperadamente uma rota de fuga. Correr parecia ser sua única chance.

"Deveria ter fugido antes. Agora é tarde demais." — respondeu-lhe, para seu espanto, o dragão. *"Não, não leio seus pensamentos, Cavaleiro. Faço mais do que isso. Leio sua alma. E é por isso que não me dará prazer tirar sua vida."*

Com estas palavras, a fera tombou outra vez para frente, lançando as enormes asas na direção de soldado. As garras dianteiras fincaram-se com violência na terra fofa. Rastejando como podia para trás, Thomas tentava dominar o próprio pânico.

Foi quando percebeu que, entre ele e o dragão, um objeto metálico reluzia ao luar.

Ascalon.

"Nem pense nisso, Cavaleiro. Não é digno de portar esta espada. Nenhum de vocês é."

"Digno? Quem somos nós? As árvores. Preciso correr. Lutar. Poderia lutar. A espada. Posso alcançá-la. Posso alcançá-la? Dragão. Um dragão. Dragões existem. Meu Deus.", o medo estilhaçava os pensamentos de Thomas.

"Onde está sua coragem, agora?", perguntou a besta. *"Tão seguro de si, Cavaleiro, tão valente, quando o inimigo é um velho indefeso. Agora treme e gagueja como a criança que é."*

O dragão aproximou-se. Neste momento, Thomas percebeu um filete de sangue refulgindo em negro em uma das patas da criatura, exatamente onde cravara Ascalon momentos antes.

"Sim" — realizou Thomas, fazendo sua escolha, e esforçando-se para limpar sua mente de tudo o mais o que pudesse ser captado pelo dragão. Ele não pensou, apenas agiu e no instante final, a fera só pôde ouvir um único pensamento, explodindo em seu âmago como um grito de guerra:

"São Jorge, dai-me forças!"

Salve Jorge

"Pare de dizer o nome dele!" — bradou o dragão em resposta, ao que sua boca se abriu, revelando uma vermelhidão infernal brilhando no fundo de sua garganta, como lava prestes a irromper de um vulcão.

Thomas saltou à frente, escapando por pouco do jato de fogo. Sua mão alcançou Ascalon, e com um movimento ágil ele a sacou do chão, meneando-a contra o peito escamado. A lâmina abriu um talho na couraça negra, como uma faca quente cortando manteiga. O dragão soltou um urro e recuou de imediato, sangrando.

"Deu certo. Ainda estou vivo. Talvez consiga... talvez..."

Thomas avançou. Sabia que precisava manter-se perto o bastante para desviar do cone flamejante onde este era mais estreito, ou seja, perto da garganta da besta. Pura física. Pura e reconfortante ciência, Thomas precisava disso. Reafirmar seu pé na realidade, enxergar o pesadelo à sua frente como algo de carne e osso, como algo mortal, ainda que impossível. Era sua única chance.

Ainda assim, os olhos cegos da noite registravam, naquele instante do século XXI, uma imagem de fábulas: um soldado inglês, sozinho no coração de um bosque escuro, de espada em punho, confrontando, sob a luz da lua cheia, um dragão.

"Não sairá vivo daqui, Cavaleiro, isso eu prometo." — ameaçou este, enfurecido. *"O juramento não será quebrado. A espada continuará protegida. Largue-a agora e prometo dar-lhe uma morte rápida."*

Thomas firmou o cabo da lendária arma entre as duas mãos.

"Que seja" — disse o dragão, iniciando uma nova investida. A presença de Ascalon, contudo, inibia seus movimentos. A cautela que demonstrava ao tentar atingir Thomas e a maneira como mantinha o corpo e, principalmente, o pescoço distante da lâmina, tornavam óbvio que o dragão a temia.

Percebendo isto, o soldado brandiu a espada de um lado para o outro, como se segurasse uma tocha acesa contra um animal selvagem. Em pensamento, Thomas agradecia a seu Santo Guerreiro.

"Não sabe o que está fazendo. Acha mesmo que ele está aqui com você, agora?" — indagou o dragão, ao que Thomas respondeu-lhe diretamente, pela primeira vez.

— Eu sei que está.

A audácia provocou no dragão um rompante de fúria. Tentando aniquilá-lo com um ataque rápido, a fera abriu sua guarda o bastante para que Thomas usasse sua experiência no campo de batalha em um contra-ataque devastador. Ao que a asa esquerda do dragão desceu sobre ele, Thomas girou seu corpo, não para fora, mas para dentro do enlace mortal, cortando-lhe uma das garras da asa oposta. A dor fez o dragão recuar, erguendo-se nas patas traseiras. Era a deixa para Thomas avançar mais ainda, fincando Ascalon na pata traseira até então incólume, e abrindo um rasgo profundo o bastante para roubar do dragão seu equilíbrio. Com um urro que se perdeu pelas vielas daquele canto da cidade, o monstro foi ao chão.

Aproveitando o momento, Thomas correu na direção da cabeça do dragão, pronto para aplicar o golpe final. O que seria do mundo pela manhã, quando um cadáver de dragão fosse encontrado em pleno centro do Rio de Janeiro e ele já estivesse a milhares de quilômetros dali, não lhe importava.

"Vamos, termine logo com isso, Cavaleiro." — ordenou, subjugado, o dragão. Agora era ele quem se rastejava pela grama da clareira. *"E lembre-se deste momento, quando a hora chegar."*

Thomas caminhou ao longo do comprido pescoço, cauteloso. Sangue negro gotejava da ponta de Ascalon, enquanto ele a mantinha apontada para seu adversário. O dragão, porém, não ofereceu qualquer resistência. Pelo contrário, estendeu-se na grama e fechou os olhos, com absoluta serenidade. Foi quando, subitamente, o inglês teve o coração tomado por uma sensação inquietante, que misturava medo, pena, dúvida e, principalmente, temor. Não só pelo novo e inacreditável mundo que ele já havia descoberto naquela noite, mas pelo que ele sabia que estava prestes a descobrir.

"Não importa." — disse o dragão, lendo os pensamentos tumultuados de seu algoz. *"É apenas um soldado cumprindo ordens, como tantos outros. Homens bravos, no fundo, homens bons. Na maioria das vezes eles também não enxergaram o horizonte de suas próprias ações. Não até que já fosse tarde*

Salve Jorge

demais. Quando isso acontecer, você sentirá vergonha, e jogará fora a medalha a qual tanto se prende, pois vai perceber que nunca foi digno dela."

— O quê quer dizer com isso? — perguntou Thomas, colocando-se bem à frente dos chifres da besta.

Não houve resposta. Thomas censurou a si mesmo. Aquilo já era insano o bastante sem que ele tentasse se comunicar com o monstro. Guardaria suas dúvidas para seus irmãos de Ordem, certamente eles saberiam explicar o quê estava acontecendo.

Assim, Thomas ergueu a espada sagrada, pronto para desferir o golpe de misericórdia, quando uma imagem surgiu em sua mente, paralisando-o. Uma cruz vermelha, a cruz de São Jorge, ao centro de um brasão composto pelas cores azul, vermelho e branco. O escudo da Ordem dos Cavaleiros, não como Thomas se lembrava dele, pendurado na parede da luxuosa sala de conferências na sede, mas decorando uma bandeira esfarrapada, no alto de uma haste. A visão trouxe também o som de cascos de cavalo esmagando a terra, bem como gritos de homens, e fogo, tão intenso que Thomas sentiu o ardor em sua pele.

Não foi a estranheza ou a vividez das imagens que alarmaram o soldado, mas o fato delas serem fruto de pensamentos que, definitivamente, não eram seus.

Tampouco era a voz que tornava a escorrer pelas entrâncias de seu cérebro, silenciosa para qualquer um além dele próprio, mas desta vez diferente, como se ouvida por um eco distante.

"Não importa..." — era a voz do dragão. *"Jamais acreditará... não tem escolha... me perdoem..."*

— Acreditar em quê?!

A pergunta fez o dragão arregalar os olhos, e no mesmo instante Thomas soube o porquê, pois ele próprio lhe revelou isso, involuntariamente, inconscientemente, da mesma forma como as imagens daqueles tempos medievais.

— Estou segurando a espada de um Santo, falando com um dragão. — continuou Thomas. — Os limites do que acredito ou não se expandiram imensamente esta noite. Portanto, responda minha pergunta.

"*Está prestes a deflagrar uma guerra.*" – disse enfim o dragão, sem hesitar. Hesitação não era mais possível entre ele e o soldado, pois seus pensamentos não eram mais simplesmente comunicados, mas compartilhados. "*O que realmente sabe a respeito de Jorge?*"

"*Cavaleiro da Capadócia. Século III.*" – lembrou-se Thomas. "*Diocleciano. Um guerreiro cristão, o maior que já viveu. Libertador de Silene. Com as bençãos de Deus e Ascalon, a sagrada, matou o último dragão...*"

"*E depois viveu para se ver perseguido e morto por aqueles que um dia defendeu. Morto por defender a mesma crença que um dia o ajudou a matar o 'último dragão'...*"

"*Morto por Dácio, sim. Morto por ser um cristão. Um mártir...*"

"*... um herói*" – completou a fera. "*Um melhor do que vocês mereciam. E você, homem tolo, não enxerga o óbvio, aquilo que seus mestres, homens maus, são tão hábeis em esconder, porque...*"

"*...se aquele era o último dragão...*"

"*...como é que...*"

"*...você está aqui agora?*" – perguntou Thomas, ao mesmo tempo para si mesmo e para o outro.

Lembranças roubadas voltavam a acometer o inglês. Não eram concretas como as de antes, mas surgiam enevoadas, como a memória de algo jamais visto, mas apenas ouvido. A lenda de um cavaleiro em uma armadura prateada, sob um sol escaldante a refletir nas águas de uma lagoa, brandindo a poderosa Ascalon contra um dragão.

"*Não era um dragão, mas uma dragoa. A última de uma espécie temida e caçada havia séculos por Cavaleiros como Jorge, herdeiros de relíquias como Ascalon ou Gram ou Caledfwlch, e cujo único pecado fora buscar, nas águas daquela lagoa, um refúgio para ela e para os seus...*"

Filhos.

O cavaleiro levantou a viseira do elmo, contemplando um ninho improvisado com meia dúzia de ovos grandes e escuros no charco ao redor da lagoa. Atrás dele, a dragoa abatida tentava, com dificuldade, se arrastar para perto. Ascalon pareceu pesar na mão de Jorge, que então abaixou-a, da mesma forma como fazia Thomas, invadido por aqueles imagens, quase dezoito séculos depois.

"*Ele a poupou.*"

"*Ele demonstrou misericórdia.*"

"*Ele agiu como um verdadeiro cristão.*"

"*Um pecado mortal para alguém da sua..*"

"*...da minha espécie.*"

Diante dos rústicos portões de uma cidade às margens do deserto, uma multidão aguardava o cavaleiro. Estavam aterrorizados pois ele trazia, amarrada por uma corda no pescoço, a dragoa que todos temiam.

"*A Lenda Dourada diz que Jorge levou o dragão para a entrada da cidade, e o degolou como prova do poder de Deus. Mas como todas as lendas, esta também foi escrita para atender ao interesse dos homens. A verdade é que o cavaleiro tentou se dirigir ao povo, e explicar-lhes que se Deus nos havia colocado a todos no mundo, é porque que era possível a paz entre nós. Para o povo, porém, dragões eram demônios, sempre foram, afinal, demônios foram feitos à sua imagem e semelhança. Assim, Jorge não teve escolha.*"

Dando as costas para a população enfurecida, Jorge desembainhou Ascalon e voltou-se para a dragoa, que lhe encarava com resignação nos enormes olhos negros. Com um suspiro, o cavaleiro golpeou com a espada, mas nenhum sangue foi derramado, pois apenas o laço que amarrava o pescoço da dragoa foi atingido.

"*Daquele dia em diante Jorge seria perseguido. Muitos desconfiavam que um elo havia nascido entre ele e o último dos dragões e que Jorge sabia do paradeiro da besta de Silene. Ascalon também desaparecera, mas o que para seus inimigos era inaceitável, para Jorge era inevitável. Enquanto a relíquia estivesse nas mãos dos matadores de dragões, sempre haveria o risco de mais dor e derramamento de sangue. Ele precisava...*"

— ... escondê-la. — disse Thomas, com sua própria voz.

O peso do gládio em sua mão trazia-lhe de volta daquele devaneio. Não sabia se haviam se passado segundos ou horas desde que formara aquele estranho elo telepático com o dragão.

— Disse que se levar a espada estarei deflagrando uma guerra. Quis dizer.. com os outros? O resto daquela *ninhada*?

"Não vivemos por tanto tempo.", respondeu o dragão. *"Eu e os demais somos apenas descendentes da misericórdia do seu Santo."*

— Os demais... — Thomas sacudiu a cabeça. — Quantos... quantos de vocês existem hoje?

"O bastante."

— E onde...?

"Espalhados. Escondidos, como eu. Disfarçados..."

— ...de nós. — completou Thomas. Recordou-se, pesaroso, do frágil padre que o abordara no meio de sua invasão à igreja. — Como... como sei se posso acreditar em você?

"Não é preciso que acredite.", respondeu o dragão. *"Você verá."*

— Isso é uma ameaça? — perguntou Thomas, erguendo Ascalon outra vez.

"A arma está em suas mãos. Só vocês, Cavaleiros, podem utilizá-la. Como eu sei que vão. Está na sua natureza. Só não esperem que vamos desaparecer sem lutar. Nosso último sopro de vida será entregue em defesa da relíquia e daquilo que um grande guerreiro um dia deu o seu próprio para proteger."

E assim, subitamente, o soldado inglês se viu sozinho e esmagado pelo peso de uma responsabilidade que soava como fruto de um pesadelo insano, uma piada ridícula, mas que se apresentava implacavelmente real. Estavam ali os olhos de fogo, as escamas negras, e a escolha que jamais deveria ter sido sua, turvando seus sentidos, asfixiando-o mais do que o ar impregnado de amoníaco.

Thomas tinha, literalmente, o destino da humanidade em suas mãos.

Mãos trêmulas, mãos suadas, que se separaram quando ele buscou outra vez a medalha que pendia de seu pescoço. A espada continuava apontada para a cabeçorra do dragão, mas Thomas tinha

Salve Jorge

agora os olhos fechados, em uma oração silenciosa. Sentindo na ponta dos dedos cada mínimo entalhe da medalha, Thomas rogou, com uma devoção tal como jamais soube que possuía, para que a sabedoria do Santo Guerreiro guiasse sua decisão. Pois dela, tinha certeza, dependia não só seu próprio futuro, mas todo o futuro. Um movimento preciso de Ascalon, e tudo mudaria. O sol nasceria em poucas horas como sempre, mas o mundo não seria o mesmo. Nunca mais.

A pequena medalha de prata pareceu esquentar entre seus dedos.

Enfim, a resposta que procurava lhe sobreveio. Thomas abriu os olhos.

E o mundo despertou inabalado para um novo dia.

Homens engravatados desejaram bom dia para ascensoristas em elevadores, mulheres superaram a dor de calçar aquele sapato apertado favorito, e crianças em salas de aula se distraíram, fazendo desenhos à caneta em seus cadernos, sonhando com tempos mágicos de cavaleiros e dragões. Nenhuma grande revelação. Nenhum evento extraordinário.

Houve, claro, o inexplicável desabamento do telhado da Igreja de São Gonçalo Garcia e São Jorge, no Rio de Janeiro. Dias se passaram, enquanto as autoridades tentavam entender o que havia ocorrido. O que mais lhes intrigava era o fato de fragmentos do telhado terem sido encontrados no entorno da igreja, como se este estivesse explodido, não desabado. Evidências de incêndio no crucifixo e perto do altar, bem como o dano causado à estátua de São Jorge que a igreja abrigava, pareciam corroborar a hipótese de uma explosão.

O mistério, contudo, permaneceu.

Algum tempo depois, a Arquidiocese do Rio emitiu um comunicado, informando que um de seus padres estava desaparecido e que havia a possibilidade dele ter estado na igreja na noite do incidente. Como, porém, faltavam evidências concretas, tal linha de investigação foi logo descartada, e o desaparecimento do padre tornou-se mais um caso sem solução nas estatísticas da polícia do Rio de Janeiro. A igreja foi eventualmente reformada, a estátua do Santo Guerreiro, substituída, e todo o episódio, nas semanas que seguiram, acabou por ser esquecido.

Mas não pela Ordem.

Uma limusine negra esperava por Thomas na saída do Aeroporto Internacional de Londres. Seus companheiros na longa viagem de volta a Worcestershire foram, além do motorista que Thomas jamais chegou a ver, dois irlandeses enormes e de poucas palavras, vestidos com pesados sobretudos. Era uma manhã gélida, e uma chuva persistente caía, cobrindo toda a capital com o manto cinzento do inverno.

Calado, Thomas encostou sua cabeça no vidro filmado, enquanto o automóvel seguia para o noroeste, e cidades e campos passavam diante de seus olhos abertos, sem que ele pudesse vê-los. Da mesma forma que seu voo sem escalas, as horas de viagem de carro pelo interior da Inglaterra passaram despercebidas, enquanto Thomas fazia a única coisa da qual era capaz desde que retornara ao seu quarto barato de hotel naquela noite, sabe-se lá há quantos dias atrás: reviver a escuridão do bosque, o frio cabo da espada em suas mãos, e a presença monstruosa que lhe invadia a alma e abalava os alicerces de sua sanidade.

Ao desembarcar diante do Castelo Hartlebury, Thomas viu que o Grão-Arauto Dickinson já lhe aguardava junto à outra dúzia de Cavaleiros, que, para se protegerem da chuva, amontoavam-se sob o alpendre à entrada da sede. Alguns rostos Thomas reconheceu de ocasiões anteriores, outros não. A maioria eram homens velhos, vestindo elegantes ternos escuros, nos quais reluziam broches com o escudo da Ordem. Todos compartilhavam o mesmo semblante austero, fitando Thomas como inquisidores à espera do juízo de um herege.

Salve Jorge

Quando ele se aproximou, acompanhado pelos dois irlandeses, os Cavaleiros abriram caminho. Dickinson, porém, já havia desaparecido por trás da muralha de lã negra e entrado no castelo. Conforme era conduzido de volta à sala de conferências onde tudo aquilo havia começado, Thomas percebeu que deveria estar se sentindo inquieto por sua segurança, mas que era incapaz de fazê-lo. Sentia a si mesmo dormente, como alguém despertando de um trauma tão severo que transformava sua própria percepção do medo.

— O que aconteceu, Thomas? — perguntou Dickinson, enchendo um copo de uísque, assim que a escolta fechou a porta da sala de conferências atrás do soldado.

— Vocês cometeram um engano.

O Grão-Arauto suspirou. Tomou um gole de sua bebida, antes de voltar-se para Thomas e atirar um volume sobre a mesa de mogno, aos pés do *St. George* de Raphael. Tratava-se de uma edição do *The Telegraph*, aberta em uma página que exibia uma foto em preto e branco, tirada dias antes no Rio de Janeiro: o telhado destruído da Igreja de São Jorge.

— Vou perguntar outra vez. — disse o Grão-Arauto. Seus grandes olhos azuis refletiam o fogo que ardia na lareira. — O que aconteceu?

— Eu que lhe pergunto, Dickinson. — respondeu Thomas. — O que diabos está acontecendo? Vocês sabiam todo o tempo, ou são realmente cegos?

— Onde está ela? — insistiu o outro, impassível. — Você recebeu uma importante missão, soldado.

— Pois bem, eu falhei.

Dickinson bebeu mais um pouco do uísque, aproximando-se de Thomas. Franziu os lábios e balançou a cabeça levemente, como um mentor desapontado.

— A Ordem contava com você.

— Mentiram para mim.

— Onde está a relíquia?

— Eu não sei!

Sem aviso, uma explosão de dor atingiu a têmpora esquerda de Thomas, levando-o ao chão. O cheiro de malte e álcool invadiu suas narinas, enquanto um denso filete de sangue escorria por seu rosto. Dickinson atirou o que restou do copo estilhaçado dentro da lareira, sacudindo a mão ferida pelo impacto.

— Seu desgraçado! — não havia mais vestígio de serenidade no Grão-Arauto. Ele esbravejava sobre o corpo caído de Thomas como um cão selvagem. — Diga-me onde ela está!

Os dois irlandeses invadiram a sala, de pistolas em punho. Um único aceno furioso de Dickinson, contudo, fez com que ambos recuassem, antes que ele começasse a chutar as costas de Thomas, repetidas vezes.

— Diga-me, maldito! Você a encontrou, não foi?! Você a tocou, com essas mãos imundas? — perguntou o ensandecido Cavaleiro, puxando uma das mãos de Thomas e a beijando, apertando, usando-a para acariciar o próprio rosto enquanto a cheirava como um cão farejador. — FALE COMIGO!

Thomas, porém, continuou calado. Lembrando de conceitos básicos de seu treinamento na SAS, encolheu-se em posição fetal, protegendo assim seus órgãos vitais dos ataques diretos de Dickinson, que agora espancava-o com socos e pontapés. Com a visão enturvecida pelo sangue, Thomas pôde fitar, acima da lareira, a forma do globo de bronze antigo, onde há séculos a ominosa inscrição se interpunha a meio caminho entre o Velho e o Novo Mundo:

HIC SUNT DRACONES.

— Cá existem dragões.. — murmurou Thomas, exibindo um meio sorriso vermelho.

Dickinson ajoelhou-se ao lado dele, bufando, enquanto ajeitava, com as mãos ensanguentadas, o nó de sua gravata.

— Sim, eu sei, Thomas. Todos sabemos. Por este motivo precisamos da relíquia, para pormos um fim nisso. E é por isso que você vai nos contar o que aconteceu, do contrário vai morrer aqui.

Lenta e dolorosamente. – Dickinson voltou-se então para os dois irlandeses. – Levem-no daqui.

Os dias que seguiram deram indícios de que o Grão-Arauto manteria sua palavra. Thomas fora arrastado até a masmorra abaixo do velho palácio e lá trancafiado em um aposento escuro e sem janelas, feito inteiramente de pedra. Sua única comunicação com o mundo exterior se dava por uma fresta na base da pesada porta de ferro, por onde, em intervalos irregulares, surgia um prato plástico cheio de uma papa nojenta que era, ao mesmo tempo, comida e bebida para o prisioneiro. Logo, Thomas já não sabia mais se era dia ou noite, ou quanto tempo estava preso ali.

Logo, também, vieram as surras, como seu conhecimento de táticas de tortura já alertara que viriam. Eram mais irregulares que os pratos de comida, e muito mais frequentes. Concussões, cortes à navalha, afogamento simulado, choques elétricos. A dormência que experimentara antes deu lugar ao medo, sua força de vontade acabou se dobrando perante tanta violência e Thomas foi subjugado, como sempre eram os prisioneiros de guerra. Ele chorou e se desesperou; queria ter algo a dizer para aqueles homens, mas a verdade é que não sabia mesmo o que acontecera com Ascalon ou com o dragão que a guardava, depois que a atirou diante dele naquela noite e fugiu, correndo, do Campo de Santana.

A pior parte, porém, foi quando a Ordem acreditou nele.

Só então, quando Dickinson e o resto de seus captores se convenceram de que dizia a verdade mas, ainda assim, o mantiveram enclausurado, Thomas entendeu que jamais sairia vivo dali. Não era mais um prisioneiro, mas uma testemunha do quão longe os Cavaleiros iriam na busca de seus interesses. Estava condenado. Seu corpo subnutrido não tinha forças para tentar qualquer reação e em sua mente torturada as lembranças de tempos tranquilos, dos dias antes daqueles dias, se perdiam nos labirintos enevoados da insanidade.

Caído no chão frio da cela, Thomas levou a mão ao pescoço, à procura de sua velha medalha, sabendo que não a encontraria. Ela se fora, tirada dele por seus antigos companheiros de Ordem, como tudo mais que possuía. Neste instante, sentindo as trevas encerrando-se ao redor de si, Thomas fechou os olhos e concentrou-se naquele que poderia ser seu gesto final em vida.

As palavras não vieram com facilidade, e os lábios rachados eram incapazes de proferi-las, mas em seu coração Thomas dirigiu-se a seu patrono, à São Jorge, clamando por misericórdia, pelo perdão de suas ofensas e pela certeza de que, se a escolha que fizera lhe custara a vida, que ao menos tivesse sido a escolha certa.

Nenhuma resposta lhe veio dessa vez, mas tampouco a escuridão o consumiu. Pelo contrário, enquanto os pensamentos fluíam de sua mente cansada para se perderem no ar abafado da cela, Thomas foi tomado pela reconfortante impressão de alguém que percebe, ao falar, que está sendo realmente ouvido.

Embalado por esta sensação, ele adormeceu. E quando a Ordem parou de alimentá-lo e a fome e a sede se fizeram mais dolorosas, o mesmo pareceu ocorrer com os ouvidos invisíveis a quem o soldado dirigia suas orações. A razão lhe dizia que era apenas seu cérebro começando a falhar e tentando, em um esforço desesperado, protegê-lo da cruel verdade: estava prestes a morrer.

Felizmente, sua razão já errara antes.

Os olhos de Thomas se arregalaram quando ele sentiu uma descarga de calor percorrendo seu corpo da cabeça aos pés. Por um instante ele pensou, com certo alívio, que era seu último suspiro. Então, as paredes da cela tremeram, e o coração do soldado bateu acelerado, como há muito não fazia. E lá estava outra vez a presença, mais intensa do que nunca, pairando sobre ele como uma nuvem de tempestade sobre um campo sedento. Uma promessa de salvação.

Então, sozinho em seu cárcere, Thomas sorriu, quando em seus ouvidos chegaram, como ecos distantes, os gritos de desespero de Dickinson e do resto dos traidores, e o estrondo do castelo sendo

Salve Jorge

feito em pedaços e asas batendo e os ecos de suas próprias orações passadas, devolvidas a ele como uma memória compartilhada através de um inquebrantável laço de gratidão.

A maior herança do Santo Guerreiro.

"Salve Jorge", pensou Thomas, ao que lhe respondeu uma voz que jamais pensou que ouviria outra vez, familiar e poderosa como o fogo que agora devastava Castelo Hartlebury.

"Salve Jorge, Cavaleiro"

Hoffman & Long
Cirilo S. Lemos

Claro que tem uma mulher na história. O nome dela é Artemísia. Bonita, como não poderia deixar de ser. Olhos esmeraldas. Pele de seda. Vestida de vermelho. Disse que não cobraria o programa, desde que o Sr. Hoffman parasse de tentar tirar o lenço que cobria seus cabelos.

O Sr. Hoffman é um figurão, rico o suficiente para mandar banhar todas as suas engrenagens com ouro (mas não para mandar substituir seu sistema de cordas por uma bateria de urânio, o que exigiria uma reformulação completa e muito, muito dinheiro). Tinha um escritório bem arejado onde, por uma pequena percentagem, fazia o dinheiro encardido dos Autômatos Judeus e Italianos ficar branco como a neve. Não era mágica fácil de fazer, tampouco desprovida de riscos: um cliente exaltado aqui, uns auditores da Fazenda ali, meia dúzia de atentados à bala acolá. Por essa razão, não dispensava o guarda-costas nem para se aventurar entre as prostitutas. Os seguranças não duravam muito na função. Mas havia este último, um dragão oriental de poucas palavras chamado Long. Ele tinha olhos de tigre, chifres galhados e o corpo sinuoso de uma carpa enfiado num terno elegante. Muito profissional, não achou uma boa ideia quando o Sr. Hoffman veio todo animadinho contar que sairia com uma gostosa que queria dar de graça.

A conversa entre os dois foi mais ou menos assim (o rosto dourado autômato só um pouco mais alto que a fivela do dragão):

LONG: "Bom, Sr. Hoffman, se quer minha opinião, não acho seguro o senhor acompanhar esta mulher até a casa dela."

SR. HOFFMAN: "Eu pago a você para me proteger e não dar opinião, Sr. Long. Ou estou enganado?"

LONG: "De forma alguma, senhor. Mas gostaria de..."

SR HOFFMAN: "Gostaria de nada. Nós vamos, e você vai ficar esperando sentadinho no sofá dela até a coisa terminar."

LONG: "Claro, senhor. Eu só..."

SR. HOFFMAN: "Sentadinho. No sofá. Em silêncio. Esperto como um gato. Repita comigo: esperto como um gato."

LONG: "Esperto como um gato."

SR. HOFFMAN: "Ótimo."

E foi isso. O Sr. Hoffman passou a noite com a mulher. Long ficou sentado no sofá, tentando não ouvir os gemidos e ruídos molhados que vinham do quarto. Estava esperto como um gato, mas aquela era uma situação que não podia acabar bem. Captava de longe o fedor de problema, mas se o Sr. Hoffman estava disposto a pagar a taxa de periculosidade estipulada no Contrato de Proteção, por ele tudo bem. Pelo menos podia anestesiar o sexto sentido com a garrafa de uísque sobre a mesinha de centro.

Bebeu um copo, passou a língua bífida nos bigodes.

Olhou ao redor. Os gemidos aumentavam.

Bebeu mais um copo. E outro.

E outro e outro e outro.

Acordou babando no sofá, um galo enorme na cabeça, gosto de couro velho no céu da boca, quarenta e duas horas depois. E o Sr. Hoffman? Bem, não havia sinal do Sr. Hoffman em parte alguma. Cozinha, quarto, banheiro, todos vazios. Olhou na pequena área de serviço, debruçou-se sobre o fosso do elevador, chamou seu nome nas escadas. Recebeu de volta o eco.

— Isso não é bom.

Procurou pelas ruas e becos próximos. Então ficou de saco cheio de bater perna por aí, resolveu usar o cérebro e voltar ao lugar onde tudo começou.

Wang Bao Long, Dragão do Oriente, Augúrio da Chuva e Dançarino do Vento sou eu. Ou era, até ser demitido pelos Bodisatvas. Agora sou apenas Long, guarda-costas do Sr. Hoffman. E aqui estou. O lugar é um pé sujo fedendo à urina e tabaco chamado Buraco Quente. Basicamente, é composto por Música Eletrônica Alta, Tipos Mal-Encarados e Gaiolas Recheadas de Garotas Nuas.

Vou contornando as mesas, atraindo olhares desconfiados. Num pequeno palco no meio da casa, sob a luz de um holofote multicor, uma Cadela (cinocéfalo seria o termo politicamente correto, mas quem se importa com isso?) dança ao redor de uma barra. Ela faz movimentos sugestivos, balançando a cauda devagar enquanto seus três pares de seios balançam no ritmo da música. É bonita, mas não tenho tempo para isso. Atravesso a nuvem de cigarro que permeia o salão, contorno as mesas e me aproximo do balcão. Um garçom tropeça num desnível do piso e se esborracha no chão, causando uma chuva de bebida e cacos de vidro. Depois se levanta, veste o capuz vermelho e olha apreensivo para o chefe atrás do balcão. Mo Felipo, o proprietário, tem quase dois metros de altura, usa um chapéu de caubói e é dos Um-Olho. Ele arregala a pálpebra e franze o cenho. O movimento da sobrancelha solitária é quase um paradoxo. Ele se levanta e vem nessa direção a passos largos, abrindo caminho no meio da multidão. O garçom treme de medo e tenta limpar a bagunça depressa, mas não dá tempo. Mo Felipo chega praguejando e agarra o perneta no exato instante em que este já se tornava um rodamoinho para fugir.

— Outra vez, seu crioulo estúpido — o Um-Olho sacode o garçom pelo pescoço. — É assim que se faz com cachorro.

Fico observando Mo Felipo esfregar a cara de seu empregado no chão durante um minuto inteiro. Quando se dá por satisfeito, solta-o como um saco de batatas e dança o cigarro nos beiços. Volta para trás do balcão, resmungando um clichê sobre a dificuldade de se conseguir bons empregados hoje em dia. O idiota tem um dente de ouro.

— Quero falar com você. Tenho perguntas — digo.

Mo Felipo aponta seu único olho para mim. Parece surpreso em me ver.

— Você tem coragem, dragão, voltando aqui desse jeito — ele responde, soltando uma baforada de seu cigarro mentolado. — Achei que tinha sido bem claro da última vez. Você e o autômato nanico. No meu estabelecimento. Nunca mais.

— Isso aí, Mo — grita alguém, sem muito entusiasmo.

— Não precisa ser assim, Sr. Felipo.

Ele sorri, exibindo o dente dourado. Alguém atrás de mim. Viro-me.

Três demônios grandalhões.

— Tá incomodando o chefe? — um deles diz, me empurrando com o peito. Usa uma enorme argola no nariz suíno e não parece disposto a evitar o tumulto. A música para, todos nos observam.

— Não quero confusão.

— Não quer confusão? Pois pra gente tá parecendo muito que você quer confusão — ele balança o dedo na minha cara. — Ele quer confusão, chefe?

— Acho que ele quer confusão — diz Mo Felipo.

O demônio continua balançando o dedo na minha cara. A clientela já começa a rir. Ele continua despejando um monte de abobrinhas sobre minha masculinidade na minha cara, junto com uma saraivada de perdigotos. Vou suportando em silêncio, respirando, deixando o ki, o ka e o soma acalmarem meu espírito; mas quando ele me cutuca com aquele dedo cheio de anéis, não há ki que baste. Agarro seu indicador e torço até ouvir o estalo do osso se partindo. Com a outra mão, arranco-lhe a argola do nariz. O sangue espirra, o demônio uiva de dor. Chuto suas bolas e coloco--o definitivamente fora de combate.

Os outros dois demônios não acreditam no que veem. Aproveito-me da surpresa para agarrar três garrafas e quebrá-las em sequência na cabeça de um deles, que desaba. O terceiro tenta me acertar com um soco. Tem técnica, parece ex-boxeador. Mas não é o bastante. Esquivo-me de seus cruzados e chuto sua cara, seu estômago, seu fígado e seus ovos, só paro quando ele cai.

Logo os três estão no chão. Mas logo estou cercado por uma multidão de gente querendo minha pele.

– A gente não gosta desse tipo de coisa no nosso bar, dragão – diz um polvo. Seu respirador cheio de água salgada faz a voz soar como um borbulhar. Um de seus tentáculos desliza para uma cadeira. – A gente vem aqui pra beber e se divertir. Não para brigar.

A cadeira voa em minha direção. Desvio suavemente e volto para a posição original.

O ki, o ka, o soma
Que o vento seja minha alma, a chuva o meu sangue
A palma da mão dos Budas antigos me suporte
As garras do Avô Shenlong me fortaleçam
O ki, o ka, o soma

O polvo é o primeiro a partir para cima. Cada tentáculo seu é capaz de me atingir três vezes em um único golpe, o que me obriga a usar todo o meu kung fu. Bloqueio cada investida com as costas da mão, canela, antebraço, cotovelo, palma, cauda, quinze golpes em dois segundos que acabam formando uma espiral de carne com um espaço no meio. É por esse espaço que meu punho entra como um raio, atingindo o polvo em cheio e o arremessando contra as mesas.

É a deixa para os fregueses de Mo Felipo se atirarem contra mim.

Vou distribuindo socos e pontapés nos primeiros que tentam se aproximar. Bato forte, para o sortudo pensar duas vezes antes de entrar na briga de novo. Desvio de soco, esquivo de chutes, e mantenho minha posição quebrando dentes e arroxeando olhos. Um anão agarra minha canela e me desequilibra. Graças a isso, três socos me acertam direto no queixo. Puxo o anão pelos cabelos e uso-o como porrete para acertar a cabeça do desgraçado que me socou até este desmaiar e aquele cair com as costelas trituradas. Enfio dois dedos no olho da piranha de cabeça de cachorro que tenta me morder, ela uiva de dor, cai no chão, chuto sua cabeça. O bordel inteiro parece vir como um vagalhão, e continuo batendo, batendo e batendo, vendo a massa de inconscientes crescer cada vez mais ao meu redor, mas para cada um que eu derrubo outro ocupa seu lugar, até que sou engolfado pela multidão, que me pisoteia, espreme, esmaga. *Que o vento seja minha alma, a chuva o meu sangue.* Talvez ninguém esteja percebendo as correntes de ar que atravessam o bar e se acumulam ao meu redor. O nome disso é Do. O Caminho do Avô Shenlong. Algo da Chuva e do Vento ainda me obedece, mas está diminuindo com o tempo. No entanto, ainda é forte o suficiente para me tirar de situações como essa. Giros as garras e reúno as correntes numa bola concentrada. E então as libero. Com um chiado, uma explosão de ar faz o bando voar como bonecos de papelão. Assustado, o bando recua como uma onda voltando para o mar. Um monte de gente se espalha pelo chão, alguns gemendo, outros desmaiados. Dois procuram dentes.

Levanto-me.

— Acabou por aqui — aviso, depois viro para Mo Felipo, que assiste a tudo de trás do balcão. — Quero falar com você. Tenho perguntas.

— Não sei de nada — ele diz, sacando uma carabina 12 que estava escondida debaixo do balcão e apontando para mim. Tem o cano bem curto, na forma, vejam só, de um dragão ocidental. — Por que não pergunta aqui pro seu primo?

O Um-Olho puxa o gatilho no exato instante em que desvio o cano para o alto com golpe seco de punho. O tiro arranca um pedaço do ombro de uma das putas e a derruba contra a grade da gaiola. As pessoas gritam, correm, ratos em pânico sapateando no sangue. Antes que Mo Felipo tenha tempo de atirar outra vez, faço a arma voar com um chute. A espingarda gira no ar e cai em minha mão. Aponto direto para sua cabeça.

Mo Felipo não sabe se corre ou se agacha ou salta sobre o balcão. Acaba ficando imóvel feito uma estátua.

— Estou procurando uma garota que costuma dançar aqui. Uma bonita, que usa lenço no cabelo. Acho que o nome é Artemísia. Saiu daqui com o meu patrão. Você a viu.

— Não conheço.

O som da arma sendo engatilhada sempre causa um grande efeito.

— Não, cara, eu já lembrei, eu já lembrei. Espera aí, porra.

— Desembucha. Ou o primo aqui vai berrar.

— Ela dança aqui sempre, é uma das favoritas da rapaziada. Mas não deu as caras por aqui hoje. Dizem por aí que ela foi morta.

— Como, morta? Por quem?

— Sei lá. Ela estava saindo com um cara aí.

— Nome?

— Não faço ideia. Era parecido com um índio, magro, que vinha procurar a vadia várias vezes por semana. Mancava de uma perna.

— Quero saber é da mulher. Onde ela mora?

— Sei lá, cara. Não sei nada da vida das mulheres fora daqui.

Encaro seu único olho.

— Não mentiria para o cara com a arma, não é?

— Juro que não, cara.

Mo Felipo está suando. Tremendo. Não está mentindo.

— Acho que posso ajudar — diz uma voz atrás de mim. Viro-me sem tirar o Um-Olho da mira. É o garçom, parado sobre o tapete de pessoas que acabei de estender no chão. — Posso ajudar — ele repete. — Desde que o senhor não mate o chefe.

— Se eu gostar do que ouvir.

— Sei onde Artemísia mora — ele diz, a voz hesitante de quem está com medo de levar tiro. — Só não mate o chefe.

Mo Felipo franze o cenho:

— Ele não sabe de nada, é só um pobre-diabo.

— Cala a boca. Desembucha, moleque, não posso perder tempo.

— Ela aluga uma quitinete na Rua Morgue. Número 27. Um cortiço sujo, infestado de ratos.

— E como sabe disso? — pergunto.
— Eu... Eu dormi com ela algumas vezes lá.
O garçom baixa a cabeça, o rosto tão vermelho quanto o gorro que usa. Não seguro um sorriso ao pensar que a raiva na cara de Mo Felipo é por nunca ter conseguido ele também se esbaldar na cama da pensão vagabunda.
— Se estiver mentindo, eu volto e arranco a sua perna.
Mal eu saio, o Um-Olho agarra o garçom pelo pescoço e o sacode aos berros.

Os únicos táxis nas ruas a essa hora são as ostras imensas movidas a diesel. Não é tão desconfortável, mas o cheiro quase sempre é péssimo. A escolha pelo aerônibus, um pouco mais lento e cheio de paradas, se deve ao fato de não haver nada nele que remeta ao mar. Ele transita por cima das nuvens de poluição que envolvem a parte alta da cidade e despeja os passageiros num terminal suspenso cheio de fumaça e fuligem. Volto ao nível do chão pelos teleféricos mais baratos. Depois sigo a pé para a Rua 27.
O garçom não mentiu. O lugar, um prédio de quatro andares, é um lixo. A fachada está destruída, o reboco cai a toda hora em cima dos mendigos que dormem na calçada. Um grande pedaço da marquise está no chão, sobre uma poça de sangue seco.
Há uma grade fechando a porta de entrada. Lá dentro, algo se levanta e rasteja devagar na minha direção.
— Abra, por favor.
A Lesma ajeita a gola da camisa florida, depois aponta para o relógio na parede.
— Pode esquecer, senhor... Depois da meia-noite, ninguém entra...
— Vim ver uma pessoa.
— Vá embora... Tem prostituta aí pela rua...
— A que eu quero está aí dentro — passo uma nota de dez para o porteiro através da grade. Ele enfia o dinheiro no bolso, mas não faz nenhuma menção de abrir a porta.

— Abra essa porta agora — abro o paletó. Ao ver o Primo, a Lesma destranca a grade com um molho de chaves.

— Seja rápido... Se o patrão pega você aqui, mata a gente...

— Não tenho medo do seu patrão. Qual é o quarto da Artemísia? O Primo salta para a minha mão.

— Ela não mora mais aqui...

— A droga da chave — com o cano da arma encostado em sua testa, o porteiro passa a chave e aponta a direção da escada. — Obrigado.

Subo direto para o terceiro andar. O lugar fede a roupa suja e erva. O silêncio só é quebrado por um abafado gemido de mulher vindo do andar de baixo. Confiro o número na chave. Quarto 33. Coloco o ouvido na porta. Nenhum ruído vem de lá dentro. Empunho o Primo e abro a fechadura devagar. Entro sem fazer ruído num cômodo que serve de quarto e sala. Há um pequeno rádio e uma televisão em preto e branco. O lugar parece vazio, mas é bom não confiar.

Verifico o banheiro, cheio de calcinhas espalhadas, depois a cozinha imunda. Por fim, volto para a sala. A desgraçada não está aqui. Deve ter sido mesmo morta, ou então fugiu com o dinheiro que arrancou do Sr. Hoffman. Presumindo que esteja mesmo certo em considerá-la envolvida com o sumiço dele.

Já que estou aqui, não vou sair de mãos vazias. Abro as gavetas da pequena cômoda e vejo o que pode me ser útil lá de dentro. Fichas de telefone, algum dinheiro, dois vestidos velhos, batom, lingerie, preservativos. Distraído com a procura, quase não percebo os passos atrás de mim, a respiração ofegante, o golpe com o porrete de alumínio no meu braço. A dor me deixa tonto, a visão escurece e eu mal consigo distinguir a silhueta do agressor. Ele se aproveita disso para me acertar a cabeça.

Desabo no chão.

Chutes por todos os lados. Mais golpes de porrete.

Não está sozinho, o desgraçado: posso ouvir alguém falando com ele, as vozes se misturando com os sons das pancadas e reverberando em cada osso do meu corpo.

Com um salto dolorido para a direita, consigo ficar de pé. Focalizo a visão nos borrões que se movem. Cambaleio até tocar numa janela. O cara do porrete de alumínio arremete outra vez. Abaixo-me, o golpe estilhaça os vidros. Chuto seu joelho, mas o desgraçado não cai. Tento um gancho de direita. O queixo do indivíduo emite um ruído de madeira se partindo e ele recua alguns passos, uma mão pressionando a boca que sangra, a outra segurando firme o porrete. Tem um cabelo esquisito, preto e esticado no formato de um capacete do Nazigueto, com dois pequenos cornos se projetando desajeitados do alto da cabeça. O rosto parece maquiado, e eu diria que está nu, não fosse a jaqueta de couro que usa sobre o torso. Da cintura para baixo, uma vasta pelagem marrom escura cobre toda a sua perna, até terminar em cascos engraxados e lustrosos.

Pernas de bode. Um Pandemônio. Com um taco de beisebol.

O segundo sujeito na sala – e não há surpresa nenhuma nisso – é o porteiro Lesma.

– Esse aí é o cara que está pegando sua mulher, Omar ... – ele diz.

O Pandemônio continua me encarando, puto da vida.

– Você é o marido de Artemísia? – pergunto. Sei que não é. É um gigolô, um cafetão.

– É. Sou o marido daquela vagabunda. Mas quem tem de dizer onde ela está é você – ele despeja as palavras emboladas em saliva e sangue. – Foi com você que ela fugiu.

– Pega ele, Omar...

O tal Omar tenta me acertar com o taco, mas está grogue pelo maxilar quebrado e erra o golpe. Atinjo seu estômago. Ele fica amarelo, cai de joelhos e começa a vomitar. Apanho o taco e caminho devagar em direção ao porteiro, que se apavora e começa a tremer.

– Omar?... Omar?... Omar!.. Me ajuda aqui, o cara vai me acertar...

A Lesma tenta correr. Eu não deixo.

— Seu amigo não está podendo falar. Você vai responder algumas perguntas no lugar dele, não vai?

Ele balança a cabeça lentamente.

— Bom garoto. Para começar, quem é o bode aí?

— É o Omar, dono desse maravilhoso hotel...

— Dono desse maravilhoso hotel. E a vadia, aonde foi?

— Qual?... Omar coleciona tantas...

— Lembra disso? — encosto outra vez o Primo em sua cabeça gosmenta.

— Tudo bem, tudo bem... — ele começa a chorar. — Artemísia fugiu só com a roupa do corpo... Dizem por aí que ela levantou uma grana... Omar ficou furioso e decidiu esperar... Ele sabia que ela voltaria para buscar as coisas dela... Ou mandaria o homem... Aí, quando você chegou, eu avisei a ele...

— Quem é esse tal cliente?

— Achei que fosse você...

Atrás de mim, os vômitos cessam. O Pandemônio começa a se levantar devagar, achando que não estou vendo.

— Onde posso encontrar os dois?

— Eles sumiram... Ou você acha que o Omar não teria ido atrás dela se soubesse...? Ele investiu muito naquela piranha... Comprou roupas, perfumes... Era a preferida dele... Ela era cara, coisa de anúncio de jornal...

— Sei.

Omar, apostando na minha distração, tenta me acertar outra vez. Saio para o lado. Minha esquerda, minha direita e minha cauda transformam seu nariz numa pasta vermelha. Ele cai, gemendo.

— Omar... — berra o porteiro, horrorizado e depois morde meu pulso. Poderia estourar seus miolos agora com a arma, mas para quê? O lesminha não representa ameaça.

Era o que eu achava até ele chutar minhas bolas e transformar meu mundo numa roda gigante de estrelas coloridas. A dor — ah, a dor — é tamanha que nem posso pensar direito. A única coisa que faço é travar a arma, que vai para o chão em seguida. Entre as

Hoffman & Long

manchas coruscantes, vejo o porteiro apanhá-la e vir lentamente a mim.

Ele chega bem perto. Aponta-me a arma e aperta o gatilho. Leva dois segundos para perceber que a arma está travada.

Eu não demoro tanto. Explodo o peito dele com o Primo. O porteiro voa contra a porta. A sala fica suja de gosma e pólvora.

Não queria fazer isso, mas sabe como é.

Apanho a arma e mostro o cano fumegante para o Pandemônio. Com as mãos trêmulas, ele tira um caderninho de capa de couro da jaqueta e me oferece. A agenda de Artemísia.

— Hoje você vive.

— Valeu, cara — ele grunhe, sem coragem de me encarar.

Desço as escadas depressa, antes que alguém chame a polícia. Passo pelos vagabundos inertes em sono alcoólico e procuro uma rua mais iluminada onde eu possa tomar uma condução.

Atrás de mim, o reboco cai por cima dos mendigos que dormem na calçada.

Um trovão estoura nas nuvens pesadas que separam o céu da cidade dos vazios do Metatempo.

Faço sinal para um cnidário-táxi que vem dobrando a esquina. Ele é enorme, imensa água-viva amarela e azul adejando até o acostamento, a seta para a direita piscando. Para perto de mim, a porta se abre. Gavinhas deslizam para fora e formam uma escada de três degraus. Um cheiro detestável de coisa marinha vem do interior. Infelizmente, não tenho escolha.

— Para onde, senhor? — pergunta o motorista. A voz é grave, mas suave, como se o som ricocheteasse nas paredes de uma caverna cheia de estalactites. A identificação colada na membrana translúcida que separa os passageiros do condutor diz *Pedro Rocha Gibraltar, registro 007651, Cooperativa Celenterado de Táxi*. A foto é um borrão onde só identifico o brilho amarelo dos olhos. Está escuro aqui, e a cara do chofer não me interessa muito.

— Vamos rodar um pouco enquanto me decido — respondo. Não há janelas; o ar dentro do cnidário-táxi é frio, salgado como maresia. Minhas mãos, pedras de gelo, não param de tremer. Tento esquentá-las com um sopro quente.

O Primo está me machucando as costelas. Nessa posição ela faz um volume suspeito, e não posso ter certeza se o motorista está me vigiando ou não. Por via das dúvidas, observo o caminho que ele toma até me sentir seguro. Então ajeito a arma discretamente e fico livre para dar uma olhada na agenda. É um caderninho de couro preto, com o ano estampado em alto relevo na capa, desses que se encontra em qualquer armarinho vagabundo.

A letra dela até que é bem bonita. Há diversos corações trespassados por flechas espalhados pelas páginas, quase todos com a inscrição "Mísia e Pochtli", cercados de floreios e arabescos, além de outras bobagens melosas que mulher apaixonada adora fazer. Das várias anotações que encontro, algumas me chamam a atenção em particular:

13 de maio
Hoje conheci um homem maravilhoso. Seu nome é Pochtli. Ele é poeta e diz coisas lindas. Transei com ele sem cobrar nada. Acho que o Mo vai me matar.

Pela data, o tal Pochtli apareceu na vida dela há uns quatro meses. Ao que parece, causou boa impressão.

13 de junho
Acho que estou apaixonada de verdade. Hoje completa um mês que a gente está ficando. Foi uma loucura. Ele vendeu um quadro e me levou para jantar em Haluzaril. Nossa, aquele lugar nem se compara a essa merda aqui.

O sujeito gastou uma grana para traçar uma rameira de cinquenta pratas. Ou é muito burro ou muito apaixonado. Deve ter amigos influentes, porque não é qualquer um que consegue entrar em Haluzaril. O cara pinta quadros, eu suponho, e é poeta. Deve frequentar algum círculo de hedonistas metidos a artistas. Se ele estiver mesmo envolvido no sumiço do Sr. Hoffman, deve ter costas quentes ou ser um baita malandro.

O motorista resmunga alguma coisa sobre o trânsito.

14 de julho
Pochtli me chamou para morar com ele. Disse que eu sou a inspiração para seus poemas.

Esse Pochtli tem uma coragem do cacete.

15 de julho
O Omar bateu em Pochtli e o jogou para fora do hotel. Agora a gente só pode se encontrar na rua e na boate, mas o Omar está de olho. Não sei o que fazer.

Já são perceptíveis os sinais de desespero dela. Desespero que pode fazer com que uma pessoa tope qualquer parada para sair do atoleiro. Até mesmo sequestrar meu cliente nas minhas barbas. Esperto como um gato.

Soco o banco. Vejo a sombra do motorista se mexer. O cara é enorme. Olha para mim com seus olhos amarelos.

— Está tudo bem, senhor? — ele pergunta, e não deixo de me surpreender outra vez com o timbre de sua voz. Comparada à dele, a minha parece aguda como um violino mal tocado. Sinto uma ponta de vergonha ao responder que não é nada demais.

23 de julho
Mo me disse que não quer saber de Pochtli na boate. O filho da puta chamou ele de tuberculoso manco só por causa do defeito na perna dele. O coitadinho ficou arrasado. Aposto que tem dedo do Omar nessa história.

Isso é só a coisa toda piorando para eles. Vamos ver o que vem por aí.

27 de julho
Resolvi fugir com o Pochtli, mas precisamos arranjar grana. Ele disse que a gente pode alugar um apê em Mahkra e esquecer o passado. Se a peça que ele escreveu for encenada, a gente vai ter dinheiro.

O tal Pochtli é dramaturgo, além de pintor e poeta. Que surpresa. E quem não é artista hoje em dia?

01 de agosto
Omar amarrou Pochtli e forçou o pobrezinho a me assistir fazendo programa com aquele porteiro nojento. Achei que ele fosse ter nojo de mim, mas ele disse que me ama e a gente vai sair dessa junto.

Ah, Omar.

09 de agosto
Pochtli está arrasado. A peça dele foi recusada.

E é só. Eles planejavam alugar um apartamento em Mahkra, mas Mahkra é enorme. Poderia levar um ano antes que eu pudesse descobrir algo de útil. Além do mais, acredito que os dois não seriam estúpidos o suficiente para fugir e deixar uma indicação num caderninho que ficou nas mãos da pessoa mais interessada em procurá-los.

Vejamos.

Artemísia menciona uma venda de quadro. Artistas pobres em geral não conseguem espaço em galerias. O único jeito é vender na rua. Mas essa cidade é grande demais para que eu reviste cada esquina.

— O senhor sabe onde um sujeito consegue comprar uns quadros por aqui? Nada extravagante, daqueles pintores de calçada mesmo.

— Em Ziva tem uma feira grande de artesanato. Tem quadros à venda lá. A Estação de Mármore também costuma ter esse tipo de coisa.

— Qual é mais perto de Mahkra?

— Ziva.

— Ótimo. Para lá, então.

Ziva é uma ilha fluvial.

Já é manhã quando chegamos. O sol aqui não é aquela bolha fosca coberta de neblina, mas um disco dourado e resplandecente, fonte de luz pura e clara. Nesse ponto da cidade ocorre um fenômeno que não se repete em nenhum outro lugar: as nuvens se abrem num grande círculo e permitem que se veja o céu amarelo e límpido.

Uma brisa chicoteia meu rosto, trazendo o frescor das águas turvas do rio.

Mal desço do cnidário-táxi, alguns crocodilos filhotes surgem das margens lamacentas e me pedem uns trocados para me guiar pelo bairro.

— Não precisa. Sei me virar muito bem — recuso.

— Mas Ziva não é qualquer lugar, moço. Aqui os caminhos mudam de lugar e de tempo a toda hora. Pode ficar rodando por aí pra sempre.

— Vou arriscar. De qualquer forma, obrigado pelo aviso.

Dou uma moeda para o maior e os deixo decidir o melhor modo de dividi-la. Atravesso uma ponte comprida e me misturo à multidão.

A feira de artesanato de Ziva se estende por quilômetros. O cheiro de frutas estranhas se mistura ao aroma de tortas, doces, carne queimada e de uma bebida local à base de suco gástrico de carneiro. Casas e lojas são de arquitetura bucólica, com tijolos pintados, madeira envernizada, cercas brancas. Alguns prédios são esculpidos em grandes fungos, outros são subterrâneos, deixando à mostra apenas portas vigiadas por leões de chácara. Bares são construídos sobre o lombo de elefantes imensos, que circulam por toda a feira em busca de fregueses. É preciso cuidado para evitar as patas dos bichos.

Pergunto a um dos leões onde ficam os artistas e suas tranqueiras. Ele tem *dreadlocks*. Sigo na direção que me indica até uma esquina onde a rua se bifurca. Pego o caminho da direita, que segue paralelo a um muro repleto de cartazes. Pessoas penduram suas parafernálias nele. Poemas, quadros, xilogravuras, esboços a lápis, tudo exposto numa grande galeria informal. Alguns músicos tocam flautas e atraem pequenas plateias. Um pouco além, najas enormes dançam com mulheres albinas enroladas aos corpos.

Duas horas de busca infrutífera. Nenhum desses malucos se parece com a descrição que tenho do tal Pochtli: indígena, manco, pintor. Começo a achar que procuro uma agulha num palheiro e nunca mais verei o Sr. Hoffman. Vai pegar muito mal para a minha reputação de guarda-costas.

É então que vejo, acima das cabeças passantes, uma faixa modesta pregada a um muro, onde se lê: *O maior artista da Technotitlán Eterna*. Abaixo dela, um homem moreno vestindo uma sobrecasaca de pele de jaguar fuma um cigarro e dedilha preguiçosamente um tipo de viola. De vez em quando suspira desanimado diante dos cinco quadros em tons de cinza encostados na parede. Olhos amendoados, cabelos pretos, colares, brincos com pequenas plumas vermelhas, Technotitlán. Cyberasteca. Soa bem indígena, na minha opinião.

Continuo observando de longe. O suposto Pochtli se levanta e caminha de um lado para o outro, mancando da perna esquerda.

Um sorveteiro passa por mim. Chamo-o. Ele vem desfiando sua lista de sabores.

— Compro dez sorvetes se me fizer um favor — digo.

— Que favor? — ele pergunta, desconfiado.

Aponto para Pochtli discretamente.

— Quero que me descubra o nome daquele cara.

O sorveteiro balança a cabeça e vai até lá. Finjo que estou apreciando tapeçarias numa banca próxima, o mais discreto que um dragão pode ser, e aguardo o desenrolar da cena. Ele conversa com Pochtli, vende-lhe um sorvete. Os dois riem juntos como velhos conhecidos. O sorveteiro então aponta para mim. Pochtli empalidece.

Atravesso a rua em passos largos na direção dos dois. Cada um corre para um lado. O sorveteiro que se dane, é o pintor que me interessa. Apesar do defeito em sua perna Pochtli é veloz e me deixa comendo poeira.

O cyberasteca desaparece na multidão. Abro caminho à base de empurrões e cotoveladas. As pessoas protestam, xingam, tentam me bater. Começo a perdê-lo de vista. Mas sua roupa de pele de jaguar o trai e consigo ver quando entra numa viela cheia de bancas de frutas. O safado vai derrubando várias delas na tentativa de me atrasar. Esquivo-me da primeira, desvio da segunda e sou atropelado pela terceira. Caio como um saco de estrume e magoo o braço machucado pelo tal Omar. Levanto-me. Os donos das barracas tentam me cercar, responsabilizando-me furiosos pelos prejuízos. A visão do Primo os faz mudar depressa de opinião.

— Onde essa viela vai dar? — pergunto a eles.

— Na rua de baixo, dez minutos adiante no Tempo. Ou no ano passado. Não há como ter certeza — eles respondem, os olhos na arma.

Pochtli segue desesperado pela viela, que termina abruptamente nos fundos de um prédio. Sua única opção é tomar o caminho à esquerda e subir uma ladeira íngreme. Está suado, arfando, cansado, mas não desiste. Ao chegar ao topo, sai da rua e desce pelas escadas que levam os pedestres para a parte debaixo da feira, onde balões de todas as formas são fabricados. Ali, ele adentra outro beco. Há um alambrado no caminho, ele o escala feito um gato. Olha para trás para saber se eu o estou seguindo ou não. Na verdade, passei por ali quinze minutos antes dele, graças às distorções temporais das ruas. Quando ele vira a esquina, dá de cara comigo. Ele cai, surpreso e confuso.

— Peguei um atalho — digo. — Você é Pochtli?

Ele se arrasta como um peixe pela lama, em dúvida se deve confirmar ou não sua identidade.

— Você é Pochtli? — repito, enfatizando cada palavra da sentença. Ele balança a cabeça, fazendo que sim.

— Ótimo. Você vai me levar até Artemísia.

Ele gagueja:

— Não conheço ninguém com esse nome.

— Claro que conhece — levanto-o pelo colarinho.

— Por favor, diga para o Omar deixar a gente em paz — sua voz está estrangulada pelo choro. Um pobre coitado, mas não posso amolecer. Não sabendo do risco que meu cliente está correndo a cada minuto longe de mim.

— Vai me levar até ela — deixo-o entrever a arma em meu cinto. Ele chora de medo. Permaneço impassível. Um dragão não sobrevive tendo coração de manteiga. — Recomponha-se, homem. Ande devagar, ponha um sorriso nessa cara. E não tente nenhuma gracinha ou te meto uma bala na nuca.

Apavorado, ele me guia até o lugar onde vive com a rameira traiçoeira: uma casa construída numa concha espiralada, cadáver de um caracol gigante. A grama do quintal está alta. Um toco ressecado que já fora uma árvore serve de poleiro para um bando de corvos agourentos.

Subimos os pequenos degraus do alpendre e paramos diante da porta. Ponho-me de lado para fugir do alcance de um olho mágico e mando que Pochtli bata, apontando-lhe a arma. Três pancadas surdas depois, uma voz feminina pede para esperar.

— Perdeu a chave outra vez, amor?

Artemísia destranca a fechadura. Chuto a porta mal ela toca a maçaneta. A mulher se estatela no carpete. Pochtli protesta. Empurro-o para dentro da casa e vou logo em seguida.

— Ele me ameaçou — justifica-se o cyberasteca.

Ela me encara. Aquele inconfundível par de olhos esmeraldas. O lenço na cabeça que não deixa aparecer nenhum fio de cabelo. O corpo bem feito. As pernas de bailarina. Artemísia.

— Sentem-se no sofá.

Os dois obedecem prontamente, ele se desmanchando em lágrimas, ela firme como uma rocha.

— Sabem por que estou aqui?

— Omar o mandou — responde Pochtli.

Artemísia deixa os ombros caírem.

— Isso não tem nada a ver com esse Omar — retruco. Os dois se olham. Ele parece uma criança indefesa buscando o amparo da mãe.

— Esse é o cara de quem peguei o autômato, Pochtli — ela confessa.

— Ótimo. Pelo menos não vão se dar ao trabalho de mentir para mim.

Engatilho a arma. Os dois começam a chorar.

— Desculpe, eu não queria...

— Não me venha com esse papo. Você sequestrou meu cliente.

— Precisava do dinheiro para...

— Já conheço essa baboseira toda.

Pochtli está cada vez mais descontrolado, engasga com a saliva, tosse, baba, os olhos inchados e vermelhos. Vai acabar chamando a atenção dos vizinhos. Artemísia percebe meu dedo dançando no gatilho e pede para acalmá-lo.

— Depressa.

Ela apoia a cabeça dele no peito, falando baixinho ao seu ouvido. Aos poucos, Pochtli para de soluçar. Artemísia vira-se para mim, olhando duro, atrevida. Encaro-a de volta para mostrar quem é que manda.

É então que vem a surpresa. O olhar dela é feito uma espiral que me captura e envolve. Sinto-me nauseado, o equilíbrio desaparece. O corpo mal responde quando tento me mover. Os olhos, outrora verdes, assumem agora uma coloração cinzenta. Ela tira o lenço. Seus cabelos se jogam em todas as direções, cheios de vida e maldade. São serpentes sibilantes e famintas, brotando de seu crânio como que da terra. A beleza da mulher desaparece, transfigurada numa carranca escamosa de presas salientes.

— Jurei nunca mais fazer isso — ela silva. — Mas você me obrigou.

Meu corpo fica cada vez mais pesado. Mais rígido. Grito, tento me mover. Em vão. Seu olhar prende o meu. Se continuar assim, sou um homem morto.

Vamos lá, Long, esperto como um gato, esperto como a droga de um gato.

Meu erro está em tentar mover o corpo inteiro. Concentro o que resta da minha força no braço direito e vou erguendo o cano da arma devagar. Artemísia intensifica o olhar. Meu corpo cada vez mais endurecido e cinzento. *O ki, o ka, o soma.* Com uma imprecação, aperto o gatilho. O grito agudo de Pochtli enche a sala, misturada à repugnante algazarra das serpentes. Artemísia cai, o sangue espirrando do ombro esquerdo.

A petrificação cessa de imediato. O corpo fica leve novamente. Levanto-me, um pouco confuso. Pochtli está ainda mais pálido, encolhido num canto, incapaz de ajudar sua mulher sangrando no chão. Por sorte, um tiro de raspão.

Cubro as serpentes com o lenço.

— Onde o Sr. Hoffman está?

As palavras dela são entrecortadas por gemidos de dor:

— Eu não queria fazer mal a ele, mas estava desesperada. Precisamos muito de dinheiro, o aluguel está perto de vencer, mal temos comida e roupa. Não somos criminosos.

— E iam fazer o que com ele, pedir resgate?

— Eu... Eu... — ela vira o rosto, envergonhada.

— Pule o drama. Onde o Sr. Hoffman está?

— No quarto.

Mando os dois seguirem na frente. O quarto não é grande, e nem mesmo se parece com a imagem que faço de um quarto de prostituta: lençol rosa, bichos de pelúcia, uma caixinha de música numa penteadeira. Não posso negar que sinto uma pontinha de decepção pela ausência de uma cama redonda e de acessórios sexuais, mas a vida é feita de pequenas frustrações. Malditos estereótipos.

Artemísia, apertando o ferimento, aponta para o armário.

— Ele está ali.

— Abra.

Ela tira uma chave dos seios e entrega ao amante. Quando ele destranca a porta, uma figura diminuta desaba aos seus pés. O Sr. Hoffman, mais morto que vivo. O metal que o recobre está descascado em quase toda sua extensão. Devem ter achado que ele era feito de ouro. Eu avisei que se banhar ouro era uma extravagância perigosa. Suas engrenagens estão quase parando, a corda está no fim. Ele mal se move. Talvez só tenha mais uma ou duas horas.

Artemísia faz menção de levantá-lo, mas não permito.

— Saiam de perto dele — grito, nervoso com o estado lastimável do Sr. Hoffman. Levo-o para a cama. Empurro os bichos de pelúcia para o chão e deito-o sobre um travesseiro. Tão pequeno, o coitado.

— Ele se recusa a comer a comida que a gente dá — murmura Pochtli. Minha vontade é quebrar os dentes daquele cyberasteca filho de uma puta.

O Sr. Hoffman entreabre os olhos cor de cobre.

— Comida ruim, Long — ele diz, baixinho. — Potes de graxa, só porque sou um autômato. É pedir demais um cordeiro, um golinho de vinho?

Vê-lo resmungar me deixa aliviado. O Sr. Hoffman é forte. Pode ficar dias sem corda, e ainda assim terá forças para reclamar de alguma coisa. Seu definhamento se deve unicamente ao fato de estar distante tanto tempo de mim: ele me confiou seu Coração. Tem gente perigosa atrás dele.

Tiro o terno, solto os suspensórios e a camisa. Artemísia e Pochtli fazem uma careta de espanto quando veem a ferida profunda em forma de pentagrama no meu peito. O espanto se torna repugnância quando enfio os dedos na carne lacerada e abro minha caixa torácica.

Pochtli desmaia. Artemísia se encolhe aos pés da cama.

O único som no quarto é o das minhas artérias pulsando. O Sr. Hoffman destranca a fechadura em sua barriga e exibe suas entranhas compostas por rodas dentadas e molas.

Retiro o Coração cuidadosamente da cavidade em meu peito. Não é um órgão de verdade, mas uma chave complexa, a única capaz de se encaixar no Sr. Hoffman e dar corda em seus mecanismos. Com um estalo, coloco-a entre as costelas dele e começo a girar. A cada volta, o sistema funciona com mais energia. As peças começam a palpitar, a voz ganha força. Aos poucos, a vitalidade parece retornar ao seu corpo.

— Esses dois idiotas — o Sr. Hoffman resmunga, mal sente as forças voltando. — Tentei explicar a eles que não tinha dinheiro e que minha pele é só chapeada, mas não quiseram me ouvir. Eu não sou o caralho de um autômato de ouro puro. Esta é minha riqueza — ele balança a chave diante do rosto — e aquele que tocar nela vai arder no último círculo do Inferno. Eu mesmo vou garantir isso.

O Sr. Hoffman me devolve a chave para que eu a guarde. Encaixo-a de volta no tórax, ao lado do meu próprio coração. O lugar mais seguro do mundo. Não é um procedimento totalmente livre de desconforto, mas felizmente ele só precisa de corda uma ou duas vezes na semana.

Vestimos nossas roupas. O Sr. Hoffman fica de pé sobre a cama. Tem pouco mais de um metro e meio.

Ele aponta para a arma.

— Ouvi um tiro. Resolvendo as coisas com violência gratuita outra vez, Sr. Long?

— O senhor me conhece, Sr. Hoffman.

— É, conheço. Para que usar o cérebro quando se pode usar pólvora? Esperto como um gato.

— E quanto a esses dois, senhor? Devo dar um corretivo neles?

O Sr. Hoffman dá uma boa olhada no casal, saboreando o medo de Artemísia, que colocara o cyberasteca inconsciente no colo. Depois se volta para mim:

— Acha que eu sou o quê, um estereótipo de mafioso que adora ver sangue? Deixe esses bostas em paz. Só quero ir embora desse lugar.

— Sim, Sr. Hoffman.

Trancamos os dois no quarto e saímos da casa. Do lado de fora, nossa conversa foi mais ou menos assim (para quem visse da rua, o rosto descascado do autômato estava só um pouco mais alto que a fivela do dragão):

Hoffman & Long

SR. HOFFMAN: "Nada como ar puro. Respirar o bolor daquele armário fez mal para minhas ventoinhas. Mas sabe o que era realmente chato, Sr. Long?"

LONG: "Não, senhor."

SR. HOFFMAN: "Escutar os putos transando. Minha vontade era bater a cabeça na parede até ficar surdo."

LONG: "O amor é uma coisa bonita, senhor."

SR. HOFFMAN: "Sei. O amor pode ser lindo, mas ganidos sexuais em *nahuatl* são demais para mim. Mas e você? Sentiu falta do velho Sr. Hoffman aqui?"

LONG: "Meu trabalho é mantê-lo a salvo, senhor. Está no Contrato que assinei com meu sangue."

SR. HOFFMAN: "Puxa, você sabe mesmo como fazer alguém se sentir querido, Sr. Long."

Paramos perto da árvore ressequida.

O Sr. Hoffman tira o olho direito de sua órbita e o solta no chão.

O olho cresce até ficar quase tão grande quanto a casa-caracol. A íris brilhante se abre suavemente e revela uma pequena escada metálica. A Limobservadora nos dá boas-vindas com sua voz feminina. É um carro luxuoso, capaz de se locomover por terra, água, ar e éter. Muito apreciada por velhos ricos, gangsters, e formandos da escola secundária. Entramos e partimos, usando baixa velocidade até atravessarmos as zonas de tráfego aéreo. A cidade desaparece devagar abaixo de nós, engolida pelas nuvens pretas das chaminés.

— Para onde vamos? — pergunto.

Sr. Hoffman dá de ombros.

— Você eu não sei, meu caro Sr. Long — ele tira o paletó, coloca um charuto na boca e levanta o encosto do banco. Tira de lá um par de asas de couro, tecido e madeira. Começa a vesti-la. — Mas eu preciso aproveitar esse céu.

A íris da Limobservadora se abre a um comando seu. Os ventos do Metatempo explodem e chicoteiam lá fora.

— Bom, Sr. Hoffman, se quer minha opinião, não acho seguro o senhor voar aí fora com um tempo desses — grito, por cima dos rugidos do vento.

– Eu pago a você para me proteger, não dar opiniões, Sr. Long. Ou estou enganado? — ele grita de volta.

– De forma alguma, senhor. Mas gostaria de ressaltar que...

– Gostaria de nada. Eu vou sair para esticar as asas, e você vai ficar esperando sentadinho até eu terminar.

– Claro, senhor. Eu...

– Sentadinho, Sr. Long. Em silêncio. Esperto como um gato. Repita comigo: esperto como um gato.

– Esperto como um gato.

– Ótimo.

O Sr. Hoffman dá uma piscadela e, num ruflar de asas, desaparece nos ventos do Metatempo. Observo-o até não passar de um ponto escuro no meio dos torvelinhos de éter. Como ele está disposto a pagar a taxa de periculosidade estipulada no Contrato de Proteção, então tudo bem. Vou buscar uma bebida.

Capeta
Kássia Monteiro

I

Começou quando o Marcelo me ligou, às 4h30 da manhã de domingo, para dizer que tinha me comprado um presente. Engoli minha vontade de torturá-lo e matá-lo e consegui até perguntar, com a voz embargada de sono, do que se tratava. "É uma surpresa. Você vai adorar, amor!".

Você vai adorar. *Hum.* Não era minha culpa que eu não acreditasse muito nisso. O Marcelo tinha o dedo podre para presentes. Eu odiava todos, especialmente os que ele comprava em viagem. Porque o Marcelo só ia para países exóticos. Juntando dedo podre com país exótico, a coisa ficava tão feia que até pedaço de gente morta ele já tinha trazido para mim. Mas tudo bem, pelo menos ele tentava me agradar, do jeito dele.

Duas semanas depois, quando fui buscá-lo no aeroporto, ele já saiu do desembarque internacional sacudindo a gaiola para chamar minha atenção. Nem me deu um abraço, foi logo anunciando seu maravilhoso presente.

— Surpresa! — gritava animado — Era pra eu te dar numa caixinha, mas chocou. Toma, espero que você goste!

Ele disse chocou? É, ele disse. Removi o pano que cobria a gaiola e dei de cara com o bicho mais horrendo que eu já tinha visto. Aquela cruza de dinossauro com jacaré tinha quatro patinhas nojentas, o corpo coberto de escamas negras, uma cauda comprida e chifres. Devia ter uns 20 centímetros e andava de um lado para o outro da gaiola com o olhar desinteressado típico dos répteis. Se é que aquilo era um réptil. Se é que aquilo era um animal.

— Marcelo, que troço é esse? — perguntei, segurando a gaiola o mais longe possível do meu corpo.

— É um iguana negro. Eu comprei o ovinho, era pra você ver nascer, mas não deu tempo. Ele chocou na viagem. Não gostou?

— Claro que gostei, amor... Só é... Bom, vamos pra casa antes que isso fuja e mate alguém.

Dessa vez ele tinha se superado. Eu não entendia a cabeça do Marcelo. Como é que alguém namora uma fanática por sapatos, bolsas e esmaltes, que morre de medo de barata e bichos nojentos, e pensa: "Acho que ela vai gostar de um ser escamoso cheio de chifres!"? O único jeito de eu gostar de um iguana era se ele viesse em forma de sandália.

Coloquei a gaiola no canto da sala enquanto Marcelo e eu íamos tirar o atraso da viagem. Petit, meu cachorro, tentou cheirar o novo hóspede, mas saiu de perto ganindo. Tudo bem que meu Yorkshire fosse fresco, mas eu entendia porque ele estava tão assustado. Aquele monstrinho lagarto era mesmo aterrorizante.

Quando Marcelo foi embora, na manhã seguinte, dei de cara com o belo problema que ele tinha me arranjado. Eu tinha um iguana na sala e nenhum conhecimento sobre esses seres. O pobre coitado do réptil estava meio paradão, então peguei a gaiola e pus na varanda. Eu já tinha visto algo na TV sobre répteis gostarem de banhos de Sol, não que eu esperasse um dia usar esse conhecimento. Ele melhorou instantaneamente. Começou a andar pela jaulinha, a trepar nos pedaços de pau e me olhar sem expressão nenhuma com aquela cara esculpida pelo demônio.

— Você é a coisinha mais feia do mundo — disse eu, com toda a sinceridade.

Petit cheirou mais uma vez a gaiola, apreensivo, e me acompanhou com alegria quando eu resolvi providenciar nosso café da manhã. O meu, o do Petit, e o daquela coisa. Tive que fazer uma parada estratégica na internet para descobrir que raios um iguana comia. Aliás, até o fato de eu chamá-lo de "o iguana" era diferente, porque eu sempre achei que a palavra fosse feminina.

Para minha péssima surpresa, iguanas gostavam justamente do que eu não tinha em casa: legumes e verduras. O único vegetal que entrava no meu humilde lar era batata, e mesmo assim, só frita. Eu sei, eu sei, isso matava minha mãe de preocupação, mas, quando se vive sozinha e com um salário miserável, é preciso fazer de macarrão instantâneo a sua comida preferida e se convencer de que ela é saudável.

Acabei achando uma banana meio amassada no fundo da geladeira, mas o monstrinho não se interessou por ela e continuou seu banho de Sol tranquilamente. Bom, quando ele ficasse com fome, talvez comesse. Fui trabalhar.

Passei no supermercado antes de voltar para casa. Até a moça do caixa deve ter se espantado de me ver comprando verduras. Mas quando as ofereci ao iguana, ele as ignorou solenemente.

— Marcelo? — indaguei quando ele finalmente atendeu. — O que é que você dava pra esse bicho comer? Ele não comeu nada ainda, e não quer o que eu ofereço.

— Ah, ele não tem muita fome. Deixa ele no Sol que ele vai ficar bem.

— Amor, até as árvores precisam de nutrientes.

— Nada, ele vai ficar bem. Você já deu um nome pra ele?

Um nome. Pensei o resto da noite e cheguei a uma conclusão: Capeta. "Feio igual ao Capeta", não é o que diz a expressão? Achei apropriado.

Depois da janta, sentei na minha poltrona, Petit no colo, acendi um cigarro e abri meu livro. Era meu melhor método de relaxamento depois de um dia de trabalho: fumar e ler. Mas mal estava no meio da página, Capeta começou a se debater nas grades da gaiola. Tentei colocá-lo para dentro, pendurar a jaula em outro lugar, ofereci mais uma folha de alface, mas o bicho não parava de jeito nenhum aquele escarcéu do inferno. Criei toda a coragem do mundo para me aproximar dele e tentar acariciá-lo. Talvez ele

Capeta

estivesse se sentindo rejeitado por eu me referir a ele com palavras ofensivas o tempo todo. Talvez só quisesse um pouco de amor. Mas o desgraçado mordeu meu dedo e eu derrubei a gaiola, com um palavrão.

Com a queda, um pino de metal se soltou e a portinhola abriu, e então a confusão estava armada. Era eu tentando chegar à gaiola antes que o bicho fugisse, o bicho fugindo, o Petit pulando desesperado tentando subir no sofá para escapar daquela besta de chifres. Quando vi, Capeta tinha escalado a mesinha e caminhado até meu cinzeiro, onde começou a comer as cinzas do meu cigarro. Ótimo. Agora o bicho ia passar mal. Peguei uma vassoura e tentei espantá-lo dali de volta para a gaiola, mas ele não voltou. Capeta nunca mais voltou para a gaiola.

Naquele dia, fui dormir como uma prisioneira. Fechei a porta do meu quarto e pus um pano de chão por baixo, para garantir que eu não seria acordada no meio da noite com um iguana andando em cima de mim ou do Petit. Meu cachorrinho ainda não tinha parado de tremer. Talvez eu tivesse mesmo sido frouxa demais na criação dele.

II

Três meses haviam se passado desde o incidente com a gaiola e Capeta andava solto desde então. Petit já tinha se acostumado com ele, embora sempre fizesse questão de manter a distância mínima de um cômodo entre os dois. O cachorro podia ser frouxo, mas não era burro. Preferia ficar longe de conflitos. Na única vez em que brigaram, disputando uma bolinha de plástico, Petit avançou sobre Capeta rosnando e mostrando os dentes, cheio de coragem. Aí o iguana abriu as asas e pulou em cima dele, enfiando as garras no pelo do coitado. Petit gritou, tentando livrar-se do peso do lagarto, e nunca mais ousou desafiá-lo.

Ah, sim, as asas. Acho que eu não tinha mencionado isso antes.

— Marcelo — disse eu ao telefone, desesperada, na primeira vez em que aconteceu. — Marcelo, você precisa vir aqui, o Capeta tem asas!

— Que isso, iguana não tem asa, amor. Você deve ter confundido.

— Marcelo, esse bicho está voando na minha casa! Vem aqui agora se não você vai se arrepender!

Acho que eu fui bem persuasiva, porque em quinze minutos o meu namorado tocava a campainha. Ele se surpreendeu ao confirmar que Capeta tinha, sim, asas, e que havia crescido bastante. Eu tinha lido que iguanas chegavam a até um metro e meio de comprimento, mas Capeta já estava com quase dois metros e bem alto. Por isso eu não acreditava que a dieta dele, apesar de exótica, estivesse fazendo mal. O cardápio do bicho se resumia às cinzas dos meus cigarros e a restos de carvão que eu queimava na churrasqueira da varanda gourmet. Eu juro que tinha tentado dar outras coisas para ele, mas Capeta ignorava sumariamente as folhas fresquinhas de alface e as rodelas suculentas de tomate que eu oferecia.

— Caraca, que maneiro! — exclamou Marcelo ao analisar as asas do meu iguana. — Paguei barato, então, por esse bichão aqui. Olha que coisa, amor! Ele voa!

— Olha que coisa, amor! Meu vaso, ou melhor, o vaso da minha mãe, estilhaçado no chão porque esse ser resolveu pousar no alto da minha estante!

Ele tinha destruído o vaso de estimação da minha mãe, que ela deixou na minha casa justamente para que o gato dela, Sr. Manchas, não o derrubasse ao caminhar pelas estantes. Passei a tarde inteira limpando os cacos e tentando formular uma explicação melhor do que "meu iguana tem asas, desculpe", mas não consegui e acabei me afogando numa lata de leite condensado para evitar a depressão.

Fiz milhares de pesquisas na internet sobre iguanas alados, mas não encontrei nada. Pensei em levar Capeta ao veterinário, mas fiquei com medo de quererem ficar com ele. Podia parecer estranho,

Capeta

nossa relação era de amor e ódio, mas eu sabia que o bichinho ia acabar virando espécime de laboratório, estudado e, depois, empalhado. Preferi dar uma vida digna a ele, mesmo que ele fosse enorme, horroroso e que voasse. Ele era um ser vivo e merecia ter a chance de uma vida legal.

De qualquer forma, ele não me incomodava muito. Passava a maior parte do dia na varanda, paradão, tomando Sol. À noite, entrava e comia as cinzas do meu cigarro, depois ia se enrolar no assento do meio do sofá ou no alto de algum armário e dormia até o dia seguinte, quando ia, de novo, tomar seu banho de Sol. Era um bicho meio sem expressão, nunca dava para saber se estava triste, feliz, querendo sexo. Mas eu gostava daquele jeito dele, calado, indiferente. Era como um gato com carapaça, só que mais legal, porque voava. Percebi que aos poucos eu tinha me acostumado àquela presença escamosa na minha casa, e que até apreciava a companhia. Era divertido quando ele andava nas minhas costas, por exemplo. Fiquei pensando se o Capeta não gostaria de caminhar no mato, encostar aquelas patinhas esquisitas na relva, abrir as asas ao ar livre. Talvez despertasse o apetite dele para vegetais e ele parasse de ingerir as mais de cinco mil substâncias tóxicas das cinzas dos meus cigarros. Foi assim que tive a péssima ideia de levar Capeta para um passeio.

Saímos num sábado, eu, ele, Marcelo e Petit. Escolhemos um parque bem arborizado e cheio de lugares ermos. Não seria bom que aquele bicho esquisito andasse perto de crianças curiosas. Não porque podia assustá-las, mas porque elas podiam assustá-lo. Crianças são o demônio, sabe?

Coloquei uma coleira nele, para impedir que saísse voando por aí, e soltei-o na grama. Petit caminhava todo faceiro, cheirando o mato, levantando a perninha para marcar território. Capeta, por sua vez, com aquele andar meio lento de lagarto, não se afastava muito da gente. Parecia tão interessado no parque quanto em todo o resto. Isso, é claro, até ele notar o fogo.

Ninguém conseguiu segurar o Capeta quando ele viu um monte de folhas queimando alguns metros à esquerda do matagal onde caminhávamos. Não sei quem foi o débil mental que ateou fogo a folhas secas em um lugar cheio de árvores, ainda mais perto de um parquinho infantil, mas alguém teve essa capacidade, para deleite do meu iguana. Ele disparou, numa carreira da qual eu nunca o julgara capaz. As perninhas minúsculas serpenteavam, fortes e rápidas, abrindo caminho no mato alto. Eu e Marcelo íamos atrás, gritando em vão o nome dele. Devemos ter parecido membros de alguma seita anticristã enquanto berrávamos "Capeta! Capeta!" no meio de um parque cheio de crianças. Em dado momento, o iguana se cansou de correr e abriu as asas. Meu Deus, elas eram grandes *de verdade*. Agora eu via que em casa ele não usava, digamos assim, todo o seu potencial. O bicho era enorme. Decolou devagarzinho e foi dar direto no fogo. Direto mesmo. Pousou na base das chamas, transformando em cinzas a coleira caríssima que eu tinha comprado para ele, e ficou lá, dançando nas labaredas, como se finalmente tivesse encontrado algo que gostava de fazer. Quase consegui ver um sorriso naquela face impassível enquanto ele se esbaldava, rolava, esfregava a cabeça contra as folhas flamejantes.

Marcelo correu para buscar o extintor de incêndio do carro. Enquanto isso, eu segurava Petit no colo e chorava, imaginando qual seria o estado do Capeta quando saísse dali, e o pior, o tamanho da conta do veterinário. Quando meu namorado conseguiu apagar as chamas, Capeta parecia feliz. E o mais surpreendente: não estava ferido. Zero. Nada. Aquele filho da mãe tinha mergulhado num mar de chamas e saíra ileso, quase que tirando uma com a nossa cara. Andava em círculos sobre os restos fumegantes das folhas, todo coberto do pó branco do extintor, levemente decepcionado por termos acabado com a brincadeira dele. Marcelo embrulhou-o em uma camiseta e fomos para casa; eu e Petit tremendo, Capeta tranquilo e sereno.

III

Já estava claro que Capeta era um iguana bastante incomum. As coisas ficaram ainda menos corriqueiras quando ele começou a soltar fumaça. No começo, achei que fosse efeito colateral do banho de fogo que ele tinha tomado, mas logo vi que aquilo não ia parar tão cedo. E o mais estranho: ele parecia bem. Continuei minhas buscas na internet, agora pesquisando sobre iguanas alados e que soltam fumaça. Foi a primeira vez que me deparei com um artigo sobre dragões. Fiquei me achando ridícula por sequer clicar no link, afinal, como todos sabem, dragões são apenas seres mitológicos, coisa em que só chinês velho ou adolescentes fãs de mangá acreditam. E eu, uma mulher adulta, ocidental e detestadora de qualquer coisa relacionada à fantasia, estava ali lendo sobre mitologia barata. Era difícil negar, no entanto, que Capeta exibisse várias das características descritas para os dragões: era grande, de aspecto reptiliano, gostava de fogo, tinha asas e vinha cuspindo fumaça. Ok, eu podia estar inclinada a aceitar a hipótese de que talvez, e só talvez, eu fosse a feliz tutora de um dragão. Infelizmente, eu não tinha como saber. A que profissional você leva seu lagarto para tirar a dúvida se ele é mesmo um iguana ou se é, na verdade, um bicho supostamente mitológico e supostamente extinto que, no entanto, vive no seu apartamento de subúrbio tocando o terror no seu Yorkshire e nas suas amigas?

Essa era uma coisa ruim de ter o Capeta: ninguém mais, além do Marcelo, é claro, vinha me visitar. Compreensível. No último churrasco que tínhamos promovido, prendi Capeta na área de serviço antes que as pessoas chegassem para evitar transtornos. Mas ele deve ter sentindo o cheiro do carvão queimando e começou a arranhar a porta e a se jogar contra ela. Parecia que eu tinha guardado um gremlin assassino na área de serviço. A porta não suportou o espancamento e acabou cedendo. Não tivemos nem tempo de levar susto com o barulho, porque logo em seguida meu iguana já surgia na varanda gourmet, enlouquecido, e pulava para dentro da churrasqueira. Minhas amigas mais peruas gritavam como se estivessem na frente do capeta, o legítimo. Capeta bateu o rabo na tábua de carnes, jogando ao chão os franguinhos temperados e o pão com alho, para a alegria de Petit. As grelhas que douravam nossas picanhas também não foram poupadas, sucumbindo enquanto meu iguana abria caminho até o carvão em brasa, onde rolou e se aninhou antes de cair no sono. A essa altura, meu apartamento estava uma zona, eu precisava urgentemente de um marceneiro, Petit passava mal da barriga e a maior parte das minhas amigas já tinha fugido para nunca mais voltar.

Capeta devia estar agora com, o que, dois metros e meio e mais ou menos 1,50 cm de altura. Mal conseguia fazer a curva para sair da sala, tinha quebrado meu sofá de tanto dormir nele e andava batendo o rabo em tudo. Eu já tinha colocado todas as cadeiras grudadas na parede, porque a vizinha de baixo não aguentava mais reclamar do barulho que elas faziam toda vez que caiam sobre a cabeça dela. Devo dizer, no entanto, que ela só veio reclamar pessoalmente uma vez, as outras foram por telefone. Quando viu Capeta atrás de mim, ela só se benzeu e foi embora. Sei que meu iguana acabou resolvendo passar seus dias na varanda, e as noites também. Eu acendia um carvãozinho e ele dormia na churrasqueira, seu lugar preferido. Só que um dia ele percebeu que não precisava ficar ali, se não quisesse.

A gritaria começou enquanto eu assistia TV, Petit no meu colo. Olhei para a varanda e só deu tempo de ver o rabinho do Capeta escorregando para baixo. O danado tinha subido no parapeito da varanda, aberto suas asinhas, e, quando cheguei esbaforida para ver aonde ele ia, pousava no jardim do prédio.

Nem esperei o elevador, desci as escadas tropeçando nas minhas próprias pernas, com um pouco de carvão na mão para tentar atraí-lo de volta. A não ser pelo episódio no parque, Capeta nunca tinha fugido, e eu não sabia se ele voltaria para mim. Quando cheguei ao térreo, pelas expressões das pessoas, parecia que a Terra tinha sido invadida por jacarés gigantes estupradores de velhinhas.

Capeta

O porteiro sacudia uma vassoura para tentar manter Capeta longe dos meus indefesos vizinhos, que se acumulavam aterrorizados atrás do herói de uniforme amarelo. As crianças choravam nos colos de suas babás, os homens tentavam fingir que não estavam com medo e meu iguana, por sua vez, não estava nem aí para eles. Caminhava tranquilamente pelo parquinho, arrastando o rabo na areia e indo buscar calor no metal aquecido pelo Sol. Acho que choquei ainda mais a sociedade quando comecei a chamar, enquanto esfregava carvão entre os dedos: "Capeta, aqui, Capeta, vem com a mamãe". Algumas vizinhas me olhavam, julgando, com cara de "Que tipo de pessoa cria um monstro desses e ainda dá um nome como "Capeta" para o bicho?". Quando me viu, para meu alívio, Capeta veio na minha direção e aceitou o carvão de bom grado. Tive um belo trabalho para empurrá-lo até o elevador de serviço e conseguir que ele voltasse para o apartamento. Mandei imediatamente instalarem uma rede de proteção na varanda, mas isso não serviu para acalmar os ânimos dos outros moradores.

As notificações do condomínio não paravam de chegar. Algumas velhas chatas, daquelas que saem pra fazer caminhada e aula de *Tai Chi* de manhã, antes de o Sol raiar, enchiam o saco do síndico dizendo que as crianças estavam em risco com um bicho daqueles morando no mesmo prédio. E eu rebatia que em parte alguma do regulamento interno estava escrito que era proibido criar iguanas. Eu queimava as notificações e Capeta ficava feliz em devorá-las no jantar. Mas era fato consumado que ele não poderia viver ali por muito mais tempo. O bicho estava enorme, e não dava sinais de que fosse parar de crescer tão cedo. Até para ele devia estar ruim ali, tão apertado, e tendo que dividir espaço com um cachorro neurótico. Comecei a ver um lugar para ele, talvez a fazenda do avô do Marcelo, mas ninguém parecia disposto a assumir o meu bebê. Especialmente depois do incidente com o Petit.

Meu cachorro tinha perdido um belo tufo de cabelo depois que Capeta soltou uma labareda nele. Tinham se passado dois meses desde o incidente da varanda e o iguana estava maior ainda, e mais irritado pela falta de espaço. Já tinham ameaçado chamar os órgãos de controle do governo para recolher meu bichinho, mas eu disse que só entravam na minha casa com um mandado. A situação com vizinhos, síndico e porteiro estava insustentável. Além disso, minha casa vivia suja de carvão.

Capeta não cabia mais na churrasqueira, nem se apertando muito, e eu tinha que improvisar uma fogueirinha na varanda para ele dormir. Um vizinho de outro prédio chegou a chamar os bombeiros, certa noite, e foi difícil convencer todo mundo de que não havia nada errado ou perigoso no meu apartamento. Enfim, Capeta andava agitado e mal humorado. Eu só não sabia que o grau de periculosidade dele estava tão alto. Ok, eu tinha notado que ele estava liberando mais fumaça do que de costume, mas não podia imaginar que ele seria capaz de cuspir fogo *mesmo*. Infelizmente para o Petit, quem descobriu as novas habilidades do iguana, foi ele.

Petit sempre foi dado a latir demais. Os vizinhos até reclamavam dele, mas o tinham deixado em paz desde que notaram que podiam implicar com o Capeta, o que era muito mais divertido e ousado do que criar caso por causa de um Yorkshire. Na noite do incidente, Petit estava atacado, latindo e latindo sem parar. Na varanda. Capeta olhava para ele com a falta de expressão de sempre, e acho que foi isso que o tornou mais perigoso: não pudemos sequer prever o ataque. De uma hora para a outra, vi uma labareda iluminar minha varanda. Petit ganiu alto e fez meu coração dar um pulo de medo. Capeta tinha soltado um jato de fogo no meu cachorrinho, alguns pelos da lateral e das orelhas estavam em chamas, enquanto o pobrezinho corria desesperado pela varanda, rolando no chão, tentando se livrar do calor. Puxei a toalha da mesa, derrubando uma cristaleira e alguns livros, e corri para abafar o fogo. Petit tremia, chorava, e queria fugir dali a todo custo. Não suportava a ideia de ficar perto de Capeta por mais um segundo, sequer.

Levei-o ao veterinário imediatamente, preocupada com os pelos chamuscados, mas nada de grave tinha acontecido com ele. O pior mesmo foi inventar uma desculpa para o fato de o cachorro ter se incendiado. Combustão espontânea não é muito comum em Yorkshires. Enfim, acabei a noite com um gasto desnecessário, a certeza de que Capeta era um dragão, e a suspeita de um veterinário de que eu fosse uma piromaníaca que curtia atear fogo a cãezinhos.

IV

Desde o incidente com o fogo, Petit precisava tomar remédios para os nervos. Capeta estava a cada dia mais infeliz e insatisfeito e eu sofria um bullying constante dos meus vizinhos. Eu precisava encontrar outro lugar para o meu dragão viver. A varanda já estava pequena demais para ele, que agora devia ter mais de dois metros e meio de altura e quase quatro de comprimento. Mas quem, em sã consciência, aceitaria criar um bicho que pode incendiar a sua casa? Eu não queria que Capeta fosse forçado a viver em uma jaula num santuário em algum país asiático onde bichos estranhos são comuns. Muito menos que ele fosse morto para estudos, ou que tirassem amostras dele para sei lá o quê. Foi quando tive a ideia de levá-lo a um vulcão. Capeta gostava tanto de fogo, que, talvez, um buraco explosivo cheio de lava fosse o habitat ideal para ele.

Passei uma madrugada inteira aprendendo tudo o que eu podia sobre os vulcões mais isolados da Terra. Queria soltar Capeta lá e torceria para que desse tudo certo. Era o máximo que eu podia fazer. Além de se sentir desconfortável, o bicho estava ficando perigoso, agora. Embora nunca tivesse me ameaçado, ele era inegavelmente um monstro, que poderia me machucar mesmo sem querer ou esmagar Petit debaixo de uma de suas "patinhas".

O único problema na ideia brilhante do vulcão era a minha falta de recursos financeiros. Eu já não era de poupar dinheiro, muito menos para uma viagem até, quem sabe, a Islândia, para desovar meu dragãozinho de estimação. Aliás, eu nem sabia como ia fazer isso. Talvez o único jeito de o Capeta viajar fosse pelo mar, e eu não tinha a menor ideia de como esconder um dragão num navio cargueiro sem despertar a curiosidade e a desconfiança do mundo inteiro, inclusive das autoridades.

Mas o mais tragicômico foi que, no fim das contas, eu nem precisei usar os meus conhecimentos sobre vulcões. Capeta nunca chegou a fazer a viagem marítima clandestina que eu planejei para ele. Ele nunca passou pela alfândega disfarçado de elefante, nem teve que andar pelos esgotos da Islândia à *la Godzila*. Mas calma, isso não significa que ele morreu. Pelo menos é no que eu me forço a acreditar todos os dias.

O desfecho da minha história com o meu iguana-negro-dragão começa em um dia ensolarado e muito quente. Capeta estivera inquieto desde o início da manhã. Eu tentei acalmá-lo com carvão, fogueirinha, carinho nas asas, mas nada acalentava o meu monstrinho. Conforme ele se agitava, esbarrava contra as paredes do meu apartamento, o que o deixava ainda mais nervoso. Quando ele se virou para tentar subir na sacada da varanda, como fizera tempos antes, naquele voo que quase me rendeu uns dias no xilindró, acabou destruindo a vidraça da sala com a ponta da longa cauda. Era o único jeito de ele caber ali. Petit não ousava sair do quarto para ir ver o que estava acontecendo, mas começou a uivar, como se nos genes daquele pequeno cachorro de madame ainda vivesse um lobo que sabia quando as coisas não estavam bem.

Eu tentava amansar minha fera com palavras doces, ao mesmo tempo em que me esquivava dos movimentos bruscos dele. Oferecia carvão, cigarro, mas nada, nada fazia Capeta se acalmar. Ele continuava se debatendo, forçando a cara contra a rede de proteção, querendo sair dali a todo custo.

Uma pequena multidão começou a se formar lá embaixo, interessada na nossa luta pouco discreta. O porteiro olhava para cima protegendo os olhos contra o Sol da tarde. As babás, as crianças, e até os moradores de outros prédios tinham tomado seus lugares de honra para assistir à peleja. Vários tinham telefones nas mãos, e não demorou para que as sirenes surgissem. Tinham

Capeta 365

chamado polícia, bombeiro, SAMU, um padre e até um canal de TV. Pronto. Lá se ia qualquer chance de manter Capeta protegido de pesquisadores maquiavélicos e longe do interesse do público, que é ainda mais cruel quando decide assediar alguém. Mas, naquele momento, eu não estava nem aí para tudo isso. Só queria acalmar meu dragão.

Capeta pôs uma das patas sobre a sacada, depois a outra, até que a estrutura começou a ruir. Lá embaixo, a multidão se afastou, fugindo dos pedaços de concreto que despencavam da minha varanda. Capeta ainda lutava com a rede, que continuava firmemente presa ao teto. Ele abriu um pouco as asas, preparando-se para decolar, e quase me atingiu. Acabei escalando as costas dele e agarrando um de seus muitos chifres para tentar fazê-lo prestar atenção em mim. Mas ele estava ocupado demais tentando fugir, e desapontado por não conseguir. Eu nunca tinha ouvido um som tão gutural quanto o grito de raiva que meu dragão soltou. Foi um som profundo e agudo ao mesmo tempo, rasgado, o som do grito de um lagarto imenso, o som de um dragão frustrado. Os curiosos taparam os ouvidos, alguns vidros do prédio da frente ficaram estilhaçados.

Quando viu que a rede não estava mesmo a fim de deixá-lo em paz, Capeta resolveu fazer uso de seu mais poderoso recurso. Cuspiu uma enorme labareda e, embora desse muita vontade de olhar, porque as chamas eram lindas, e era quase mágico testemunhar algo assim, tive que proteger meus olhos contra o brilho daquele jato flamejante. Quando abri os olhos, não havia mais rede. Não havia mais nada entre Capeta e o céu. Melhor dizendo, não havia nada entre nós, Capeta e eu, e o céu. Só agora eu me dava conta de que estava literalmente montada num dragão prestes a alçar voo e o pior: de pijamas.

Eu tentava acalmar Capeta com tapinhas amigáveis na cabeça, dizendo coisas como "Eia, eia, cavalinho", e, por um momento, ele quase cedeu. Mas sempre tem o policial idiota que estraga tudo, né? Aquele que acha que vai salvar o dia matando o monstro que veio comer a cidade. E sim, no meu desfecho também tem um policial idiota. E ele atirou no Capeta. A bala não fez nem cosquinha na carapaça do meu dragão, mas serviu para irritá-lo. Muito. Ele deu um passo em frente e eu me segurei com todas as forças para não despencar das costas dele. De repente senti aquele friozinho na barriga de quando estamos em queda livre. Porque eu estava mesmo. Capeta tinha pulado do prédio comigo nas costas, sem nem se importar que eu não estivesse apresentável para sair de casa.

Quase fui prensada entre as asas do dragão quando ele as abriu para tomar impulso. Lá embaixo, uma rajada de balas tentava alcançá-lo, mas subíamos mais rápido e mais alto do que o poder de fogo dos policiais. O vento jogava meus cabelos para todos os lados, atrapalhando minha visão e dificultando ainda mais a minha já complicada tarefa de não cair do touro mecânico mais extremo da minha vida. Bem que eu tinha dito para a minha mãe que festas não eram tempo perdido.

Capeta fez uma curva à esquerda e me desequilibrou. Tive que apoiar a perna nele e acabei derrubando um chinelo. E lá estava eu, pouco abaixo das nuvens, morrendo de frio, vestindo apenas pijamas e portando só um chinelo. Por sorte eu estava com o celular no bolso da calça. Tirei umas fotos lindas. Depois de um tempo, joguei o outro chinelo lá embaixo, torcendo para que não acertasse a cabeça de nenhum azarado, e resolvi me entregar à viagem. Quantas pessoas exploram o céu no lombo de um dragão de verdade? Deixem-me reformular: Quantas pessoas exploram o céu no lombo de um dragão de verdade, *estando sóbrias?*

Eu não fazia ideia de para onde o Capeta estava me levando. Só esperava que não fosse para nenhum foco de incêndio, nem que ele pretendesse voltar para o ninho onde tinha nascido, feito uma tartaruga, porque isso significaria uma viagem nada confortável e potencialmente fatal até um longínquo país exótico. Devíamos estar voando por cerca de meia hora quando comecei a cutucá-lo e empurrar a cabeça dele para baixo na tentativa de fazê-lo descer. Eu já estava quase congelando.

Capeta

Demorou um pouco, mas meu dragão teimoso resolveu obedecer. Lentamente começamos a baixar, até que eu vi que não estávamos mais sobre a cidade. Debaixo de nós, se estendiam plantações, laguinhos e pastos verdes pontilhados de vaquinhas brancas. Foi num desses pastos que Capeta resolveu pousar, causando grande alvoroço entre os ruminantes. Enquanto Capeta dava rasantes sobre a fazenda, as vacas debandavam, como se, num lapso de consciência, tivessem percebido que seu destino final era o matadouro.

Quando Capeta pousou, parecia arfar. Coitado, preso na minha varanda, deve ter ficado tão sedentário quanto eu e Petit. Acendi um cigarro para acalmar meus nervos e acabei dando a maior parte para o meu dragão. Ele comeu com vontade.

— Você sabe que tem que ir embora, não sabe? — eu disse enquanto acariciava a cabeça dele. — Não tem mais espaço pra você na minha casa, nem em lugar nenhum. Você não pode voltar, senão vão te capturar e acabar com você.

Só a ideia de que pudessem fazer qualquer maldade com ele me fez começar a chorar como uma menininha. Eu abracei o pescoço do meu dragão e deixei que ele soltasse um pouco de fumaça nos meus cabelos. Meu momento tristeza foi interrompido pelo som de caminhonetes se aproximando em velocidade. Deviam ser os funcionários da fazenda, vindo ver que diabos estava acontecendo ali.

— Você tem que ir agora, Capeta! — dei dois tapinhas nele, esperando que se movesse. — Anda, você tem que ir, tem que voar para longe. Encontre um lugar quentinho, ok? Eu nunca achei que sentiria isso, mas... Eu te amo, Capeta. Você sempre vai ser meu bichinho de estimação. Agora vai!

E ele continuava parado, com seu olhar de lagarto. Tentei jogar pedras nele, dar tapas, imitar o latido do Petit, mas nada o fazia ir embora. Só quando os leões de chácara começaram a atirar foi que ele se convenceu da necessidade de alçar voo.

Capeta não olhou para trás nenhuma vez. Apenas saiu correndo até que o impulso fosse suficiente, então bateu as asas fortes e subiu de volta para o céu. Acompanhei, com lágrimas nos olhos, seu voo majestoso por cima da fazenda, até que ele sumiu atrás das nuvens. Senti como se um pedaço de mim tivesse partido para sempre, para nunca mais voltar, e foi, eu sei, a primeira vez em que eu entendi realmente o sentido da palavra amor.

Os empregados da fazenda me recolheram na caminhonete e me levaram de volta à cidade. Cheguei em casa descalça, descabelada, com a cara inchada de choro e vestindo pijamas e, é claro que a minha família inteira estava lá para ver a cena. Tinham ficado sabendo de tudo pela televisão. Aliás, não era só a minha família inteira que estava lá, mas um monte de desconhecidos curiosos e várias emissoras de TV, rádio, sites, blogs de fofocas e etc. A mídia inteira estava interessada na história da mulher que voou num dragão.

Acho que a única foto minha que saiu no jornal foi uma em que eu mostrava o dedo do meio para a câmera. Subi para o meu apartamento destroçado sem dar entrevistas. Eu teria um belo prejuízo quando as contas da reforma começassem a chegar, mas o mais prejudicado àquela altura era o meu coração. Capeta tinha sido uma presença constante ao longo de quase um ano. Era praticamente parte da minha varanda. Acender fogueiras e queimar carvão havia se tornado parte da minha rotina e agora Capeta não estava mais ali. Tinha voado, livre, para sua vida draconiana, onde quer que tivesse escolhido vivê-la.

Ainda acendi algumas fogueiras na minha casa nos meses seguintes à partida do Capeta. Gostava de me sentar perto do calor e relembrar meus dias de dona de ser mitológico. Às vezes eu buscava algum sinal dele no céu e, quando o vento aumentava, corria para a varanda para ver se não eram as asas dele agitando o ar. Eu ainda demoraria alguns meses para superar a ausência do meu bichão.

Dizem algumas lendas que os dragões vieram da Lua e, talvez, ele tenha ido para lá encontrar seus reis do passado. Mas se eu tivesse que chutar, diria que o Capeta voou até o Sol, onde deve ter feito uma caminha confortável e dormido seu sono de lagarto por tardes e tardes de puro ócio feliz.

Devorados
Erick Santos Cardoso

1 - ASA RUBRA

Seu nome é Asa Rubra. Uma vipera jovem, escamas vermelhas metálicas refletindo o mundo. Seus olhos, fendas mergulhadas em esferas de âmbar.

Asa pode suportar o peso de Duran Draconian trajado em sua armadura, voar pelos céus e enfrentar os inimigos de Samaria. Um dia será ainda maior, sua sombra inspirará terror ao planar com suas asas translúcidas e será confundida com um dragão.

Esta é a história de como ela aceitou Duran como o seu dragoneiro, tornando-se sua montaria, sua companheira, alguém a quem ele poderia confiar a vida no campo de batalha. Para um Dragoneiro Rubro, esses esplêndidos animais são mais que parceiros de armas. A vipera é alguém com quem se divide um laço profundo, como se fosse sua família.

2 – A MARCA

Duran liderará a força de pacificação, a sua couraça será da mesma cor vermelha metálica de Asa Rubra. As suas tropas de terra estarão posicionadas e aguardando o sinal para aniquilar os inimigos da Aliança em um ataque combinado.

Tocará a bochecha esquerda com a mão coberta pela manopla e sentirá as três garras que rasgaram a pele de baixo dos olhos até quase chegar ao canto da boca. Lembrará de Asa Rubra, de quando ela não era sua e pouco mais que um filhote. E tudo o que passara para tê-la ao seu lado.

Seu pai estaria orgulhoso, grandes conquistas feitas em nome dos Draconian.

Seus olhos serão vermelhos, seus cabelos escuros terão o brilho do céu ao pôr de Anmaa. A tarde estará terminando. E a revolta do Istandar de Gaidena contra o Raja Sammel, também.

3 – SANGUE DE DRAGÃO I

O rosto refletido no líquido sanguíneo. Duran bebericava o vinho sem parar. Ignorava o que acontecia no banquete oferecido pelo Raja Sammel aos aspirantes à Dragonaria Rubra.

Não seria mais o motivo de chacota nesta corte ou entre os militares. A lembrança de Reiva protegia sua mente das provocações que logo chegariam.

— Sua obsessão vai engolir a gente. Seja um oficial da infantaria, poderá sempre estar atrás nos campos de batalha dando ordens, terá as melhores posições nas lutas e envelhecerá gordo e cheio de glória.

— Já que isso é só um teatro, não quero um papel idiota. Se sou um militar de Samaria, terei uma vipera. Não é essa a maior força de combate do mundo, a Dragonaria Rubra? Essa maldita espera é que lastimo. Estou pronto, terei o meu Nascimento, participarei dos rituais.

— Duran, não seja tolo — os olhos azuis de Reiva brilhavam. — Todos conhecem os rumores, esses rituais não são seguros, não ponha sua vida em risco por nada. Pense em nosso filho — ela apalpou a barriga e sentiu pequenos empurrões. Alegrou-se e perdeu a expressão preocupada. — Parece que estou com um ovo na barriga, veja só. É um dragãozinho, filho do meu dragão.

— Você também fará graça da minha família? Meu filho é um homem, não vem de um ovo — Duran andou até a janela. Um dia cinzento e lento insistia em continuar lá embaixo. As seis torres mágicas circundavam a grande cúpula do castelo, congelado em uma pintura antiga sob esse dia sem Anmaa no céu. O cadete virou as costas para o lado de fora e tapou a luz que entrava. Não sabia se relaxava ou se andava sobre os tapetes. Se ao menos Reiva soubesse a verdade sobre os rituais...

— Venha cá, meu querido. — Duran ajoelhou-se ao lado da esposa, uma carícia no rosto bem barbeado, as pontas dos dedos riscando de leve a bochecha, então o cavanhaque. Pelas orelhas, tocando os brincos pendurados de pedras opacas e da lateral da cabeça raspada até as pequenas tranças surgindo da nuca. — Você é um homem lindo... Essas ideias de glória vão enchê-lo de cicatrizes — bagunçou-lhe o topete.

— Mais do que já tenho? Treinamento de guerra não é simples. Mas já falamos sobre isso, Reiva, é o que me resta se quiser dignidade para nós. Um dragoneiro tem direito a terras, um título, um soldo significativo. Seria uma nova vida. E a sua, ou melhor, *nossa* família, Reiva? Eu também sou parte dos Aianam, agora, não posso deixar que nos arruínem. Não quero ter que apelar ao meu pai.

— Sua família está nesse quarto. Seu pai, meu pai, meu irmão. Não me importa mais o que eles pensam ou que tenham feito de suas vidas. Não é nossa responsabilidade, não é *sua* responsabilidade. Você deveria viver aqui e não lá onde não sei quem reina.

O cadete apoiou o rosto sobre a barriga da esposa, o filho se mexia. "No que pensa enquanto não chega a sua hora de vir ao mundo?". Olhou para cima. "Reiva. Olhos negros. Sente-se menosprezada por ser esposa do quarto sucessor de uma linhagem cujas cores e nome nem eram mais lembrados?"

— Essa maldita espera — disse.

Depois de anunciado, o corpanzil do Argbadh Hiroyan surgiu solene, rígido, vestindo sua farda, uma túnica cor de vinho fechada no pescoço, fechos de cordões dourados enfileirados de cima a

Devorados

baixo. Uma faixa dourada na cintura denotando a classe. Cabelos brancos e compridos rodeavam a cabeça calva e pequena em relação ao tronco. Olhos escondidos entre as rugas. Sob o queixo, uma curta barba branca.

Duran se adiantou ansioso.

— Estou pronto para o Nascimento, Argbadh.

Hiroyan não conseguiu conter um suspiro de reprovação. — Então decidiu-se pela iniciação?

— Sim.

Hiroyan olhou para o rosto de Reiva e então a barriga. Duran sentiu-se repreendido.

— Argbadh, eu preciso disso, por favor, não me tire essa oportunidade.

Reiva levantou-se com um pouco de dificuldade e pediu licença.

— Senhores, entendo que é mais adequado que tenham um pouco de privacidade. Não, por favor, Argbadh, não se preocupe. Eu prefiro dessa forma.

Duran observou sua esposa sair do quarto com alívio. Hiroyan aguardou e então retomou o discurso.

— O Nascimento é o caminho de quem tem nada a perder. Você tem muito, rapaz. Na verdade não estou aqui em uma visita oficial, vim em nome de um amigo para dissuadi-lo dessa ideia.

— Não pode ser... Como ele soube? — Duran se corroeu pela simples ideia de que seu pai sabia que iria beber do Sangue.

— Seu pai está morrendo, Duran. Dê a ele a certeza de que seu filho estará bem, pelo menos até o seu falecimento...

— Argbadh, por que disse a ele? Ele não tem o direito de... Perdoe-me, sei que lutaram juntos na guerra do Porto Oeste, entendo mesmo a sua afeição por ele. Mas não há nada para mim em minha terra. Dracônia está acabada, é um reino falido que mal é lembrado, a não ser pelas lendas e histórias para assustar crianças.

— Não vou amarrá-lo a essa torre, Duran. Não é um garoto, como ele gosta de pensar. Só venho tentar lhe trazer à razão. Sabe que no Nascimento poucos sobrevivem ao Sangue de Dragão. E ainda há a escalada...

Duran sentiu-se furioso.

— Eu não sou um Draconian? Meu sangue não me falhará, Argbadh. E além do mais, se eu morrer, Reiva terá o respaldo do reino, pois é como morrer em serviço, não é mesmo? — As lágrimas quase vieram, mas conseguiu engoli-las. A voz o traía. — Peço-lhe licença para me recolher, quero poder me preparar bem para o dia do Nascimento, que já está chegando.

— Senhor Draconian — Hiroyan cumprimentou-o, respirou fundo, virou-se e saiu sem mais uma palavra.

Jaquio, filho do Istandar de Gaidena, sentou-se do outro lado da mesa, acompanhado de outros cadetes aspirantes e de tão bom nascimento. Sorriu para Duran.

— Ei, Senhor Dragão, vai participar do Nascimento, afinal?

Duran o ignorou e bebeu do vinho. O gosto do álcool era inebriante, mas não queimaria os seus órgãos por dentro e nunca poderia matá-lo. Não era Sangue de Dragão.

— Ele não vai responder, está se concentrando não sei em quê — disse Jaquio aos rapazes. — Por favor, não vá virar um dragão aqui e matar todo mundo, hein?

Todos riram, os malditos contos de fada que acompanhavam a história de sua família eram mais motivo de irritação do que de orgulho. Seu pai estava morrendo, corroído por uma doença há meses. Se o sangue dos Draconians pudesse transformar homens nos lendários draconianos, ele nunca teria sido acamado dessa forma.

— Ei, dragão, estamos falando com você.

— Vossa senhoria realmente participará do Nascimento, amanhã? — Duran não podia mais aguentar. — Tenho certeza que tem ciência dos perigos à vida no processo. O Sangue do Dragão não perdoa os frágeis de espírito e a escalada até os ninhos das viperas é ainda mais desgastante. Mas eu divago, sei que alguém de tão alto nascimento não terá dificuldades em conseguir um falso Sangue de Dragão para o ritual e muito menos em usar caçadores mercenários para lhe entregarem uma vipera domada e drogada para apresentar ao comitê. Por que vossa senhoria está aqui? Assim como a minha – deu um sorriso irônico –, vossa sucessão está um pouco distante. É uma tentativa de glória para ter um lugar melhor na mesa do Istandar de Gaidena?

Jaquio foi do sorriso debochado à boca torcida de indignação.

– A verdade está no vinho, dizem – seus olhos se espremeram. – Aproveito então que seu estado é de iluminação para lembrar-lhe que o seu ridículo casamento com a filha do Amistandar de Aianam só lhe trará benefícios quando ele não estiver mais neste mundo. A não ser que além de falidos os Draconians sejam também usurpadores, e o Senhor possa estar pretendendo adiantar o processo.

Duran levantou-se abruptamente e esbarrou no vinho, que manchou a toalha branca. Neste momento o Raja Sammel e a Rani Mah Deloria foram anunciados pelos criados e entraram acompanhados do Argbadh e mestre dragoneiro Hiroyan.

O cadete disse a Jaquio com um leve sorriso no rosto, o mais contido que pôde:

– Quem sabe o que o futuro reserva? Talvez nos encontremos na subida. Com a sua licença, Vossa senhoria, vou me retirar, não estou muito disposto esta noite.

– Muito bem, Senhor. Veremos quem sorri por último – disse Jaquio.

Duran estava nos viveiros de Samaria, no topo de um monte atrás do castelo. A sua presença só fora permitida pelos guardas por conta de sua amizade com o Argbadh Hiroyan. Uma área circular que comportava diversos equipamentos de treinamento para combates e outras atividades com as viperas. Ao leste, um prédio circundava metade do perímetro, onde as criaturas estavam aninhadas dentro de jaulas espaçosas individuais. Não podia se aproximar, mas podia vê-las através dos portões de ferro. Hiroyan encontrou-o com o olhar perdido nas viperas.

— Não deveria vir aqui todos os dias, cadete. Sua esposa iria apreciar a sua presença, está aguardando um filho seu — disse com uma voz calma e baixa.

— Boa noite, Argbadh. Ela me entende. Se eu não for um dragoneiro, estou perdido. Talvez tenha que deixar a academia, mesmo a corte de Samaria.

Hiroyan sinalizou para um vigia e ele abriu os portões. Duran se sobressaltou.

— Podemos entrar? Por favor, Argbadh, não quero abusar de sua amizade.

— Não há problemas. Se vai participar da iniciação, precisa revisar seus conhecimentos sobre as viperas.

Hiroyan levou Duran através das gaiolas, observaram viperas de várias cores e padrões de manchas nas escamas brilhantes. Longas caudas com ferrões, compridos pescoços terminando onde despontam os chifres. Belas e compridas asas recolhidas. Todas aninhadas, descansando. Mal acostumadas pelos tempos de paz.

— As viperas estão ligadas aos dragoneiros, isso é o que se chama...

— Elo. É como compreendem nossos comandos dados pela mente, como se obedecessem nossa vontade — completou Duran.

— Sim, mas o Elo é uma situação muito particular, rapaz. Mesmo que consiga subir as montanhas e encontre uma vipera nos ninhos, ela deverá estar disposta a se ligar a você. Pode ser que não aconteça. E nesse caso, não adianta insistir. É melhor voltar ou procurar outra criatura. Sabe como entender se uma vipera lhe aceitou?

— Elas começam a nos chamar? Mesmo que digam mil vezes, é estranho pensar que um animal pode falar em nossa cabeça. E então o Confronto...

— Não são simples animais. São descendentes dos dragões e são orgulhosas, precisam ter afinidade com o dragoneiro de quem

Devorados

serão por toda a vida. E elas não falam. É uma comunicação que se dá quando dividem seus sentidos conosco. É um ritual complicado e antigo, não me surpreende que haja cada vez menos dragoneiros se formando por neano.

— Isso graças ao Sangue de Dragão.

— O Sangue de Dragão é uma concessão dos dracônicos por conta da Aliança. Nos dão sentidos apurados, a capacidade de sentir o odor ou a presença deles, assim como se passar por igual diante das víperas. Antes do Elo ela vai te testar, é aí que se estabelece o Confronto.

— Mas se houver confronto é quase certo que o Elo vai se dar, é o final do processo.

— Sim, mas o Sangue dá outros efeitos desconhecidos mesmo aos dragoneiros mais experientes. O efeito pode durar horas, mas há relatos de aspirantes que passaram dias na escalada. Como conseguiram o Elo, se ele precisa ser estabelecido enquanto o Sangue corre forte? É por isso que digo, há sangue dos draconianos em você, Duran. Os homens-dragão. E antes do fim, encontrará o legado de sua família. E quem sabe entenderá a honra de ser um Dragoneiro.

Duran negava em sua mente essa ideia, olhando fixamente para as víperas que dormiam.

4 – Sangue de Dragão II

O exército samariano e os altos nobres reunidos no Templo da Aliança. Cilindro sem teto largo o bastante para comportar um dragão vermelho adulto de asas abertas, de onde as Mães seriam contempladas dia ou noite. Formavam a estrutura enormes pilares de alabastro da altura de dez homens, esculpidos com entalhes de escamas. O chão de pedra negra maciça tornada vidro por chamas ancestrais. Intercalados com arcos, relevos e afrescos enfeitando as paredes e contando a história da Aliança entre homens e dragões desde os tempos da ascensão humana e a criação de Samaria, o reino que observa e protege todos os que vivem sob o seu jugo no Continente Civilizado.

Assim como os outros aspirantes a dragoneiros, Duran encontrava-se em um semicírculo próximo do centro. Nesta manhã, sete homens se submeteriam ao ritual. Vistos de longe, mal preenchiam uma pequena área do templo.

Duran Draconian vestia a túnica dos cadetes: gola alta, tecido vermelho, bordada com motivos de espadas na mesma cor. Uma faixa negra de seda circundava a cintura, calças largas do mesmo tecido terminavam em faixas enroladas nas canelas. Meias de vermelho mais escuro e sapatilhas pretas completavam o traje.

Hiroyan aguardava o início do ritual, vestido formalmente com sua armadura de Dragoneiro Rubro. Placas e escamas esmaltadas em vermelho, ornadas em dourado, sobrepostas lembrando um dragão sem asas. No meio da couraça, as marcas de Samaria e uma safira cravada. Não vestia o elmo que lhe conferia a aparência dos lendários draconianos, os homens-dragão.

Um oficial mascarado acabava de entregar taças de vidro aos participantes. Não se podia saber quem servia o Sangue de Dragão, os cadetes sentiam-se na presença de um executor, mesmo que alguns tentassem transpirar confiança enquanto outros mal podiam esconder o nervosismo. Jaquio estava lá, mas Duran não fez questão de confirmar se seus olhos eram de confiança ou de apreensão.

— Eu lhes saúdo e cumprimento pela coragem. Pois a Aliança que nos dá a proteção dos dragões, os Primogênitos da Criação, também nos testa em nossa devoção aos pactos antigos.

"Um homem pode afirmar estar pronto para doar a sua vida por essa causa, mas será que entende o que é essa ideia, essa dádiva que é defender Samaria, a última fronteira entre os mortais e a sabedoria da Mãe da Luz?

"Não, não pretendo explicar ou responder a isso. As palavras de um velho Argbadh são dispensáveis, que a pergunta vos faça procurar em sua própria mente o que os trouxe para cá. Hoje só há

Devorados

sete, a cada neano menos se submetem ao ritual do Nascimento. Estaria a paz prolongada em Samaria tirando a motivação dos nossos guerreiros?".

Todos em silêncio sem olhar para os lados. Cada participante perdido nos próprios pensamentos.

– Os Dragoneiros Rubros são os instrumentos do Homem. Temos a permissão dos dragões ancestrais para utilizar sua força para voar e rapinar os inimigos da Aliança. As viperas não são dragões, isso é fato. Mas não as subestimem. São uma valiosa concessão dos gigantes que voaram nos primeiros dias da Criação, devemos honrar essa homenagem. A vipera não é um simples instrumento dos dragoneiros, mas sim o próprio braço de espada. Respondem aos ínfimos impulsos de nossa vontade. E é por isso que bebemos do Sangue de Dragão, para ligarmos nossa mortalidade a seres que atravessaram gerações de anseios, desejos, conquistas e perdas. Gerações de homens.

Hiroyan ergueu uma jarra escura e entregou-a a um dos oficiais. Permaneceu ereto como uma estátua.

Foi só quando um dos oficiais secretos começou a derramar o líquido nas taças dos primeiros aspirantes que Duran sentiu o pânico dominar a sua cabeça.

Deusa, o que estou fazendo aqui? Reiva está com o meu filho, ele nascerá em pouco tempo, já tem quase nove cheias desde que parou de ter o período do sangue.

O primeiro aspirante tomou um pequeno gole da taça e começou a se contorcer. Ajoelhou-se como se tivesse engolido quilos de chumbo. Ele ergueu-se devagar e Hiroyan o cumprimentou.

– Bem-vindo, irmão. Que encontre a sua alma de dragão no topo do mundo.

Mas é para ele, afinal. A minha família está acabada. Meu pai se livrou de mim, mas eu posso vencer nessa corte, os Draconian podem ressurgir. E posso ajudar a família de Reiva, que me acolheu.

Um novo cadete bebeu da taça e, sem gritar, abriu a boca como se um terror indescritível lhe subisse a garganta. Levando as mãos ao pescoço, caiu e começou a vomitar. E morreu.

Duran teve vontade de olhar para Jaquio e ver o horror nos seus olhos, mas se concentrou no próprio pânico que já lhe esmagava o estômago.

— Ele não era digno. Agradecemos a Deusa pela coragem de mais um bravo — Hiroyan disse sem emoção, como se apenas cumprisse o papel ao anunciar a sentença divina. A isso todos os cadetes e participantes responderam em uníssono.

— Ele que sucumbiu ao Sangue retornará à Mãe da Luz. Os dragões não esquecerão.

A morte não existe. Não vou parar agora. Recuar no ritual do Nascimento é uma ofensa grave aos militares, não pretendo ser expulso do serviço ou perder tudo o que tenho. Sobreviverei. Nunca precisarei voltar a Draconia e viver sob o jugo de meu pai. Reiva e meu filho terão uma vida melhor.

Mais dois beberiam antes de Duran. Concentrou-se no horizonte através dos arcos do templo. Vento triste soprava dos montes nesta bela manhã.

— Bem-vindo, irmão. Que encontre a sua alma de dragão no topo do mundo — Duran ouviu.

O ar entrava frio pelas narinas.

— Ele que sucumbiu ao Sangue retornará à Mãe da Luz. Os dragões não esquecerão — Duran teve que repetir mais uma vez. O oficial surgiu à sua frente com a taça.

Tomou a taça com as duas mãos. Parecia vinho, quase não via seu rosto. Gole pequeno, mas difícil de engolir. Gosto de ferro denso, forte, todos os músculos relaxaram, ossos tornaram-se tiras de pano. O chão ficou mais próximo, calor por todos os vasos do corpo. Fogo intenso.

Olhos de âmbar, pele de fogo, garras negras, músculos de metal. Mas sem asas. Seu filho dentro de um ovo de sangue quente antes de nascer. Reiva sorrindo, seus seios pálidos antes do amor. O sorriso doce de sua mãe antes de morrer. Um abraço sob o vento do irmão antes de uma viagem. As mãos de seu pai em seus ombros antes de nunca mais voltar.

— Bem-vindo, irmão. Que encontre a sua alma de dragão no topo do mundo — Duran já estava de pé e sentia-se aquecido, completo.

Devorados

Seus olhos ardiam, tudo parecia amarelado e quente.

Quando o coro de "Ele que sucumbiu ao Sangue retornará à Mãe da Luz. Os dragões não esquecerão", foi entoado, Duran não repetiu.

— Bem-vindo, irmão. Que encontre a sua alma de dragão no topo do mundo — Hiroyan disse a Jaquio.

5 – ASCENSÃO

O Vale das Almas. Com o Sangue nas veias, os quatro cadetes foram deixados à base das montanhas pela comitiva do ritual, que lá os aguardaria. A morte, o fracasso ou o sucesso seria responsabilidade deles mesmos.

Dentro do Vale montanhas altas com as bases perdidas na névoa espessa. Para os aspirantes a dragoneiros, os testes começavam de um planalto de onde acessavam a parte oeste da serra, o meio da escalada se daria sob um véu de nuvens espesso. No caso de queda, seria impossível encontrar o corpo. Nos topos moravam viperas, um ou dois casais dividindo o território e espalhando ninhos. O Sangue dava coragem para a escalada suicida.

Duran repetia a missão mentalmente enquanto os competidores se espalhavam procurando um bom ponto de partida. Precisava de uma vipera jovem que não conseguisse deixar o ninho para buscar território. O que era raro. Na história mais famosa do ritual, um aspirante esperou por quarenta dias no topo das montanhas esperando um ovo chocar. O Sangue já corria fraco em suas veias quando fora descoberto pelo vipera macho que guardava o ninho enquanto a fêmea saíra para caçar. Sem ser reconhecido pelo animal, fora devorado sem conseguir resistir. Se era uma lenda para educar os cadetes ou esse aspirante realmente existiu, estava claro que não se podia demorar na empreitada.

Duran elegeu uma montanha média, bons caminhos para explorar pelas beiradas, perfeito para começar a subida. Jaquio escolheu uma montanha de começo dificílimo, perderia muito tempo fazendo voltas antes de alcançar o topo. Isso se ainda tivesse ninhos por lá. Duran riu da estupidez, imaginando que a riqueza não faz alguém mais esperto. Concentrado, revia mentalmente tudo o que precisara fazer para chegar até esse momento. Com saltos curtos, circundou a base da montanha buscando caminhos estreitos por onde um homem poderia caminhar, para depois encontrar as fendas e brechas para usar as luvas com garras e ganhar altitude.

Há dois neanos viera das longínquas terras de Draconia, enviado pelo acamado pai. Era o quarto filho, não conseguiria um casamento influente, o último recurso fora apelar à antiga amizade da família com os descendentes da Aliança com os dragões, os monarcas de Samaria. Foi com surpresa que Duran foi bem recebido pelo Raja Sammel II em sua corte, teria de fato uma chance no maior reino do mundo humano.

Ainda não podia tocar as nuvens, mas uma queda seria fatal. Mãos dormentes, dedos latejando, esfolados. Mas o Sangue lhe dava ânimo, começava a procurar um local para pousar a noite, escalar sob a luz vermelha da gigantesca Anmas seria temerário. Não sentia sede ou fome, o estômago sumira e dera lugar a um alerta contínuo que procurava sinal do paradeiro das viperas. Era incrível ter Sangue de Dragão nas veias. Duran sentou-se apoiado em uma pedra e observou o céu rubro. Adormeceu sem perceber, sonhou com a fome corroendo-lhe por dentro. O pai era um vulto enorme e o alimentava de sangue e carne pulsante diretamente na boca.

A Rani Mah Deloria se afeiçoou pelo jovem Draconian, ajudando-o a cortejar Reiva de Aianam. Nem mesmo as cartas rudes do pai incitando-o a marcar o casamento, já que tudo estava arranjado, atrapalharam os bons momentos que viveu. A festa ostentosa foi no castelo de Aianam, mas a família Draconian não atendeu ao convite sem explicações. Mesmo ofendido pela ausência, o Amistandar de Aianam abençoou a união e pediu ao genro que lhe desse um neto saudável. Antes de estabelecer residência, a Rani de Samaria interveio com o Raja e Duran foi recomendado aos cuidados de Argbadh Hiroyan, companheiro de seu pai em campanhas no passado. Nem mesmo esse favorecimento impediu os boatos que descreviam Duran como um triste fim para a casa Draconian, que inspirara canções e peças nos últimos duzentos neanos. As mais jocosas insinuavam o quão terríveis ou abençoadas teriam sido as núpcias de Aianam, a mulher que se deitou com um homem-dragão. De Dracônia veio uma carta do Senhor que dizia: "Bom trabalho".

Acordou sentindo uma leve brisa, mas assustou-se ao ver a respiração soltando fumaça. A roupa não o protegia tanto assim, deveria estar congelando. Agradeceu surpreso a mais uma dádiva do Sangue. Anmaa aparecia de trás de Anmas no céu, a luz branca do dia surgindo das bordas da luz rubra da noite. Duran notou com amargura que não tinha subido muito. O corpo vigoroso e aquecido era o único alento. Voltou a escalar para bem nas primeiras horas. Imaginava como estariam se saindo os seus companheiros. Próximo do meio-dia, quando Anmaa se encontrava no centro do enorme teto vermelho que era a Mãe da Noite, chegou a uma parede intransponível. Íngreme, sem fendas ou protuberâncias onde encaixar a mão. Parecia ter alcançado o ponto mais alto que as suas habilidades permitiriam. Sem desistir, Duran procurou dar a volta para encontrar outra forma de escalar. Mas não havia como subir.

Reiva chorava sem parar. Grávida, teria o filho de Duran, a união consolidada e provada para quem quisesse ver. Depois de longa insistência, revelou ao marido a correspondência explicando em detalhes os infortúnios de seu irmão Icari, o primeiro na sucessão de Aianam. Endividado com agiotas e comerciantes sulistas, não podia evitar a iminente perda das terras. Tendo herdado as propriedades do seu casamento com a Amistandarya de Soryu, os parentes e outros interessados em favores da família levantaram objeções à união, pedindo que fosse anulada, tentando levar a disputa de propriedades à justiça do Raja Sammel. Evitando um escândalo na corte, o Amistandar de Aianam quitou as dívidas contraídas pelo filho, arruinando as finanças. Fazendo parte da família Aianam, mas agora sem qualquer respaldo, Duran teria que manter a sua posição e se preparar para auxiliar o sogro. Ou talvez pedir auxílio ao enfermo pai.

Não havia como prosseguir. Preso, as mais de quinze horas de escalada pareciam em vão. Tentou subir, não conseguiu apoio para as mãos, e escorregou. Mais para o lado, mal conseguiu encaixar o pé, deu um passo e esticou o corpo e o braço, buscando uma aresta para firmar os dedos. A luva não aderiu, Duran escorregou rasgando panos e a pele dos cotovelos. O ferimento parecia feio, despelou bem e sangrava, mas a dor era leve.

Sentou-se desolado para estancar o ferimento, perdido na visão do céu cinzento.

Não havia espaço para tomar impulso, mal cabiam três pessoas lado a lado onde estava. Olhou para as outras montanhas, todas enfiadas em um mar de nuvens braças e braças acima. Algumas pareciam mais íngremes, outras mais achatadas, sem cavidades e picos onde viperas fazem ninhos. Uma estrada em espiral perfeita para a exploração circundava uma das montanhas, mas só começava no meio do caminho. Ia bem alto nuvens adentro. Lá de baixo seria impossível saber, pois tinha uma das escaladas iniciais mais difíceis. A que Jaquio escolheu. Duran se enfureceu por imaginar quanto ele pagou pela informação, dinheiro, favores, ou o que quer que o Istandar de Gaidena pudesse oferecer.

A descida muito mais rápida, era estranho, o Sangue parecia ter o efeito aumentado com o tempo. Saltos e pequenas corridas eram mais fáceis. Os ferimentos e choques não faziam diferença. Antes do pôr de Anmaa pela borda oeste da Mãe da Noite, estava no sopé. Olhar para cima não o animou ao encarar a montanha escolhida por Jaquio, começou a procurar por onde reiniciar a ascensão.

Não conseguia subir. Era impossível. Não entendia como Jaquio tinha feito, nunca o viu como um atleta formidável. O primeiro salto a um apoio tinha mais de cinco braças, não alcançaria essa altura mesmo tomando muito impulso. Mas não poderia voltar para Samaria e se resignar pedir ao seu pai não deixar a família de sua esposa falir. A família que deveria trazer prosperidade para a sua própria. Tomou impulso, correu algumas braças e saltou, não atingiu nem duas de altura. Mais uma vez, pisou na pedra maciça, conseguindo escalar ainda menos e se deixou cair. O Sangue lhe dava vigor, poderia correr e saltar melhor. Tomou distância e saltou, raspando o pé direito e arremessando o braço para alcançar. Nada. Depois de tanto tempo perdido, Jaquio já deveria ter domado alguma vipera.

Duran tomou distância, mas sentiu-se calmo, estranhamente calmo enquanto uma fúria crescente passava por cada parte de seu corpo. Das pontas de seus dedos até o seu peito, pulsante. A noite começava, Reiva deveria estar ansiosa, sem conseguir descansar. Ele precisava voltar para casa.

Correu poucos passos, o salto pareceu uma decolada graciosa, flutuou no ar. As pernas corriam em falso no vento, como se escalassem uma rampa invisível. Estava calmo mesmo quando os dedos machucados atingiram a borda do apoio na parede. O impacto do corpo amortecido pelo calor interno, o formidável sangue de draconiano. O esforço para erguer o peso sumiu nas lembranças e vozes, flexionou os braços e apoiou o abdômen. Uma, duas vezes. Mais uma puxada e um joelho apoiado. Escorregou o resto do corpo e parou para descansar de bruços, respirando com calma, sentindo o formigamento por cada pedaço da carne.

Viu um olho âmbar que o enxergava mesmo no meio da alta montanha. O sangue não esfriava nem com o calafrio que sentiu. Um Elo, mas muito cedo, não avistava ninhos, não havia viperas. Ainda o calor, precisava subir rápido, o animal poderia ser encontrado.

A luz vermelha da Mãe da Noite, uma enorme esfera no topo do céu. As estrelas, testemunhas de que Duran subia a montanha no escuro, sem ver quase nada. Graças ao Sangue, escalou até as nuvens em poucas horas.

Fome.

Sentiu a fome do animal queimar-lhe o estômago, talvez fosse um filhote e não conseguisse voar por muito tempo. Sentia-o mais e mais perto. As paredes de pedra brilhavam, via claramente onde encaixar pés e mãos. Subiu com desenvoltura. Sem notar, atingiu o pico da montanha, uma plataforma de pedra com espaço suficiente para animais se acomodarem. Um bom lugar para ninhos de viperas.

Ouviu um grunhido agudo e curto. Foi reconhecido, algo admitiu sua presença. As pedras pareciam se mexer, então um longo pescoço se ergueu contra o céu vermelho, formando uma silhueta negra e esguia. Era o Confronto.

A vipera parecia pequena comparada às dos viveiros no castelo. Era mesmo um filhote, ou quase isso. Não estava pronta para a montaria. Duran se desapontou, mas quando o animal saiu do ninho abrindo preguiçosamente as asas e cobrindo quase toda a visão do céu rubro, não parecia mais tão frágil. Perguntou-se se poderia ser mesmo dominada por um homem. Um homem que bebera do Sangue. Mostrou-lhe as mãos, como se a vipera pudesse

Devorados

compreender o sinal de paz. A vipera saiu do aglomerado de pedras, a noite brilhando em suas escamas, os olhos duas pedras preciosas. Andava devagar sobre as patas traseiras, asas recolhidas.

— Não, isso não... Quem está aí? É o meu dragão, o meu dragão — disse uma voz que Duran reconheceu, mas debilitada e cansada.

— Jaquio? — perguntou Duran. Um silêncio estranho se estendeu por alguns segundos. A vipera recuou dois passos e alguém no chão arrastou-se, erguendo-se com esforço.

— É uma ironia das deusas, está claro.

Jaquio estava curvado como um cão, ofegante. Ferimentos visíveis pelos rasgos nas roupas manchadas de vermelho.

— Foi feito o Elo com o animal? — Duran perguntou.

— Ele é meu. Está agressivo, talvez o Sangue tenha me deixado. Vá embora, eu terei a vipera. Vá conseguir a sua e ignorarei a sua intromissão.

Duran olhou para ela. Com certeza seus pais não estavam por perto, talvez em outros ninhos no território. Então se viu pelos olhos do animal. O calafrio fez suas pernas tremerem.

— O animal te atacou?

Duran sabia que não havia Elo anterior, sentia através da vipera.

— Não interessa, saia daqui. Não pode tomar o que é meu.

A vipera avançou, encarando Duran de cima de seu longo pescoço. Estava dentro de sua cabeça, era o início do Elo.

Duran sentiu-se leve novamente, como se o seu sangue falasse com o animal.

— Jaquio, o Sangue te deixou, é isso? Como pode ter se dissipado tão rápido? Está forte em mim, não tenho fome, não tenho sono, mal me canso — Duran não compreendia. Jaquio hesitou.

— Impossível... O Sangue dura poucas horas, se fosse como diz, todos conseguiriam passar pelo teste. Eu não posso perder, depois de arranjar tudo como arranjei...

— Maldito seja, Jaquio, então eu estava certo. Claro que você fraudaria uma iniciação sagrada como essa. Honra não se compra! — gritou Duran, os ossos virando trapos de pano, mais uma vez.

— Honra? Sagrado? Do que está falando, Draconian? A alta nobreza sempre usou "iniciações" auxiliadas para conseguir os títulos de dragoneiros — Jaquio não conseguiu deixar de rir. — É tão fácil conseguir uma corda instalada, um animal ferido e assustado que se ligue ao primeiro homem com Sangue de Dragão que surja, ou garantir que os pais dos filhotes estejam presos para não atrapalharem os nossos momentos de "honra". Tudo é uma questão de quem se conhece ou quem lhe deve os favores corretos. Volte para a sua insignificância, vá viver das lendas e mentiras que fizeram o nome da sua família. — Jaquio começou a correr, mas Duran via cada um de seus movimentos quase como uma pintura.

Duran viu Anmaa se aproximar como se ascendesse, então um rasante trouxe todo o sangue do corpo à cabeça, quase desmaiou pela tontura.

Jaquio avançou, olhos arregalados. A faca empunhada com tanta força que as unhas cravavam na palma, calcanhar enterrado, joelho explodindo em tensão para perfurar o peito de Draconian.

Mal se mantendo de pé, Duran recuou. A lâmina resvalou nas costelas e saiu pelo lado, salpicada de sangue. A pontada bambeou uma das pernas, o calor voltou a correr o corpo. Perdeu o equilíbrio e caiu.

— Maldito demônio, o que é...? — Jaquio gritava.

Duran só via o céu da noite, um mar de Sangue queimando seus olhos. Guinchou de dor. Viu Jaquio ajoelhado sobre ele, buscando o seu peito com a adaga. Sem pensar, aparou com o braço, mas não sentiu nada. Os músculos pulsavam, sentia as asas ansiosas pelo vento da noite. Pulso forte, queria estar longe do ninho. Servir aos céus, empunhar o aço da Aliança. Amar Reiva e o seu filho. Viver pelo passado e saborear o sangue dos inimigos. Ver através dos olhos de fogo e flutuar pelo mar onde moram as nuvens. Eram uma coisa só. O Elo estava se cumprindo.

A vipera abocanhou o braço de Jaquio e o sacudiu, estraçalhando-o. Com os olhos em chamas, arremessou-o para a borda do pico.

Devorados

Duran se sentou assustado, sem entender porque sua barriga e braço mal tinham sido cortados. Não havia mais Jaquio, mas alguém que o ameaçava.

Levantou-se e pulou em cima dele, espremendo o braço aberto do oponente, que urrou de dor.

— Desgraçado, meu braço. Seu falido, você não é nada, Duran. Nada!

Desesperado, Jaquio se lançou à frente e mordeu-lhe a mão.

Rolaram duas vezes para o lado e Duran lhe cabeceou com a testa. Jaquio acabou com o nariz esmagado, a cara coberta de sangue e metade do corpo pendendo para fora da borda.

— Jaquio, acabou. Deixe-me salvá-lo. Tente outra vez, há mais viperas que possam ser domadas. Esse Elo é meu. Não há nada que possa fazer...

Jaquio tremia e gritava, esvaindo-se em dor.

— Como o Sangue durou tanto em seu corpo? Sua abominação, sua família irá cair, seu filho será deformado, imundo, a vergonha da corte. Terão tanta vergonha da aberração que terão que jogá-la de um penhas...

Antes de terminar, foi interrompido por um golpe na boca. Duran bateu com uma mão, com as duas, a sua fúria fluía e a massa disforme que se tornava o rosto de Jaquio continuava rindo. Jaquio ria, mas não se mexia. Não havia mais pragas. Sem pensar, Duran tomou-o nos braços e o arremessou. O corpo ensanguentado de Jaquio de Gaidena desceu a montanha batendo nas paredes, para então sumir sorrindo dentro do Vale, onde nunca seria encontrado.

Duran recuou, ofegante. A vipera avançou, abriu as grandes asas e esticou-se toda, para tentar intimidá-lo. Entendendo que estava sendo testado, Duran se ergueu com dificuldade e abriu os braços para a criatura, que guinchou inquieta enquanto avançava e voltava, até se acalmar, baixando a cabeça. Duran a acariciou e abraçou. A pele da vipera era áspera, rígida, mas bela e brilhante como uma joia.

Duran ajoelhou-se e vomitou bile. Não havia nada em seu estômago fazia horas.

Enquanto se perguntava como desceria a montanha com a vipera, ela se aproximou e baixou a cabeça, apresentando-lhe o lombo. Duran apoiou-se, acariciou-a sob o pescoço, sentindo um leve tremor que imaginou ser de satisfação. Passou as pernas por baixo das asas e tentou se agarrar às barbatanas. Sem sucesso, passou uma corda na base do peito e amarrou-a firme. Tinha como se segurar. As asas se abriram, transparentes. Atravessadas pela fraca luz da noite, tingiram-se de um rubro fosco, mas que preenchia toda a visão de Duran. Belas asas rubras. Voaram. O voo na noite vermelha foi veloz e assustador, mas um alívio que levou Duran às lágrimas. Vista de cima, Samaria parecia ao alcance das mãos. Esticou um braço e o enorme castelo cabia na palma. E Asa Rubra, como Duran chamaria a sua vipera, deslizou sem pressa descrevendo enormes arcos invisíveis no céu.

6 – DEVORADOS

O Istandar de Gaidena exigiu uma investigação completa para descobrir as causas da morte de seu filho e recuperar o corpo para os rituais funerários. Pretendia vir pessoalmente ao castelo e pedir a intervenção do Raja no assunto, mas o Vizir o proibiu e recomendou que aguardasse em suas terras futuros contatos. Afinal, o falecimento de seu filho ocorrera em um ritual sagrado e tradicional da Dragonaria Rubra. Isso provocaria um descontentamento que desencadearia em Revolta e o fim do período de paz.

Duran foi o único a trazer uma vipera. Um dos cadetes retornou ferido. O outro voltou dias depois, foi acamado em grande perigo de vida. Hiroyan considerou de mau agouro a falta de êxito quase completa dos cadetes.

A cerimônia de recebimento do título de Duran ocorreria em quatro dias, em uma audiência pública com o Raja Sammel e o corpo militar de Samaria.

Duran voara com Asa Rubra até os viveiros, escoltado por dois dragoneiros em suas montarias. Mal recebera as congratulações de sua esposa e caiu de cama, dormindo por um dia e meio. Quando acordou, não perdeu tempo e correu para o viveiro. Era sua obrigação ir ter com a vipera por algumas horas por dia, acalmando-a enquanto se acostumava com a vida em cativeiro.

Reiva encontrou Duran olhando pela janela. Aproximou-se e o abraçou-o por trás. Duran sentiu a barriga em suas costas.
— Querido, não conversamos desde sua volta. Aconteceu algo lá em cima que queira me contar?
Sem se virar, Duran falou.
— Jaquio.
— O que tem ele?
— Ele foi devorado, como você disse. As ambições. Uma família rica, eles já têm tudo, mas trapaceou no teste. Ele arrumou uns atalhos. Os pais de Asa Rubra têm outros ninhos. Provavelmente estavam presos pelos comparsas de Jaquio para que pudesse pegá-la. Desgraçados, espero que tenham libertado as viperas, senão não teremos mais filhotes. Tudo isso. Mas ele falhou, foi devorado pelo Vale das Almas, engolido pelas montanhas. Quando eu vi a serra lá de cima, era como se fossem presas, sabe? Um monte de enormes presas, como se a terra comesse os homens que a desafiam.
— Duran...
— Não, fique calma. Eu estou bem, tudo está terminado. É que tudo é horrível, o Argbadh sabe, eles mesmos sabem de tudo o que acontece e deixam continuar como está. Bem... Não sei exatamente como vai ficar a minha situação, mas terei um título, mais renda. A sua família poderá contar com nossa ajuda. Serei... Eu serei... — Duran respirou fundo, apoiou-se no parapeito. Reiva veio de seu lado e apoiou a cabeça em seu braço. Duran começou a chorar baixo e foi para a cama, onde adormeceu logo depois.

Asas rubras na noite, um rasante para libertar e proteger.

Duran acordou assustado após dormir a tarde inteira. No dia seguinte, seria armado dragoneiro com títulos e um soldo que renderiam ao menos uma carta de "Bom trabalho". Pensou em Asa Rubra. Reiva estava lendo e se levantou.

— Descansou bem? Isso não vai atrapalhar o seu sono à noite?

— Acho que ainda não me recobrei do Sangue. Depois do efeito tenho me sentido muito cansado. Reiva, eu não te mostrei a Asa Rubra, mostrei?

Reiva ficou sem jeito.

— Mas Duran, eu posso ver uma vipera de perto? Uma civil entrando nos viveiros, eu não sei.

— É o nosso futuro. É... algo que temos orgulho, que constará nos registros de nossa família. Asa Rubra é adorável, jovem, assustada. Me parece muito fiel, sinto uma ligação intensa com ela.

— Bem, então vamos rápido, os criados devem servir o jantar logo.

Duran sorriu e acompanhou Reiva para fora de seus aposentos.

A Mãe da Noite estava brilhante.

— As viperas são animais formidáveis. Quando prontas, seus pais as abandonam, perdem a ligação que têm com elas, sabe?, para que possam encontrar pares e acasalar, formando seus próprios ninhos. Por isso, meu querido filho, ou filha, claro, você vai ter que esperar bastante antes de ir buscar o seu próprio ninho.

Reiva sorriu e abraçou Duran enquanto passavam pelos portões que o vigia abriu com cumplicidade. Duran agradeceu com um aceno de cabeça.

Passeavam pelos viveiros, os animais pareciam calmos ou distraídos. Sempre rígidos como estátuas.

— É estranho, elas se mexem pouco.

— Não são magníficas?

— São lindas, mas assustadoras.

— Aqui está Asa Rubra — Duran se aproximou dela e esticou o braço para dentro da jaula, acariciando a cabeça quando a vipera se aproximou. Cochichava com ela por impulso, pois conversavam em suas mentes. — Você deixou seu ninho, minha querida. Vamos fazer coisas grandiosas juntos.

— Assim como você, meu querido dragão — Reiva sorriu sem esconder o orgulho. — Temos o nosso ninho, agora.

Duran sorriu e então sentiu o calor do Sangue em seu corpo. Olhou para Asa Rubra, os olhos dela estavam fixos nos seus.

Um rasante para a liberdade.

Sentiu um frio como o do Sangue e caiu de joelhos.

— Duran?

Olhou para Reiva com os olhos pesados, turvos.

Os animais alvoroçaram-se em suas jaulas. Ouviu-se um estrondo, como se algo muito grande tivesse caído por perto. Segundos que pareceram horas depois, um grande vulto descobriu os viveiros e avançou certeiro na direção de Duran e Reiva.

Asa Rubra.

Não era Asa Rubra. Ela estava atrás de Duran. Era uma vipera vermelha como ela, mas muito maior, suas asas empurrando as jaulas e causando caos. Os guinchos das viperas paralisaram Reiva. Duran estava de joelhos, os ossos congelados por um frio intenso. Mas os olhos ardiam como se em chamas.

— Duran, o que há com você, levanta — gritou Reiva, tentando em vão mover o marido, que parecia uma estátua rígida e pesada.

A vipera procurava a Asa Rubra, mas Reiva e Duran estavam no caminho. Com um guincho, derrubou Reiva e a estudou por alguns segundos. Sua cabeça se fixava e avançava inclinando-se para um lado, então para o outro. Reiva gritava e chorava.

Duran urrou. Seus olhos lacrimejavam sem parar. Um gemido ensurdecedor que calou todos os animais agitados, Asa Rubra e a grande vipera.

Entrou na frente dela, sentindo o medo de Asa Rubra ao ver a fúria de sua mãe. Tenso como uma mola, preparou-se para explodir em um ataque furioso, mas a vipera se adiantou e, com uma estocada ágil do ferrão da cauda, abriu o peito de Duran, jogando-o contra uma jaula.

A mãe de Asa Rubra se aproximou de Reiva, paralisada de medo. Com um bote, abocanhou-a pela metade, então a ergueu como se não pesasse nada e a engoliu em dois tempos, como uma enorme víbora.

Com um buraco no peito, Duran só pensava no sorriso de Reiva. O sangue se negava a sair do corpo. Sentiu-se como um porco pelado pelo fogo, a pele se desprendia. Mas no lugar da carne, brilhantes escamas embebidas no vermelho do sangue. Sangue de draconiano. Olhos cor de âmbar com um brilho rubro. Em violentos espasmos, seus músculos rasgaram-se em três, quatro partes, e então incharam, esticando a pele escamada até quase explodir.

A mandíbula arreganhada rugiu em desespero.

O draconiano era um homem feito de sangue. Antes do líquido pingar no chão, partira em uma investida furiosa.

A vipera recuou intimidada, mas dois braços enormes para um humano cravaram em seu pescoço e o rasgaram, abrindo-o como a uma cortina. O grito do draconiano era rude, ríspido, calando o alvoroço das outras viperas.

Carne, tendões, ossos, os braços arrancaram tudo sem esforço e então lá estava Reiva. Ela queimava dentro do estômago do animal. Não era mais a mesma, mas quebrada, destruída. O draconiano ajoelhou-se e abriu a barriga do animal. Sua amada esposa despencou, inteira. Ao tentar tocá-la, veio um grito abafado, inconformado. Reiva abriu os olhos, que sangravam, e o que ela viu foi uma noite sem fim, coberta de escamas e olhos âmbar brilhando em vermelho.

– Duran.

Sua mão cheia de ácido acariciou o rosto do draconiano, que não sangrou, mas fissurou-se delicadamente. Três dedos, três garras que rasgaram a sua pele de baixo dos olhos até quase chegar ao canto da boca. A mão pendeu ao chão.

Asa Rubra escondeu sua cabeça enrolando-se no próprio pescoço, as patas e asas inquietas dentro da jaula.

No neano 437 da Era da Aliança, Duran Draconian tornou-se o vigésimo nono dragoneiro de Samaria, surpreendendo toda a corte e Dragonaria Rubra, por conta do grande infortúnio que sofrera. Após sua ordenação, não contraiu matrimônio e por isso não deixou herdeiros.

Seu pai morreu após receber a notícia do êxito de seu quarto filho com a carta nas mãos. Duran não compareceu ao enterro.

OS DRAGÕES

Erick Santos Cardoso
É desenhista de coração e editor de profissão. Mestre em comunicação, amante da cultura pop em todas as suas vertentes. Tem na Editora Draco o seu projeto para produção e desenvolvimento da literatura de entretenimento nacional. Twitter @ericksama

Marco Rigobelli
Nascido na capital paulistana, é escritor, jornalista de games e redator. Tem certeza de que já viu de tudo no mundo, mas ainda espera escrever sobre algo que ninguém nunca testemunhou. É desbocado, gosta de cozinhar – mas provavelmente não gosta de você. Costuma afogar as mazelas da vida em copos de cerveja. Twitter @marcorigobelli Blog ideiasnoar.wordpress.com

Flávio Medeiros Jr.
Nasceu e vive em Belo Horizonte, MG. Formou-se em Medicina pela UFMG em 1988, especializando-se em oftalmologia. Publicou seu primeiro romance em 2004: *Quintessência*, história policial com ambientação de ficção científica e em 2010 *Casas de Vampiros*, que junta horror e ficção científica. Publicado nas coletâneas *Paradigmas 2*, *Steampunk*, *Imaginários 1* e *Vaporpunk*. Em 2010 publicou seu segundo romance: *Casas de Vampiros*, de horror e ficção científica. Vencedor do Prêmio Argos 2012 com o conto Pendão da Esperança, publicado na antologia *Space Opera – Odisseias fantásticas além da fronteira final* (2011). Continua escrevendo compulsivamente.

Albarus Andreos
Nasceu em Tupã, SP. Casado, pai de três filhos com quem caça dragões e ri com as fadas. Bacharel em Ciências; engenheiro mecânico; pós-graduado em Língua Portuguesa Voltada à Formação de Leitores, foi vencedor do concurso de contos da Unimep, em Piracicaba em 2009. Suas publicações incluem um conto na coletânea *Anno Domini, Manuscritos Medievais* (2008); o romance de fantasia *A Fome de* Íbus, *Livro do Dentes-de-Sabre* (2009) e um conto na antologia *A Batalha dos Deuses* (2011). Twitter@albarusandreos Email albarusandreos@gmail.com

Karen Alvares
Vive em Santos/SP e escreve desde a adolescência, divulgando seus textos na internet. É formada em informática e professora na área. Foi publicada nos livros *Dimensões.BR – Volume II*, *Caminhos do Medo – Volume II* e *Histórias Envenenadas – Volume II*, com cinco contos ao todo. Ganhou o Concurso Nacional Sulinfo de Mini Contos, em antologia a ser publicada em 2012. Adora terror e mundos fantásticos. Blog papelepalavras.wordpress.com Twitter @karen_alvares.

Eduardo Barcelona Alves

Professor de inglês há treze anos tradutor literário há pouco mais de dois anos. Leitor ávido e admirador de J.R.R. Tolkien e Stephen King, além de ser um grande fã de *heavy metal* e de todos seus subgêneros. Pode ser encontrado no Facebook como Eduardo B. Alves.

Pablo Amaral Rebello

Nasceu em Brasília e gosta de pensar na vida como uma aventura. Atualmente, mora no Rio de Janeiro e trabalha como repórter no jornal O Globo. Em 2011, participou de curso ministrado pelo escritor Eduardo Spohr. Lá, conheceu outros 10 novos autores com quem lançou o livro *Contos da Confraria* (2012), do qual participa com a história *Pesadelos Famintos*. Também tem um livro na gaveta e outros projetos literários em desenvolvimento. Gosta de viajar, sonhar com o impossível e fazer seu próprio caminho.

Elsen Pontual Sales Filho

Pernambucano de Olinda, 30 anos, servidor público da Justiça do Trabalho e contador de histórias por vocação. Membro do site airmandade.net, tem no fantástico e insólito seus mais fiéis companheiros e acredita que a arte de contar estórias é o que nos faz humanos. Twitter @ElsenPontual Blog www.outraestoria.blogspot.com

Ana Cristina Rodrigues

é escritora, historiadora e mãe, não necessariamente nessa ordem. Vive em Niterói, com o marido, o filho e um número sempre flutuante de animais diversos. Geralmente escreve fantasia histórica, mas também se aventura pela fantasia urbana, ficção científica e terror. É autora da antologia de contos curtos *AnaCrônicas* e organizou as coletâneas *Espelhos Irreais* (2009), *O melhor do Desafio Operário* (2009), *Bestiário* (2012), além de ter sido editora da Llyr Editorial. Tem contos publicados em várias coletâneas e sites no Brasil e no exterior.

Antonio Luiz M. C. Costa

formou-se em engenharia de produção e filosofia, fez pós-graduação em economia e trabalhou como analista de investimentos e assessor econômico-financeiro antes de reencontrar sua vocação na escrita, no jornalismo e na ficção. Hoje escreve sobre a realidade na revista CartaCapital e sobre a imaginação em outras partes. É autor da antologia *Eclipse ao pôr do sol e outros contos fantásticos* (2010) e do romance *Crônicas de Atlântida: o Tabuleiro dos Deuses* (2011).

Bruno Oliveira Couto

Aquele capricorniano com lua em escorpião, nascido no Rio de Janeiro - Brasil, gosta de Literatura Alemã, Chopin e Caetano. Deseja ser amado pelas coisas que escreve. Sarcástico, irônico e amável, mais que marginal e que maldito. Um eu ao mesmo tempo outro, saqueador de navios ancorados no espaço e de fazendas suspensas no ar. Um amante de palavras. Fã de música de apologia ao tráfico indiano, talvez um artista.

Alec Silva
é o pseudônimo de Alex Silva Dias, autor baiano que também tem dois heterônimos, Alastair Dias e Alécio Silva, e o sonho de escrever mil livros. Publicou o primeiro livro *Zarak, o Monstrinho* (2011), mas já tem quase quarenta arquivados em papéis. Atualmente escreve um romance de dark fantasy e uma série autobiográfica fantástica. Twitter @AlecSilva_ Blog zarakmonstrinho.blogspot.com

Ana Carolina Pereira
25 anos, formada em Tecnologia em Artes Gráficas e pós-graduada em História em Quadrinhos. Lê e cria histórias desde que se entende por gente. Cresceu com os livros de José Mauro de Vasconcelos e com as histórias em quadrinhos da Turma da Mônica, mas foi com os mangás que essa paixão se consumou e estendeu-se a mestres como Neil Gaiman, Alan Moore e Robert Crumb. Lê tudo o que cair no alcance e está sempre pensando em uma história. Twitter @anakidd

André S. Silva
Carioca, funcionário público, estudante de Letras na UFRJ. Começou na literatura escrevendo *fanfictions* inspiradas no seriado Arquivo X, ainda no final dos anos 90. Foi colaborador da OTP Filmes na roteirização de curtas-metragens, teve contos premiados no Desafio Literário 2011 e no Prêmio Henry Evaristo de Literatura Fantástica 2012, ambos pelo site A Irmandade, e publicou em Solarpunk (2012). Twitter @andressilva

Cirilo S. Lemos
nasceu em Nova Iguaçu, Baixada Fluminense, em 1982, nove anos antes do antológico Ten, do Pearl Jam. Foi ajudante de marceneiro, de pedreiro, de sorveteiro, de marmorista, de astronauta. Fritou hambúrgueres, vendeu flores, criou peixes briguentos, estudou História. Desde então se dedica a escrever, dar aulas e preparar os filhos para a inevitável rebelião das máquinas. Gosta de sonhos horríveis, realidades previsíveis, fotos de família e ukuleles. Publicou em *Imaginários v. 3* (2010), *Dieselpunk* (2011), *Sherlock Holmes: Aventuras Secretas* (2012). É autor do elogiadíssimo romance *O Alienado* (2012). TWITTER @CiriloSL.

Kássia Monteiro
É jornalista e sagitariana, embora não acredite realmente que a posição dos astros no céu possa influenciar seu comportamento. Gosta de cachorros, música e doces, em especial chocolate e paçoca. Seu grande sonho é ser escritora em tempo integral, de preferência em uma casa espaçosa que tenha um belo laguinho no jardim. Já participou de algumas coletâneas, como Meu amor é um mito (2012) e teve seu conto *Meu jeito de ser nervoso* transformado em um curta-metragem, mas quer mesmo é ver seus romances nas prateleiras.